江湖無招

王駿 著

●卷三

大刀之禍

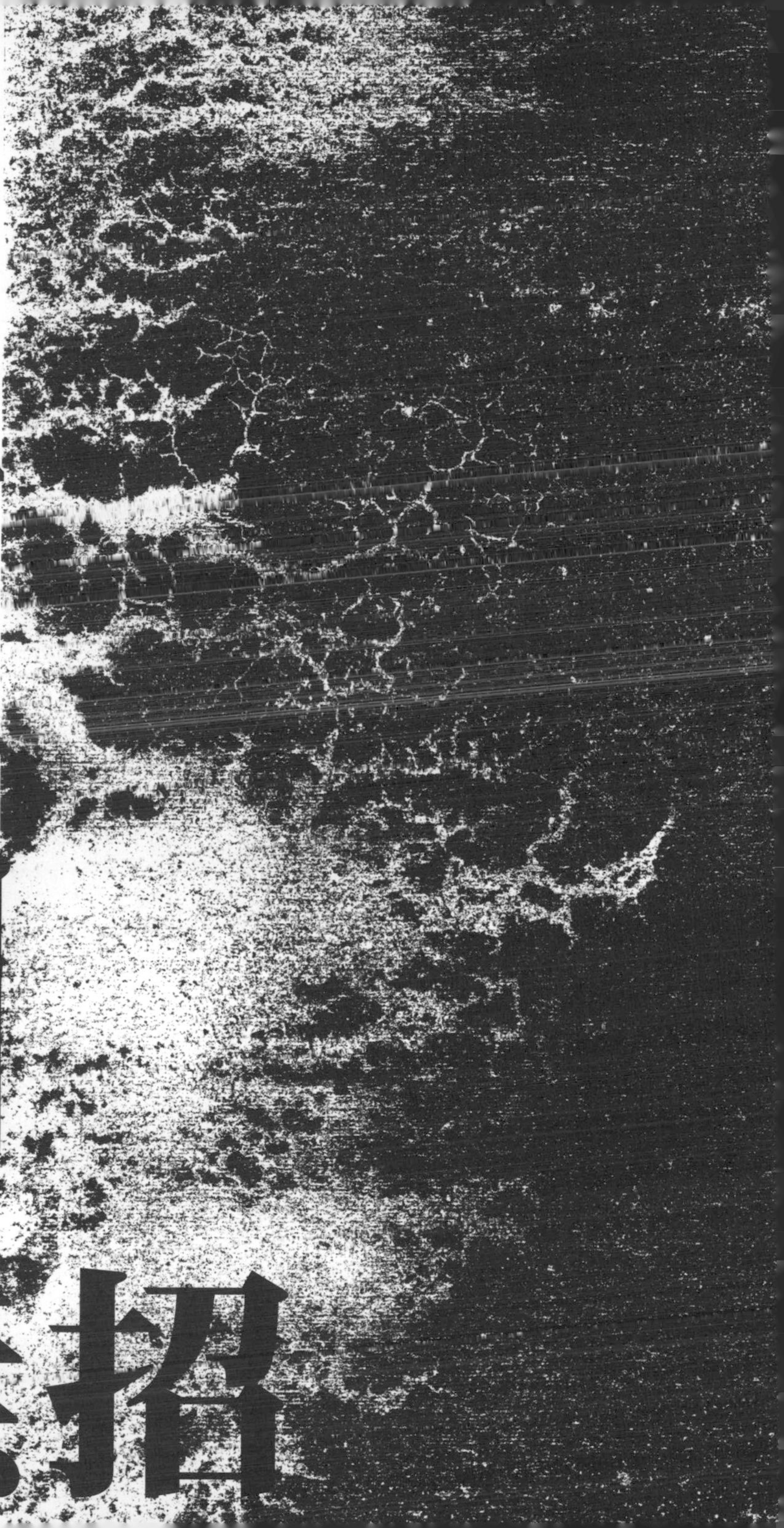

目次

第四十四章：討家產儲三少爺親訪糧行，用酷刑閻王府尹殘民以逞

這時，已是仲夏，天氣燠熱，流金鑠石，既溼且熱，坐在車上不動，都是一頭一臉汗水。這天中午，兩輛驢車一前一後出了山區，人煙漸稠，田地漸密，莊圩村鎮綿延不斷。

中午時分，豔陽罩頂，待在驢車內格外氣悶。恰好，車至一小鎮，路旁小飯館灶台就設在店門口，就聽見刀勺亂響，油煙四竄，菜香撲鼻。一聞這味道，車上眾人肚子不禁咕嚕咕嚕叫，金秀明對辜順生道：「停了吧，把車拉到旁邊去，大夥兒都餓了，下去吃頓好的。」

眾人進了館子，夥計見來了遠道行客，先是趕緊看座，繼而端出洗臉水、胰子、毛巾，讓眾人把手臉弄乾淨。六個人坐了一桌，金秀明點了幾個菜，並囑咐店小二，另外拿個大盤子，每樣菜挑一些，擺在大盤子裡，搭配著花捲饅頭，端到外頭去，給兩位車夫吃。

未久，幾盤菜陸續端上來，六人埋頭而吃，熱菜搭配饅頭、花捲，再補上蛋花湯，眾人吃得舒暢適意。等吃了八分飽，隔壁桌了來了客，此二人俱穿葛布洋衫，細麻布褲，頭戴巴拿馬草帽。其中一人，年紀較大，應過五十，手中還拿著斯蒂克。另一人，年紀較輕，鼻樑上架著大圓墨晶眼鏡。

兩人落座後，摘下巴拿馬草帽，交夥計掛於牆上。那年紀較大老者，順手將手杖靠於桌旁。兩

人先點了菜，繼而小聲談話。隔壁金秀明這桌，眾人只聞悉悉索索之聲，而聽不真切話語。儲幼寧不然，他天賦異稟，耳聰目明，感應靈敏。起先，他無意間聽到二人對話，繼而，收神懾魄，全神貫注，聆聽隔壁桌二人對談。

韓燕媛見儲幼寧臉色，不明所以，瞠目看著金秀明。金秀明曉得，儲幼寧正運著順風耳神功，因而，朝其餘四人使眼色，要眾人看儲幼寧，並立起指頭，豎於嘴上。那意思，就是要眾人別出聲，別打岔，別分了儲幼寧的神。

儲幼寧凝神靜聽，就聽那戴墨鏡者問道：「景公，這趟到臨沂來，見到府尹了嗎？你說有冤案，又是怎麼回事？」

景公道：「這分明是個冤案，日照望鄉樓是個海味館子，在日照算是數一數二大館子，生意興隆，財源滾滾，就招了人忌。館子老闆姓趙，叫趙財廣，做生意發了，家有鉅產，人稱趙百萬。有地痞，叫張三發子，勒索趙家沒得手，就想法子潛入趙家，投放造反文書，說什麼天地玄黃，宇宙洪荒，貪官遭殃，汙吏殺光。然後，跑去日照縣衙門擊鼓，說是要舉報謀反。」

「日照縣太爺腦袋清楚，不但不信，還把這張三發子打了五十大板。誰知道，這張三發子是十足滾刀肉，天不怕，地不怕，就跑到臨沂來，到沂州府衙門擊鼓。這下子，天雷勾動地火，就把王聖人那把火給勾起來了。要知道，這王聖人沒事還找事，如今有人擊鼓，說是日照有反徒，事情送上門，他豈會放過。」

「於是，他點起三班衙役，帶著親兵小隊，浩浩蕩蕩，親自帶人到了日照，把趙百萬給抓走了。抓回沂州府衙門，簡單問幾句，就給關在站籠裡了。」

戴墨鏡者道：「那不是沒王法了？那站籠，站進去，慢者三天，快者一天，就把命送掉。難道，一點證據都不講？」

景公道：「省齋，你是臨沂本地人，應比我還曉得這府尹老爺。他辦案，還要什麼證據。就說趙百萬這案子，問了幾句，問不出個明白事情，就說，無風不起浪，為何別人家沒被栽贓，就趙家被栽贓，這裡頭，必然有緣故，趙百萬脫不了干係。就這幾句，把人關進站籠。

「關了三天，趙百萬命就沒了，他家人急了，找我幫著，到臨沂來收屍，辦理善後。我好歹之前在外地當過幾天知縣，貼著老臉，到沂州府衙門投了名刺，想見府尹。結果，裡面傳出話來，說是要我別管閒事，倘若再囉唆，拿我當同夥共犯，一樣關進站籠去。」

「你想，這明明是冤案，我不但幫不了忙，連自己老命都要貼進去，只好摸摸鼻子，今天和老弟你吃過這頓午飯，下午就要搭車回日照去了。趙家那兒嘛，只能說聲抱歉了。唉，誰叫他家不講風水，那海味館子取個怪名字，什麼名字不好取，取個望鄉樓名字。要知道，人死之後，入陰世，轉投胎之前，要上望鄉台看看陽間最後一眼。」

「望鄉樓，望鄉台，一字之差，也難怪趙百萬因此送了命。到了陰世，他上望鄉台，看著他老家望鄉樓，瞪眼看家鄉，兩眼淚汪汪。唉，慘啊！」

「老弟，你們這臨沂，出了這麼個活閻王府尹，怎麼上頭不長眼睛，還讓他繼續殘民以逞？」

省齋道：「老兄，你不知道啊，他在這兒殺人如麻，多少人進省、進京告他，但都沒用。要知道，這人素來會『理學』那一套，又嫻熟『法家』，嘴上能說得很，說到京城裡那批古板大老心坎兒裡去。因而，聽說軍機處、御史督察院裡頭，保他的人更多。現如今，這人已是活閻王，他要人三更死，閻王老爺不敢留人到五更。」

「這人在這兒當官，孤家寡人一個。到底，他有沒有妻小，我不知道。但臨沂本地人都曉得，他獨自住那府尹衙門，沒有家人與他同住。」

景公道：「省齋，幾年沒見，你如今混得如何？」

省齋道：「咳，別提了，老哥。我盧省齋好歹中過秀才，也讀過幾天書，後來竟落入土木營生之道，在賽魯班當帳房兼師爺。沒想到，現在連這賽魯班帳房，也當不成了。」

景公道：「怎麼回事，省齋？」

盧省齋道：「這賽魯班，也算是臨沂頭等磚瓦、泥水、木料集散商號。就如同商家門上所貼對聯，這賽魯班往來之旺，可謂生意興隆通四海，財源茂盛達三江。我在那兒管著帳務，順帶給東家幾個孩子開個小塾，上午教孩子們讀書，午後就管帳。」

儲幼寧聽到這兒，頗覺親切，覺得這盧省齋，活脫脫就如同當年豐記糧行帳房師爺閻桐春。就聽見那盧省齋繼續言道：「可惡那王聖人，當了府尹之後，千方百計、想方設法，尋大商號晦氣。只要被他抓住一點點痛腳，馬上就使出狼虎手段，將商家沒收，由他派人接手，繼續往下經營。他說，這叫涓滴歸公，不入私囊。我聽說，他以前沒走捐官門路之前，就在臨沂替臨沂府管著一家糧行。」

「王聖人沒收賽魯班，派人接手。那新任管事的，愣說我帳本不乾淨，要攆我走。我不答應，我說，我在賽魯班管了幾年帳，往來清晰，乾乾淨淨，哪有什麼帳本不乾淨？」

景公問道：「那麼，後來如何了？」

盧省齋道：「不行哪，架不住他們硬逼，我只好抬屁股讓位子，離了賽魯班。現下也就是在家裡混著，收了左近幾個孩子，開個小塾，混日子罷了。」

說到這兒，兩人相互唉聲嘆氣，繼而默然吃飯。

聽完隔壁悄悄話，儲幼寧臉色沉重，壓低聲音，一五一十，把適才所聽來隔壁二人談話，轉告同桌餘人。儲幼寧講完，金秀明接口道：「唉呀，不好，王聖人當年搶走你家糧行，逼得你義母、次兄自盡，長兄流亡，如今，竟然當了父母官，成了府尹。這下子，事情難辦了。」

儲幼寧嘆了口氣道：「咳，難辦也得辦，非辦成不可。」

說罷，儲幼寧站起身子，示意餘人跟著，一起出了飯館，上了車，找尋客棧而去。車夫辜順生打頭陣，東問西問，找到一家前後兩進客棧，要了後院三間房。隨後，眾人住進房裡，車夫搬進什物。眾人洗洗擦擦，把頭臉弄乾淨後，齊到客棧前廳，小二送上一壺茶，幾樣乾果。

此時，辜順生帶著彭小八過來，給眾人深深鞠個躬道：「諸位爺兒們，咱們這趟旅途，終究到了頭，我與小八總算把諸位平平安安、順順當當送到了臨沂。現下，事情已完，懇請老爺開發賞錢，我和小八得回天津去了。」

儲幼寧尚未開口，金秀明先搭了腔道：「順生，這趟行程走下來，經歷不少事情。尤其，在濟南碰上銀螞蟻那事，大家一起共過患難。後來在臨沂山上，碰見土匪，大家也是一起逃得性命。現如今，雖然走完行程，到了臨沂，但的確還要謀幹大事，正缺著人手。」

「咱們也算不打不相識，在天津時有所得罪。在那之後，你與小八的確十分得力，幫了我們不少忙。這樣好不好，我這兒先把車資給開發了，你二人拿了車資先別回去，暫時留下來。你們還是住驢車上，我車資照算，驢子糧草、你二人飯食，我另外給錢。」

「你和小八離家日久，自然想念家人。這樣，我替你們各寫一封家書，用快信寄回天津。信裡，我另外再附上取銀紙條，每家各十兩銀子。我在天津錢莊裡開有戶頭，裡頭還有一點錢。取銀條上頭，寫明了取銀人姓名、籍貫、年齡、面貌特徵，到時候，你家人拿了取銀條，就可至錢莊取錢。」

「我們這次到臨沂來，不為別的，就是想替儲少爺拿回豐記糧行。如能拿回，打算交給佟師傅、韓姑娘經營，到時候，你和小八如果願意，可留下來，在糧行幫忙。如果不願意，再回天津不遲。如此，兩位意下如何？」

辜順生雖是車夫，卻久跑江湖，腦子靈光，心裡這一默算，就曉得此事可為。要知道，他和彭小八拿了十兩車資，還須走回頭路，幾百里路程也是險惡。運氣好，能拉上回頭客，還有銀兩可掙，運氣不好，就只能空車而回。照金秀明說法，留在這兒，每天還有收入，而天津老家那兒，則有十兩銀子可得。這買賣，划算。

於是，辜順生看了看彭小八，彭小八眼色也是願意。因而，辜順生就朝金秀明點了點頭。金秀明兩掌一拍道：「好啊，咱們這就分頭幹事。順生，你把驢車放這兒，由小八看著，你出去打聽打聽，沂州府衙門在哪兒，去衙門那兒轉轉，看看是怎麼回事。」

「佟師傅，你和韓老伯、韓姑娘、儲家大哥，留在這兒休息休息。順便，和櫃檯、店小二什麼的打聽打聽，問點府尹王聖人事情。我和儲爺，則是回豐記糧行，瞧瞧情況去。」

說罷，眾人分頭辦事，佟暖等人留坐原地，儲幼寧、金秀明往糧行而去，辜順生則走另外一路，尋找府尹衙門。

儲幼寧八歲上，隨閻桐春倉皇遁走，十餘年後再返沂州府，可謂少小離家老大回。憑藉幼時印象，儲幼寧輕車熟路，三拐兩彎，就到了豐記糧行。當年，這糧行前後共有三進院落，最前面是三間門臉前廳，應付批發，兼而料理街坊零售。前廳之後，則是院落，布置了驢馬棚子、水井、雜役土屋、碾子、推車等事物。

至於二進院落，則是糧行管事、護院武師居住之處，並有廚房、兵器房。儲懷遠一家五口，住第三進院落。正房與兩旁廂房，住了儲懷遠、儲妻鄒氏、長子儲仰歸、次子儲仰寧、么兒儲幼寧。院落一角，另有一間小屋，單擺浮擱，住了儲家管家兼帳房閻桐春。

十餘年之後，儲幼寧已然成年，帶著金秀明重訪故地，但見糧行前面三間門臉依舊人來人往，生意繁忙。儲幼寧領著金秀明，往前行幾步，到了門口，對著個夥計，抱拳唱聲諾道：「您老請了，我是外地人，打從天津來。我少年時，長於臨沂，曾每天上午到這糧行來，與東主儲家三位少爺，一起跟著一個帳房師爺讀書。不知儲家三位少爺，現下如何？能否相見？」

那夥計聞言，並不答話，反而扭頭朝後頭喊道：「畢頭，有人上門，問以前事，我沒法子答。」說完，才衝儲幼寧道：「我到這糧行才七年多，以前事情並不知曉。那人姓畢，在這兒二十多年了，以前事情，你得問他。」

這時，打從後頭過來一人。這人，肩上披了片厚麻布，頭上也頂了片厚麻布。儲幼寧長於糧行，自幼見慣，曉得這是夥計們扛糧食時，為恐糧食袋子擦傷了身上衣服，擦壞了頭皮，故而在肩上、頭上，都披著厚麻布，拿來墊底，護著衣裳與頭皮。

這人，腰已略有彎曲，走起路來一搖一晃，兩腿略曲，沒法站直。儲幼寧曉得，這是幾十年長期扛糧食，傷了腰腿之故。待這人走近，儲幼寧瞧見這人面貌，還能認出此人，記得自己年幼時，這人還把自己抱起來往上拋擲，然後接住。那時，自己心中驚駭，不禁大哭，惹得那人哈哈而笑。

這人走到儲幼寧、金秀明跟前，頷首點頭道：「我姓畢，是這兒管事，兩位有何貴幹？」

儲幼寧把之前那套話，又說了一遍。說完，就見這畢頭輕輕嘆了口氣道：「咳，那都是多少年前舊事了，您大約早就搬離臨沂，不知道後來的事情。總之，後來原東主出了事，與小少爺連夜消失。後來，說是與山賊扯上關係，官府就收了糧行，另外改派人接手。那接手人，就是現在沂州府府尹。」

儲幼寧問道：「那麼，現在這糧行由誰經營？」

畢頭道：「糧行還是公產，府尹大人派了佘老爺來，替府尹看管著糧行。一切往來，大小諸事，佘老爺說了算。」

金秀明插嘴問道：「這佘老爺，對底下人如何？」

畢頭面上顯現不安，隨即說道：「兩位，要是沒事，我就告退了。下午特別忙，眼看著天色漸晚，還有許多事情沒料理，我得忙去了。」說罷，畢頭拱拱手，掉頭而去。儲幼寧並金秀明站在門口看了看，也就離開，回了客棧。

回到客棧，幸順生尚未返回，倒是佟暖，這會兒工夫，已經與客棧裡櫃檯、夥計聊過，探出不少內情。佟暖是老江湖，眼下雖然身子半殘，但腦子好使，與夥計、店家打交道，正是合適。

原來，這王聖人王堅學，當年替沂州府府尹當豐記糧行總管，前後約三年。嗣後，朝廷鬧洋化運動，一班維新黨提出諸般主張，地方上各省亦有呼應。這王聖人主持豐記糧行，主張更改度量衡，無論秤輕重還是量大小，全都改行西制。這主張茲事體大，地方父老當然反對，主張維持現制。

地方父老倡言，度量衡體制自古已然，中華大地千餘年來都守成不變，早已習慣成自然，無病無弊無須更改。一旦改行西制，非但黎民百姓無所適從，更須重新打造秤、勺、合、桶，更改計算標記，無端耗費公帑，實屬不智。

對此，王聖人登高疾呼，痛貶守舊父老，硬指反對更動度量衡體制者，為國之大賊，阻礙大清朝富國強兵，為民族奇恥大辱。王聖人大帽子一頂接一頂拋出，震動地方，府尹將王聖人延請入府，懇切勸解。詎料，王聖人這人生性就是一人成功萬骨枯，只管自己出頭露臉顯威風，哪管他人死活。府尹愈勸，王聖人勁頭愈大，竟然是愈扶愈醉。

末了，府尹也動了怒，當時沒說什麼，後來，就下了公事，拔掉王聖人豐記糧行總管職位，讓王聖人回家吃老米飯。好個王聖人，此處不留爺，自有留爺處，你拔老子位子，老子也讓你坐不安穩。不知他走什麼路子，聽然通了天，找了在京山東御史，專題上書，參了沂州府府尹一本。那御史參奏沂州府府尹，說是食古不化，妨礙新政，阻撓維新。

於是，朝廷發了人事上諭，拔掉沂州府府尹。在此同時，王聖人也走捐官路子，弄了個從四品頂戴，剛好夠格當知府。於是，王聖人搖身一變，從糧行總管，成了沂州府府尹。王聖人抓了沂州府印把子後，商民惶惶，以為這下糟了，他當了地方父母官，必然強制下令，改行西式公制度量衡。

詎料，王聖人公然張貼榜文，要商民安心。榜文中言道，實行西式公制度量衡時機，已然過去。那意思是說，眼前時機不對，不再改動度量衡。為此，地方上仕紳人等，背後皆罵其狼子野心，換了位子，就換了腦袋。

王聖人當上府尹後，朝廷裡風氣大變，守舊派壓倒維新派，占了上風。因而，王聖人又將三皇五帝、周易文王、孔子聖人掛在嘴上，整天大道理不斷。不獨於此，他公然倡言，今後治事將以理學為本，以法家為用，嚴刑峻法，以懲奸頑。此後，沂州府衙門外，常川擺著站籠。站籠裡，常川站著囚徒。所有囚徒，無不是站著進，躺著出，全都死定，沒個活口。

照國家體制，人犯性命操之於朝廷，要由皇上每年秋決，勾選之後，這才推上法場，斬首取命。但這王聖人，壓根不等判決定讞，將詳情送至北京刑部，轉由皇上勾決，而逕以站籠結果人犯性命。而所謂人犯，則是無辜者占十之八九。

王聖人開口孔孟教化，閉口仁義道德，如此一來，朝廷裡當朝諸守舊大員，深以為然。如此，他在朝中隱然有了倚靠，在沂州府作威作福，已無人能制，倘若上告朝廷，不但告他不倒，反而為他得知訊息，引火燒身，玩火自焚。

佟暖滴滴答答，將打探所得內情向儲幼寧、金秀明一一敘明。話才說完，就見車夫辜順生風風火火趕回客棧，氣急敗壞，馬上就要說話。金秀明見狀，略略抬起右手，阻著辜順生說話，並轉頭要夥計，再續點新茶。

續過新茶，眼見外頭天色暗了下來，客棧門口已然掛上氣死風燈，金秀明就要店家送上晚飯。七人圍桌吃飯，彭小八另在驢車上吃。

這一吃飯，辜順生就開了話匣子，彷彿是破了洞的洋白麵口袋，稍微碰一下，就抖漏出一大堆。他說，他幹車夫幾十年，慣於與販夫走卒打交道，他到了府尹衙門附近，三下兩下，就與街面上引車賣漿、販夫走卒之流人物打上交道。隨便聽聽，就是幾籮筐消息，全與府尹王聖人有關。

這沂州府府尹王堅學，本來人稱王聖人，現在又有新號，人稱「王屠戶」。這人，遇事就抓人，但凡沾上一點邊，就捉進府尹衙門審訊。一般官兒問案，都要底下人犯招供，王屠戶卻不同。王屠戶問案，往往不等底下人犯開口，即高聲喝令，說是人犯拒絕不吐實，上大刑伺候。倘若犯人開口招供，無論所言是實是虛，是真是假，一概指稱胡說八道，也是大刑伺候。

酷刑肆虐之地，不僅沂州府本地，沂州府下轄蘭山縣、郯城縣、費縣、沂水縣、蒙陰縣、日照縣、莒州，共六縣一州，俱都為王聖人刑虐之地。各該州縣，各有地方父母官，但府尹王聖人常越俎代庖，將下屬六縣一州人犯，帶回沂州府府尹衙門，照樣大刑伺候。

只要進了沂州府衙門，無論招認不招認，無論招認是真是假，一律大刑伺候。至於那大刑，種類頗多，站籠僅為其中之一。他在府尹衙門前置木籠十二具，每具木籠，內裡狹小，朝裡處遍插鋼釘。木籠上頭，則有個開口。人入木籠，腦袋露在木籠上頭，那開口卡住脖子，腦袋不能下縮。腳底下，則墊上磚塊。

初初入籠之際，那磚塊堆得厚高，人不能站直，只能卯著腰，駝著背，彎曲站立。如此，囚徒體力迅捷耗損。之後，則是連續抽掉磚塊，磚塊厚度不及支撐囚徒雙腳，囚徒必得墊著腳，才能勉強站立。如此墊腳站立，更耗體力。

體衰者，不及一日，即耗盡精力，兩腿鬆軟，身子下垂，脖子掛在站籠上頭開口，就此吊死。體力強碩者，頂多三日，也難逃一命嗚呼。家道稍富，尚有餘力者，家人必然耗盡家資，買來人參，燉成濃參湯，一口一口餵下去，雖然能多撐幾日，到頭來，還是難逃一死。

辜順生講到此處，儲幼寧不禁想起，當初在高郵街上，見劉五蹲踞在地，蓬首垢面，枷號夾著脖子，脖子上掛了條鐵鍊，鏈子鎖在路旁樹幹上。劉五身邊則是劉小雲，一手端碗，一手持匙，正往劉五嘴裡餵參湯。

那枷號，是兩張厚木板，邊緣各挖半圓，將兩張厚木板合攏，兩介半圓拼成圓狀。使用時，將兩張木板合攏於人犯頸項，上鎖。劉五那天所戴枷號，左右兩邊，各有一張封條，封條上書「江蘇按察使司衙門」。枷號下邊，則另貼一張官府文書，寫道：「欺世盜名慣犯，以葷作素哄騙老弱」。

儲幼寧心想，這枷號雖然傷人，但不至要人性命。看來，王聖人這站籠，實在慘無人道，遠比枷號殘酷。儲幼寧實在想不透，什麼樣的人如此心腸狠毒，拿人不當人，滿嘴仁義道德，卻以取人性命為樂。

想到這兒，就聽見車夫辜順生繼續往下講。王聖人當府尹，酷刑不只站籠一端，其他花樣，在所多有。比方說，打杖條、打板子、軋槓子、跪蒺藜、站鐵鏊、氣蛤蟆。

這裡頭，打杖條、打板子，就是拿木杖打人、拿板子打人。打腿，打臀，打背，挨打處不同，傷勢亦有異。最輕者，大腿挨板子、挨棍子，還能慢慢復原。若是背脊挨板子，輕則殘廢，重則送命。

軋槓子，則是大槓子壓身上，被壓者內臟壓擠，五臟六腑破裂流血，氣竭而死，而體外無傷。跪蒺藜，令犯人跪於鐵蒺藜上，兩膝筋骨俱都報廢，再也無法直立行走。站鐵鏊，鐵鏊即平底鍋，下頭燃火，燒炙鐵鏊，置犯人於上，痛不欲生。氣蛤蟆，這更是慘無人道，令受刑者仰臥，用槓子猛擊肚皮。

儲幼寧聽至站鐵鏊，心中想起初到揚州時，春來興鹽號老闆陳潤三在狀元樓宴請直隸長蘆鹽商。陳潤三突發奇想，令店家在鐵板刷上調味醬料，鐵板下放著火爐，小火慢烤鐵板，置活鵝於鐵板上，烤炙鵝掌。

陳潤三剮活驢、烤活鵝，暴行令人髮指，到了後來，終究為儲幼寧所殺，烈火焚身，下場極慘。現如今，多少年後，儲幼寧又聽到同類慘事，這一回，卻是活烤人腳掌。儲幼寧聞訊，心裡不禁大起疙瘩，糾結難受，就此起了殺機。他心想，以其人之道還治其人，非要王聖人嚐嚐諸般酷刑不可。

王堅學惡行不只一端，車夫辜順生還接著往下敘說。

辜順生道：「府尹衙門外，做小生意的，都說這府尹殺氣重，每次把人活活弄死，都理直氣壯。他說，他是清官，天不怕，地不怕，半夜不怕鬼敲門。他說，他又清又廉，清廉得格登格登響。」

這頓夜飯，經佟暖、辜順生詳盡說明，儲幼寧心裡有了底，歪著身子，和金秀明略略商量幾句，就訂出大體計策。儲幼寧對眾人道：「明天一早，我和秀明哥哥就得出去辦事，你們幾個先別跟著。順生與小八留在店裡，守著兩輛車。佟師傅、韓姑娘，帶著韓大爺併同我哥哥，還是出去轉悠。」

「這臨沂城裡，我知道有個市集，就靠著間大廟，那兒挺熱鬧，地面上有不少賣藝人。你們幾位明天過去，把琴、鼓等傢伙帶上，看看能不能撂地賣藝。不為賺錢，主要就是熟悉這地方，聽聽有啥訊息沒有。倘若地面上有規矩，賣藝要繳例錢，也別爭，該繳就繳。傍晚，收了攤回來，大家夥一起吃夜飯，商量商量後天該咱辦。」

一夜無話，第二天一早，照著儲幼寧分派，眾人在客棧裡吃過早飯，分三頭而行。兩名車夫，就地留在客棧裡。佟暖與韓燕媛帶著韓福年、儲仰歸，前去廟前市集。儲幼寧並金秀明則是輕車熟路，到了府尹衙門。到了衙門外頭，立時有衙役上來盤問，儲幼寧大聲大氣言道：「我倆從濟南來，撫台大人有要緊公事，要我倆轉交給知府大人，快給我回話去。」

儲幼寧幾年來，與不少衙門打過交道，曉得大小衙門主事官兒身邊都有倆師爺。如遇生人求見，不想見，又不得不見，均是先派師爺出面，與來人接談，探明內情再回稟主事官老爺，以決定見或不見。

然而，今日在沂州府知府衙門卻是不同。工夫不大，那衙役出來道：「兩位請進，我們老爺在簽押房等候。」

儲幼寧並金秀明都覺奇怪，怎麼沒見師爺出馬，直接就見主事官老爺了。兩人跟著衙役進了府尹衙門，彎來拐去，到了後頭簽押房。兩人進去，就見王堅學坐在桌前，手裡舉著筆管正批著公事。邊批，嘴裡邊罵罵咧咧道：「窮山惡水，刁民醜婦，全都該殺，放起天火，燒個乾淨。」

罵完，王堅學將筆一摔，高聲喊道：「來啊！」

隨即，聽差進屋，垂手聽令。王堅學指著桌上公事，對聽差道：「把這幾份公事拿到班房去，告訴班房頭兒，照著這公事上頭名單，下鄉拿人。把人拿回來，先鎖在站籠裡，等候我問案。」

差役問道：「回稟大人，門口站籠十二具，裡頭已經站了七人。如今再拿人，人數多，站籠裝不下，該如何處置，請大人示下？」

王堅學拉高嗓門，拔高聲響道：「那就輪流，已經站得差不多，快斷氣的，先搬出來，緩兩口氣。把新人放進去站，站幾個時辰，搬出來，把原來的放進去站。我就不信，顛來倒去站，讓他們天天站，他們還敢為非作歹？」

聽差得令，轉身離去。王堅學站起身來，擺擺手，要儲、金二人就座。二人坐下，小廝過來，倒上茶水，隨即出去，順手放下門簾。儲幼寧定眼打量這王堅學，三角眼，後腦勺扁平一片。髮辮旁，腦殼左邊，有個髮旋，雖然剃光了頭髮，這髮旋還是十分明顯。看這面相，可知這人剛愎自用，刻薄寡恩，自以為是。

儲、金二人尚未張嘴，王堅學即搶先言道：「我在沂州府做這父母官，不容易啊。兩位瞧瞧，我為了給朝廷節省公帑，連個師爺都沒有。按說，衙門無論大小，總有刑名、錢穀兩位師爺。我這兒，卻是清清如水，把師爺給省了，我一個人當仨人用。所謂天地君親師，我上對得起天地、皇上，下對得起百姓，我身為表率，做百姓之君、百姓之親、百姓之師。」

「奈何，這沂州府乃窮山惡水之地，沂州府百姓是刁民醜婦之人。在這兒做父母官，難啊！對下頭黎民百姓難做父母官，也就罷了，偏偏，上頭省裡，給我小鞋穿。前兩天，接到個快馬公文，三百里加急。公文出了濟南撫台衙門，快馬往這兒跑，限定一天要跑三百里地，中間碰到驛站，就換新馬，換馬不換人，把這公文，兩天就送到這兒。」

「朝廷設官分職，花銀子養著驛站、養著馬匹，那都是為著傳遞要緊公事。現如今，不相干假事情也勞撫台大人寫了公事，派快馬一天三百里，跑到我這兒來。這根本是多此一舉，在我這兒，就得把這種矇拐搶騙事情給擋住不受。」

儲、金二人一句話沒說，王堅學就劈里啪啦說了一大套。金秀明聽了，就覺事情不妙。蓋因之前離開濟南時，錢穀師爺就有話，說是撫台陳士杰大人會有公事，派給沂州府府尹，點出當年沒收豐記糧行舉措不當，應歸還儲家後人。

說到這兒，王堅學衝儲、金二人道：「你二人今日到此，說是有撫台大人私信給我。究竟，所為何事？」

這會兒工夫，儲幼寧才得空講話道：「王大人，濟南撫台陳大人，有私信一封，囑我面交王大人。」

儲幼寧將這封貼身收藏信件，自懷裡掏出，兩手合舉，恭敬交予王堅學。王堅學信手撕開封皮，抽出信紙，略為展讀，臉色不悅道：「這信，與快馬公事所言，差相彷彿。所差者，那公事用字遣辭全是衙門官話，這私信則是辭情懇切，私下敘交情。公事、私信，講的全是一回事，要我把豐記糧行還給原東主儲懷遠之後。兩位，你們二人，哪位是儲懷遠之後？」

儲幼寧坐直身子道：「我姓儲，叫儲幼寧，在家排行老三。兩個哥哥，二哥已隨母親而去，現下，大哥與我同在一塊兒。」

王堅學道：「我說呢，龍生龍，鳳生鳳，老鼠生的兒子會打洞。你爹當年上山，入了山寨，當了山賊，官府衙門這才沒入豐記糧行。現如今，你來討債，你是啥來頭？這十幾年，你幹了些啥事？全得向本官交代清楚。倘有半句不實，哼哼，門口那十二具站籠，就是你的榜樣。」

「先跟你們說了吧，快馬送來那公事，連同剛才你送來那私信，裡頭都說當年沒收豐記糧行之事，前因後果含混不清，沒收充公理由曖昧，證據不足，因而，要沂州府就此事重新審理。現在明白告訴你，上頭要我重新審理此事，我現在就重新審理完畢。重審完了，沒有含混不清，沒有理由曖昧。」

儲、金二人，聽王堅學這番話語，心中大驚，沒想到，這人兇殘暴戾，說翻臉就翻臉，眼看著，就要將二人放入站籠。金秀明當機立斷，歪著頭，附耳對儲幼寧道：「小心他撕掉或燒掉那撫台信函。」

儲幼寧聞言，當即用手在椅子背後凹處，用力搓揉。沒搓幾下，就搓出一小團泥垢。隨即，手指不停旋壓那垢物，就壓出比米粒還小一顆泥丸。這才剛搓完泥丸，就見王堅學一抬手，把那巡撫陳士杰私信往洋油燈燈罩上湊，擺明了，就是打算燒信。

說時遲，那時快，儲幼寧手也不抬，就是彈指而為，就把那小泥丸朝王堅學面門彈去。嗖地一下，那泥丸直奔王堅學左眼。泥丸入眼，疼得王堅學摀著眼睛，大聲喊疼。外頭聽差聽見王堅學喊叫，立時闖入，王堅學要聽差趕緊給他看看眼睛。

趁著這當口，儲幼寧拾起巡撫陳士杰私信，大聲言道：「王大人身體不適，小的們不敢打擾，就此別過。」說罷，與金秀明頭也不回，快步離開，連走帶跑，出了沂州府知府衙門，這才鬆了一口氣。

衙門裡面，聽差將王堅學眼中汙垢弄出，又打來洗臉水，讓王堅學洗淨門面。等弄乾淨了，王堅學這才察覺儲、金二人已然離去。於是，嘴裡混帳、刁民，罵個不停，說是下次再見這二人，一定要關進站籠裡去。

還不到中午，儲、金二人即已回到客棧，兩人俱感疲憊。辜順生、彭小八倆車夫見二人回來，趕忙問結果。儲、金二人含混帶過，說是見著了王聖人，但沒談出結果。之後，二人草草吃過中飯，隨即睡個午覺，稍事歇息。

傍晚時分，佟暖等四人回到客棧，眾人同用夜飯。佟暖並韓燕媛滴滴答答，講起日間轉悠內情。原來，王堅學治臨沂城，按著「寧錯殺，不錯放」心法辦事，已把臨沂城治得盜賊絕跡，夜不閉戶。沒事，都能把人屈打成招，倘若有事，那更是一條街面，所有住戶全得連坐。

因而，連盜賊都不願在此作案，免得失風被捕，進了站籠，必死無疑。既然宵小絕跡，自然江湖人物也立不住腳，沒了江湖人物，藝人上街賣藝，自然不必繳交例錢。然而，實情卻非如此。

韓燕媛道：「今兒個到了街面上，找到那市集，果然是個熱鬧地方，有同行賣藝。於是，我們也撂了攤子，擺上琴、鼓傢伙。正打算唱，來了人要收例錢。佟師父就問對方，是哪路人物？門派為何？」

佟暖接著言道：「可奇了，對方說，他們不是江湖人物。這例錢，是為沂州府衙門所收。我說，我跑了大半輩子江湖，還真沒聽過衙門在地頭上收例錢的。對方說，這是知府王大老爺定的規矩，凡撂地賣藝，就得收例錢。旁的地方是江湖人物收，他們這兒，水治河清，沒有江湖人物，就由衙門來收。」

韓燕媛道：「今天在外頭，聽街面上本地人講，說是外鄉出了什麼事，王聖人把衙門裡衙役、官差、親兵小隊全給派出去了，下鄉去拿人。」

這頓夜飯，金秀明、儲幼寧沒說多少話，兩人俱有點心神不寧，佟暖、韓燕媛看在眼裡，也沒多問。吃完夜飯，儲幼寧道：「諸位早早歇息吧，明天還不知怎麼樣呢。」

眾人回房，金秀明、儲幼寧共居一室，兩人回到房內，金秀明道：「怎麼樣，就今天晚上吧？剛才聽他們說，衙門裡官差、衙役、親兵小隊，全派出去了。這樣，衙門裡人手必少，方便辦事。」

儲幼寧點點頭道：「把螞蟻、洋麻藥依打都帶上。今天夜裡，就把事情辦了。上午幸好咱們跑得快，要是慢了，說不定被他拿住，關在站籠裡，那樣，連命都沒了。這人，真是心狠手辣。」

金秀明笑道：「不至於吧，你神功蓋世，怎麼會被幾個衙役拿住？」

儲幼寧道：「別說玩笑話，你也知道，天大、地大、衙門最大。毆官拒捕，多大的罪名，倘若咱們犯了這事，衙門發下海捕文書，昭告天下，那樣，天下雖大，卻根本沒有咱們倆存身地方。」

金秀明收起笑臉道：「那倒也是，我剛才睡醒午覺，心裡還想要是上午沒跑掉，被他扣住，我們該如何？要是束手就擒，進了站籠，是個死。倘若，打了官差、衙役，逃了出來，後頭麻煩必多，說不定我爹娘、小雲都會受牽連。」

儲幼寧道：「所言甚是，因而，今天晚上咱們攻進去，下手就不能心軟。他諸般酷刑裡，有站鐵鏊一項，我這兩天，腦子總為這酷刑所擾。當年在狀元樓，陳潤三弄隻活鵝，關在鐵籠裡，底下燒著慢火炙烤鵝掌。這事情都多少年了，始終縈繞我心，想起來就難過。畜生何辜，竟受此活罪。王堅學這種人，比畜生還畜生。」

金秀明道：「看來，你那肝鬱之症，還是沒斷根。」

儲幼寧道：「這病，我只能治病徵，治不了病根。這幾年雖沒犯病，但病灶還在那兒，消弭不去。這麼多年，大小惡戰無數，我總是心存仁念，除非殺我義父仇人，必然殺之後快，其他人總是施予薄懲，放過一命。今兒夜裡，對王堅學，我不會手軟，就像當年燒陳潤三那般，要痛治王堅學，以去我心中塊壘。」

當年，儲幼寧才十五、十六歲，與金秀明、金秀蓮同赴狀元樓吃飯，巧施妙計，火焚陳潤三。當時，金家兄妹均被蒙在鼓裡，過了多年，三人均成年後，儲幼寧這才吐露實情，金家兄妹才曉得陳潤三為儲幼寧所殺。

金秀明道：「要幹就幹，手段狠一點也無所謂。今天上午，咱倆要不是跑得快，連命都沒了。這王堅學，真不是人。」

二人隨即各自斜倚床上，閉目假寐，儲幼寧又運起閻桐春所授吐納之術，讓氣息周身運行，調勻心境。未久，就聽見外頭更夫巡夜，邊走，邊敲梆子。那梆子聲，敲的是三更天點子。兩人起身，默默收拾，一前一後，出了客棧。

第四十五章：攻衙門聖人府尹一命嗚呼，戰糧行昔日祖產盡復舊觀

這時，街面上行人稀少，店鋪均已上了門板，抬頭一看，濃雲蔽天，星月無光。二人踽踽而行，悄然無聲，向知府衙門而去。

到了衙門外頭，兩人腳步不停，繞著衙門外牆巡行一圈。衙門大門已然關上，大門外頭，靠牆邊立著十二具站籠，一小半空著，一大半裡頭都還站著人。站籠外頭，圍著囚犯家屬，或往站籠裡飼餵食物，或與站籠裡囚徒對話。這對話，事涉生離死別，幾乎都是交代後事，儲幼寧、金秀明聽了，心中大感忿恨。

衙門外頭，家人生離死別、交代後事；衙門裡頭，王聖人卻隆中高臥，一夜好睡。二人想到這兒，心頭就無名火大起，不約而同想著，待會兒辦完了事，要到這兒來，放出站籠中囚徒。

兩人繞行知府衙門一圈，看清楚了地勢，見後門那兒最易攻入。衙門後頭，沿著圍牆邊堆放亂七八糟物件，看得出來凡是衙門裡不要廢物，全堆在這兒擺放。等堆滿了，放一把火燒掉。因而，這一塊地面，既有廢物，也有火燒過後焦黑痕跡。

儲幼寧武藝蓋世，但體力平平，更不會穿房越脊飛賊功夫。他與金秀明二人鬼鬼祟祟，搬動圍牆

邊廢棄雜物，倚靠著牆面，聚攏成堆。繼而，二人站在這堆廢棄雜物上，攀上牆頭，再越牆而入，滑下牆面，進入知府衙門後院。

進了後院，眼前一片漆黑，丁點星火都沒有。二人也不言語，金秀明拉了儲幼寧褲襬一下，耳語道：「別動，站著等一下。」

二人定神站了好一陣子，眼神慢慢適應幽暗。這知府衙門，竟然一無更夫打更巡夜，二無官差看家護院，整個衙門空蕩蕩、靜悄悄。儲幼寧運起順風耳神功，只聽見近處有間大屋，屋裡有四、五人氣息沉重，深深鼾睡。遠處，靠衙門大門口那兒，大門旁有間小屋，裡頭睡著一人。至於正屋裡，因屋宇大，房間多，則聽不出聲息。

儲幼寧、金秀明早知，王聖人獨自居於知府衙門，並無家人同住。如此一來，易於處理。兩人站了約一盞茶工夫，隨即，儲幼寧拍拍金秀明肩膀，二人躡手躡腳，慢慢行至衙役所居大屋外頭。

白日間，王聖人將眾多差人、衙役、兵丁派出拿人，因而，此時屋內僅有四、五人氣息。此時正值仲夏，日間豔陽高照，夜裡溼氣蒸騰，上半夜屋宇餘熱猶存，即便門戶全開，夜不設防，躺在上床亦是輾轉反側，難以安穩入睡。

此時，已過子時，時序進入下半夜，熱氣漸漸散盡，正是熟睡好時光。兩人躡手躡腳，到了這衙役睡房外頭，站定了腳步，兩人自腰間掏出兩大塊黑布。將辮子盤在頭上，一塊黑布，蒙了腦袋。另外一塊黑布，蒙了顏面。如此這般，兩人就成了夜行盜賊，臉上只剩下兩隻眼睛，咕嚕咕嚕放光。

蒙好了頭臉，儲幼寧又自隨身布袋中，掏出一片厚白絹布。這白絹布是之前在天津聖路易天主堂，向法蘭西神甫駙馬爺討要而來。這東西本是駙馬爺施行手術後，用來覆蓋傷口。如今，被儲幼寧、金秀明拿來，成了西洋蒙汗藥引子。

儲幼寧掏出白絹布，金秀明則自袋裡，拿出駙馬爺所贈洋麻藥依打。兩人一步一挪蹭，慢慢進了屋裡，隱隱約約，就見通鋪木板床上，稀稀落落，躺了五人。因是天熱，這五人俱是赤著身子，僅在下身套條短褲。並且，因是天熱，這五人均是頭朝窗子，腳朝牆壁。

儲幼寧見了，心裡暗叫一聲：「好險！」。

要知道，倘若五人均是頭朝牆壁，腳朝窗子，那樣，這五人腦袋距離床邊都遠，要一一拿洋絹布按在各人鼻子上，就挺費手腳。如今，五顆腦袋全朝窗子，腦袋與窗子間，隔著走道。如此這般，儲幼寧、金秀明只要站在走道上，即可輕易拿白絹布，摀住這五人口鼻。

金秀明、儲幼寧對看一眼，儲幼寧伸出手掌，掌上放著白絹布，金秀明慢慢擰開小琉璃瓶，自己閉了氣，並示意儲幼寧閉氣。之後，將瓶內洋蒙汗藥依打倒了幾滴，滴在白絹布上。

儲幼寧將白絹布按於第一人口鼻上，那人猛然而醒，稍肆掙扎，隨即頹軟。迷昏這人，金秀明再倒幾滴依打，儲幼寧再迷第二人。迷到第五人，絹布壓下去，那人轉醒，使勁掙扎，儲幼寧用力下壓，將絹布緊壓這人口鼻，但這人仍不停掙動，還發聲喊叫。儲幼寧見機極快，伸手一戳，戳在這人頸項前端發聲肉塊上，這人嗓子當即啞掉。

嗓子雖啞，這人還是迷不昏，還是掙扎。於是，金秀明上前，乾脆將小琉璃瓶對著這人口鼻，又滴數滴依打，才把這人迷昏過去。

這屋子裡，五人皆盡迷昏。兩人繼而又躡手躡腳，緩步挪蹭至大門旁小屋，將屋內一人也迷昏。至此，肅清外圍，二人大手大腳，大搖大擺，將院落、雜物間、公堂，徹徹底底摸尋周詳，曉得諸般刑具擺放位置。金秀明在衙役班房裡，順手拿起一條鐵鍊。這鐵鍊，上頭有鎖，配有鑰匙，係官差、衙役用來鎖拿百姓之用。

衙役將鎖鍊套在百姓脖子上，拿鎖給鎖上，如此，衙役只要抓著鐵鍊，就能將百姓牽走。凡人一旦被這鍊條鎖上，就如豬狗牲畜一般，只能俯首帖耳，跟著衙役而走。如不聽命，衙役只要一拽鐵鍊，百姓就非跌倒不可。

儲幼寧，則是順手從班房裡，尋摸到鐵鏨、炭爐、炭塊、火種、洋取燈等物，又拿了根鐵條。儲幼寧將該等事物，分兩趟搬到大堂裡。繼而，又把水火棍、木杖等物件，也搬移至大堂。一陣倒蹬，知府問案大堂，已擺放多樣刑具。這班房裡，還擺置得有一大串鑰匙，也不知是幹啥的，儲幼寧隨手一拿，掖於腰際。

金秀明所持那鐵鍊，分量挺沉，沒法子提起來捧在手裡，或扛在肩上攜行，而是拖拽於地，噹啷，噹啷啷，一路響叮噹，往前拖行。這時，除王堅學外，衙門裡所有人等全被迷翻，弄出再大聲響也無所懼。金秀明拖著這鐵鍊，與儲幼寧自衙役班房起始，往屋宇內走去，經過公堂，穿過簽押房，就到了王堅學睡房之外。

此時，王堅學已為鐵鍊拖地而行聲響吵醒，翻身而起，高聲叫罵道：「哪個混蛋，深更半夜不睡覺，在那兒玩鐵鍊子？信不信老爺我就拿鐵鍊子將你鎖上？」

金秀明一聽叫罵聲，立時將鍊子甩動得更響，噹啷啷，噹啷啷，聲震屋宇，引得王聖人火氣更大，穿著拖鞋，踢踏踢踏，自睡房裡走了出來。王聖人才出睡房門口，就見兩人迎面而來。這兩人，俱是蒙頭蒙臉，瞧不見面容，其中一人手裡，拽著衙役鎖人鐵鍊。

王聖人見狀，公然不懼，提氣高聲喝道：「來人啊！都死到哪兒啦？家裡來了賊，怎麼還在睡嗎？」

才喊到這兒，儲幼寧迎上前去，朝著王聖人脖子伸指就點。王聖人見狀，歪了頭想閃，卻怎麼也閃不過，就覺得脖子前頭一麻，中了儲幼寧一指，聲音隨即就啞了。聲音才啞，就覺得臉上一陣劇痛，打出娘胎以來沒這樣痛過，於是，趕忙伸手去抹，抹下一軟呼呼物件。王聖人將這物件一搓，摔於地上，就見是一血肉模糊團塊。

儲幼寧點啞了王聖人嗓子，金秀明隨即出手，將小竹簍裡僅剩最後一隻銀螞蟻，倒在王聖人臉上。這銀螞蟻自濟南跟到沂州府，一路上金秀明放任不管，並未餵食銀子，也未餵食其他物件，就是將之關在小竹簍裡，任其自生自滅。

這銀螞蟻多日未食銀子，已經餓得七葷八素，體內酸汁已然消退大半。饒是如此，剩下酸汁依舊威力驚人。這螞蟻飢餓多日，落在王聖人臉上，即便沒有提味汁液也是張口就咬。咬完了，才被王聖人捏死。

王聖人經大螞蟻這麼一咬，氣勢頓時萎掉，整個人都蔫了氣，站都站不直，靠著牆壁直叨氣。金秀明二話不說，抖弄那鐵鍊子，嘩地一下，就套上王聖人脖子。隨即，用手一扣，就把那鎖給扣上。頓時，把個氣燄高漲沂州府知府，擺弄成階下之囚。

金秀明本非暴戾之人，但白天在知府簽押房，差點淪為階下囚，關進站籠去。若非跑得快，這時在站籠裡站了大半天，一條命十成已經去了九成。因而，金秀明憋了一肚子火，這時噴發而出，用力拉扯那鐵鍊，就把王聖人扯倒。繼而，金秀明猛拉那鐵鍊往前面大堂走，王聖人連滾帶爬，手腳並用，只好跟著一路過去。

到了大堂，儲幼寧對金秀明道：「哥哥，所謂無毒不丈夫，要下手，就得心狠手辣。然而，你我均非心狠手辣之輩，要毒，也毒不起來，當不了大丈夫。但這畜生不如知府，也不能輕饒。因而，大哥，待會兒動手時，耳朵沒法子關死，卻得注意眼睛，別多瞧這點子。」

「倘不如此，這點子待會兒受罪模樣會入你腦海，常在你心，亂你神智，讓你難受。這是我所經歷之事，當年火燒陳潤三，我見他在火裡打滾，後來讓我難受多年。當年，你與秀蓮姊姊，也見陳潤三烈火焚身，但他並非你二人所殺，因而，不會讓你與秀蓮姊姊魂牽夢縈。我則不同，是我動的手，因而，陳潤三死狀纏了我多年。」

金秀明道：「幼寧，曉得了，我待會兒不看這廝頭面即是。」

這時，王聖人啞著嗓子，聲嘶力竭喊道：「是你們二人，白天拿著巡撫私函到我這兒來。快把我放了，我是朝廷命官，你們要是殺了我，就是謀害朝廷命官，那是砍頭的罪。現在放了我，還來得及。」

金秀明道：「沒幹啥事你都要送我們進站籠，現在把你綁了，你還饒得了我們？你那謊話，哄三歲孩子去吧。」

儲幼寧扯下蒙頭黑布並蒙臉黑布，對金秀明道：「反正他已認出我們，別再罩著這兩塊布了，天熱，黑布包著頭臉，弄得全身是汗。」

金秀明道：「說得也是。」隨即，亦扯下頭上、臉上兩塊黑布。

儲幼寧將所扯下兩塊黑布，使勁綁住王堅學兩手，又拿金秀明所扯下兩塊黑布，反覆矇住王聖人頭臉，並對金秀明道：「把他兩手捆了，省得他亂動。把他臉蒙了，省得等下他受罪時，那模樣讓咱們瞧見。這下子，咱們也別怕瞧見他頭臉，反正，已經拿黑布矇住了，眼不見為淨。我今天要為臨沂百姓報仇，為我儲家媽媽、儲家二哥報仇。」

「以前隨閻師傅習武、讀書，他曾說什麼以其人之道還治其人。這人這樣禍害百姓，我們就以他之道還治於他。現在，先打板子。」

說完，伸手一推，將王聖人推倒在地。王聖人脖子上有鐵鍊，兩手被縛，臉上又被大螞蟻咬傷，因而，倒在地上，雖不住掙扎，卻無法爬起。

衙役在公堂上打板子，得把犯人壓在地上，俯身於地，脫去褲子，邊打邊喊數字。堂上老爺說打五十下，就邊打邊數，直到五十。如此，既折磨人犯肉體，又凌虐人犯自尊。此時，深更半夜，沒衙役立於兩旁喊堂威，助威風，缺人手，沒法將王聖人俯身壓倒。儲幼寧只是具體而微，兩手舉著板子，一上一下，猛擊王聖人。

擊打之處，也不揀選地方，就是照著身子而打。才幾板子，王聖人就啞著嗓子，直喊饒命。他愈喊，儲幼寧愈怒，邊打邊罵道：「你也知道求饒命，你也知道求饒命，你也知道求饒命，那些百姓挨打時，求饒命，你饒了人家命嗎？」

打了不到十板子，儲幼寧隨即住手道：「不能再打，再打就昏死過去，便宜了這廝。」

金秀明一旁站著，見儲幼寧面現猙獰之色，下手狠辣，不覺驚詫。儲幼寧十五歲就到揚州金家，多年以來，儲幼寧早已成金家人，與金秀明情同手足，親如兄弟。儲幼寧在金家，行為舉止向來溫厚，武藝雖冠群倫，卻絕不濫殺無辜，下手也盡量容情。

金秀明從未見儲幼寧如此殺氣騰騰，如此下手狠辣，不禁心裡擔心，乃對儲幼寧道：「兄弟，別費事折騰了。乾脆，一板子打在後腦勺上，一次打死算了，省得麻煩。」

儲幼寧緩了口氣道：「別替我擔心，我知道自己在幹啥。儲家媽媽雖不是我親娘，但從小把屎把尿，拉拔我長大。儲家媽媽被這點子逼得，帶著我二哥燒炭自盡。我大哥雖沒死卻傷了腦子，從此受盡欺負。這一切，全是這豬狗不如的聖人害的。我今天不以其人之道還治其人，心裡疙瘩散不去。」

說話之際，儲幼寧拿炭火在鐵鏊下頭燒將起來。燒了一會兒，將炭火移開，澆水熄了炭火。這鐵鏊，經炭火烤炙一陣，上頭鐵板燒得頗燙，但並非滾燙，人站上去，受痛，受苦，受傷，但不會要人性命。

儲幼寧使個眼色，金秀明過來，兩人合力，架起王聖人。金秀明將鐵鍊往上一扔，那鐵鍊飛過房樑，垂了下來，二人拉緊鐵鍊，就將王聖人吊住。王聖人脖子繞了鐵鍊，鐵鍊掛在房樑上，鐵鍊末端由金秀明、儲幼寧抓在手裡。兩人緊一緊手勁，拉緊了鐵鍊，王聖人脖子受鐵鍊牽扯，不禁就踮起兩腳。如不踮腳，則脖子受鐵鍊拉扯，呼吸不順。

王聖人這一踮腳，儲幼寧低身，順手抄起那燒熱鐵鏊，置於王聖人腳下。王聖人脖子為鐵鍊所拉扯，已然踮腳抬頭，如不踩上鐵鏊，勢必支撐不住。於是，只好踩上鐵鏊。這一踩上去，就覺得腳板炙燙生疼，就想下去。然而，脖子上鐵鍊死死緊拉，王聖人壓根沒法子移動腳步，只能站在鐵鏊上，兩腳輪流踏步。

時候不長，王聖人兩隻腳底板皆被鐵鏊燙傷，疼得支撐不住，就想縮起兩腳。然而，兩腳一縮，脖子就為鐵鍊所吊，渾身昏沉，吸不進氣，吐不出氣。於是，只好再站在鐵鏊上，才能喘過氣來。這一站上去，兩腳又受炙烤。

此時，王聖人已然人不像人，鬼不像鬼，啞著嗓子，淒厲呼喊，死命號叫。他愈喊，愈嚎，儲幼寧愈是忿懣不平，無論王聖人如何求饒，儲幼寧來來去去，就是一句話：「窮苦百姓求饒時，你饒了嗎？」

如此，顛來倒去鬧了一陣子，王聖人一條命去了八成，還剩下兩成，苟延殘喘。於是，儲、金兩人鬆了鐵鍊，王聖人頹然倒地，腦袋砰地一下砸在大堂地板上。那大堂地面鋪了石板，王聖人頭上、臉上都蒙著黑布，腦袋砸地，竟沒出血，但人已昏厥。

儲幼寧小聲對金秀明喊道：「哥哥，來吧，咱們得換衣裳了。」

金秀明道：「幹麼換衣裳？」

儲幼寧道：「待會兒要出去搗弄那站籠。外頭，深更半夜還有囚徒、家屬在那兒，咱們得換上衙役衣服，惑人耳目。」

二人步出大堂，走向衙役大睡房。進了睡房，儲幼寧摸摸撿撿，在屋角桌上尋摸出一堆衙役號褂子。這號褂子，是為官差、衙役、兵丁官服。穿上號褂子，就有了官面上身分，哪怕是雜役，只要穿上號褂子，就是官家雜役，也算是官面上人物。

這睡房裡被迷昏五人，均是衙役，白日裡都穿著衙役號褂子。晚上睡覺，因天熱就脫了下來，堆在房角木桌上。白日裡，衙役整天流汗，就這一套號褂子，不能每日清洗更換，因而，這號褂子酸臭異常，入鼻作嘔。

儲幼寧抱出一堆號褂子，對金秀明道：「忍忍，穿上，待會兒把那點子弄出去，開了站籠，把他吊進去，讓他死在自己刑具上，自作孽，不可活。還有，開了其他站籠，把人放出來。這樣，得冒充衙役。」

金秀明點點頭，捏著鼻子，勉強穿上一套號褂子。那號褂子太小，穿在身上，繃得死緊。像不像，三分樣，深更半夜，也沒人細看。儲幼寧也依樣畫葫蘆，也穿上一套衙役號褂子。

兩人穿上衙役號褂子，出了大睡房，走回問案大堂，王堅學依舊倒臥於地，有若一灘爛泥。儲幼寧解開王聖人手上所縛黑布，取下王聖人脖子上鐵鍊，兩人各抓王聖人一手，就地硬拖，一路拖往大門。到了大門口，儲幼寧鬆手，放下王堅學，抬起大門拴，開了門，兩人把王堅學弄到大門外。

兩人在知府衙門內一陣搗弄，此時已過四更天，天上烏雲略散，露出一角晴空，些許月光灑落而下，街上景致較前清晰。那站籠外頭，眾家屬依舊不去，有些趴在站籠旁打瞌睡，有些還與站籠內囚徒低聲悲切私語，交代後事。

儲幼寧二話不說，又鬆手放下王聖人，掏出腰間所掖鑰匙串，走了過去，拿鑰匙試著開站籠，眾家屬瞧了都覺詫異。鑰匙串叮噹作響，打瞌睡家屬亦都醒來，眾人睜大眼睛，定眼瞧著儲幼寧。

儲幼寧東試西試，試了半天，終於開啟一座站籠，家人立時扶出囚徒。就這樣，一座又一座，費時頗久，就把所有囚徒給放了。囚徒出籠，家屬自然歡暢，人多口雜，聲量不禁逐漸拔高。儲幼寧曉得，這些人死而復生，心裡歡愉，必然激昂喜悅，沒法子令其壓低聲響。

因而，趕緊拉著兩個較精壯家屬，請其幫把手，將王堅學抬起。此時，王堅學早已人事不知，四人七手八腳，將之立起，放入站籠。入了站籠，腦袋被站籠上頭那圓孔卡住，腳下雖然墊了磚塊，但王聖人這時已經癱軟，腳不能踩。因而，四人一鬆手，王堅學當場就懸吊在那兒，沒多大工夫，就斷氣吊死了。

儲、金二人辦完大事，趕忙又回衙門，上了厚重門閂，回到大睡房裡，脫下衙役號褂子，換上原本衣服，又從後頭圍牆那兒越牆而出。到了外頭，打散地面墊腳廢棄雜物，低著頭，貼著街角，慢慢走回客棧。

走著，走著，天色就濛濛亮了起來。儲幼寧邊走，邊對金秀明道：「哥哥，待會兒到了客棧，不曉得開了門沒有？倘若門沒開，咱們得在街上再轉悠一陣，好等客棧開門。」

二人走到客棧不遠之處，就見客棧外頭，辜順生與彭小八正忙著餵驢子，清理驢糞球。客棧院落不夠寬敞，兩輛驢車都擱在外邊。驢子並驢車是車夫命根子，倆車夫自然宿於車上。倆車夫眼尖，見儲幼寧、金秀明走來，立時招手，要二人上車。

兩人走到車前，儲幼寧小聲問道：「怎麼不睡？這麼早就幹活兒？」辜順生還沒言語，彭小八接碴道：「這都是佟師傅，昨晚吃過夜飯後，佟師傅出來告訴我們，說是兩位爺晚上要出去辦事，恐怕要很晚才回來。到時候，客棧大門關上了，不方便喊門，因而，要我們夜裡警醒點，隨時注意，兩位爺可能回來。要是回來了，我們給打個接應。」

彭小八才說完，辜順生自車裡掏出兩枚炎肉火燒，一皮袋子涼水，對兩人道：「兩位爺，這是昨晚買的驢肉火燒，擱了一夜，都涼了，好歹吃點吧，忙和了一夜，也該餓了。」

儲、金二人忙和一晚上，好不容易走回來，此時已筋疲力盡。於是，伸手接過火燒，吭哧吭哧啃了起來，邊啃，邊喝涼水。二人心裡皆想，這佟暖不愧是老江湖，雖然身子半殘，但心思細密。昨晚夜飯時，儲、金二人未漏口風，說是晚上要出去辦事，卻為佟暖看出，還交代兩名車夫，在外接應。

儲幼寧想得更深，他想，奪回豐記糧行後，韓家父女就此安家落戶，靠糧行過日子。然而，韓福年老弱無用，韓燕媛又是個女子，弄起糧行生意總是費力。現如今，能有佟暖當幫手，幫著打理糧行諸事，儲幼寧覺得心中踏實，不再擔心。

吃完驢肉火燒，金色晨曦微微顯露，客棧大門亦已開啟。儲幼寧仔細叮嚀辜順生道：「我和金爺累了，要回房睡覺。待會兒，佟師傅起身後，你轉告他，吃過早飯後，你用驢車載著佟師傅，去找一家土木、泥水、木料店，店名叫賽魯班。到了店裡，好聲好氣，低聲下氣，問店裡以前那帳房盧省齋，現下居於何處。」

「記著，那盧省齋以前在賽魯班幹過事，後來東夥失和，一拍兩散。因而，賽魯班提起盧省齋不會有好話。你轉告佟師傅，要忍著點，務必問出盧省齋下落。隨即，去找盧省齋，就說現成有個糧行帳房位子，等著他上任。反正，務必拿好話哄著，把盧省齋請到客棧裡來。」

「倘若，把盧省齋請到客棧之後，我和我哥哥還睡著沒起來，你先趕緊離開，駕著驢車去豐記糧行。你不知道路沒關係，那糧行在臨沂大有名聲，你問人，可知方位。到了糧行後，把車停外頭，啥都不要幹，就是緊盯著糧行，瞧瞧裡裡外外正幹些什麼。要是有異狀也別管，但把消息探聽清楚，等我們過去。」

「等我與我哥哥睡了一覺，起來之後，下午咱們要去糧行謀幹大事。到時候，連小八一同，咱們所有人全要去。那是去打仗，打贏了，拿回糧行，大家都有好日子過。你和小八要是願意，就留下來，一起在糧行幫忙，把天津家眷接過來，就在臨沂安家落戶過日子。」

儲幼寧這番話，把辜順生、彭小八二人說得兩眼放光，一肚皮憧憬，彷彿眼前一片光亮。辜順生趕忙回道：「曉得，兩位爺趕緊進去歇著吧。這兒有我，待會兒見到佟師傅，我會如實轉告，務必把那個什麼盧省齋給請過來。」

金秀明、儲幼寧離開天津時，雇了這兩輛車。當時，辜順生極不老實，但為儲幼寧所收服。之後，儲幼寧見此人本性非惡，乃多方重用，加上金秀明手筆大，肚量寬，多給銀兩，更讓倆車夫死心塌地，成為幫手。

儲幼寧與金秀明心意相通，金秀明聽儲幼寧交代辜順生，要辜趕赴豐記糧行察看景況，曉得這是怕王聖人死訊傳出後，豐記糧行樹倒猢猻散，變賣所存糧食，拆夥四散。

儲幼寧、金秀明回房，連手臉都懶得洗，一身臭汗，各自躺下，隨即鼾睡。然而，畢竟誤了正常睡眠時辰，加上天熱氣悶，兩人睡得並不安穩，常有焦慮之夢。睡到午時，兩人皆醒，一頭一臉的汗。這一覺並不充適舒暢，但好歹補了點力氣，消了點疲困。

二人睡醒，頭昏腦脹，大聲喊來店小二，打水，送手巾把兒，洗手擦臉漱口。等這一套弄完了，二人走到客棧前廳，就見除彭小八在店門口看守驢車外，其餘人等俱皆在座，這裡頭還有盧省齋。儲幼寧見盧，堆起笑臉，溫言問候，之後，揀能說部分，講了緣由。

儲幼寧說，之前在沂州府郊外小鎮路邊餐館，恰巧聽見盧與日照景公談話，曉得盧遭遇。此外，又簡略表示，豐記糧行本為儲家產業，但遭沒收，改成公營，如今，省裡巡撫大人有公事來，也有私函，都說應該發還儲家。儲幼寧並謊稱，說是知府王堅學已同意將糧行發還儲家，因而，今天就是去糧行接收。等取回糧行後，即以盧省齋為帳房。

對此，盧省齋自然樂意，表示自己在賽魯班任帳房多年，儘管土木建材與糧食不同，但商號進出道理相同，自己能勝任糧行帳房云云。

佟暖接著說，說是上午帶著辜順生去賽魯班，果然，一提盧省齋名頭，賽魯班管事的張口就罵。幸而，佟暖並辜順生均是老江湖，堆笑臉、講好話，連哄帶勸，總算問出盧省齋住處。待趕至盧家，盧省齋正要出門，佟、辜二人幸好來得早，將盧截下，送至客棧。此時，儲、金二人猶沉睡未醒，於是，由佟暖陪著盧省齋說話，辜順生隻身駕著驢車，去了豐記糧行。

包括韓家父女、儲仰歸等，眾人自早飯後，即在客棧前廳等候儲幼寧、金秀明轉醒。等候之際，眾人喝茶、吃點心、閒扯淡，就是沒吃午飯。此時，金秀明要店家趕緊上飯菜，眾人等著吃午飯。

韓燕媛昨晚夜飯時，就覺得會有事，但她沒料到，儲幼年並金秀明夜裡出去，至天亮才回。這時，她實在忍不住，就輕輕問儲幼寧道：「昨晚上哪兒去啦？」

儲幼寧見韓燕媛眼帶關切之情，心裡一陣震動，也輕聲道：「別問了，反正是出去辦點事情。這事情已經辦好，倘若今兒個下午，還能繼續把事情辦好，妳和妳爹並同我大哥、佟師傅、倆車夫，還有這兒盧師傅，以後全能過上好日子。」

說到這兒，儲幼寧輕輕嘆了口氣，繼續言道：「唷，這事辦好了，妳和妳爹能有好日子過，我心裡就無牽掛了。」

金秀明見儲幼寧愈說愈往心裡去，桌底下拿腳踢儲幼寧，要他別再說了。儲幼寧會意，就抿上了嘴，不再言語。韓燕媛定眼瞧著儲幼寧，瞧了會兒，才低頭吃飯。

午飯過後，儲幼寧抖擻精神，對眾人道：「都走吧，咱們到豐記糧行去。燕媛，妳帶著妳爹加上我大哥，還有佟師傅，都上小八驢車。其他人，跟著我，領著驢車，走路過去。」

眾人走了約莫小半個時辰，就到了豐記糧行外頭。就見糧行門口，人馬雜沓，十分熱鬧，正門口停了驢車，糧行夥計正往驢車上搬一袋袋糧食。路邊，停著辜順生驢車，辜則站在車頭驢子旁，伸頭探腦，往這兒察看。辜順生遠遠見到儲幼寧等人，顧不得自己驢車，拔腿飛奔而來，氣急敗壞道：「儲爺，您料事真是神準。就被您料中了，果然，今天午前還好，到了午後，一輛接一輛，大車全都湧過來了，您看，正排著隊呢，等著裝上糧食。」

儲幼寧一看，果然，那裝糧食驢車後頭，又排列了好幾輛車，有驢車、有牛車，全都是空車過來，等著裝糧食。

儲幼寧趕緊分派，要彭小八把車靠邊停，佟暖留在車上，單刀在手，護著韓家父女及儲仰歸。儲幼寧招手，要彭小八、辜順生過來，小聲囑咐幾句。就見辜順生回到自己車上，拿起轡繩，輕輕上下晃動幾下子，那驢子就抬腿邁蹄，越過馬路，往豐記糧行大門而來。

辜順生那驢車走到半道上，彭小八驀然動手，快步走到糧行門口，正裝運糧食那驢車車頭，也不知使了什麼手法，那驢子突然拔腿就跑，向前竄出。車後頭車夫、夥計措手不及，已堆上車糧食袋，猛然落下，砸至地上，糧袋開花，穀物糧食灑了滿地。

裝運糧食驢車猛然竄出，讓出糧行大門口位置，辜順生那驢車順勢切入，卡住大門口。繼而，辜順生手腳極快，三下五除二，將自己驢子身上轡繩、皮套全給鬆開。卸下驢子身上轡具，辜順生牽著驢子，過了街，將自己這匹驢綁在彭小八驢車上。如此這般，辜順生那驢車沒了驢，就成了障礙物，堵死豐記糧行大門，封了進出門戶。

這樣一鬧，糧行夥計當然不答應，當時就高聲叫罵，並往糧行裡喊道：「佘老爺，佘老爺，有人來搗亂，把大門口給封住了」。這一叫罵，就把糧行裡頭管事的佘老爺給喊出來了。這人，長得肥頭大耳，膀闊腰圓，手裡拿個根鉤竿子。這糧行鉤竿子，與屠戶所用鉤竿子外型殊異，而功用相同。

之前，儲幼寧在北京之際，與花子幫幫主蓋喚天，夜攻內務府包衣佐領剛健宅院時，曾被一光膀子屠戶拿開鋒鉤竿子，鉤傷腿肚子。那屠戶鉤竿子是根長竹竿，竿頭套著個鐵鉤，宰豬時，如豬隻逃逸，八尺之內，鉤竿子一伸，就能把豬鉤回。這豐記糧行管事佘老爺手裡所拿鉤竿子，卻是約三尺短木棍，前頭套著個鐵鉤子。

這玩意兒拿來鉤糧食袋正合適，糧行內糧食袋堆積比人還高，如要抬取最上一袋糧食，只要拿這鉤竿子搭住糧食袋，往下一鉤，就能把那袋糧食給鉤下來。

儲幼寧見管事的出來了，就領著金秀明、盧省齋，迎了上去。

此時，這佘老爺手裡拿著根鉤竿子，大搖大擺，往大門口走過來，邊走邊罵：「哪個不長眼睛的混帳王八羔子，到老子這兒來找碴？活得不耐煩啦？哪個龜孫子，把那輛倒頭驢車停在門口，把那驢車給我……，哎呀我的媽呀，這是什麼？打得我滿嘴流血！」

佘老爺邊罵邊走，驀然間天外飛來一物，剛好砸中他門牙，正好打得他滿地找牙。佘老爺兩顆門牙落地，嘴裡頓時透風，流出鮮血。這人也是老江湖，他定眼一看，就知道是儲幼寧搞鬼。當下，兩手一揮，喊道：「來啊，把這小子拿下！」

頓時，過來四、五個夥計，手裡也沒拿傢伙，就勢大氣粗走了過來，將儲幼寧圍住，諸手齊動，有人抓，有人推，想把儲幼寧制住。儲幼寧兩手齊揮，劈里啪啦，一人一個耳光打過去。打完了，眾夥計搗臉，還不知是怎麼回事就挨了打。儲幼寧則是兩手發紅，暗暗生疼。

要知道，儲幼寧也就是招式高明，體力卻是平平。手掌箕張，搧人耳光，那可是硬碰硬、肉打肉，打完了，對方臉頰痛，自己則是于掌痛。儲幼寧甩甩手，怒氣沖沖道：「還有王法嗎？不是衙門，不是官，上來就動手拿人。」

幾個夥計挨了打還不知覺悟，回頭東翻西找，手裡都有了傢伙。也不是兵器，就是秤糧食秤桿、扛糧食扁擔、盛糧食鐵鏟等等，又圍了上來。儲幼寧一見，擰了眉毛，拉下了臉，順手抄起身邊地上一根計數目長竹籤，在幾位夥計拿傢伙那手腕子上各戳一下。

儲幼寧動作飛快，連戳幾下，就見這批夥計手腕子上滴血。這傷，其實不重，就是竹籤伸直了，戳進肉裡，入肉雖深，傷口卻小。幾個夥計先吃耳光，後挨籤扎，連受小傷卻是不退，頗為悍勇。

儲幼寧此來，既要揚威打服對手，又不能傷人，免得即便拿回糧行，卻樹了仇人。因而，他只下輕手，先打耳光，再戳竹籤。眼下，余老爺這幾位死忠夥計黏纏不休，沒完沒了，實在煩人。

儲幼寧火氣湧上來，站在那兒，左手掌箕張，翻過來，掌心朝上，五指用力分開。那右手，則是拿著那根長竹籤，用力朝左掌指間扎去。他動作極快，那長竹籤閃電一般，在左手掌指頭與指頭之間縫隙，飛快起落。

這要是常人，如此飛速猛戳，必然認位不準，竹籤必然戳中手掌或手指。儲幼寧神功蓋世，右手打閃一般，風火雷電，拿著長竹籤往左手掌指縫猛扎，戳，戳，戳，戳，一連戳了幾十下，看得眾人眼花撩亂，這才止住。

這一陣猛戳頗費氣力，儲幼寧住手之後，不住喘氣。這一手，算是鎮住了幾名圍上來夥計。金秀明在旁幫腔道：「看到沒有，這位少俠神功蓋世，先前打了幾耳光，插了幾竹籤，只是冷盤小菜。你們要再不識相，還在這兒擋路，少俠待會兒就不客氣了，下手不容情，你們非死即傷。這姓佘的，值得你們送命嗎？」

金秀明幾句話一說，當時就壓住場面，幾名夥計面帶懼色，慢慢散開了去。儲幼寧緩過氣來，回過身去，低聲要金秀明過街去，到驢車上把儲仰歸接過來。繼而，儲幼寧往前走幾步，到了糧行內裡，高聲喊道：「畢頭，畢頭在哪兒？」

眾夥計均轉頭往回看，就見畢頭慢慢走了出來。儲幼寧問道：「我前幾天來過，你當時見過我。畢頭，你知我是誰？」

那畢頭，搖搖腦袋道：「我不認識閣下。」

此時，金秀明已帶著儲仰歸進到糧行。幾位老夥計見了，不禁竊竊私語：「老東家大少爺回來了。」

要知道，儲幼寧離開豐記糧行時才剛滿八歲，還是幼童。如今，長大成人，面貌身材皆變，夥計自然認他不出。儲仰歸則不然，他離開糧行時已經十餘歲，已是半大小子，容貌已大致長成，因而，此番重回糧行，老夥計都認得他。

儲幼寧指著儲仰歸，問畢頭道：「那麼，這人是誰，你總該認得吧？」

畢頭低聲道：「曉得，他是以前東家大少爺，名叫儲仰歸。」

儲幼寧回頭，對著儲仰歸問道：「我是誰？」

儲仰歸雖腦子受傷，腦力不足，但神智並不糊塗，乃回道：「你是我小弟儲幼寧。我還有個大弟儲仰寧，在這糧行裡，與媽媽一起，夜裡不知怎地，就死了。」

儲幼寧聽儲仰歸說罷，不禁悲從中來，淚湧而出道：「他說得沒錯，我就是儲幼寧，自幼在這糧行長大。我八歲時，父親仇家掩至，家父帶著我與幾位師傅連夜逃命，無暇顧及母親與兩位哥哥。之後，世事多變，爹爹亡故，我隻身在外流浪，學得武藝，這才回臨沂老家。」

「之前，在省城濟南，我已然面見巡撫陳士杰陳老爺，說明王堅學奪取我儲家豐記糧行之事。巡撫老爺聖明，已然出具公事，下達沂州府知府衙門。此外，巡撫老爺也寫了封私信，要我帶來，轉交知府王堅學。」

「我原本打算今日持信去見巡撫，詎料，有人報信，說是豐記糧行外，驢車滿道，往外偷運糧食，意在五鬼搬運，掏空糧行。我不能坐視，因而過來。」

儲幼寧這番話，不盡不實，但在要緊關卡上都有證據。他自懷中掏出陳士杰寫予王堅學私信，招手，喚過盧省齋，要盧省齋高聲展讀這信。其實，這信中所用文字，並非言談話語，而是文白夾雜，還摻進官場辭語，儲幼寧看過一次，都未能真切了解信文所言。

故而，現在找盧省齋高聲朗讀，也就是證明有這麼封信。至於盧省齋所朗讀內容，在糧行夥計耳裡也是鴨子聽雷。但這麼一朗讀，顯現確實有這麼封信，讓眾夥計們知曉，省裡巡撫衙有私信給知府，說是當初將糧行沒收充公不當，如今該歸還儲家後人。

盧省齋讀完信，將信交還給儲幼寧。儲幼寧兩手將那信紙張開，高高舉起，讓眾人瞧見信文最後，巡撫陳士杰落款、巡撫私章印記。眾人見狀，低聲竊竊私語，當年儲家所遺老夥計，此時心思紛紛活動。當年儲懷遠當家主事，公道對待手下夥計，對來客也是童叟無欺。王聖人接任後，整日裡彈唱大人先生、正人君子高調，做眾夥計之君，做眾夥計之師，高壓對待，夥計們日子並不好過。

之後，王聖人當知府，弄來佘老爺繼任管事。這佘胖子，嘴上雖不似王堅學那般唱聖人高調，行事依舊還是雷霆高壓，任用親信，欺壓夥計。佘胖子所任用親信，就是適才圍著儲幼寧，被儲幼寧搧耳光、戳竹籤那幾人。

佘胖子看看場面漸為儲幼寧鎮住，乃高聲喊道：「什麼私信？什麼公事？誰知道是真是假？現如今，知府王老爺亡故，上哪兒找對證去？我們這兒正忙著辦事，你們別來搗亂，該上哪兒就上哪兒去，老爺我今兒個沒空聽你胡說八道亂囉嗦。」

這佘胖子，剛才被儲幼寧一石頭砸下兩顆門牙。這時，擦掉了嘴邊血跡，嘴裡沒把門的，講起話來，咬字透風，聲音空空洞洞。這幾句話，說得色厲內荏，立時被儲幼寧抓住漏洞：

「是啊，知府王老爺過世，沂州府沒人作主，你這官衙門經營的糧行，按理說應該關門歇業，等候新任知府上任，盤點存貨、清算帳簿，弄完了才能重新開門做生意。怎麼著，知府才剛死，你這就到處招人，大車一輛接一輛排隊，把糧食一袋一袋往外運，你這不是五鬼搬運，掏空糧行嗎？」

這幾句話，踩了佘胖子痛腳，這胖子不禁又氣又急，趕忙辯道：「生意上的事，你不懂，我也沒必要說給你聽。你給我讓開，再在這兒搗亂，看我怎麼治你，拿張片子送到衙門裡去，公差、衙役過來，大鐵鍊子一甩，將你拉走。到了衙門裡，治你個求生不得，求死不能。」

向來，有錢有勢之人，對付市井小民、黎民百姓，來來去去就是這幾句話，什麼拿片子送進衙門，衙役就來鎖人云云。這管事佘胖子，已經黔驢技窮，腦子裡不假思索，就把這幾句話說了出來。

這話說出來，就連腦力受損之人，如儲仰歸都覺得前言不對後語。因而，儲仰歸滿臉狐疑，對儲幼寧道：「二弟，這胖子剛才不是說知府死了嗎？怎麼，現在又要把我們送知府衙門呢？到底，有沒有知府？」

儲幼寧還沒答話，金秀明接了話碴子道：「瞧瞧，連儲家哥哥都聽出來，這話前後不一，搭不上邊。知府都死了，你這胖子送張片子進知府衙門，誰給你作主？」

這胖子還要爭辯，儲幼寧按耐不住，懶得再與之說理，手邊剛好有片木條，順手一揮，正好砸在佘胖子嘴上。佘胖子那嘴，本來已經被石頭砸掉了牙，現在又挨了一板子，就更說不成話了。佘胖子並同手下幾位死忠夥計，俱被儲幼寧制住，這豐記糧行大局，已入儲幼寧手中。

儲幼寧對金秀明道：「哥哥，麻煩去外頭，要順生、小八兩人看著驢車，其他人，全領進來。」待韓家父女、佟暖進入糧行之後，儲幼寧對畢頭道：「畢頭，以後你就是夥計頭，名符其實就是畢頭。你去外頭，要那些驢車都散了去，隨即，把大門關上了。咱們今天把帳算清楚，這幾年，辛苦你們了。等糧行拿回來，我不會虧待大家。」

儲幼寧幾句話一說，就把一干豐記糧行老夥計收服了。畢頭揮揮手，幾名夥計跟著他，到了門口，將排隊等候上糧食驢車全給驅走，又把門給關上。

如此這般，豐記糧行門外總算清靜，就剩辜順生與彭小八還在外頭守著驢車，也守著大門。其實，豐記糧行第一進院落足以放下兩輛驢車，然而，儲幼寧就是要倆車夫守在外頭，以防有變。

糧行大門關了，前後不透風，上頭又搭了頂棚，遮著烈陽，因而，糧行裡頭頗悶，即便在院落裡曬不著太陽，眾人也是汗如雨下。局面尚未完全站穩，韓燕媛就拿出手段，對畢頭身旁兩名夥計道：「天太熱了，前後院裡有水井嗎？如有水井，打幾桶水來。如桶子不夠，木盆也行，多打涼水。去找手巾把兒，全拿來，要是不夠，只要是乾淨布片都成。拿來了，眾人洗臉擦手，發散發散熱氣。」

幾句話一說，儲幼寧並金秀明心裡皆大有感觸，覺得韓燕媛有當家主事架式，以後主持糧行，綽綽有餘。

畢頭身旁倆夥計聽了韓燕媛吩咐，轉頭瞧著畢頭。這畢頭，心裡雪亮，見儲幼寧痛打佘胖子及其黨羽，就瞧出這豐記糧行要變天，儲家後人要翻回來掌權。他本是儲家老臣，心懷故主，自王堅學到佘胖子，對底下人都刻薄寡恩，能回歸故主，最好不過。

於是，他見倆夥計瞧著自己，就大聲說道：「你們耳朵聾啦？這位姑娘說拿桶打水，拿手巾把兒來，還不快去？記著，有多少，拿多少，這大熱天的，誰受得了？得靠涼水擦臉手，解解暑熱。」

這話說完，倆夥計趕忙奔去辦事。這邊廂，韓燕媛對著畢頭嫣然一笑，畢頭曉得，已然坐穩豐記糧行夥計頭位置。

這悶熱，把眾人逼得全身冒汗，金秀明悄然問儲幼寧道：「要不要打開大門，透點風，實在太熱了。」

儲幼寧道：「哥哥，不行，得關門議事，等事情解決了，這才開門。馬上有涼水、手巾把兒到，擦擦就會好點。」

說話之間，倆夥計抬來兩木桶涼井水，肩膀上、脖子上搭了許多毛巾，又說井邊還有幾盆水，要其他夥計也去端來。就這樣，鬧了一陣子，眾人都拿涼水毛巾，擦過手臉，頓時覺得涼了不少。

韓燕媛又有主張，對著幾個夥計道：「大家議論事情，你們幾個，就管遞送手巾把兒。擦完了拿過來，在水裡擺擺，洗乾淨了再往上送。水渾了，就趕緊換水。總之，涼水毛巾要不斷往上送，往下撤，這樣，大夥兒才不會被熱壞。」

這時節，佘胖子並同幾位死忠夥計都挨了儲幼寧打，嘴上、身上都帶了輕傷，只能委頓縮在一旁，不敢再有言語。儲幼寧已然穩掌大局，他抬手點指，指著畢頭道：「畢頭，你說，今天是怎麼回事？為何外頭來了那樣多驢車，從糧行裡往外搬糧食？」

畢頭定了定神，想了想，這一張嘴，頭幾個字，就把自己位子給挑明了：「小少爺，我們當夥計的其實不知原委。今入上午還好好地，然後，突然有人跑進來，說是街上有傳言，知府老爺死了，吊死在衙門外站籠裡。又說，除了吊死知府老爺那站籠外，其他站籠都被人開了，裡頭人都放出來了。」

「又說，衙門裡眾衙役、差官都下鄉拿人去了，夜裡不在，剩下幾個人都被蒙汗藥迷昏了。因而，這知府老爺是怎麼死的，外頭謠言滿天飛。我們這兒，佘老爺聽了這事兒，當即就把他平常重用那幾個親信都派出去了。到了中午，陸續就來了驢車，佘老爺就要我們往車上搬糧食。前因後果，就是這樣。」

儲幼寧拉過一把椅子，踩著椅子，就上了堆放糧食高木頭架子。站在架子上，儲幼寧對著下頭眾人高聲言道：「我叫儲幼寧，下頭那人，是我大哥，叫儲仰歸。十幾年前，我父親儲懷遠經營這糧行。現在，這糧行裡，還有些我家當年老夥計，他們都認得我哥哥模樣。」

「以前的事，我就不說了，以前種種，就不再追究。總之，濟南巡撫陳大老爺已經有公事到沂州府衙門，說是當初沒收儲家產業，改為公營，是件錯事，要改過來，將糧行還歸儲家後人。我這兒，也有巡撫陳大老爺寫的私信交給我，由我轉交給知府老爺。」

「這信，上頭有巡撫大老爺印信，如假包換。適才，已經由這位盧師爺給各位高聲讀過。總之，這糧行從現在起，就歸還儲家。我也聽說，知府王大老爺昨兒個夜裡出了事。將來，朝廷必會派新知府，巡撫陳大老爺的公事、私信都在，歸還糧行之事，不會因此生變。」

「至於佘老爺與那幾位親信夥計，我也不追究，就此放各位一馬。然而，你們先不能走，這兩天，老老實實還待在這兒。我要盧師爺出任帳房，這兩天，好好清點存糧，查核帳簿。等全都查清楚了，這才放你們幾人離開。倘若查出帳、貨不符，裡頭有虧空，我也不追索，但要你們寫借據，寫明虧空多少糧食。這借據就放在糧行裡，也不找你們清償。然而，倘若你們不老實，又回來作亂，則糧行會拿借據告官。屆時，你們得進衙門挨板子。」

「糧行，是儲家糧行，當然得還給儲家後人，也就是我哥哥與我。」

說到此處，儲幼寧伸手一指韓福年道：「但我常年不在此地，因而，糧行裡我那一份產業，就轉交給這位韓老爺。」

「今後，糧行由韓老爺與我哥哥儲仰歸同任東主。至於糧行事情，則由韓老爺閨女韓姑娘當家主事，佟師傅一旁幫著，另由盧師爺管帳。諸位無論是否為當年老夥計，只要好好工作，我哥哥、韓姑娘等會善待各位，拿各位當人，必然比這佘管事強。各位，有話說嗎？要有話，趕緊說。要是沒話說，咱們就這樣說定了。」

儲幼寧這幾句話一說，豐記糧行大勢底定，底下眾夥計悉悉索索一陣，又與畢頭咬了陣耳朵。之後，畢頭仰起頭，對著堆放糧食木頭架子上儲幼寧道：「小少爺，就這樣定了，以後由大少爺與韓老爺當東主，韓姑娘主事，佟、盧兩位師傅，一文一武，我們底下人都跟著。」

儲幼寧聞言大喜，跳下桌子，要畢頭開門，派人去看著外頭兩輛驢車，把倆車夫喊進來。之後，又是一陣交接，問明白辜順生、彭小八都願留下，因而，兩人連帶驢車都入了糧行，再寫信回天津，嗣後伺機把家人接來。

第四十六章：離臨沂同命鴛鴦你東我西，返揚州團圓夫妻生冷難親

儘管大局底定，枝節細目卻仍龐雜，儲幼寧提綱挈領，火速一一打理。他要畢頭派夥計守在門口，如有生意上門，一概回說，今天盤點，暫停營業一天。隨即，儲幼寧拉著畢頭、韓燕媛、佟暖、盧省齋，到後頭二進院落。諸人站在水井旁，邊用浸冷水毛巾擦拭頭臉，邊聽儲幼寧編派日後大計。

儲幼寧神情凝重，對著畢頭言道：「畢頭，你是我爹爹手下老臣，在我家豐記糧行當了十幾年夥計。儲家待人向來不薄，以前如此，現在這般，將來還是一樣。現如今，儲家雖取回糧行，但我哥哥受了劫難，沒法子主持大局。韓姑娘受我所託，今後當家作主，她雖是女流卻經過大風大浪，既識大體，也暢曉為人之道，她待糧行夥計，絕對溫厚。」

「只是，這兒韓姑娘、佟師傅、盧師爺幾位，以前都沒弄過糧行生意，就算殫精竭慮，也沒法子顧及周全。因而，畢頭，你雖是夥計頭，卻得幫著韓姑娘，大小事情都得詳細解說，讓韓姑娘入得了門道，吃得住這行買賣生意經。明天，我就啟程離開臨沂到揚州去，沒法子再在這兒當門神，給糧行保駕，糧行是好是壞，全都看你了。」

「我就一句話問你，你是否願意繼續留下來，幫著韓姑娘？倘若不願，今天早早言明，別等我走

了之後，在這兒鬧窩裡反。倘若願意留下來，只要你幫了大忙，儲家自然記得你這筆人情，不會讓你白忙一場。我話先說在這裡，只要你盡心盡力，敬重韓姑娘與幾位師傅，扶持糧行生意，那麼，以前我爹每年給夥計多少花紅，我儲幼寧翻倍給。」

儲幼寧這番話，說得神情凝重。說罷，眾人都緊盯著畢頭，聽聽他說法。

畢頭想了想，頓了頓，隨即答道：「小少爺，老爺當年對下人如何，老夥計們心裡都有底。這十幾年，糧行老夥計走了不少，但還留下來這些個夥計，我敢打包票，都是心念故主。尤其，糧行先後由王聖人、佘胖子當家，此二人根本不拿我們當人。現如今，小少爺班師回朝，收回糧行，老夥計們心裡頭都高興。」

「今兒個起，韓姑娘當家主事，沒得說的，咱們老夥計們都會努力抬轎，把糧行拱上去，大家都有好日子過。凡是生意上的事情，我一定知無不言，細細稟報韓姑娘知悉。小少爺，您放心，有我在這兒頂著，韓姑娘一定能把糧行主持得風生水起、興旺紅火。至於大少爺，這就是他老家，我們夥計們，定然拿他當主子。」

儲幼寧又道：「今後，糧行大小事情，都由韓姑娘拿主意。你就是知無不言，把這門生意疙疙瘩瘩，滴滴答答，各項內情門道，說與韓姑娘知。但歸根結底，還是韓姑娘拿主意。有時候，韓姑娘難免拿錯主意，私底下，你可以對韓姑娘講講說法，但對外頭，不管對錯，你都要撐著韓姑娘。這，你辦得到嗎？」

這回，畢頭想都不想即答道：「韓姑娘當家主事，我是夥計頭，我當然事事撐著韓姑娘。吃夥計飯，就得幹夥計事，當面一套，背後一套，講主子閒言閒語，這種事情我幹不來。」

話說到這分上，儲幼寧心中石頭落地，曉得韓燕媛有了幫手。高興之餘，他立刻要畢頭派人去左近飯館，接洽外燴，並要夥計將大門外空地打掃乾淨，把大桌子搬出去，就在糧行門口外頭擺設宴席，晚上糧行上下吃團聚夜飯。糧行裡悶熱，外頭透風，夜空下吃晚飯，正合適。

此外，他又找盧省齋，說是委屈一下，先別吃夜飯，趕緊查帳，能查多少就查多少。今天晚上，連夜趕工，把帳目大致弄清楚，點出佘胖子等人虧空。要這幫人趕緊寫了借據，明天一大早，就滾他的鹹鴨蛋，免得留在這兒，離心離德，夜長夢多。

隨即，他又拉著畢頭，喊來辛順生、彭小八，妥切介紹，讓兩方面熟悉彼此。此後，辛、彭二人入糧行當夥計，因而，須先與畢頭攀攀交情、敘敘家常，彼此熟稔，消去隔閡，日後才能順暢往來。

弄妥了辛、彭之事，儲幼寧轉眼瞧去，就見韓燕媛絹帕纏頭，在那兒督促夥計，將大門口散落滿地糧食仔細掃攏。不但掃攏，還分門別類，弄掉塵土，細細揀拾出穀粒，放回糧食袋內。才一兩個時辰工夫，韓燕媛已經有了糧行管事氣派。

次日一大早，儲幼寧就將與金秀明離開此地，回歸揚州。待會兒，則是團聚夜飯，場面鬨然，沒工夫再敘離情。因而，儲幼寧趁著韓燕媛眼神朝這兒觀望之際，點點手，示意韓燕媛過來。兩人又回二進院落，還是站在水井旁，擦把臉，悄然話別。

這光景，這場景，既非旖旎香閨，也無花前月下。上有天棚，下有水井，四周眾夥計來往雜沓，忙著糧行諸事，氣息滯悶，溼熱難耐，嘈雜紊亂。兩人就站在井旁，把肚子裡所憋千言萬語，直接了當，講了個乾淨。

儲幼寧先開口道：「我明天就要走了，回揚州去。這一走，以後不知道何時才能再見。我這輩子，活到現在，只有妳讓我動心。我想過拋下揚州妻小不管，與妳遠走高飛，但我辦不到。我沒那膽識，沒那份瀟灑，故而，只能這樣了。我走之後，妳頂著這糧行也不容易，如碰到跨不過去難關，趕緊通知我。」

「我哥哥，就麻煩妳照顧了。哥哥他受了苦，腦子不夠使，這輩子沒法子成家了。就算花錢給他買個女人，也無法白首偕老，琴瑟調和。因而，我哥哥就交給妳了。我原可帶哥哥去揚州，但一來我還要幫襯我岳家處理諸事，到處奔波，沒法子顧得上他；二來，這糧行是哥哥幼時生長之地，他對這兒熟悉，留在這兒，省得奔波，對他也好。」

儲幼寧說罷，韓燕媛定了定神，眼睛直勾勾瞧著水井道：「只恨沒能相逢未娶時，這也是命，怨不得誰。我自幼命苦，及長，在北京城賣藝，也是江湖險惡，走一步算一步。末了，我乾爹給我惹了麻煩，倉皇出京，更是前途茫茫。現如今，竟然有家糧行由我當家主事，彷彿做夢，想都想不到的美事，竟然落我頭上。」

「就為了這個，我當然拚了命，硬頂著，也要把這管事職位給撐好了，撐實了，讓糧行生意好生紅火。這糧行，還是姓儲，還是你和你大哥兄弟倆產業，我只是幫忙看管經營。這一點，我分得很清楚。你放心回揚州吧，以後每年都會把當年總帳帳本，寄一份到揚州去。我一個街角撂場子唱野台戲的，竟能有今天這局面，可真是祖墳冒了青煙。我分得出好歹，不會愧對你所託付。」

說完這話，韓燕媛轉身就走，頭也不回，又忙著支使夥計幹事去了。儲幼寧呆呆站在井邊，心中五味雜陳，很不是滋味，不曉得該哭，還是該笑。

這天傍晚，豐記糧行大門口四周支起高竿，上頭掛著氣死風燈。燈下，盆盆桶桶，擱滿外燴食材，飯館大師傅忙著煎煮炒炸，一道道滷大油多熱菜，接連著往桌上送。糧行上下幾十口人圍坐幾大桌，喝然而飲，哄然而吃，歡欣非常。儲幼寧拖著韓燕媛、佟暖、盧省齋，一桌桌敬酒，與糧行各路夥計套交情、講好話。

金秀明一旁看著，偶爾與韓燕媛四目相交，雙方眼神都帶期許之色。金秀明曉得，儲幼寧已把不捨之情，硬是快刀斬亂麻，割捨乾淨。

這天晚上，儲幼寧拉著金秀明，睡於儲幼寧兒時臥房。一夜好眠，次晨一大早，儲幼寧才轉醒，就覺得身上燥熱，汗出如漿，溼熱難耐。就聽見屋外，韓燕媛銀鈴般嗓音，支使小夥計打涼水、搓毛巾，送進屋來，給儲幼寧、金秀明洗擦。

兩人出屋，就見屋外陰影處支起了小桌子，擺了蓮藕、黃瓜、粉皮等幾樣涼拌小菜，並有一鍋溫粥、幾張薄餅。韓燕媛對儲、金二人沒多少言語，就是分派小夥計做事，伺候著儲、金二人，吃了早飯。

隨即，韓燕媛喊來辜順生，要辜預備驢車，送儲、金二人遠行。原本，昨天儲幼寧與金秀明商量停當，說是要辜順生與彭小八好好待在糧行，熟稔夥計分內工作，他們二人另外雇車，由臨沂往徐州而去。但如今，此議為韓燕媛擋下。

韓燕媛另有說法，說是臨沂到徐州要走好一陣子。辜順生自天津起，就一伺候儲、金，一起出生入死，默契深厚，徐州之行，還是得由辜當車夫，路上好照應兩位主子。倘若換了新車夫，彼此不熟，路上不歡，很沒意思。因而，韓燕媛拿主意，要彭小八留下，由辜順生駕驢車，送儲、金二人上路。

韓燕媛到糧行還不滿一日，就事事躬親，指揮若定，打點大小事務，早有一派女主子風範。金秀明瞧在眼裡，不覺莞爾，低聲對儲幼寧笑道：「看來，有了這位姑娘，你們儲家這豐記糧行，還有幾十年好運可走。」

待二人吃過早飯，韓燕媛已然分派夥計，將二人行囊搬至車上。不但是行囊，還有幾大包臨沂土產亦跟著入車。昨天夜飯前，韓燕媛就派了夥計，趕緊到街面上買回一干土產，讓金、儲二人攜回揚州，分贈親友。

諸事停當，都該上車了，韓燕媛揮揮手道：「兩位爺，稍微等等，畢頭馬上回來，有事情稟報。」

日頭漸漸升起，陽光慢慢轉強，屋外漸感燥熱，諸人杵在這兒等著畢頭。儲幼寧心裡還是滿腹離情，時不時拿眼睛瞟韓燕媛，就見韓燕媛神情平靜鎮定，毫無異狀。儲幼寧見了，心裡不禁泛起絲絲失望之情。

就在這工夫，就見畢頭匆忙奔進糧行，一頭一臉全是汗珠子，渾身好像水裡撈起來一般。畢頭走進跟前，低聲稟報道：「小少爺、金爺，昨兒個夜裡，韓姑娘有話，要我今天一大清早，就趕往府台衙門左近打探消息。今天天還沒亮，我就出門，到府台衙門那兒，街面上、巷子裡四處轉悠，與那兒早起住戶，信口閒聊，探問訊息。」

「經多方探問，曉得了個大概。說是昨天一大早，府台衙門出了大事，衙役被迷昏，府尹被人吊死在站籠裡，其他站籠裡囚犯全被放了。臨沂百姓恨透了王聖人，沒人願意出手，解下王聖人屍首。因而，王聖人一直掛在站籠內，外頭圍滿了百姓，指指點點，都說這人活該，拿站籠害死了多少人，結果，自己也把命丟在站籠裡。」

「昨天白天，府台衙門幾個衙役慌慌張張，有人去左近蘭山縣報案，有人則收拾細軟，自顧自逃命去了。一時間，府台衙門唱了空城計，街頭巷尾，有那膽子大的閒漢就推開大門，逛進府台衙門去了。據說，還有人膽大妄為，逕自在公堂上，坐了府尹大人審人問案大位，扮起了戲。另幾個閒漢，則是站在公堂台下，有人扮人犯，有人扮衙役差官，舉著水火棍，喊著堂威。」

「到了傍晚，也就是咱們糧行吃夜飯時節，左近蘭山縣縣大老爺才趕到府台衙門，將王聖人屍首自站籠裡取出，找殮房收了。又當場拿下幾個閒漢，並把衙門前後都貼了封條。」

「聽說，蘭山縣縣大老爺在府台衙門外頭街面上，設了座椅，當場要隨行蘭山縣衙役，把所拿獲閒漢帶過來，就地問案。眾百姓一旁聽案，說是蘭山縣縣大老爺發好大脾氣，痛斥這批閒漢闖入府台衙門，搞亂了裡頭擺置，說是破壞刑案現場，讓其他衙門沒法子追查原案真兇。經過打聽，就知道這麼多。」

畢頭說完，韓燕媛溫言暖語，獎勵了幾句，並要夥計趕緊轉告廚房，給畢頭預備早飯。

金秀明、儲幼寧夜攻府台衙門，迷倒衙役、吊死王聖人之事，二人始終沒露口風。佟暖、韓燕媛心知肚明，曉得府台衙門之變必然是儲、金二人所為，但佟、韓並不知曉詳盡內情，也不方便探問。臨沂府台衙門之役，僅有儲幼寧、金秀明曉得是怎麼回事，其他人等也只能猜測個大概。

這時，都日上三竿，辜順生早就備好驢車，牽到大門口，靜候儲、金上車。臨走前，韓燕媛、韓福年、儲仰歸、彭小八、畢頭等都站在車旁，送二人上路，儲幼寧一一致意，殷殷告別。末了，儲幼寧與韓燕媛深深互望一眼，隨即扭頭上車，就聽見辜順生喊了聲：「滴勒！」驢子舉步向前，車輪滾動，就此離了豐記糧行。

自臨沂回揚州，先走陸路，由臨沂至徐州。之後，在徐州上船，沿大運河南下，直放揚州。儲幼寧十五歲時誤殺貪官秦善北，連夜亡命而逃，隨閻桐春赴揚州，投奔金阿根。當年，走的就是這路子，如今，十餘年後，儲幼寧重走當年路。此時，已然成年，神功蓋世，慎謀能斷，已非當年十五歲吳下阿蒙。

這一路上，儲幼寧有金秀明作伴，住店、打尖、三餐吃飯、歇息喝茶，諸般雜事，則由辜順生妥當打理。因而，一路走大，與當年悽悽惶惶奔波逃命，迥然不同。這一路上，金秀明興致盎然，接連訊問當年種種細節，儲幼寧則話說從頭，講述當年與閻桐春亡命之旅。當年，閻桐春帶著儲幼寧，倉皇南逃，一路上，有車搭車，沒車走路；有店住店，無店露宿。

身上盤纏有限，閻桐春想方設法，每到人煙較密之處，他弄個竹木支撐，貼上紙片，上書「走方郎中」，穿街過巷，與人看病。閻桐春讀過醫書，略曉醫術，自有一套望、聞、問、切手法，加上深諳病家心念，往往能賺得可觀療疾之資。又或者，如遇早集、晚市，人煙輻輳，商旅往來之地，閻桐春又能擺攤算命，替人卜卦，看面相、問吉凶，把昔年所讀雜學閒書，全都搬弄出來，換取食宿之資。

儲幼寧細細講述當年種種往事，金秀明聽得悠然神往，說是這才是江湖生涯。儲幼寧則打趣表示，金秀明這是飽漢不知餓漢饑，不曉得當年僕僕風塵，倉皇南逃，有如驚弓之鳥，每天疑神疑鬼，就怕身後有官差衙役追來。

這一日，來到徐州，驢車駛至銅山藺家壩碼頭，辜順生一躍而下，直奔碼頭船家，東挑西揀，雇得一葉烏篷扁舟，講定價錢。隨即，儲、金二人上船，與辜順生殷殷致意而別。這水路航程，全長八百里，前後走了十天，這天一大清早到了揚州六圩運河口。

船家將兩人行李搬運上岸，金秀明開發了船資，兩臂賁張，對著儲幼寧高聲喊道：「到家了哇！總算到家了！我這一趟，從出門到天津找你，到如今返家，前後兩月有餘。這當中，翻翻滾滾，大小惡戰無數，天津、廊坊、滄州、濟南、臨沂，到一處，打一處，殺一處。現在回頭想想，都不禁打個寒顫，發個冷汗，起個雞皮疙瘩。真不曉得這一路過關斬將，是怎麼殺回家的。」

儲幼寧抬起行李道：「怎麼殺回家的？還不是過五關，斬六將，關關難過，關關都過。別廢話了，趕緊雇車，回家要緊。」

兩人雇了車，搖搖晃晃，由碼頭回到金家宅院。金秀明邊打門，邊喊叫，裡頭家丁立時開了大門，隨即，就見老當家金阿根以下，一大家子人都從後頭湧了出來。金阿根身後，金媽媽莫氏笑得合不攏嘴，一張臉像包子似的，全皺到一塊兒。莫氏身旁，左右兩邊，各有一名年輕少婦。左邊，是金秀明妻子李氏，帶著孩子。

莫氏右手邊，則是儲幼寧妻子劉小雲，手裡抱著個孩子。那孩子，五、六個月大，由媽媽抱著，三步併作兩步，從後頭聞聲而出，奔至前院。經這麼快走折騰，加上眼前出現倆陌生人，孩子心裡不願意，咧著小嘴，就哭出了聲。

莫氏聽見孩子哭，趕忙回身，對著劉小雲手裡孩子道：「小命根，不哭，不許哭，你爹回來了，見了親爹，該叫爸爸，怎麼哭了？」

金阿根還是老樣子，一聽莫氏說話，就編派莫氏不是：「妳個女人家，懂什麼？這孩子打從生下來就沒見過爹，就算是大伯也兩月沒見，不記得了。如今，猛然冒出倆陌生臉孔，孩子怎能不哭？別管他，待會兒熟了，就沒事了。」

一家人見面，七嘴八舌，你一言，我一語，問安好，問何時走的，問何時到的，夾纏不清，亂成一堆。還是金阿根拿出一家之長派頭，高聲說道：「大家住嘴，都別吵了。兩位媳婦兒，各自隨夫婿回房，清洗清洗，把頭臉弄乾淨了，中午大家一起吃飯。晚上嘛，我找人去狀元樓，訂下套間，也派人把秀蓮一家接來，咱家吃頓大團圓飯。」

這話說完，妻子莫氏還是叨叨絮絮，一回兒摸摸金秀明臉頰，一會兒捏捏儲幼寧臂膀，說是倆兒子在外奔波，吃苦受累，都瘦出了骨。金阿根嘴角帶笑，喝止莫氏道：「我說，妳有完沒完？先讓他們各自回房，和他們媳婦兒講講體己話，妳要摸倆兒子是肥是瘦，待會兒吃中飯時，妳慢慢摸去。」

這一說，眾人皆莞爾，莫氏回罵道：「死老頭子，兒子是我一個人的啊？他倆瘦成這樣，你都不心疼啊？」

金阿根莫可奈何，又是高聲喊道：「救命啊，妳真的是沒完沒了啊！」

老夫妻倆鬥了回嘴，金秀明並儲幼寧這才各偕妻子，回到自家住房。

打從見了面，儲幼寧與劉小雲就還沒說得上話。之前在前院裡，劉小雲就是邊哄著孩子，邊拿眼睛瞧著儲幼寧，依舊一派溫柔婉約模樣。儲幼寧見了劉小雲，心裡亦是五味雜陳，曉得劉小雲是端淑賢妻，但就是不如韓燕媛令己動心，如今夫妻團圓，心裡還想著，不知待會兒要如何開啟話匣子。

兩人帶著幼兒小命根，回到後院住房。劉小雲也不多話，先把小命根交予保姆嬤嬤，繼而，款款情深，要儲幼寧坐下，隨即解開儲幼寧髮辮，洗頭、刮臉、擦拭、編辮子。這一大套伺候手段，一如一年多以前，莫氏帶著女眷，在後院給眾爺兒們剃頭、洗頭、編辮子那般。儲幼寧心有所感，彷彿回到一年多前，然而，歷經北京滄桑，如今，同樣還是劉小雲伺候洗頭刮臉，儲幼寧那感受，卻與一年多前大不相同。

儲幼寧正心中跑馬，回味一年多來征戰滋味之際，劉小雲卻開了口。這一開口，所言者既非濃情蜜意情話，亦非衣食住行家常話。劉小雲這一開口，嚇了儲幼寧一大跳。

劉小雲邊給儲幼寧編辮子，邊輕聲細語，款款言道：「秀明哥哥上天津找你去，他才走，家裡就出事了。秀蓮姊姊寶貝女兒翠靈，被人擄走了。後來，綁匪剁下翠靈一根小指頭，指頭上掛著本命戒指，裝在紙盒裡，送到秀蓮姊姊夫家。秀蓮姊姊夫家沒辦法了，她就回娘家，找老爺子想辦法。你和秀明哥哥都不在，老爺子就去找那個洋人義律。反正，鬧了許久，後來付了錢，把翠靈救回來了。」

劉小雲所說之事，干係重大，想必事發之際，金家上下震動不安。如此大事，劉小雲三言兩語，就告說完。儲幼寧連番追問，劉小雲來來去去，就是這幾句話。儲幼寧心裡發急，想到韓燕媛在臨沂山上，英氣勃發，斥責山賊米鴻鑣，又想到韓燕媛在豐記糧行指揮若定，壓住場面。

他心裡一急，口氣跟著轉趨嚴厲，問劉小雲道：「妳怎麼來來去去，就這幾句？問妳其他的，就說不上來了？金爸爸家出這等大事，秀蓮姊姊獨生女指頭都被綁匪剁去，這是何等大事，妳怎麼記不清楚呢？」

劉小雲日也盼，夜也盼，總算盼回了夫君，沒想到，莫說小別勝新婚，就連句體己話都沒有，張嘴就傷人，責備自己糊塗。想到此處，劉小雲不禁兩手停滯，沒法子再給儲幼寧編辮子。儲幼寧察覺劉小雲不快，轉頭向上，望著劉小雲，就見劉小雲眼眶紅溼。儲幼寧這才察覺，自己失言又失態，對妻子過於嚴厲。

因而，儲幼寧趕忙站起，輕輕攏住劉小雲兩手道：「我失言了，對不住，不該這樣講話。實在是聽了這事情，心裡犯急，總想知道詳情。沒關係，待會兒我問金爹爹去，辛苦妳了，幫我把這辮子編完了吧！」

儲幼寧一陣安撫，劉小雲心情稍稍平復，兩手又一上一下，一左一右，動作利索，將辮子編完。隨即，抱過孩子，讓兒子認親爹。韓燕媛心思周密，臨走前一天，連夜要夥計上街，買回諸般臨沂土產。這當中，連儲幼寧所新添麟兒都設想到。諸般土產當中，有個虎頭套，黑色錦布，做成個虎型頭套，上頭用金色錦線，織出虎眉、虎眼、虎鼻、虎嘴、虎鬚，還外帶兩隻虎耳朵，額頭上還大大繡了個「王」字。

儲幼寧掏出這布虎頭，劉小雲見了，一把拿過去，細細套在孩子頭上。套完，劉小雲舉著孩子，嘴裡嘟嘟囔囔道：「小命根，小命根，瞧瞧，你爹給你買了啥？虎頭套！戴上這頭套，小命根就成了小老虎，儲家來了隻小老虎。小老虎，小老虎，儲家來了隻小老虎。」

劉小雲抱著孩子，轉頭對儲幼寧道：「你還真是細心，在外頭還想著，給孩子買這虎頭套。瞧，孩子戴上了這頭套，多精神！待會兒抱到前面去，給金爹爹瞧瞧，這乾孫子多有虎威。」

劉小雲這樣誇這虎頭套，儲幼寧聽著，心裡又是一陣緊揪，想著韓燕媛心思縝密，那天才剛進糧行，百廢待舉，忙得不可開交，竟然還記得叮嚀夥計，上街給孩子買虎頭套。想著，想著，儲幼寧容顏不禁黯然，嘿然不語。劉小雲瞧著，不禁覺得古怪，於是問道：「怎麼啦？才回來，好好地，臉上就犯了愁，一副心事重重模樣，出了啥事啦？」

儲幼寧搖搖頭，繼而問道：「孩子取名字沒？怎麼淨喊他小命根。」

劉小雲道：「這都是金爹爹，說是取名得慎重，要等你回來了，慢慢合計，慢慢商量。取名字之前，金媽媽說，這孩子金枝玉葉，是儲家之後，有如命根，於是，就喊他小命根。」

此時，就聽見家人傳話，說是午飯已然預備得了，金老爺子要家人齊聚前頭飯廳，準備吃午飯。這頓午飯，除金秀蓮未到之外，金家上下全都到齊。金秀明之女加上儲幼寧孩兒小命根，飯桌上天真無邪，童言童語，百無禁忌，金阿根並莫氏笑顏大開，飯廳之內喜樂喧鬧，其樂融融。

飯後，金阿根移駕，帶著金秀明、儲幼寧到後頭水榭。莫氏原打算跟隨，一起入水榭，但為阿根所阻。金阿根說，男人談事情，女人別摻進來攪和。莫氏則言道，金阿根是她夫婿，金秀明是她所生，儲幼寧是她義子，她是妻是母，為何不能與聞大計？於是，金家老夫妻一陣鬥嘴，末了，莫氏負氣，帶著倆媳婦、孫子孫女，到後院戲耍去了。

金阿根、金秀明、儲幼寧爺兒仨，進了水榭。水榭裡，早擺上好茶、乾溼果子、精緻小點。金阿根要家丁守住水榭入口，不准旁人闖入。就此，父子三人細細談起正經事。

金阿根思慮清晰，條理分明，治事有方，一起頭就說：「今兒個在這兒說事，有幾件不同事等著說。寧兒，就先說你的事，你稍微想想，把去年春天離家後，到北京為閻師傅報仇，乃至如今返家，這一年多事情，仔仔細細說予我聽。」

儲幼寧聞言，恭敬站起，兩手舉著一柄如意，遞回給金阿根道：「乾爹，這如意，去年臨走時您交給我，要我拿給德州順德鏢局老鏢頭鐵桿蒼熊胡延海。後來，我拜見胡老爺子時，遞上此物，胡老爺子果然看在乾爹面上，對我格外照應。如今，回到揚州，把這如意還給乾爹。」

之後，儲幼寧細說從頭，有條有理，照著先後順序，把一年半以來所有經歷，全盤遭遇，細細回顧，悉數說予金阿根。這當中，儲幼寧獨獨隱瞞了與韓燕媛之間情愫，僅平鋪直敘，交代兩人來往經過。

儲幼寧邊講，金阿根邊問，講到天津之後情節，金秀明亦不時插嘴補述。這段講述，足足費了一個時辰，講完，儲幼寧口乾舌燥，舉起茶碗，將一碗龍井茶牛飲而盡。就見金阿根兩眼盯著儲幼寧，緩緩而道：「寧兒，唱戲姑娘那段，你留了幾手。爹爹江湖跑老了，一聽就知道，這裡頭不盡不實。說吧，這到底是怎麼回事？」

儲幼寧聞言大窘，心想，乾爹真是「光棍眼，賽夾剪」，聽聽自己言語，就瞧得出他與韓燕媛有私情。儲幼寧整理整理思緒，正想著該如何接著往下講，就聽見金秀明一旁幫著打圓場道：「爹爹，實實在在，幼寧與韓姑娘清清白白，沒有男女之事。韓姑娘雖是唱戲出身，卻是好樣的，膽識非凡，智慮周詳，能辦大事，這一路上，許多事情，多虧她照應。幼寧與她，實在沒什麼。」

金阿根虎地一下，拉下了臉，對金秀明道：「我問他，沒問你，你們哥兒倆在外頭跑了這麼一趟，回到老家，竟學會了欺蒙糊弄親爹。告訴你們，爹爹我也是水裡火裡闖過來的，什麼場面沒見過？幼寧那幾句話，就帶著臊味，一聽就知道，裡面有文章。」

金阿根嚴辭審問，儲幼寧左支右絀，金秀明噤聲，不敢再幫腔。三來兩去，金阿根審明了實情，迫得儲幼寧交代清楚，將韓燕媛之事，說得乾淨分明。

末了，金阿根總結言道：「幼寧，這事情你整治得還可以，儘管你心中千百個不願，畢竟還是懸崖勒馬，回頭是岸，斬了情絲，認了揚州金家，免於沉淪不復。」

「要知道，男子漢三妻四妾，也是平常之事。然而，這裡頭有些疙疙瘩瘩、枝枝節節，必須先弄清楚。總之，必得要有了格局，闖出了場面，拉出一片家業，這才能娶妾入門，共治閨閫。倘若不然，沒那條件，卻腳踏兩條船，內有妻，外有妾，必然落得妻不成妻，妾不成妾，兩頭落空下場。」「有個公論：請客吃飯，一日不得安寧；婚喪喜慶，一月不得安寧；整房修屋，一年不得安寧；妻妾共治，永世不得安寧。人生在世，請客吃飯、婚喪喜慶、整房修屋，都是在所難免，雖是不得安寧，也只好逆來順受，熬過即可。唯有這妻妾共治，卻可避免，倘不避免，則是永世不得安寧。」

金阿根這一大套話，說得振聾發聵，說得擲地鏗然作金石之聲，說得儲幼寧眼觀鼻，鼻觀口，口觀心，默然無語。一旁，金秀明則是偏著腦袋，避著金阿根，對儲幼寧擠眉弄眼，儲幼寧看在眼裡，只能裝作不知。

總算，金阿根發作完畢，金秀明當即見縫插針，趕緊接著話碴子問道：「爹，我剛才聽您兒媳婦說，秀蓮妹妹那兒出了事，說是我外甥女翠靈為人所擄，還斷了根手指。後來，還是洋人巷英吉利人義律幫的忙，才把翠靈救回來。還聽說，秀蓮妹妹為了這事，和爹爹您鬧了意氣，說是爹爹怕了綁匪，縱放歹人。爹，剛才吃飯，我就想問，但見娘與您兩位媳婦都在，我忍著沒問。現在，請爹爹說說，這究竟是怎麼回事？」

金阿根深深嘆了口氣道：「唁，江湖跑得愈老，膽子變得愈小。這事情，秀蓮怪我縱放歹人，其實也沒說錯，但，我另有苦衷，想得多，看得遠，也只能這樣。」

繼而，金阿根話說從頭，細細講述此事。原來，金秀蓮當年由金阿根作主，指婚許配予揚州城聚寶錢莊少東丁鵬飛，並生下一女。金秀蓮自小即未裹足，尋常人家根本不敢要此大腳姑娘，幸而那聚寶錢莊老闆丁錦文亦是洋派作風，不在意天足媳婦，故而有此姻緣。

這兩年，丁錦文年歲漸大，得了怪病。這怪病，不痛不癢，不熱不燒，不吐不洩，不顫不抖，不渾不傻，卻就是行動遲緩，顫顫巍巍，舉手投足，有如蝸牛爬木樁，慢得可以。譬如吃飯，舉箸夾菜，可以夾上老半天。待夾住了菜，筷子卻總送不回嘴邊。如此這般，一家大小同桌吃飯，眾人皆已吃飽，獨獨丁錦文，才吃幾口。譬如穿衣，手腳遲滯，泥人木雕一般，搗弄了大半個時辰，一件衣裳還穿不上身。

此症麻煩，中醫束手無策，請來洋醫會診，說是此乃絕症，無藥可醫，三年五載，仍可存活，十年八年，必將殉命。為此，聚寶錢莊乃由丁錦文獨子丁鵬飛當家主事，金秀蓮則成了老闆娘。

第四十七章：逛廟會四歲幼女慘遭綁票，上館子白皮天老再現蹤影

兩個月前，金秀明甫離揚州，北上天津尋覓儲幼寧，金秀蓮夫家就出了大事。揚州城西北約二十里地，有個寺廟，名曰「法淨寺」。這佛寺大有來頭，建於一千四百年前南北朝時期，原名「大明寺」。到了隋朝，改稱「棲靈寺」，又改為「西寺」。清乾隆年間，乾隆皇帝親筆御題「法淨寺」，就此定名。

每年春末，法淨寺都有廟會。這廟會，一年就這麼一次，因而，遠近善男信女蜂擁而至，競相朝拜。廟會期間，香煙繚繞，商販雲集，火樹銀花，璀璨異常。今年法淨寺廟會，金秀蓮、丁鵬飛帶著四歲獨女丁翠靈，併同男女家人，早早就預備下香燭紙錢，打算趁著廟會到法淨寺燒香許願，求佛祖保佑丁家興旺發達，讓老當家丁錦文擺脫病痛桎梏。

丁家主僕到了法淨寺，租了禪房，燒香拜佛，添香油捐善款，吃齋飯念佛經，足足鬧了兩天這才完事。第二天晚上，法淨寺外擺了市集，各式吃食小攤、各路戲曲台子、變法術手藝人、打把式賣藝江湖人、耍大刀賣丹膏丸散郎中，熱鬧非凡。這天傍晚，在寺裡吃過夜飯，兩天燒香許願、敬禮崇拜就算完事，次日一早，就要打道回揚州。

因而，這天晚上，丁鵬飛要女僕留在禪房，守住家當，另要男僕旺財跟隨，主僕四人出了寺門，裹入門外市集。人潮洶湧，金秀蓮護著孩子，就要健僕旺財背著翠靈，跟在她與丁鵬飛身邊，亦步亦趨，也就是幾步之遙，不許走遠。逛著，逛著，諸人興頭愈逛愈高，看著市集裡各色演藝，丁家夫妻固然驚呼連連，又叫又笑，翠靈騎在旺財背上，也是又喊又蹦。

旺財背著小主子，身子前傾，兩手於背後合攏，托著翠靈小屁股。翠靈則趴在旺財背上，兩手扒著旺財脖子。主僕四人走到一處變戲法攤子前，就見四、五名西域男女，高鼻凹目，黃頭髮，彩眼珠，正玩著噴火把戲。就見當中一位金髮大漢，點起潑油火把，霎時間，火苗子冒得幾尺高。

繼而，這金髮漢子一張口，將火苗子全吞入口中，眾人見狀，無不高聲喊叫，驚呼連連。旋即，卻見這人大力張嘴，口中刷地一下，噴出幾尺火焰。這一手，讓觀者動容，隨即，用力鼓掌，高聲喝采。掌聲、喝采聲喧囂嘈雜之際，金秀蓮卻隱隱約約，聽見翠靈高聲喊媽媽。金秀蓮轉頭一看，就見旺財背上，背著個大布娃娃，還兀自在那兒又叫又跳，給西域噴火藝人叫好。

金秀蓮大叫一聲，再扭頭順著翠靈喊聲望去，身旁密密麻麻，全是圍觀百姓，黑壓壓人頭盡處，隱隱約約，可見有個女娃兒，趴在一雪白人頭上，一高一低，向遠處隱沒。金秀蓮當即尖聲喊叫，驚動丁鵬飛並旺財，旺財這才察覺，身上所背並非小主人翠靈，而是個布娃娃。

三人奮力撥開身前人牆，朝翠靈隱沒方向突圍而去。奈何，這時法淨寺圍牆裡，放起了煙火，火箭集束噴發，射向夜空，隨即引爆，在天際拉出大片璀璨金牆銀幕，圍觀眾人無不立定腳跟，引頸向天而望，丁家夫妻外加旺財推不動人牆，擠不出人龍。等三人費了九牛二虎之力，衝擠出人群，早已沒了丁翠靈蹤影。

次日一早，丁鵬飛夫妻趕忙向當地縣衙門報案，這才知道，前一天晚上法淨寺外市集走失孩童十餘名，而拐子抓取孩童，手段不一，各有鬼魅技法。與翠靈類似者，另有兩起。縣衙門衙役說，這手法叫「換蘿蔔」，拐子得三人聯手，專揀背上所背孩子下手。做案時，一人先慢慢靠近背孩子大人，緊跟著這大人步履、身軀。

抱孩子大人怎麼走，怎麼動，這拐子就怎麼走、怎麼動。總之，拐子將自己身體行、止、動、靜、趨、退，調到與抱孩子大人一致。之後，第二名拐子以迅雷不及掩耳手法，飛速出手，抱走孩子，擱至第一名拐子背上。此時，第三名拐子，則瞬間將一布娃娃，塞入背孩子大人背後。這人不知，背後所背孩子，已被調包，還繼續背著孩子。

衙役說，昨天夜裡，連同翠靈，一共仨孩子，被拐子使了「換蘿蔔」手法擄走。衙役推斷，當時噴火把戲耍得正熱鬧，眾人不斷鼓掌叫好，旺財背著翠靈也跟著歡鬧，身子不住起伏。當時，拐子就一旁緊貼旺財，身子隨著旺財起伏擺動，待兩人身子進退趨止完全一致之際，另一拐子神不知鬼不覺，將翠靈瞬間抱起，放至財旺身旁拐子身上。隨即，這拐子飛速逃逸，而第三名拐子，則把布娃娃，塞入旺財背後。

翠靈已四歲，究非渾不知事嬰兒，因而，沒幾下子，就發現被擄，這才大聲呼叫。若非翠靈呼叫，要到噴火戲法曲終人散，丁家主僕三人才會發現孩子不見了。

這天，知縣老爺忙得不可開交，傳被擄群兒父母問話。問到丁鵬飛、金秀蓮，二人來來去去，就是說，見到拐帶翠靈之人後腦勺慘白慘白，膚色異樣，非正常之人。丁鵬飛當機立斷，亮出聚寶錢莊字號，說是被擄幼兒丁翠靈為揚州城聚寶錢莊丁家根苗，願出紋銀三千兩，懸賞丁翠靈下落。

不但在縣衙門高呼懸賞，也找人寫了尋人帖，繞著法淨寺，四面八方，到處張貼。在法淨寺那兒，足足鬧了兩天，夫妻倆沒弄出結果，一頭霧水，毫無頭緒，心焦如麻，顛顛沛沛，回到揚州。老當家丁錦文，原本就老病侵尋，如今，聽說把個獨生孫女給丟了，當即昏厥，得了中風重症，雖未斷氣，卻也不省人事，昏睡不醒。

金秀蓮沒了主意，急急叫呼，拉著丁鵬飛趕緊往娘家跑。娘家親爹金阿根得訊，當時就低聲喃喃自言自語道：「鎮定，鎮定，莫慌，莫慌，想辦法，使勁兒想辦法。」

隨即，金阿根定了主意，交代家丁、僕役、鹽號長短雜工，使出吃奶力氣，在全揚州城到處散消息，說是盛隆昌鹽號二老闆「無煙炮」金阿根，把個外孫女給弄丟了。金老闆願意出紋銀三千兩，賞予密報訊息，找回外孫女之人。

金秀蓮丟了閨女，終日六神無主，慌慌張張，整日裡胡拿主張，徒亂人意，於事無補。金阿根亂中求序，要金秀蓮回夫家，好生看著聚寶錢莊營生，照樣開門做生意，別亂了套。金秀蓮不答應，說是要待在娘家，幫著金阿根找孩子。金阿根無法，只好要丁鵬飛先回去，穩住錢莊生意，金秀蓮則留在娘家。

金阿根深知江湖險惡，算準了拐子抱走翠靈，並非意在綁架勒贖，而是拿孩子賺錢，或轉賣他人，或殺害取藥，或殘其肢體乞討詐財。如今，把訊息放出去，讓拐子曉得，所擄幼兒為富貴殷實人家之後，可換取鉅額賞銀。如此，就有希望，能將孩子贖回。

當其時，儲幼寧與金秀明都不在揚州，金阿根身邊無人可用，於是，親赴洋人巷，尋訪故人義律。兩年多前，義律併同金秀明、儲幼寧血戰崇明島，助金家奪回漁場產業，曾獲金阿根重賞。之後，義律憑金阿根所賞私鹽，輾轉貿易，賺得紋銀數百兩，乃脫離俄羅斯餐館，自立門戶，在揚州城洋人巷開起西洋酒館。

金阿根覓得義律，說明原委，要義律助拳，義律慨然允諾。義律久跑華洋江湖，對綁票勒贖之類鬼門鬼道知之甚詳，當即預言，拐子必然會找上金阿根，要錢贖孩子。如此，日後必有攤牌時刻，無論翠靈是安是危，雙方終須開仗對陣。因而，義律如此如此，這般這般，向金阿根獻策，要金阿根趕緊找來可靠裁縫，幾日之內，就要備好所需服飾道具。

與義律密商之後，又過兩天，深更半夜，金家大門砰然作響，有人大聲擂門。守夜家丁開門一看，門外杳無人跡，但門口放了塊石頭，石頭下壓著封信。家丁拾起那信，趕忙內送，並喚醒老爺看信。金阿根披衣而起，莫氏趕忙把洋油燈移過來，金阿根見那信，封皮上寫著「盛隆昌二老闆金阿根親啟」。

撕開封皮一看，裡頭是有張油紙，裹著個小物件，此外，又有張信紙。這信紙上，歪歪斜斜，歪七扭八，筆跡拙劣，寫了幾行字：「若要保外孫女性命，後天一大清早，派家人帶現銀三千兩，裝入袋中，乘小船往鎮江開，再往揚州開回，再往鎮江開，來來回回，等候收取。取得銀兩後，自會將外孫女下落寫於紙上，擲入船中。附上斷指一截，俾便驗明正身。」

金阿根小心翼翼，將那油紙打開，裡頭果然裹著一隻小指頭，上頭套著個本命戒指。金阿根求謹慎，招來金秀蓮，察看這小拇指。金秀蓮一瞧，當時就腿軟坐倒，呼天搶地，涕泗縱橫，號啕大哭，指著那戒指，說這就是丁翠靈左手小指頭上，所套本命戒指。如此，坐實信上所言為真，金阿根取下本命戒指，將那斷指復又裹入油紙，帶著金秀蓮到了後院，刨個深坑，細細葬了這斷指。

金秀蓮思及愛女受斷指之痛，不能自已，驚聲尖叫，咆哮不止，金阿根、莫氏竭力安撫，仍不能平撫。金阿根趕忙親赴洋人巷酒館，告知義律，接獲綁匪信件，女兒金秀蓮煩鬧不已。義律沉著，當即帶著金阿根，至附近一義大利洋醫診所，延請洋醫同行，至金家看診。到了金家，義大利洋醫使出手段，要金家人按住金秀蓮，以西洋針劑注入金秀蓮上臂，金秀蓮隨即氣虛而倒，沉沉睡去。洋醫並留下藥片一盒，說是每日早晚各一次，按時餵食金秀蓮服下，可降其血氣，緩其躁動。義大利洋醫領得外診之資，與義律同行而去。未久，義律去而復返，攜回西洋桐油布袋，內置粗管洋短槍兩柄，併同七、八枚小圓柱彈體。金阿根見狀，尋諸義律，問這短粗洋槍與小圓柱彈體為何物？

義律告知，此為西洋軍事武備所用之物，將那圓柱彈體塞入那粗短洋槍槍管，扣下槍舌，則粗短圓柱彈體自槍身噴出，燃火發煙，煙有顏色，數十里外清晰可見。義律言道，戰場上兩軍接戰，殺聲震天，槍炮齊鳴，友軍之間壓根無法以言語聯繫。於是，就射此彩色煙彈，傳遞訊號，鑑別方位。

義律定下宗旨，說是金阿根所指派裁縫，已依照義律所繪圖案，接連兩天，趕工縫製英吉利皇家海軍官兵戰服，併同大幅英吉利國米字國旗。後日上午，由金阿根與家丁攜麻布袋，內置現銀三千兩，連同粗短洋槍、紅色小圓柱，上小船，於揚州、鎮江兩地江邊，往復行駛，等候綁匪船隻駛來。而義律，則與西洋巷所募得幾名洋人，藏身於揚州江邊碼頭角落小汽艇中。

待對方小船接近，取走銀兩之際，要對方依言擲回紙條，敘明丁翠靈下落。倘若對方食言，未擲回紙條，抑或紙條上未寫明翠靈下落，則要家丁以粗短洋短槍發射小圓柱彈體，射出紅色彩幕。屆時，義律將英吉利國米字國旗升起，豎於小汽艇尾端，義律與諸洋人則身穿英吉利國皇家海軍軍服，手執英軍指揮刀，追逐綁匪小舟。

兩日後，諸事準備停當，金阿根偕兩名家丁，一大清早攜帶裝置銀兩麻布袋，連同彩煙槍，上了揚州長江邊所雇小船，往對岸鎮江碼頭划去。義律則與諸洋人假扮英吉利國海軍官兵，匿於揚州江邊碼頭小汽艇上，手執千里鏡，掃瞄江面，緊盯金阿根小船蹤影。金阿根所搭小划艇，划至對岸鎮江碼頭，一路上並無動靜。於是，又往回划，回至揚州碼頭，依舊沒有動靜。

金阿根所搭小划艇旋即跑第三趟，又由揚州長江邊碼頭，往對面鎮江碼頭駛去。過了江心，堪堪將近鎮江之際，就見對面駛來一艘划艇，緊貼著金阿根這船，反向衝了過來。兩船交錯之際，那船驀然間伸出一根勾竿子，勾住金阿根這船。那船上頭，有四名漢子，其中一人掌舵，兩人划船，最後一人則手裡捏著個紙捲。這人，點手指著金阿根身旁麻袋，要金阿根把麻袋扔過去。

這時，兩船勾在一起，金阿根這船船夫沒料到竟有此事，於是使出吃奶力氣，想把兩舟分開，但勾竿子緊緊勾住，兩舟分不開，就在長江靠近鎮江碼頭水面上打轉。金阿根舉起麻袋，指著那船，要那人先把紙捲扔過來；那人，則要金阿根先把麻袋扔過去。末了，兩人講好，一起數數字，數到三，同時對扔。

三千兩紋銀，頗為沉重，加上人在船上，船在水上，搖晃不已，單人難以舉起那紋銀麻袋。因而，金阿根要家丁幫忙，兩人抬起紋銀麻袋。繼而，金阿根與那船上拿紙條者，二人同時數數，數到三，二人同時拋擲，金阿根這船擲麻袋至那船，那船則擲紙捲至此船。

互擲之後，那人當即收回勾竿子。隨後，那船上四人同心協力，飛速划著那小船，往鎮江碼頭衝去。這兒，金阿根打開紙捲，不禁倒抽一口冷氣，紙捲上一片空白，毫無隻字片語。金阿根曉得上當，當時就射出紅色煙幕彈，義律旋即飛速駕小汽艇，越過江面，衝向鎮江碼頭。那小汽艇，以西洋機器為動力，速度飛快，船尾上高掛英吉利國米字國旗。

不僅於此，義律還搬來手搖警報器，由船上假扮英吉利國海軍洋人，使勁搖轉那器械。那洋事物經搖轉後，發出驚天動地警報聲，嗚嗚而鳴，聲響淒厲，響徹長江水面，江面大小船隻，聞聲無不閃躲讓位。不旋踵，那汽艇已越過江心，愈來愈近鎮江碼頭。綁匪小划艇見事機不妙，上頭四名漢子拚了命使勁，往鎮江岸邊划去。

金阿根這小划艇，僅有舟子一名，外帶兩名家丁，手中無槳，沒法子幫船夫，船速遲緩，只能眼看著綁匪划艇衝向鎮江。此時，只能指望義律小汽艇，能追得上綁匪划艇。

眼看著，小划艇即將靠岸，岸邊亦衝出數人接應小划艇。所衝出數人當中，領頭那人短打裝束，粗布葛衣，粗布短褲，衣褲以外，渾身肌膚蒼白如雪，髮辮亦是純白。甚至，眉毛亦是白色，瞳仁則泛紅光。這人帶著另外幾人，自鎮江岸邊衝出，衝到碼頭上，手舞足蹈，口中呼喝，激勵綁匪划艇加快划速。

眼看著，那小划艇即將靠岸。這頭，好義律，舉起了彩煙槍，對著那綁匪划艇，倏地一聲射出彩煙彈。那彩煙彈渾身冒火，拖著濃黃煙霧，朝那綁匪划艇飛了過去。須臾，就見那黃色彩煙彈落入綁匪小艇，隨即爆開，火焰噴射而出，艇上四名漢子身上俱都著火，連聲慘叫。

此時，岸邊那白膚綁匪欲衝上火船，搶救裝置銀兩麻袋。呼地一聲，義律又射一枚彩煙彈，這回，彈體拖著綠色煙尾，飛向碼頭岸邊，落地後，又是轟然爆開，一陣火花之後，漫出彌天綠霧。

這當口，義律小汽艇已衝抵鎮江碼頭，駛近那著火小划艇。這時，黃色煙幕已為風所吹散，就見小划艇上火勢轉小，艇內躺著兩具屍首，燒得肌膚焦爛。另兩名綁匪則不見蹤影，想必跳水逃脫。義律拿勾竿子勾住那小艇，站起身子，彎腰躬身，小心翼翼，伸手抓住那小艇上麻袋，使出吃奶力氣，將這麻袋拽過來。這麻袋造得結棍，雖經煙燻火烤，燒黑了幾處，卻並未引燃，也未破損。

經此一役，不輸不贏，孩子沒救回，銀沒丟失，事情又回到之前那樣，還是得重頭來過。金秀蓮連日吃藥，昏昏沉沉，鬧不起來，卻也醒不清楚，就是半清醒，半迷糊。這時，聽說爹爹金阿根搭救孩子回來了，金秀蓮撐著軟頹身子，蹭到前廳，見金阿根眉頭深鎖，義律一籌莫展，金秀蓮心裡發急，但身上沒力氣，暈暈糊糊，又回到房裡，躺下睡了。

金阿根趕忙要廚房開上午飯，陪著義律等人倉促吃了。飯後，取了幾十兩銀子，給了與義律同來幾名洋人，送對方出門。之後，義律與金阿根接著商議對策。兩人都說，那渾身白皮之人，外貌不同，容易追查，該從這人下手。義律說，這種人在英吉利語當中，稱為「阿白諾」，金阿根說，漢語稱這類人為「天老」。

這類人，胎裡帶，天生如此，除膚色、毛髮純白，眼瞳泛紅之外，與常人無異。亦即，也就是外貌迥異，其他正常。這類人，為數稀少，每到一處，必引人注意矚目。那天夜裡，在法淨寺外市集，丁鵬飛、金秀蓮二人，見到拐帶秀靈之人後腦勺慘白慘白，膚色異樣，顯然就是個天老。今日在鎮江碼頭邊，亦見天老蹤跡。想必，此二人即為同一人。找到此人，就能找到丁翠靈下落。

二人正凝神商議對策，打算加派人手，通揚州城尋覓天老之際，就聽見外頭有人高聲喊門。金阿根心想，莫非與翠靈遭擄之事有關，因而，與義律出廳房，入前院，隨家丁走至門口。家丁開了門，門開處，是個矮壯漢子，依稀就是今日上午鎮江碼頭邊，白膚天老身邊隨從。這人恭敬呈上書信一封，隨即轉身離開。

金阿根關了門，回到飯廳，撕開封皮，掏出信紙。這信，字跡工整，用辭典雅，自稱並非揚州本地人，正好路過此地，鬧市中，遇一渾身膚色雪白之人，交付幼齡童女一名，童女左手缺一小指，身上塞一紙片。

紙片上，寫著金阿根宅邸地址，說是盛隆昌鹽號二老闆「無煙炮」金阿根，走失四歲外孫女，如能尋回女童，金老闆願意賞紋銀三千兩。因不知事情真假，因此，修書一封投遞至金家，如確有其事，請金家備妥三千兩賞銀，前至揚州城鬧市粵菜館紅棉酒樓，與寫信者接洽。信文末尾，署名「東菊人」。

看完信，金阿根瞧瞧義律，不解為何事情有此變化。義律亦不知個中原委，但主張先擱置蹊蹺之處，立即帶人，前往紅棉酒樓，接回翠靈。繼而，金阿根點起幾名家丁，復又攜帶銀兩麻袋，喊了幾輛洋車，往揚州鬧市而去。進了紅棉酒樓，向櫃檯打聽，說是有個外路客帶著個小女孩，租了個套間，正在裡頭休息。

夥計領至套間，金阿根要家丁外頭候著，與義律帶著銀兩麻袋，進了套間。就見屋內桌旁坐了個中年人，行商打扮，身上竹布夏衫，腳踏露趾皮涼鞋，屋角落裡擱著一個行李包，行李包上擺著一頂大草帽。這人座椅旁，另有一張椅子，椅子上歪躺著個小女孩。椅子大，小女孩身軀小，蜷縮在椅子上，身上蓋著條薄被，正兀自睡著。

金阿根入屋，先不與中年人朝相言語，而是快步行至女童跟前，輕輕托起幼女臉頰，一眼看去，即知這是翠靈。金阿根二話不說，一把抄起翠靈，轉交義律抱著，繼而抱拳，向中年行商問訊，請教姓名。那人說，自己姓東名菊人，信上所具姓名，即為自己真實姓名。

此人自言，南來北往，以貿易維生，小人物一個。此日，無巧不巧，在鬧市中碰上個天老，牽著孩子，說是此童為盛隆昌鹽號二老闆「無煙炮」金阿根外孫女，如交予無煙炮，可得賞金三千兩。因而，修書一封，送至金宅，在此坐等，待領得賞金後，將離揚州而去，啟程前往他方。

這幾句話漏洞百出，前言不對後語。最大漏洞，在於那天老既有女童在手，為何不親向金阿根領賞，反而將翠靈交予這行商朿菊人？這漏洞，三尺豎子都能見及，金阿根並義律當然立時察覺，也曉得這朿菊人與那天老必是一夥。此時，就見這朿菊人好整以暇，不驚不懼，不羞不愧，明知自己謊言處處漏洞，對方必然察覺，卻是鎮定如常，伸出手來，向金阿根索討那銀子麻袋。

金阿根見翠靈已然尋得，不願多事，隨即交出麻袋，送出三千兩紋銀。那朿菊人拿了銀子，當即起身，戴上草帽，道了聲再會，就此揚長而去。

金阿根抱著翠靈併同義律，回到金家。回家後，先不通知女眷，先悄然察看翠靈情景。就見翠靈依舊沉睡不醒，呼喚搖動，均是不醒。義律察覺有異，當即翻身便走。隨後，又帶回那義大利洋醫。那洋醫翻翻翠靈眼皮，又聽聽呼吸，說是不要緊，就是被人下了藥，幾個時辰後自然會醒。這洋醫又察看翠靈左手小指傷口，說是傷口平整，係用銳器一次剁下，不見皮肉撕裂痕跡。又說，傷口並未感染，慢慢可以收口痊癒。

義大利洋醫走後，時序已近黃昏，金阿根囑家人，喊來妻子莫氏。莫氏乍見外孫女返家，自然又驚又叫，喜極而泣，金阿根則安撫妻子，說是事情未了，須得小心謹慎。金阿根要莫氏把孩子抱走，拿溼毛巾擦拭乾淨，放進金秀蓮睡房，與金秀蓮同榻而眠。並且，今夜勿再以藥物餵食金秀蓮，待明日清早，母女二人皆睡醒，自然驚喜相認。

這天晚上，金阿根留義律夜飯，兩人繼續商議此事，東猜西想，依舊理不出一個頭緒來。兩人皆以為，此事宜暫時按下不表，無須追究，也追究不清，只要守緊門戶，莫再出事，靜候金秀明、儲幼寧歸來，再做處置。

金阿根一口氣，將上述丁翠靈被拐子擄走之事，細吹細打，全鬚全尾，說個分明。說罷，金阿根對著水榭外家丁招招手，大聲喊道：「來啊！茶喝乾了，再續一壺滾水來，並帶幾個乾果盤子來。」家丁添水加茶，更換乾果碟子之後，又去外頭守著水榭入口，金阿根爺兒仨，繼續往下商議大計。

金阿根道：「你們倆是小輩，照理說，為父的不該說這話。但這事牽扯重大，還是得講講。這事，就是秀蓮對娘家有了意見，把爹娘都恨上了。」

金秀明、儲幼寧，聞言皆大奇道：「爹爹，怎麼會這樣？孩子都救回來了，不就沒事了？怎麼秀蓮動了意氣？」

金阿根道：「救回翠靈後，第二天一大早，秀蓮醒來，見翠靈躺在身邊，高興得大哭大叫。繼而，見了翠靈斷指，秀蓮怒從心底起，跑到前廳來，要我給翠靈報仇，去找那白皮天老算帳。秀蓮說得有理，她說天老罕見，揚州城裡多找找，定能找到。」

「但爹有爹的考量，我對秀蓮說，秀明哥哥、幼寧弟弟都不在身邊，沒個幫手，咱們鬥不過那幫拐子。倘若硬出頭，反而落敗，就和這幫拐子結了仇。以後咱家幾個稚齡幼兒，全都不能出門。只要出門，就可能被拐子弄走。這番話秀蓮聽不進去，怪我不疼翠靈，說我偏心，她是嫁出去女兒，如同潑出去的水，娘家不拿她當一回事。」

「唉，你們兄弟倆說說，這哪是哪，怎麼會跑出這閒氣來？」

儲幼寧慨然言道：「乾爹，您別難過，我和秀明哥哥都回來了。這幾天，我們就去外頭跑跑，找義律談談，總有辦法揪出這批拐子。乾爹，我在北京、廊坊、濟南、臨沂，走一路，打一路，破了大小疑案無數。這揚州拐子，遲早敗在我手裡。乾爹放心，我在，必定給秀蓮姊姊報仇，一解心頭之恨。」

金秀明也跟著敲邊鼓道：「爹，別鬧心，有我與幼寧在，定能找到那白皮天老，您放心，沒事的。」

繼而，金阿根轉了話題，講起上海之事，總之，朝廷西化洋務運動如火如荼，輪船、火車四處開展，運河、木頭小駁船、雞公車，早已是昨日黃花。洋車、洋船四處竄，海鹽跟著四處送，食鹽不再稀貴，販售私鹽勾當更是利藪有限，前途堪虞。為此，金阿根別走蹊徑，另起爐灶，集畢生積蓄，打算投入上海十里洋場，趕上「越界築路」大潮，炒弄房地資產。

金阿根正講得興起，就聽水榭外莫氏高聲喊道：「孩子的爹，都啥時辰了，還在那兒講？打算講到天荒地老嗎？這都日影西斜了，不是說要去狀元樓吃夜飯嗎？怎麼還不動身？我適才已經叫人去了秀蓮那兒，要她帶著孩子，今兒個晚上到狀元樓去，說是她哥哥、她弟弟回來了，要她別氣了，全家一起吃團圓飯。」

經莫氏這麼一喊，金阿根暫時打住不提遠赴上海雄圖壯舉，要金秀明、儲幼寧各自回處住，帶著妻子兒女，一起赴狀元樓。

一行人到了狀元樓，進了大包廂，金秀明一會兒轉著腦袋，圓睜兩眼，上下左右，打量這包廂；

一會兒，又使勁瞧著儲幼寧，繼而搖頭擺腦，擠眉弄眼。莫氏見了，又是母性發作道：「兒啊，什麼有趣的事情，你對你弟弟擠肩弄眼的，說給娘聽聽。」

金秀明道：「娘，沒什麼，我就是愛逗著幼寧玩兒，沒事。」

儲幼寧曉得，金秀明那樣擠眉弄眼，是因這大套間，當年即為春來興鹽號老闆陳潤三宴客之地。十幾年前，那天夜裡，陳潤三在此大宴直隸長蘆鹽商，弄了個活片驢肉把戲。後來，儲幼寧與金家兄妹把驢給殺了，陳潤三聞訊，到後頭察看，被十五歲少年儲幼寧辣手所殺，活活為炭爐燒死。

十餘年後，金秀蓮獨生女翠靈失而復得，全家老小在這大套間慶賀吃團圓飯。金阿根一家老幼坐定之後，夥計殷殷伺候，茶水、乾溼果子不斷往桌上送。劉小雲抱著小命根，緊挨著儲幼寧而坐，小命根頭上，還緊緊戴著那錦布虎頭套。天熱，孩子戴著頭套，一頭一臉汗，劉小雲時不時，摘下虎頭套，給孩子擦頭擦臉，擦完，復又把那虎頭套戴上。

儲幼寧曉得，劉小雲以為這虎頭套是他所買，因而高高興興，一直要孩子戴著。看著這虎頭套，儲幼寧不禁又想起韓燕媛，想到最後那天早上，韓燕媛忙裡忙外，指揮若定，伺候他與金秀明吃早點，吃完早點，送他倆上路情景。

止想著，就聽見莫氏、金秀明妻子李氏、劉小雲等女眷一陣吱嘁。儲幼寧定神一看，金秀蓮來了，手裡緊緊牽著翠靈。孩子就是孩子，小翠靈雖飽受拐子綁架驚嚇，還被斷一指，救回來之後，丁家、金家兩頭寵著，好言好語，淨拿好話哄著，過了一個多月，翠靈已然擺脫驚嚇，回復被擄前天真活潑模樣兒。

這一個多月，翠靈回復原狀，丁家卻出了事情，老當家丁錦文中風後，昏迷不醒，終究沒闖過這關，駕鶴西歸，撒手而去。辦完了喪事，金秀蓮還是生娘家氣，氣她爹金阿根姑息養奸，不肯出死力追查白皮天老綁匪。今天，金秀蓮因哥哥金秀明、弟弟儲幼寧回揚州，這才帶著孩子到狀元樓吃團圓飯。夫婿丁鵬飛則守著錢莊，這天沒跟著一起來。

一家三代，七大三小，老小剛好十口，其樂融融，童言童語，百無禁忌。吃到後來，金秀明孩子與翠靈先吃飽，俱都下地，在大套間裡追來追去，打鬧嘻笑。套間外，金阿根派了兩名家丁守在外頭，就是怕金家幼童趁著大人吃飯，下地亂跑，闖出套間外。

孩子鬧得歡，在大套間裡玩躲貓貓，追來追去。驀然間，翠靈一掀門簾子，衝到套間外頭去，外頭家丁見狀，趕忙伸手攔阻。孩子個兒小，刁鑽靈活，家丁一伸手竟沒攔住。只見小翠靈躬著身，勾著腰，踮著腳尖，細腰一閃就鑽進隔壁套間裡去。隨即，金秀明孩子跟在後頭，追了出來，也衝出大套間，也要往隔壁套間裡鑽。這一回，家丁手腳快，當即攔住了這倆孩子。

家丁正要掀開隔壁套間布帘子，喊翠靈回來，就聽見這套間裡，翠靈哇地一下，高聲啼哭。這一哭，不但家丁掀了門簾子闖進去，金秀蓮更是飯碗一扔，提身離座，火速衝至隔壁。金秀蓮進了隔壁那套間，見裡頭也是個大桌，桌旁圍坐七、八人俱都停箸不語，盯著自己瞧。這裡頭，圓桌當中主位，坐之那人，就是個白皮天老。套間地上，坐著翠靈，兩眼無神，不住抽泣。

金秀蓮見狀，當即打了個冷顫，隨即彎腰，抱起孩子。孩子屁股那兒又溼又臭，敢情，這孩子嚇得屎尿失禁，拉了一身。這當兒，金阿根進套間，見了這場面，也是一怔。金阿根見機極快，當下伸手一推金秀蓮，低聲道：「趕緊回去，拉上帘子，要你哥哥、弟弟待著，別過來露臉朝相。」

金秀蓮回到自家套間，就見儲幼寧、金秀明正邁步往外，連忙搖手，啞著嗓子低聲說道：「爹說，你二人在這兒待著，別出去，別露臉，別朝相。」

這大間裡，此時一股子屎臭味。當即，金秀蓮喊來家丁，要家丁向店家要來草紙、抹布、裝滿淨水水桶，就在套間裡，莫氏、秀蓮、李氏、劉小雲，四位女眷一齊動手，很快把翠靈收拾乾淨。

儲幼寧、金秀明二人則是歪著頭，拿耳朵貼著木頭隔板，聽隔壁聲響。莫氏則與金秀蓮、李氏、劉小雲，邊收拾翠靈，邊低聲吡著四個孩子，要諸兒噤聲。儲、金二人附耳傾聽，就聽見隔壁有人爽朗大笑道：「哈哈哈，金老闆，山不轉路轉，怎麼也想不到，咱們竟然在這兒見面了。怎麼樣，您府上幾個孫子、孫女，都安好吧？外頭亂，壞人多，金老闆得多費點神，小心在意，別再把小孫子、小孫女弄丟了。要是再丟了，可就找不回來囉！」

就聽見金阿根接著道：「東先生，與這位白先生是舊識？那天，聽東先生所言，與白先生素昧生平，只是街面上恰好碰到。怎麼，今天竟同桌飲酒？」

就聽見原先那人又高聲笑道：「哈哈哈，金老闆，您真是能扯，我生來如此，這也是沒辦法的，出了娘胎，就這怪樣，一身慘白，人稱天老。沒想到，金老闆就給我安了個姓氏，說我姓白。那麼，左邊這位，菸抽多了，臉色泛黃，就黃先生了？右邊這位，太陽曬多了，臉色發黑，就是黑先生了？哈哈哈，金老闆真是愛講笑話。」

「照金老闆這說法，金老闆姓金，那麼，必然是腰纏萬貫，富貴多金，是吧？今兒個您在這宴客，一家大小都在吧？替我問候您一家老小，祝您多子多孫多福壽，大家全都平安。我平安，你也平安，他們也平安。我不平安，你也不平安，他們大家跟著受累，是吧？」

這天老說起話來，口氣爽朗，語氣熱絡，但言語問夾藏玄機，意指金阿根一家老小平安與否，視乎金家是否追究翠靈遭擄之事。若是金家認倒楣，不哼不哈，對方也不再糾纏。否則，倘若金家不依不饒，往下追究，則對方必將再出手擄人。

金阿根久闖江湖，一點就透，當即順著話碴子，找了台階，自顧自說了個落場式。只聽見金阿根道：「是啊，你平安，我平安，只要庸人不自擾，天下自會永保太平。您幾位慢吃，我告退。」就聽見那天老呵呵笑道：「慢走，不送，不送。」

隨即，金阿根推開布帘，進了大套間，低聲對金秀明、儲幼寧言道：「他們不曉得你們二人，你們趕緊走，別讓他們瞧見。待會兒，我們這兒吃完了，回家，再商量辦法。」

金秀明、儲幼寧二人翻身便走，剩下幾個女眷，面帶懼色，驚疑不定。莫氏強做鎮定，撐著女兒、倆媳婦，要大家別慌。金阿根招手，喚來家丁，囑咐家丁趕緊趕回家去，另外找家丁，將之帶至狀元樓外頭，偷偷藏著，別露面。待會兒，天老等人散席後，緊緊綴在後頭，查明這幫人住處。

第四十八章：逛夜市瘦西湖外幼童裝狗，闖破村財神廟邊拐子露餡

儲幼寧、金秀明走後，約莫過了一盞茶工夫，隔壁套間白皮天老等人，依舊鬨然而飲，聲響極大。於是，金阿根做個手勢，要四名女眷帶著四個孩子，悄然而出，掀了大套間布帘子，趕緊往外走。金阿根隨後跟著，一家老小有如驚弓之鳥，面帶疑懼之色，往狀元樓大門走去。其間，經過櫃檯之際，金阿根偏著腦袋，匆匆扔下句話：「飯錢，派人到我家來結算。」

回到宅邸，金阿根特別把管家找來，說是這幾天要特別小心門戶，注意出入，提防宵小。繼而，又派人出去，去秀蓮夫家，告知丁鵬飛，這幾天秀蓮住在娘家，暫時不回丁家。

金阿根要莫氏看好家務，家裡大小事情由莫氏料理，尤其要安撫女眷、孫輩。之後，金阿根招來金秀明、儲幼寧，在前廳商議對付拐子幫大計。

一起頭，金阿根漲紅了臉，忿忿不平道：「這白皮天老，吃定了咱家。他是行客，可以居無定所。我們是住客，在這兒有家有業有根有底。他在暗處，咱們在明處，明處總是吃暗處虧。剛才，我派人去盯著這幾人，查明他們落腳之處。這樣，他知我宅邸，我知他住處，兩方面都在明處。你們倆兄弟回來，我就放心了，總得想方設法，把這場子討回來。」

儲幼寧道：「乾爹，別氣。您放心，有我在，定能幫金家討公道，所失去銀兩、所受委屈、所擔驚嚇，全都要討回來。只要查明這起傢伙下落，我夜裡找過去，把他們全打趴，掃平了他們那地方。」

金阿根道：「這一陣子，揚州街面上頗不平靜，不知為何，各處都有畸形古怪乞討叫化子。前幾天在鹽棧裡，聽夥計講，城內教場一帶，有個外路人，操山東口音，帶著一夥人，在教場外頭空地上，圍了一片地。之後，在這片地周界，打了樁基，並拿油布圍起了個大帳篷，還設了一個門。」

「門外，掛了圖示張貼，上頭畫了五名畸形之人。這五人，肢體殘缺不說，還連帶長有異形肢體。其形狀之古怪，為常人所未見。帳篷門口守住了人，若要進去，每人收五十大枚制錢。鹽棧夥計經過那兒，見了圖示招貼，心生好奇，就給了五十大枚進去瞧瞧。不瞧還好，瞧過之後，心裡又膩又噁，回家都吃不下飯。」

金秀明問道：「是怎麼個奇形怪狀模樣？」

金阿根道：「那夥計說，帳篷裡頭，放著五具大木籠，每具籠子裡頭各有一人。其中有個男子，成年人，上體如常人，無甚異常。但其兩腿卻是軟如膠柱，有筋有皮也有肉，但就是沒骨，兩條肉腿就癱軟在地；另一籠子內，亦是一男子，右臂僅五、六吋長，手掌如銅錢大小。而其左臂，卻是手長過膝，手掌大如蒲扇。」

「第三個籠子，內裡亦是一成年男人，肚臍怒張，臍口有茶杯大。更玄妙者，這人手拿起個瓷杯子，那杯子底部，鑿出個小孔，剛好把旱菸管煙嘴插入。這人，把菸草放入旱菸管，點燃了，吸幾口。繼而，將那旱菸管插進瓷杯底部小孔。接著，又將瓷杯杯口罩在自己肚臍臍口上。末了，這人肚皮一起一落，用力以肚臍臍口吸食那旱菸。煙自臍入之後，這人張口，煙竟然自口中噴出。」

「第四具木籠，當中一男人，胸前伏一嬰兒，此人胸前皮肉與那嬰兒皮肉，竟已合而為一，長成一處；末了，第五具木籠，當中是個女子，雙足纖小，兩乳高聳，而頷下卻是虯髯如戟。」

「那山東人生意甚好，鹽棧夥計說，觀者如雲，川流不息，每人五十大枚制錢，二十人即一兩紋銀，兩百人即十兩。那天圍觀者，數目逾千，一晚上即能賺幾十兩紋銀。這幫人，行動迅捷，圍地、打樁、張布幕搭帳篷，須臾可辦，每天轉換地頭，天天能有幾十兩紋銀入帳，入息頗豐。」

儲幼寧問道：「乾爹，原本講的是那擄孩子的白皮天老，怎麼，現在又講起了畸形人帳篷？」

金阿根道：「今天我去隔壁那套間，中間坐著的是白皮天老，旁邊還有一堆人，總共七、八個。我在那兒和白皮天老對了幾句話，這當中，其他七、八人，摻雜著也彼此講話。我耳朵靈光，就聽見裡頭有個人操山東口音。現在想想，不知這山東人，是否就是鹽棧夥計所說，在教場圍帳篷收錢，攬客瞧畸形人那山東人。」

之後，爺兒仨商議著如何對付白皮天老，最後都說，還是得等到所派家丁，探明了白皮天老住處，才能動手。

次日一大早，眾人才起身未久，就有家丁來報，說是昨天夜裡所派出那斥候家丁，已在下半夜返回，稍事小睡後，現下等著回稟。於是，金阿根、金秀明、儲幼寧三人，就站在院子裡，聽這斥候家丁回報事情。

這家丁說，他昨天奉命，到狀元樓外埋伏，窺伺狀元樓動靜。直到二更天，才見白皮天老一行人步出，七、八人都喝得東倒西歪，酒話連篇。這幫人，當然帶得有隨從，喊來幾輛人力洋車，朝不同方向拉走。白皮天老與另外倆人，一共三輛人力洋車，一路往東北方向走。走了許久，到了財神廟地面，在一破爛村子頭下了車。

白皮天老等三人，下了洋車，朝村子裡走，斥候家丁遠遠跟在後頭。天黑，下弦月，沒多大月光，家丁遠遠跟著，瞧不真切前頭三人。前頭三人，也不知後頭有人綴著。村子不大，老天爺沒下雨，地上卻全是爛泥，得看著地上走路，否則，準能把腳陷進爛泥堆裡。

再細看，這村子壓根沒路，就是一片泥土地，當中有個井，井邊挖了幾個大坑，拿坑裡泥土，混著井水、稻草桿，壓製泥磚胚。製好磚胚，路旁壘著。另有大量爛泥就堆放地上，等著明天再壓製成磚胚。

前頭三人，酒醉未醒，歪歪斜斜走路，全都失神，兩腳都踩上了爛泥，因而，三人嘴裡俱都罵罵咧咧。這家丁後頭跟著，跟到後來，走到村子尾，有一破爛大茅草屋，三人就進了屋，連油燈都沒點，就聽見鼾聲大起。這家丁認準了茅屋方位，抽身就走，往金家宅院趕。

聽完稟報，金阿根溫言勉勵幾句，要這家丁，待會兒去帳房支領五兩銀子賞錢。

隨即，金秀明對金阿根道：「爹，記得嗎？咱們鹽棧裡，有個夥計叫癩痢頭老五，我印象裡，他老家就在財神廟。要不要，找人把他喊來，問問那地面情況？」

金阿根點頭，隨即喊來家丁，要這家丁趕緊去鹽棧，喊癩痢頭老五過來。家丁走沒多久，就聽見外頭有人喊門，金阿根一聽就知道，這是義律來了。

儲幼寧與與義律曾在崇明島並肩血戰，殺退上海博斯通洋行買辦唐世豪所率華洋兩路傭兵，兩人有過命交情。崇明島血戰之後，去年春天，儲幼寧與劉小雲結婚，曾邀義律來喝喜酒，參與婚宴。在那之後，一年多了，兩人沒再見過面。今日在金阿根宅院重逢，二人俱都欣喜。

義律摟著儲幼寧肩膀道：「好兄弟，回揚州了，怎麼不告訴我一聲？我這幾天在酒館裡老喝悶酒，心想，兄弟你也該回揚州了，因而，今天上午就過來瞧瞧，不想，你已經回來了。」

金阿根道：「義律，幼寧昨天才到。這才回來一天，就忙著商量主意，看看怎麼才能破了白皮天老那幫人。」

四人在廳堂裡扯淡，繞著白皮天老話題轉，想方設法，要討回公道。金阿根最是忿恨，說是這白皮天老，擄走外孫女，斷了一指，取走三千兩紋銀不說，還讓自己女兒金秀蓮對娘家人不滿，讓金家有了間隙。金阿根說，這深仇人恨，一定要徹底討回公道。

四人正說著，就見家丁帶回了鹽棧小夥計癩痢頭老五。這人，年約二十上下，頭臉乾淨，頭上並無癩痢頑癬，想必是幼年有此毛病，落下了這麼個名號，待後來頭癬醫好了，名號卻因被人喊慣了，始終跟著沒改。

金阿根外孫女丁翠靈被擄拐之事，金家一起頭就不避諱，四處放消息、貼告示，說是願以三千兩銀子贖回丁翠靈。因而，此時金阿根對癩痢頭老五，就實話直說，毫不隱瞞問道：「老五，我家幼女被擄綁，大家都知道。現如今，探明了綁匪下落，住於財神廟。聽說，你老家就在財神廟，你對當地應該熟悉。我問你，可否曉得，有個白皮天老，渾身慘白，連頭髮、眉毛都是白的，住於財神廟？」

癩痢頭老五驚呼道：「哎呀，二老闆，那天老就是綁架孫小姐匪徒？這就難怪了！」

金阿根趕忙問緣故，癩痢頭老五細說從頭，講起了白皮天老之事。

癩痢頭老五說，這白皮天老，約兩年前出現，身邊有一幫人跟著。這幫人到了財神廟，選定這村子，在村後無主雜樹林子，除草砍樹，闢出一塊空地。接著，起造屋子。那屋子，有學問，外頭就是破爛木板當牆，茅草當頂，瞧著就是窮家破落戶。但起造茅屋時，卻又另外搬來磚頭、瓦片、木板、木柱、洋灰等建材。

後來，曾有村民挑水、擔柴進屋，說是屋裡洋灰鋪地，厚木板築壁，屋內有支柱，房上有大樑，房頂有瓦片。房頂有處地方沒鋪瓦片，茅草也撥到一旁，開了個琉璃天窗，天熱時，可開窗透氣。那屋子，常有面生之人進出，往來挺複雜。尤其，村民偶爾於夜間，還聽聞幼童啼哭之聲。

白皮天老對村民甚慷慨，常有賙濟，幾乎有求必應。因而，村中居民都說，住財神廟旁，真沾了光，村子裡來了個活財神。偶爾，白皮天老聽聞村民論及夜間幼童啼哭聲，即出言警告，要論者莫管閒事。甚至，白皮天老曾語出恫嚇，說是拐子猖狂，村中百姓家中俱有幼童，要大家別管閒事，免得自家幼童遭殃。

久而久之，村中百姓約略曉得，這白皮天老所幹勾當，與擄拐幼童有關。但因其對村民出手大方，加上村中幼童從未走失，因而，村民睜隻眼閉隻眼，只要自家沒事，就假裝不知，與白皮天老和睦相處。

白皮天老另有一樁舉措，利澤村中百姓，故而，百姓愈發偏向白皮天老，大家同住一村，百姓明知白皮天老涉及擄拐幼童，卻仍是各走各路，各過各活，兩不相干。這樁利澤村民舉措，即是興蓋大窯，燒製磚瓦。村中泥土適合燒製磚瓦，白皮天老就出資糾工，在村子外頭，蓋了間大窯。村子底部，是白皮天老大茅屋。大茅屋再往裡頭走，則是大窯。

每日裡，村民就在村中深井附近，刨掘泥土，以井水攪和，成了爛泥，再混入稻草桿，壓製成磚胚或瓦胚，堆積累放。待大量堆累後，再一一搬入大窯，烈火悶燒一日一夜，隨即燒出磚瓦，運出販售。所獲營收，白皮天老分文不取，悉數由村民朋分。

無磚瓦入窯之日，村民則入樹林撿拾枯枝，砍伐雜木，堆入大窯，慢火烘烤，烤成木炭。待磚胚、瓦胚入窯，就改以木炭，烈火悶燒磚瓦。如此這般，這大窯幾乎天天開工，裡頭火焰不歇，上頭煙囪日日冒煙。

癩痢頭老五連說帶比，將白皮天老所居住所四周景況，縷析分明，金阿根等四人聽了，心裡了然清楚。於是，金阿根遣走癩痢頭老五，臨走時，交代老五，今天所言之事，出去別對人亂說。倘若走漏風聲，對大家都不好。癩痢頭老五說，他曉得輕重，就當沒來過這兒，沒見過金二老闆。

癩痢頭老五走後，金阿根臉露殺氣，目帶兇光，對其餘三人言道：「江湖上給我個封號，叫我無煙炮。那意思，是說我這脾氣孬，講是非，說道理，等閒不發脾氣，看起來是個炮仗，卻從不點燃，從來沒煙。不過，有那不知底蘊真相之人，則說這綽號是形容我不怒則矣，一旦大怒，就彷彿炮仗裡裝了西洋無煙槍藥，事前也不冒煙，沒來由地，就猛然爆炸，嚇人一跳。」

「今兒個，我可要違犯這無煙炮封號本意，大大炸一回，把這兩個月來所受窩囊氣，全給發出去，討回公道。待會兒，咱們先吃中飯。吃過中飯，下午大家就待在這兒，哪兒也別去。秀明、幼寧，你們倆飯後回屋去，和媳婦、孩子講講話。別露顏色，別顯山顯水，平平淡淡，就說晚上鹽棧有事，大半夜要趕工，明兒個一早才能回來。」

「義律，你要是不嫌棄，我這兒還有空屋子，你去待著。吃過夜飯之後，我要女眷們回去。咱們四人在前廳待著，到了二更天，咱們就出門。今天夜裡，非破了白皮天老那巢穴不可。」

隨即，金阿根又安排事情，要家丁去鹽棧駕一輛驢車回來，擺在門口備用。

吃過夜飯，金阿根突然改了主意，不待二更天才走，說是趁著天色還早，早早去把事情辦了。金阿根要眾家丁看好門戶，指派人手，輪流守夜，並要妻子莫氏穩住女兒與倆媳婦。隨即，金阿根點起一名家丁駕車，四人上車，囑咐家丁，朝瘦西湖而去。

出了金家宅院，眾人就覺得外頭空敞之處，依舊溼熱氣悶，老天爺有點下雨意思，但始終沒雨滴落下。上了車，金阿根抬頭望望天道：「今兒個下半夜，大約會下大雨。」

這瘦西湖，是揚州城內最最熱鬧之處，多的是歌台舞榭、餐館酒肆、煙花柳巷，每到夜裡，遊人如織，城開不夜。

車上，金秀明悄然問道：「爹，不是說，二更天才出門？為何早早就離家？」

金阿根道：「前幾天，聽鹽棧裡夥計講，揚州市面上，近日來了不少稀奇古怪乞討班子。我總想著，那白皮天老與這些乞討班子有點關連。故而，今天打算去瘦西湖那兒，瞧瞧有啥古怪之人。」

車到瘦西湖外頭，人多路窄，沒法子再往裡頭走。於是，金阿根等人下車，要家丁守在車上候著。四人下車後，往裡走，遠遠地，就隱約聽見有童子唱小曲，咿咿呀呀，跟著胡琴調子，隨興唱著。往前看，就見一大飯館前有塊廣闊空地，空地四周一圈又一圈，厚厚實實圍滿了人。洋人義律高頭大馬，領著頭往人牆裡撞，把人撞開，金阿根、金秀明、儲幼寧隨後跟進，走到了人牆前頭。

不看不知道，看了嚇一跳，那咿咿呀呀唱歌童聲，並非幼童所唱，而是長毛狗唱歌。就見當中空地上，有仨人，一人拉胡琴，另一人手裡牽了條長毛黑狗。第三人，則是拿個笸籮，這頭走到那頭，那頭走到這頭，不斷向圍觀人牆斂錢。觀者見黑毛狗唱小曲，無不大驚，俱都慨然打賞。那拿笸籮之人，來回走了幾趟，笸籮內就裝滿銅錢，銅錢堆成小山，壓得笸籮都凹了下去。

那唱歌之狗，乍看是狗，細看卻是狗又不是狗。說這東西是狗，是因此物全身上下長滿黑色犬毛，遠看，就是條狗趴於地上。說這東西不是狗，是這東西比狗要大，趴在那兒唱小曲，耳朵、鼻子，分明是人耳、人鼻。尤其，那趴坐之姿，委實不像狗趴於地，而類似幼兒伏地扮作狗樣。

小曲唱完，圍觀之人紛紛鼓譟，要這東西繼續再唱小曲。這回，這東西不唱小曲，改說起人話：「不唱了，各位得多給賞錢。賞錢多了，我師父買好吃的給我，我吃了好吃的，這才有力氣，再唱小曲。」

這話一說，圍觀者鬨然，嗡嗡聲不斷，都說這怪物神奇，明明是狗，卻不但能唱小曲，還能說人話。眾人議論紛紛之際，金阿根一拍義律背脊道：「走吧，看夠了，這分明就是個孩子。不知道人販子搞了什麼鬼，把這個孩子整治成這模樣。今兒個夜裡，剿平了白皮天老，一定能問出點內情。」

離開這處，四人前後左右又繞了一陣子，發現街面上平白冒出不少乞兒，而且，名副其實，全是幼兒行乞。不但行乞，還都是殘缺行乞，乞兒有些瞎眼，有些缺腿，有些斷臂，衣著破爛襤褸，渾身發酸發臭，頭上身上俱都有虱子爬行。

繞行一陣，接著上車，往財神廟而去。到了地頭，將驢車停在村子口外，家丁守在車上，金阿根等四人下車，悄然往村子底行去。村子裡，果然如斥候家丁所言，地上爛泥成堆，得注意腳下方寸之地。金秀明打從家裡帶了個氣死風燈籠，裡頭點上洋油，在前領路。後頭三人，噤聲不語，跟著前頭人腳步，走過了村中爛泥路，沒踩進爛泥。

到了後頭，果然是座大茅草屋。這屋既大且高，有點氣勢，從外頭看來，倒有點像座穀倉。四人也不說話，金秀明就直接打門。打沒幾下，就聽見屋裡有人高聲笑罵道：「喲，怎麼賽華佗這麼早就來了。不是說好，三更午夜之後才來敲門嗎？是不是怕待會兒下手不夠俐落，耽誤了時間，故而早早提前來啦？」

這人聲音，由遠而近，想必原先在後頭聽見敲門聲，往前邊走，邊走邊講話。之後，軋地一聲，門開了。門開處，露出一張臉，金阿根站在金秀明身後，見這人臉，就記得，這人那天也在狀元樓隔壁套間，就坐在白皮天老身邊。這人見屋外四人，臉現詫異之色，正想出聲盤問，就見義律搶上兩步，搶到金秀明前頭，對著開門這人，伸手就是一拳頭。

義律是英吉利國洋人，生得高頭大馬、膀闊腰圓，身子沉，拳頭重。這時，只見他右手四隻手指頭上套了個銅箍。這玩意兒，由氣死風洋油燈籠照著，閃閃發光。義律拳頭上套著這麼個銅箍，又出重拳，砸在開門這人左腦太陽穴上，這人悶哼一聲，當即昏死過去，軟軟癱倒於地。

這屋裡，前頭沒燈火，後頭卻點著燈。前頭看後頭，看得真切；後頭要看前頭，卻看不清楚。這人才倒地，後屋那兒，就把燈火給熄了。如此，後屋那兒一片漆黑，前屋這兒，因金秀明手裡提著盞氣死風洋油燈籠，反而透著亮。

就在這時，外頭白花花閃起一道閃電，旋即暴雷轟然而響，地面、屋宇都為之震動。閃電發作那一瞬間，儲幼寧眼尖，瞥見這大屋後頭，人影晃動。儲幼寧曉得，這是屋裡其他人，奔忙著去尋兵器了。於是，儲幼寧舉手作勢，要其餘三人趕緊進屋，進屋之後，貼牆而站，勿發聲響，並要金秀明把氣死風洋油燈籠熄掉。

金秀明舉起燈籠，拉開風口，往裡頭吹了口氣，油燈熄滅，屋內一片漆黑。如此一來，前屋，後屋，前前後後都一片漆黑。儲幼寧認準了方向，向前走幾步，走到前屋當中，肅立不動，靜止無聲，專心一意，使勁把心思集中於兩眼之間眉頭。豁然間，儲幼寧耳極聰而目極明。即便屋內一片漆黑，儲幼寧卻還是能藉著屋頂琉璃天窗所透入極晦暗天光，辨析屋內約略景致。

這時，就見從屋後頭，隱隱約約，走來兩人。這兩人，目不視物，摸黑而行，一步一挪蹭，小心翼翼往前慢慢移動。左前那人，手裡舉著把單刀；右後那人，手裡則是舉著把鋸齒刀，刀形猙獰，令人瞧著就頭皮發麻。再用力定眼凝視，儲幼寧見右後舉鋸齒刀那人，頭臉較左前那人為白，當即知曉，後頭那即為白皮天老。

儲幼寧端凝不動，心裡謹記之前金阿根所言，除惡務盡，痛下辣手。心想，先結果前頭這人。至於後頭那白皮天老，待會兒廢其四肢，留活口，讓金阿根慢慢炮製。

因而，左前那人堪堪走到自己身邊之際，儲幼寧右掌五指併攏，運勁成刀，回身旋轉，右臂奮力砍出，右手掌緣出死力斬在那人喉結上。咯啦一下，那人喉結軟骨受砍，猛然內縮，截斷那人氣管，那人喉頭嘔嘔嘔幾聲，一張嘴，又發咻咻咻之聲，身子慢慢軟癱倒地。

這當兒，就聽見走在右後那人，低聲問道：「阮麻子，怎麼啦？怎麼沒聲沒氣啦？」

白皮天老頗機靈，連喚幾聲，那倒地阮麻子都沒回話，就止住腳步，先是屏氣凝神，端止不動，繼而，猛然發難，黑暗裡使勁盲揮手中鋸齒大刀。那刀去勢正好對著儲幼寧，儲幼寧見鋸齒刀往身前砍來，黑暗裡側身讓過，隨即，右手握拳，朝白皮天老面門揮去。

詎料，儲幼寧才起手，老天爺又放起一道閃電，閃電倏然而亮，電光自琉璃天窗拋灑而下，屋內瞬間大放光明。白皮天老見儲幼寧舉拳要打自己門面，當即擺頭，躲過這一拳。閃電倏然而亮，倏然而逝。閃電過後，繼而響起暴雷，暴雷轟然大鳴之際，儲幼寧就覺得小腹有疼痛之感，當即收小腹躬腰身，往後移位。原來，白皮天老趁老天爺打閃之際，躲過儲幼寧拳頭，又趁雷公敲暴雷之際，手起刀落，鋸齒大刀橫切儲幼寧腹部。

這一刀，要是切實在了，儲幼寧當場就得肚破腸流，大腸、小腸、腰花子，全都被鋸齒拖出來。幸而儲幼寧天賦異稟，甫察覺腹部稍疼，當即猛然後縮，躲過這致命一刀。饒是如此，儲幼寧小腹皮肉還是被鋸齒大刀擦過，皮開肉綻，流出鮮血。只因鋸齒入肉淺短，因而，傷勢有限，雖流血，而無大礙。

閃電、打雷、躲拳頭、橫切、後縮、中招、流血，俱是電光石火間，忽地一下，先後發生。事後，屋內恢復漆黑，儲幼寧、白皮天老俱都端凝不動，此時，就聽見屋頂琉璃瓦上，滴滴答答聲不絕於耳，下起了大雨，彷彿老天爺在屋頂上爆炒黃豆，雨滴聲震耳欲聾。老天下雨，烏雲罩頂，原先自琉璃天窗透進那一點點稀疏微弱天光，也告斷線。

此時，屋內漆黑如墨，儲幼寧使勁運起元神，還是沒法子再瞧見蛛絲馬跡影像。至於聲響，頭頂上琉璃天窗暴雨聲浪鑽人耳鼓，儲幼寧耳朵裡一片嘈雜，屋內動靜全聽不清楚。老天爺不幫忙，儲幼寧耳目神功俱都施展不出。這當兒，白皮天老手上有刀，還是鋸齒大刀，儲幼寧卻是手無寸鐵。白皮天老只要再多盲揮幾次，儲幼寧必將再度遭殃。

儲幼寧正徬徨焦慮之際，就聽見屋內牆壁之處，金秀明大喝一聲：「脫衣服！」

儲幼寧當即醒得，明白金秀明意思。因而，緩緩除下上身衣物。儲幼寧邊慢慢脫衣，心裡邊想到：「慚愧，若非哥哥提醒，今兒個還真要吃大虧。」

原來，金秀明深知儲幼寧天賦，知道儲幼寧除耳聰目明之外，其身體肌膚更是感應靈敏。之前在北京，東城丐幫重金禮聘日本忍者刺客，夜探蓋喚天宅院，爬到儲幼寧住房屋頂，掀開瓦片，垂下細線，滴落毒液，順著線身，涌向儲幼寧嘴邊。那時，儲幼寧身子仰躺，臉面朝上，正似睡非睡，將睡著，未睡著之際，就覺得室內氣息流轉有變。其時，室內無風，但儲幼寧就是覺得氣息流轉忽而不同，因而，睜開眼睛。這時，就見屋頂上，瓦片已被揭開，兩顆人頭正對著他俯視。

後來在天津，儲幼寧與金秀明會合後，一路南歸，路上，儲幼寧細說在北京諸事，曾將這段經歷說予金秀明知。因而，此時金秀明見外頭烏雲蔽天，暴雨猛降，屋內漆黑，雜音震耳，儲幼寧耳不聰，目不明，就想到，儲幼寧肌膚還有感應之能，故而提醒儲幼寧脫衣。

果然，儲幼寧除下身上衣物後，就覺得前胸後背每個毛孔都像長了眼睛，生了耳朵，身旁動靜，悉數知曉。

儘管屋內氣悶，絲毫無風，儲幼寧上身裸露之處，依舊能感受氣息緩緩游移而動，並非一潭死水。隨即，規律緩緩游動氣息，略有變化，有股微微細風，忽有忽無，一陣消失，一陣再現，每次再現，氣息就較上次增強。儲幼寧心知肚明，這是白皮天老鼻息，這人摸黑，舉著鋸齒大刀，愈走愈近，鼻息就愈來愈強。

憑藉這股鼻息，儲幼寧偵悉白皮天老行進方位。倏然間，儲幼寧察覺身前出現氣流，於身前三尺處，由下而上，快速流轉。儲幼寧曉得，這是白皮天老使勁將鋸齒大刀，由下往上舉起。之後，就是右上左下，朝儲幼寧劈砍。

儲幼寧屏氣凝神，待這股由下往上迅捷流轉氣息靜止之際，亦即白皮天老將鋸齒大砍刀舉到最高，即將向下劈砍之際，忽地一下，猛然轉身移位，轉至白皮天老身後。隨即，儲幼寧起腳，摸黑朝白皮天老方位，猛踹一腳。這一腳，踹出去後，就曉得踹到白皮天老腰際，對方向前撲倒，儲幼寧也跟著搖晃，向後倒地。

要知道，儲幼寧身不算強，體不算健，並無武學基本入門功，其蓋世驚人武藝全憑天賦，耳聰目明手快。「快、狠、準」三者當中，儲幼寧得其二，快而準，但力道有限，絲毫不狠。因而，烏漆抹黑之際，儲幼寧起腳盲踹，雖踹中白皮天老，自己卻也站立不穩，拿不住樁，跟著向後摔倒。

儲幼寧倒地後，就聽見白皮天老喊了聲哎喲，他知道，這是白皮天老手拿鋸齒大刀，摔倒後，不慎為自家鋸齒大刀所傷。因而，儲幼寧趕緊咕嚕一下，自地上爬起。爬起後，倒退兩步，防著白皮天老再盲揮鋸齒大刀，同時，高聲喊道：「哥哥，快點燈。」

金阿根、金秀明、義律等三人，自氣死風洋油燈籠熄滅，房內一片漆黑，就緊貼牆壁站著，免得遭殃。這會兒，聽儲幼寧喊著點燈，金秀明趕緊在身上摳摳摸摸，悉悉索索好一陣子，這才摸出了自來火，擦著了，稍微等等，等火頭燒旺了小木棍，這才彎腰，點燃了氣死風洋油燈籠。

洋油燈籠點起，屋內霎時見光，就見門口不遠處躺著一人，胸口起伏，還有氣息。大屋中間偏後那兒，地上又躺一人，喉頭凹陷，已無氣息。這人，想必即是阮麻子。至於白皮天老，則是癱坐於地，左腿下半段，小腿前頭那兒有個傷口，血肉模糊，爛肉裡頭，可以見到白白脛骨。

當時，白皮天老舉起鋸齒大刀，由上往下猛力盲劈。不想，被儲幼寧繞至身後，在腰身上踹了一腳。白皮天老吃了這一腳，身子向前歪倒，手中那鋸齒大刀跟著下垂，刀刃朝內，身軀歪倒時，左小腿前頭脛骨那兒，正好碰在刀刃上。倒地瞬間，身子滑動，左小腿前端脛骨那一片，就在鋸齒上打滑。如此這般，就拉出這道傷口。

論傷勢，並非嚴重，血流亦屬有限，只是傷及左腿，行動不便，無法站起，只能委頓在地。景況既明，金阿根等人也不必貼壁而站。義律身手靈活，先跨步走向白皮天老，彎腰拾起鋸齒大砍刀，用力一拋，鋸齒刀飛向屋頂，刀頭嵌進屋樑，刀柄猶兀自搖晃不已，這鋸齒刀就此釘在屋樑上。繼而，他又撿起阮麻子所持單刀，扔至屋角。隨即，他又三下兩下，就將那屋內前後油燈全都點上。至此，屋內大放光明。

這當口，儲幼寧將上身衣裳穿好。而金秀明則是屋前屋後轉了圈，轉完了，回來說道：「屋子後頭，另有個房間，上了鎖，不曉得裡面有何古怪之事。」

金阿根走至白皮天老跟前，俯身伸手道：「拿鑰匙來！」

白皮天老眼神惡毒，狠狠瞪著金阿根。義律過去，二話不說，就是一拳。他拳頭上，還是套著那銅箍，這一拳，由右至左，橫向而揮，砸在白皮天老左邊腮幫子上。白皮天老挨了狠拳，當即張口吐出兩顆大牙，外帶一嘴血沫子。這一拳，把他腦袋都打糊塗了，雖未昏厥，卻已懵懂。

義律打完狠拳，伸手在白皮天老身上掏掏摸摸，就摸出串鑰匙。舉著這串叮噹作響鑰匙，義律走至後屋，看看鎖頭，看看鑰匙，挑出一支鑰匙，插進鎖孔，果然打開鎖頭。金阿根、金秀明、儲幼寧此時都過來，要瞧這屋內玄機。屋門開處，只見屋裡橫七豎八，躺了十餘個孩子，全是幼童，大的七、八歲，小的才兩、三歲，有男有女，俱都沉沉昏睡。

義律一見，雙掌互擊，啪地一聲道：「金老爺子，中獎了，咱們破了大號拐子幫。待會兒，好好問話，還能追出更多同夥，救出更多孩兒。」

這關口上，就聽見外頭有人打門，低聲喊道：「開門啊！開門啊！都睡死啦？我是賽華佗啊！外頭下這樣大雨，我還巴巴地趕來，連夜做這動刀買賣，淋得我一身溼，大熱天裡打冷顫，冷死了。快開門啊，花荔枝，不是說好了嗎，今天夜裡三更時刻我會到此，死約會，不見不散，怎麼不等著給我開門啊？」

說到這兒，義律已然開了大門，繼而伸手一拉，把門外那人使勁往裡頭拉。義律手勁大，拽著那人衣領，往屋裡拉，勁頭大了，那人站不住腳，就俯身跌倒。這一摔，剛好壓在門內昏厥那人身上。這一壓，卻把那人壓醒了。這人醒來，用兩手猛推身上那人。

兩人攪和一陣，俱都慢慢站起。後來進來這人，五十來歲，鼻樑上架著眼鏡，眼鏡經擠壓，已經歪斜。這人，雖望之年過五十，卻是眉清目秀，尤其兩手纖細，看著就知此人靠手藝吃飯。

這人起身後，瞧瞧先前昏厥那人，又瞧瞧金阿根等四人，繼而望見屋子中段阮痲子挺屍於地，白皮天老一嘴血沫子，地上還有碎牙，乃對那昏厥又甦醒之人道：「花荔枝，這是怎麼回事？這幾位，是對頭嗎？」

義律不待這人再問，伸手抽出這人褲腰帶，將這人連手帶腳，四肢捆成一處。捆完了，把這人放在牆角。繼而，又如法炮製，把那花荔枝，也給捆上。捆完花荔枝，再捆白皮天老。

第四十九章：遭報應白皮天老凌遲受刑，甩山芋荔枝華佗冤枉送命

義律動作麻俐，連捆三人。一旁，金家父子並儲幼寧，這才開了眼界，曉得若論江湖履歷，若論闖蕩技倆，英吉利洋人義律允稱第一，金家父子加上儲幼寧，都遜義律遠矣。

義律連捆三人，捆完，朝金家父子、儲幼寧招招手道：「地上這三個點子，都被我捆上了。三位爺兒們，愛幹啥幹啥，好好想個辦法，怎麼炮製炮製這三個點子。金老闆，您不是說，今兒個，您這無煙炮，可要大大炸一回，把這兩個月來所受窩囊氣，全給發出去，討回公道？」

「現在可好，這三人都落我們手裡，您正好從容報仇。聽您說，這白皮天老那天在狀元樓出言不遜，拿您孫子、孫女、外孫女，恐嚇您不得聲張，不能有動靜，只能窩窩囊囊當王八烏龜。現下可好，這王八蛋落到我們手裡，左小腿都被儲爺開了花，金老闆，您過來，就此動手，報報您這血海深仇。」

金阿根聞言，走到白皮天老跟前，與義律並肩而站，看著地下白皮天老，驀然覺得有點洩氣，仇沒那麼深，恨沒那樣強，不曉得，該如何折磨白皮天老。想了想，金阿根問道：「就問你，姓啥叫啥？幹的什麼勾當？拐擄我外孫女，前因後果，是怎麼個故事？」

白皮天老聞言，也不答話，他左腿受傷，四肢又被義律綁上，氣虛體弱，卻仍極硬氣，閉嘴不答。金阿根見狀，曉得問不出結果，嘆了口氣，退了開去。

金秀明、儲幼寧見了，曉得金阿根畢竟不是狠毒之人，之前受了白皮天老窩囊氣，心裡不是味道，幾次講了狠話，說是逮到白皮天老，要如何如報復，如何如何一吐所受鳥氣。現如今，打趴了白皮天老，把人逮住了，綁成一堆，扔在地上，金阿根卻洩了氣，既不狠，也不毒。

義律搬張椅子，站了上去，自屋樑一抽，把那鋸齒大刀給抽了下來。旋即，把鋸齒刀交到儲幼寧手裡道：「我沒你手巧，你去，把他一對招子，給拖了出來。」

儲幼寧克敵致勝，常用招數多為內傷，像是彈弓襲人、手刀劈喉結、以掌拍後腦、使棍戳人、拳打臟腑。其他破敵方式，像是炸槍膛、刀拖胸腹等等，雖有外傷，但都是兩方對陣，生死交關，不得不然。如今，義律要他拿鋸齒刀，將白皮天老倆眼珠子拖出來，事屬酷刑，儲幼寧沒那惡膽狠心，因而，沉吟不語。

義律見狀，湊近儲幼寧耳邊，低聲道：「那麼，就不拖招子，就把他兩眼眼皮給拖爛，讓他以為自己招子脫眶而出。」儲幼寧聞言，點點頭，提著鋸齒刀走向白皮天老。他邊走，義律邊在後頭喊道：「別心軟，下手不留情，把他兩隻招子都用鋸齒刀給拖出來，兩隻眼睛全刮碎了，就剩倆空眼洞，看他能招認不招認。」

儲幼寧舉起鋸齒刀，就見白皮天老使勁閉起雙眼。身後頭，花荔枝嚇得驚聲而叫，啊，啊，啊，邊喘氣邊呼喊。外頭雨聲爆響，嘈雜如炒豆，屋裡多大喊聲，外頭都聽不見。花荔枝驚叫聲中，儲幼寧繞至白皮天老身後，抬手舉刀，輕輕揮灑而下，自左而右，先鉤住白皮天老左眼眼瞼，繼而鉤破眼瞼，再鉤破鼻樑，末了，將右眼眼瞼也鉤破。

白皮天老倆眼瞼皮肉拖爛，鮮血溢出，覆滿兩眼眼眶，眼珠子泡在血水裡，刺痛又沒法子視物，白皮天老還真以為自己倆眼珠子，已然被鋸齒刀所拖出。稍遠處，賽華佗見此光景亦受驚嚇，不住抽搐飲泣，自言自語道：「別刮我眼珠子，別刮我眼珠子，我招，我招，我說實話。采生折割，我就是幹采生折割，他們要我幹，我就幹，要是不幹，他們殺我全家。救命啊，別刮我眼珠子，采生折割，采生折割。」

賽華佗胡言亂語，而花荔枝則已嚇得半昏半醒，尿撒褲襠，抖得像個糠篩子。金阿根、金秀明不明就裡，也真以為儲幼寧痛下辣手，拿鋸齒刀拖出白皮天老倆眼珠子，二人也是慄然不安。只有義律曉得這是障眼法，低聲告訴金家父子，只是拖爛眼瞼，沒傷及眼珠子。隨即，義律高聲言道：「知道厲害了吧？哈，要不老實，就拿鋸齒刀把眼珠子拖出來。」

義律招招手，要儲幼寧回來，並轉頭對金家父子道：「金老闆，問話吧，白皮天老嘴硬不說，沒關係，這兩個點子嚇壞了，保證問啥講啥。」

義律隨手拖過幾張椅子，己方四人俱都落座，由金阿根出頭，先審花荔枝，再問賽華佗。

花荔枝自言，他姓花，名立志，生於廣東惠州，長於鄉塾之家。花父教書為業，日子清苦，但對其子有厚望，因而，取名立志，冀望此兒立有鴻鵠之志，來日可出人頭地。然而，花立志自小魯鈍，既不是讀書材料，亦不是學藝材料，胸中文墨貧瘠，也無應肆之才，肩不能挑，手不能提，嘴不能說，腦不能想，平平庸庸，也就是個鞍前馬後龍套角色。因而，故里鄉人均不呼其名，而逕以諧音，稱之為花荔枝。

因緣際會，三年前花荔枝遇上了白皮天老。白皮天老見花荔枝腦筋簡單，心思單純，故而納入門牆，成了拐帶幼兒幫手。兩個多月前，在揚州法淨寺，以「種蘿蔔」手法拐帶丁翠靈，三人聯手，白皮天老背孩子，花荔枝則將布娃娃塞入旺財背上。花荔枝說，跟了白皮天老三年，都不知此人姓名，僅以「老大」稱之。

每到一處，白皮天老必選定一處居所，妥善經營，將擄拐所獲幼童，置於其中。每到一處，白皮天老也必然能與當地乞討幫派、班子搭線，作價供應所擄拐幼童。這裡頭，門路多而不同。年齡小、長相好、身子健壯幼童，自有人販子買走，賣給欠缺子嗣人家。此類幼童，命運最好。次等的，則或刺瞎雙眼，或打斷雙腿，或折斷雙臂，由人販子帶走，上街乞討。頑劣者，命運最淒慘，交給人販子宰殺亡命，先吃其肉，繼而，售其骨與醫家，按祖傳祕方製成丹膏丸散。

更慘烈者，則是淪為「采生折割」肉靶。所謂「采」，即蒐集、採收，意指向白皮天老等拐子處購取幼童。所謂「生」，亦即生胚、原材、物料，意指被拐幼童，拿幼童當生胚材料。所謂「折割」，即是刀砍斧削，將正常幼童，廢其原有肢體，又以他人身體，栽植幼童身上。如此，使幼童成了四不像怪物。黑狗唱小曲，即是「采生折割」典範。

至於操刀主持「折割」者，則因地而異。之前，白皮天老在湖南做案，當時，操刀者名曰「賽扁鵲」。之後，花荔枝等人隨白皮天老遷至揚州做案。臨走前，「賽扁鵲」即告知白皮天老，至揚州後可邀同門師兄「賽華佗」，協助操持「折割」大業。

花荔枝一口氣說至此處，金阿根等四人，始約略了解白皮天老拐帶幼童梗概。繼而，金阿根問道：「說說你們擄拐我外孫女丁翠靈之事？」

花荔枝話說從頭，講得頗細。花荔枝說，白皮天老擄拐幼童，專揀熱鬧之地下手，揚州北邊法淨寺一年一度廟會市集，遠近馳名，善男信女頗眾，拖兒帶孫，舉家而去，正是擄拐好時機。那天晚上，白皮天老一幫人所獲極豐，其中即包括丁翠靈。照慣常幹法，次日將諸幼兒塞入大車，載回財神廟村後大屋。

諸兒弄回大屋後，就是等著各路人販子上門挑揀貨色。然而，丁家大張旗鼓，說是被拐幼童父母為聚寶錢莊東主，願出紋銀三千兩，贖回被擄孫女。就此，白皮天老留上了心，將丁翠靈扣下，暫不售出。嗣後，金阿根出頭，四處放話，願以三千兩紋銀，贖回外孫女丁翠靈。

於是，白皮天老請賽華佗操刀，斷下翠靈一指，放入信封，以書信向金阿根勒贖。之後，乃有長江之戰，金阿根方面，由義律假冒英吉利國海軍洋兵助戰，奪回三千兩贖金。

事後，白皮天老經打聽，曉得長江上頭英吉利國旗飄揚之事，已驚動官府。心想，此事若長久以往，牽扯不休，對己方無好處。故而，白皮天老又出奇計，要同夥阮麻子化名東菊人，假借因由，向金阿根要贖金。

花荔枝說到此處，金阿根奇道：「什麼，東菊人即是阮麻子？」

隨即，金阿根站起，舉著氣死風洋油燈籠，往屋後走幾步，走到阮麻子屍身邊，將燈籠在阮麻子臉龐上晃晃，這才發現，阮麻子果然就是那東菊人。剛才，金阿根等四人全神貫注接戰，只知阮麻子已喉結破裂，死於當場，就沒細看這人長相。如今，才曉得這人就是東菊人。

花荔枝說到這兒，已算是知無不言，因而，金阿根轉而審問賽華佗。

這賽華佗，自稱是廣西人士，自小在柳州山裡隨一異人習醫。這異人，專精開腸破肚外家手術，帳下弟子數名，各有綽號，賽華佗居首，其他師弟包括賽扁鵲、賽葛洪、小仲景、賽時珍等等。學藝期滿，諸師兄弟同時下山，各跑江湖，但彼此仍互通訊息。

當其時，西洋醫術已入中華大地，洋醫器械精良，醫術精湛，早已獨領風騷，賽華佗這一幫師兄弟，在外闖蕩，歷經艱困，難以為繼。因而，有啥活，就幹啥活。久而久之，就墜入下九流，成了拐子、人販子幫兇。

儲幼寧問起，這大屋後頭，小屋裡睡了十幾個幼童，是怎麼回事？怎麼死睡不醒？

這賽華佗，原本就是個無膽匪類，雖有驚人外家手術藝業，在拐子幫裡，也只能幫幫閒場，並非狠角色。此時，這人已被白皮天老爛肉眼瞼嚇壞，問一答十，有問有答，一五一十，交代清楚。

先說麻藥，這幫拐子不識洋人，因而，不似洋醫，有歌羅芳等洋麻藥可用，全都是自行買藥材，自己動手調製麻藥。主要藥材，則是川烏、草烏。川烏，有止痛、痲痹效用，跌打醫生常用此物。草烏與川烏類似，亦有止痛效應，麻醉之力猶勝於川烏。

賽華佗將川烏、草烏並同其他藥材，煉製麻藥粉、麻藥汁、麻藥膏，存儲於白皮天老巢穴。不但存藥，也存刀、剪、鉤、鑽、針等外家手術器具。如此，賽華佗輕裝來往，避人耳目，到了地頭，搬出刀具、麻藥，就地施行手術。

日前，賽華佗接獲白皮天老訊息，約定今日午夜時分至此，給諸多幼童，施行手術。事前，白皮天老已囑花荔枝、阮麻子，在飲食中投置大量麻藥，諸兒食用過後，俱都昏睡。待賽華佗抵此後，再重新灌食大量麻藥，之後，視諸幼兒年紀、體材、個性，施行個別手術。或刺眼，或切臂、或截腿。

手術過後，諸殘缺幼童繼續在此養傷，待傷口癒合，則售予各路人販子。這當中，或因麻藥劑量過重，或因手術刀具不潔，或因賽華佗一時失手，或因幼童氣衰體弱，總有若干幼童無法撐過，送掉小命。此類屍首，外加切截之後斷臂殘腿，則趁著天黑，一股腦兒扔進大茅草屋附近大窯。

那大窯日日冒煙，不是拿樹枝、樹幹燒木炭，就是拿木炭燒磚瓦，裡頭灰渣盈尺，屍首、殘肢拋進去，當時即為灰渣所沒。之後，日日燒炭燒磚瓦，莫說皮肉全燒成了灰，就連骨頭，都焦脆成粉。如此一來，屍骨無存，苦主家屬、官府衙門，找都沒地方找。

這賽華佗，天生怯懦，雖說外家手術藝業高明，內裡卻是膽小怕事，給白皮天老幹了一陣子事，曉得所幹之事傷天害理，就想抽身走人。這念頭，為白皮天老看出，以其家人要脅，威嚇賽華佗，說是如果半途開溜，則殺其全家滅口。賽華佗上了賊船，做了過河卒子，只能拚命向前，就此愈發沉淪，竟然幹起了「采生折割」勾當。

這勾當，簡而言之，就是殘人肢體之外，還改其屬性，變其形體。譬如，那日鹽棧夥計，在揚州教場所見山東人生意，五座木籠內所關五名畸形之人，就是賽華佗「采生折割」得意傑作。那五人，分別為一手巨大，一手細微，兩腿有肉無骨；肚臍大如碗口，肚臍吸菸，張口吐煙；男子胸前與嬰兒長成一片；小腳女子頷下虯髯如戟。

聽到這兒，金阿根高聲問道：「且慢，你剛才不是說，就是給擄拐幼童動刀。怎麼，這裡又跑出成人男女？」

賽華佗答道：「我委實不知，那幾名男女，是那山東人弄來。我到的時候，見這幾人已然迷昏，老大，老大，呃，就是這白皮天老，要我別問，動手就是。我自三更起動手，直到日上三竿，才弄完第一人。從頭到尾，那山東人都在旁看著。」

這白皮天老，御下極嚴，下頭人只能以「老大」稱之。這賽華佗也機靈，對著金阿根答話，本來還稱「老大」，後來，就自己改口，跟著金阿根等，稱起了「白皮天老」。

賽華佗接著往下說，說那次為山東人幹活兒，沒日沒夜，連幹三天。這裡頭，山東佬原先弄來了八名男女，俱是成人，被賽華佗一陣搗弄，整死了三人，剩下五人，即是揚州教場，山東佬所圍帳篷裡，五座木籠所關之人。

講到這兒，金阿根插嘴又問：「幾個時辰前，我們在瘦西湖那兒，見到有個狗孩子，明明是個小孩兒，卻長成了黑狗模樣兒，在那兒唱小曲。那，也是你幹的？」

賽華佗道：「那可不是，老爺，是我幹的，我就承認，山東佬手底下那五個采生折割，是我所為。至於老爺所說那狗熊孩子，卻非我所為，那是我師弟賽扁鵲所為。我師弟賽扁鵲一向在湖南一帶混世，這狗熊孩子，就是白皮天老所擄幼童，交給我師弟動刀。這孩子，雖變成狗熊模樣兒，還算好運。有那不走運的，命都沒了，屍骨無存。」

賽華佗說，這種小人變大狗把戲，過程繁複，先把拐來幼童，渾身抹上腐蝕藥物，使其脫盡身上外皮。繼而，將狗毛燒成灰燼，敷在孩子血肉模糊身軀上，再灌以內服藥劑，使其創口平復。如一切順利，則此後狗毛發芽，生於人體，幼童遍體生犬毛，亦人亦狗，儼然成了「人犬」。

然而，此一手術風險甚高。全身抹上腐蝕藥劑，令幼童渾身脫皮，常因腐蝕過度，傷及本元，或腐蝕後感染潰爛，致幼童喪命。因而，以此法施行手術，幼童存活者，十不得其一，死九活一，極為酷烈。

審問至此，花荔枝、賽華佗俱已將拐子集團大小內情，交代完畢。餘下的，在於如何發落諸人。金家父子、儲幼寧、義律等四人俱都離座，走到屋後，聚於一處，同聲商量，卻是說法歧異，一時間，說不到一處。照義律說法，白皮天老、花荔枝、賽華佗均是死有餘辜，也別廢話了，要儲幼寧在三人後腦勺，各拍一掌。只要拍在要害上，即便施力不大，下手不重，受擊者依舊是一命嗚呼。

義律之外，其他三人則頗猶疑。畢竟，對頭三人與己方並無深仇大恨。白皮天老雖說擄拐丁翠靈，剁掉一指，還訛走三千兩白銀，但此刻這人兩眼眼瞼已被儲幼寧拿鋸齒刀拖拉翻起，成了兩條爛肉，以後就算復原，兩眼也無法正常開闔，這招子雖沒全廢，也算半廢。至於花荔枝與賽華佗，適才俱都老實招供，究其本性，也非十罪不赦大奸大惡之輩。

因而，要儲幼寧痛下辣手，一舉斃掉這三人，儲幼寧固然難以下手，金家父子也委實難決。義律見狀道：「你們中國人說，量小非君子，無毒不丈夫，現在不拿定主意痛下殺手，以後必然留下後患。到時候，後悔都來不及。」

四人正在這兒唧唧咕咕，小聲商議之際，屋子前頭，賽華佗卻高聲說了話：「四位爺，想必正在商量怎麼處置我們三人。我有話要說，這白皮天老，罪大惡極，心狠手辣，絕不能容他存活。今天都鬧成這樣局面，要是留他活口，他未必敢再尋各位晦氣，但一定會殺了我與花荔枝。」

「我和花荔枝，有心戴罪立功，您四位爺，先宰了這白皮天老。待會兒，我和花荔枝出去，把山東佬與狗熊孩兒主人，全勾過來，讓幾位老爺處置，也算給采生折割受害之人報仇。至於報完仇之後，四位要如何處置小的與花荔枝，到時候再說。這樣，您四位老爺，意下如何？」

屋後頭，金阿根等四人又是一陣商議。末了，金秀明高聲問賽華佗道：「有沒有辦法，治得這白皮天老生而如死，留他一條狗命，但令他沒法子繼續為害？」

屋子前頭，賽華佗不假思索，隨即回道：「使得，您把我鬆了綁，我三兩下就能把事情辦完。我本以為，這人眼珠子已被拖出。現在細瞧才知道，只爛眼皮，沒爛眼珠。不過，他倆眼瞼已經割爛，將來雖能視物，但眼珠子失了眼瞼護持，很快就會長出白翳，不出兩年，眼珠子就會變白，到時候，視而不見，等於盲了。」

「剩下來，我拿剪刀，在他舌根那兒，稍微剪一下，他講話就不利索，成了大舌頭，講起話來，渾濁不清，別人也不曉得他說的是啥。之後，拿針在倆耳朵眼裡，輕輕各戳一下，稍稍刺破耳鼓，血都不流，他就成了耳背重聽佬，聽還是能聽，但聽之不詳，聽起來糊裡糊塗。」

「末了，拿把小利刀，在他右手腕、右腳踝那兒各割一下，割斷肌腱，廢他一手一腳，他抓不緊，跑不動，以後就沒法子再幹壞事了。」

賽華陀才把話說完，四人皆認為，這幹法可行，俱都走向屋前賽華陀那兒。義律邊走邊說：「使得，使得，就這樣辦，不害他人命，但要了他半條命。這樣，不算殺生，沒殺人，大家良心都過得去。」

義律解開賽華佗手腳束縛，扶起賽華佗，還撐著賽華佗前後走了幾十步，讓賽華佗活動手腳。活動完手腳，賽華佗朝四人道：「諸位爺，我得到最後頭去一趟，那兒有個小隔間，裡頭擱著我吃飯傢伙。說罷，儲幼寧邁步向前，陪著賽華佗，朝大屋後頭走去。

半道上，白皮天老躺在大屋當間，賽華佗行經白皮天老身旁，出其不意，驀然起腳，猛踹白皮天老胸口一下。就聽見輕微喀啦一聲，儲幼寧曉得，這是踢斷左胸一根肋骨。踢完，賽華佗嘴裡罵道：

「滾你媽的蛋，你要殺我全家？你要殺我全家？你等著我，待會兒拿了傢伙，整治得你求生不能，求死不得。我算是瞎了眼，信了我師弟賽扁鵲的話，和你一起混世，真是倒了八輩子血楣。」

兩人到了最後頭小隔間，賽華佗自裡頭抱出個大布包。這布包，打開一看，裡頭銀光燦然，整齊擺著雪亮刀、剪、鑽、針、鉤。所有器械，俱是西洋精鋼打造。

賽華佗對儲幼寧言道：「我們這一門手藝，雖是師父在柳州所傳，但師門僅授手藝，沒贈器械。師門兄弟學成下山，各走各路之後，都是各自想辦法，鑽門路，尋人情，想方設法，蒐集吃飯傢伙。我混了幾年，始終沒混到精良器械，動手給人治病，也是將就湊合著，拿到什麼，就用什麼。」

「眼下這套精鋼器械，還是白皮天老託人從上海帶來，想必是洋醫所用。不過，我只有洋刀，沒有洋藥，藥物還是自己調配。」

說罷，又把布包捲起，夾在腋下，走到白皮天老身邊。之前，白皮天老已然聽見賽華佗所言，要割斷自己舌根，刺聾自己耳朵，切斷自己右手右腳筋脈。此時，眼珠子透過血漬，隱隱約約，就見賽華佗抱了布包走來，就曉得，這是要過來下毒手了。

這白皮天老，也算是個狠角色，之前金阿根威嚇、嚇唬，都不為所屈。儲幼寧拿鋸齒刀拖他兩眼眼瞼，他也硬挺。然而，兩眼眼皮割爛之後，他倆眼珠子泡在血汁裡，目不能視，他還真以為眼珠子就此報廢，心中懼意油然而生。這時，他兩眼上浸著血汁，猶能勉強視物，朦朦朧朧之間，見賽華佗抱著刀具布包過來，心想，自己曾以屠戮賽華佗家人威嚇賽華佗，逼迫對方就範，為己所用，賽華佗心裡必定是苦大仇深。

如今，自己四肢被綁，賽華佗卻抱著刀具，要割舌根、刺耳膜、斷手腳筋脈，心中不由大感恐慌，不住扭動身軀，激烈反抗。然而，四肢被綁，就算再怎麼扭動身軀，依舊還是砧上之肉，甩脫不了賽華佗折騰。

就見賽華佗走到白皮天老身旁，蹲了下去，慢條斯理，打開布包，右手揀出一具銳利小刀，在白皮天老衣袖上輕輕一劃，就扯下一長條布疋。隨即，賽華佗左手抓起這片布疋，揉成團塊，使勁塞進白皮天老倆鼻孔。白皮天老四肢俱被嚴實捆住，如今鼻孔被堵，只好張大了嘴吸氣。

白皮天老一張嘴，賽華佗就拿左手緊捏白皮天老腮幫子，隨即，右手執著那鋒利小刀，倏然伸進白皮天老嘴裡，稍微一劃，就又伸出。賽華佗果然技藝精湛，他執刀右手先進後出，不過轉瞬之間，就把白皮天老舌根下頭筋脈割斷。隨即，就見白皮天老嘴裡略有紅意，些微流了點鮮血而已。

就這一劃，已然割斷白皮天老舌根，就此成了大舌頭，講話再也無法咬字清晰，講起話來，含含混混，糊成一團。

賽華佗割了白皮天老舌根，隨即抽出白皮天老鼻孔裡布疋，就聽見白皮天老用力猛烈大喘氣，邊喘，邊咿哩嗚嚕叫罵。罵是罵，卻因舌根已斷，咬字不清，不知道他罵些啥話。賽華佗見狀，一掌揮過去，搧了白皮天老一個耳光，隨即回罵道：「割了你舌根，你還回罵？老大，老大，你連名都不告訴我們，只準我們叫你老大。現在，我給你個老大耳光，讓你過過老大的癮。」

說話間，賽華佗拿左手肘壓住白皮天老顏面，身體重重壓下去，壓得白皮天老喘不過氣來，而其右手，則是拿著根細長鋼針，往白皮天老右耳朵眼裡輕輕一戳。就這樣，刺傷白皮天老右耳。隨即，賽華佗掉換姿勢，拿右手肘壓住白皮天老顏面，左手拿那鋼針，往白皮天老左耳朵眼裡輕輕一戳。就這樣，白皮天老兩耳耳鼓均受重創，丟了大半聽力，成了半聾之人。

這還沒完，賽華佗刺完了白皮天老倆耳朵眼，緩了口氣，蹲在白皮天老身邊，放回鋼針，又拿回鋒利小刀，摸著白皮天老手腕子，打算割其筋脈。白皮天老接連被割舌根、刺耳鼓，曉得這是要斷他手腳筋脈，因而，拚了命在地上滾動，彷彿鯉魚打挺。

金阿根、金秀明、儲幼寧、義律等四人站在一旁，就見白皮天老口中喝喝吼叫，如獸落陷阱，如肥豬待宰，如羊入狼口。而其身軀，則是死命扭動，拚命掙扎，不斷翻滾，一會兒仰，一會兒俯。之後，為躲避賽華佗利刀，白皮天老在大屋裡翻滾，從屋子當間，一路滾到前頭，繼而，又往後頭滾。

白皮天老一路翻滾，賽華佗舉著銀光閃閃利刃，一路跟在後頭，邊跟，邊言道：「別躲啦，伸頭一刀，縮頭也是一刀，我賽華佗下手俐落，包你不疼，血流也不多，就是割一下，不費事。你多大場面都見過，你眼皮子底下，見過多少開膛破腹，見過多少肚破腸流，見過多少大卸八塊，看過多少割肉取骨。多少孩子，在你眼皮底下斷手斷腳，你都不皺眉頭。怎麼，輪到自己了，卻這樣窩囊？」

白皮天老依舊不就範，還是滿地亂滾，口齒不清呼天搶地，叫聲淒厲，聲震屋瓦，與屋頂上暴雨交織一片。到了後來，不但白皮天老哀號，屋子前頭花荔枝也跟著又哭又叫。賽華佗見狀，高聲對花荔枝喊道：「又不是割你，喊叫什麼？沒你事，待會兒，請幾位爺給你鬆綁。」

花荔枝聽而不聞，依舊隨著白皮天老，聲嘶力竭又哭又喊又叫。

如此這般，鬧了好一陣了，金阿根、金秀明、儲幼寧面上漸露不忍之色，獨有義律，神色鎮定，冷眼旁觀。又過一會兒，金阿根對賽華佗高聲喝道：「好啦！算啦！已經廢了他招子、舌頭、耳朵，夠他受的了，就別再割他手腳筋脈了。」

賽華佗聞言答道：「金爺，不行，不能饒他，不能心軟。這人比蛇蠍還毒，今天要饒了他手腳，就算他眼睛、舌頭、耳朵受損，半瞎，半啞，半聾，他還是會回頭找我們報仇。今天不廢他手腳，就是和我自己過不去。」

說罷，他繼續追著白皮天老。白皮天老則滾動更劇，嘶吼更厲。此情此景，眩人耳目，移人性情，左右人思維，儲幼寧想也不想，就不禁舉步向前，走到賽華佗布包那兒，彎下腰，撿起之前那根鋼針。隨即，快步走向白皮天老，相準了後腦靠耳朵之處，手起針落，將鋼針扎入白皮天老後腦，鋼針直末而入，白皮天老隨即寂靜不動，就此沒了氣息。

刺完，儲幼寧站直了身子，皺著眉頭，臉色陰沉。一旁，金家父子皆有驚詫之色，獨有義律走了過來，摟著儲幼寧肩膀，輕輕拍了幾下道：「之前我都說了，後腦勺拍一掌，不痛不癢，瞬間打昏，之後就死翹翹，多省事。偏偏，你們於心不忍，說什麼只給懲罰，又不傷性命。現在，弄成這樣，還是殺了，倒不如一開始，殺了就算了。」

賽華佗鬧得正歡，興頭上，被儲幼寧澆了冷水，只能悻悻然收起利器，裹好布包。

此時，暴雨已過，雨勢漸小，只剩淅淅瀝瀝雨點，滴滴答答雨聲。隱約間，外頭有公雞啼叫，大屋天窗上，可見天色已泛出約略魚肚白。金阿根道：「天色不早，咱們趕緊把這兒事情了了吧。先把孩子們弄醒，送他們出去，總不能繼續關在這兒。」

賽華佗解了花荔枝手腳束縛，兩人熟門熟路，拿了水桶，裝滿了水，再用水瓢盛水，一小瓢，一小瓢，依次澆在昏睡群兒臉上。小娃兒一頭一臉冷水，漸次都醒了。十幾個幼童，醒來之後，一見賽華佗與花荔枝，均是面現驚恐，繼而扯著喉嚨喊叫：「不要，不要，救命啊！救命啊！」

金阿根等四人在旁觀看，賽華佗與花荔枝頗感尷尬，只能勉強堆起笑臉，安撫群兒。詎料，兩人愈是安撫，群兒愈是驚聲尖叫，顯而易見，之前此二人言行，必然讓群兒心生恐懼。

這十幾個孩子，大者七、八歲，小的兩、三歲，這時俱都蜷著身子，有些喊救命，有些叫媽媽，吵得金阿根等人一佛出世，二佛涅盤，心煩氣燥。一時間，大屋內亂了套，眾人都不知道該如何收拾這亂局，讓十幾名孩子住嘴別尖聲哭叫。

要在原先，事情簡單，白皮天老率花荔枝、阮痳子、賽華佗，或棍棒，或皮鞭，一陣猛抽猛打，群兒自然嚇得不敢吭氣。現如今，白皮天老、阮痳子均為儲幼寧所斃，花荔枝、賽華佗成了階下囚，自然不敢威嚇群兒。群兒沒人壓制，亂喊亂叫，亂哭亂嚎，大屋內亂七八糟，沒人壓得住場面。

這當兒，雨已停，天已亮，外頭村子已有動靜。金阿根等四人知曉，此時應趕緊離去，甩脫此處，否則，村子裡有人察覺異狀，報了官府，事情就痳煩了。眼前，不但十幾名幼兒難以處置，如何對付這花荔枝與賽華佗，亦是棘手。

就見義律定眼瞧著儲幼寧，伸手在自己後腦勺上虛拍。儲幼寧曉得，義律這是要他出手，殺掉花荔枝與賽華佗滅口。儲幼寧著實為難，轉頭瞧金阿根、金秀明，就見二人亦是面帶焦急，徬徨不知所以。蓋因金家父子也沒了輒，此情此景，事前全未料到。如今，情勢緊急，須速速了斷，快快離去，乾淨脫身，不沾痳煩。

若是異時異地，金家父子必有一套道理，說是人命關天，不能濫殺，不能隨意取人性命。然而，眼下形勢緊急，火燒屁股，十幾張小口狂哭亂喊，外頭人煙漸起，屋裡四人無暇商議，沒工夫想對策。

這當口，花荔枝、賽華佗，還在那兒好言好語，哄騙群兒，希冀群兒能停止哭鬧。無奈，群兒之前已被嚇怕，這時愈扶愈醉，花、賽二人愈是安慰，群兒哭鬧聲愈是拔高。花、賽彎著腰，正哄著群兒，二人正無可如何之際，就覺得後腦一震，天旋地轉，就此昏厥，兩條爛命就此飄飄忽忽，悠悠然赴了陰曹地府。

原來，形勢比人強，儲幼寧為形勢所迫，無法可想之際，也不多假思索，右手手掌使力成刀，手起掌落，連劈兩次，拿手刀劈在花荔枝與賽華佗後腦勺。兩人經此重擊，後腦要穴被擊出血，就此昏迷，永世不能轉醒。此時，二人尚未死絕，仍是一息尚存。

義律見機極快，當即衝往屋後，打開後門，揮手示意，兩人成組，一人抬肩膀，一人抬倆膝蓋眼，把花荔枝、賽華佗抬至大屋後頭大窯旁。繼而，四人又進出，抬出白皮天老並阮痲子屍身，也是抬至大窯旁。

四人抬出四具屍首，累得直叨氣。喘過一陣，精神稍稍回復，義律打開大窯窯口，昨日所舉明火已滅，但暗火餘燼猶存，窯裡熱氣未散。四人熬著窯裡熱氣，將四具身軀抬入大窯，扔進柴火灰渣裡，激起老大灰渣塵土，弄得四人一頭一臉灰渣。

完事後，趕緊關上大窯窯門，進入大窯後頭樹林，認準了方位，繞了老大一圈，往村子頭驢車處行去。此時，群兒哭泣聲響，已然遍處發作，顯然，那十餘名被拐擄孩兒已出了大屋，在村子裡四處遊走，到處亂哭。

在樹林裡，四人磕磕絆絆，尋路而行。金秀明道：「哎呀，那氣死風洋油燈籠忘記帶了。」

金阿根道：「沒關係，那上頭沒寫名道姓，官府衙門也查不出個名堂。」

義律則陰惻惻笑道：「呵呵，後頭殺的那兩人，抬進去時，還沒斷氣呢。不過沒關係，反正也是醒不過來，待會兒大火燒過去，他們有氣沒氣，也沒差別，反正都是個死。」

儲幼寧卻是嘿然不語，與其他三人在林子裡東鑽西突，尋路繞道，心裡頗不是滋味。自己武藝最強，所向無敵，卻依舊無法操控局面。原來說，不殺人，饒白皮天老、賽華佗、花茘枝等三人性命，令其受活罪而免死罪。然而，到頭來，還是取了三人性命，針插一人，掌斃兩人。義律見狀，曉得儲幼寧又在那兒鑽牛角尖，腦袋裡滿山跑馬，卻跑不出個結果。

義律邊喘氣，邊對儲幼寧道：「別想了，事情就是這樣。那會兒，十幾個幼童，紅口白牙，呀呀亂叫，不消多久，外頭村民就能聽見，過來察看動靜。要嘛，我們撒手不管，擱下白皮天老等三人，自行開溜。要那樣，那大茅屋穿幫後，官府衙門追究拐子幫，追究阮痳子之死，追究白皮天老眼睛、舌頭、耳朵之傷，終究會追到我們。」

「殺掉白皮天老、賽華佗、花茘枝也是無法之事。要不殺他們，我們就脫不了身。況且，你下手乾淨俐落，這三人都沒受苦，就告報銷。退一步說，他們綁拐幼童，殘其肢體，害死多少小孩子，還把金老爺外孫女手指頭都剁了，殺他們，要他們償命，一點也不屈枉。總之，這三人就像燙手山芋，非得甩了不可，甩不掉，就只好全殺了。」

說說講講，儲幼寧心頭重擔這才漸漸卸去。在林子裡繞了半天，終於找到出口，出來一看，正好就在村子頭那兒。四人出了林子，趕緊上驢車。車上家丁，見金阿根等一頭一臉的汗，全身沾滿灰燼，狀至狼狽，也不敢多問，就埋頭駕車，朝金宅而去。

第五十章：劃租界糊塗衙門喪權辱國，立合約猶太哈同墜入彀中

車行大半個時辰，到了金家宅院，叫開門，連車都拉進去，趕緊關門，並派了家丁，緊盯門外，瞧瞧有無動靜。眾人下車，早有家人往後院通報，幾位女眷隨後趕來。

莫氏見家裡老小三男丁，外帶個洋漢子，渾身沾灰，髒得不像人樣，大聲嚷嚷道：「你們爺兒仨外帶這洋人，幹什麼去了？一整夜在外頭，倒蹬了一夜，回到家來，竟是這模樣兒。你們幹麼去了？鑽地道去了啊？」

隨即，莫氏吩咐丫鬟趕緊燒水。金阿根伸手攔住，不改鬥嘴本性，對莫氏言道：「三伏大熱天，燒什麼水？要他們自井裡打幾桶涼水，送到各自屋裡。義律，你隨秀明去，到秀明那兒洗洗去。等大家都弄乾淨了，到前廳會合，還要商量大計。」

眾人各自散去，儲幼寧與劉小雲回到住處，丫鬟打來涼水，劉小雲掩上門，伺候儲幼寧沐浴更衣。除掉儲幼寧上身衣物，劉小雲這才發現，儲幼寧腹部拉出一條三寸長傷口。這傷，長而不深，皮肉稍微翻起，血汁碰到灰燼，已然凝聚。

劉小雲見狀，自然大驚，張口想問原委，卻又不知從何問起。她心想，若是金阿根身上帶了此

傷，妻子莫氏必然追詢。若是金秀明身上帶了此傷，妻子李氏必然追問。獨獨她，卻想問而不能問，她與儲幼寧雖是結髮夫妻，卻是聚少離多。拜堂前，同住金家，還有點話說，這趟儲幼寧自北京回來，變得陰沉難纏，臉色常帶不悅之色，也不知哪兒出了錯。

想到此處，劉小雲覺得委屈，眼眶一紅，淚水不聽使喚，湧了出來。

儲幼寧見劉小雲掉淚，以為這是見了傷口，心疼自己受傷。因而，心裡一軟，就哄了幾句，說是夜裡出去辦事，不小心把自己給劃傷了。劉小雲聞言，也沒再言語，就是溫馴伺候著儲幼寧沐浴更衣，把頭髮也洗了，重新打成油鬆大辮。盥洗之後，又取來刀傷金創藥膏，給儲幼寧敷在傷口上，又拿乾淨棉布纏繞腰際，把傷口給蓋上。

儲幼寧心想，這一夜鏖戰，又受了傷，回到家裡，倘若妻子是韓燕媛，他必然滴滴答答，細說從頭，把整夜所經歷之事，詳盡說與韓燕媛聽。然而，韓燕媛非他結髮妻子，此處，房內結髮之妻卻是劉小雲。儲幼寧想想，這一夜經歷，若是講給劉小雲聽，除了徒增驚惶，嚇倒劉小雲之外，沒法子激出共鳴，劉小雲沒法子體會個中情境。

想到此處，儲幼寧暗暗嘆了口氣問道：「我一夜不在家，小命根好吧？」

劉小雲答道：「下半夜醒了會兒，鬧了一陣子，我餵了奶，抱在懷裡，哄了半天，才又睡了。現在，還在睡呢。」

儲幼寧道：「喔，這孩子連累了妳，想必，妳也沒睡好。」

劉小雲幽幽道：「你在外頭，一夜不歸，就算孩子不鬧，我也睡不安穩。」

儲幼寧聽了，攜起劉小雲右手道：「走吧，到前面去，乾爹有話要說。」

二人到了前面議事廳，見眾人已然到齊。這裡頭，義律原來身上衣著已然全數換下，由僕婦清洗乾淨，擰乾了交予義律，復又穿回身上。

莫氏見了道：「哎呀，怎麼穿溼衣服？這要傷風生病的。」

金秀明道：「娘，這也是沒辦法的事。這洋人長得人高馬大，咱家自爹爹以下，把所有家丁都算上，沒人衣服能撐得住他這身量。因而，沒有乾衣服給他穿，他只好穿上自己溼衣服。」

義律則道：「大娘，沒問題，這是夏天，熱得很，我穿了溼衣服，反而清涼。」

金阿根見眾人滴滴答答敘家常，有點不耐，拍拍手，要眾人安靜，然後說道：「哪，大家都在這兒，我就先講簡單的。就說昨天夜裡，我們爺兒仨出去辦事，辦的是重要之事，與翠靈被擄拐有關之事。現在只能說，事情辦好了，將來不會有後患，咱們家可以踏踏實實安穩過日子。」

「妳們幾位女眷，家裡大小事情要幫著看緊，不能出錯，不能出亂子。底下人，告訴他們，聽到什麼，見到什麼，不要到外面去講。要是不聽告誡，在外頭亂講話，我要知道了定然重重責罰。現在，孩子的媽，還有倆媳婦，妳們仨先出去，秀蓮留下來，我們還有事商量。」

莫氏聽金阿根如此分派，自然不服，說是她是孩子的娘，為何不能留下來一起議事？於是，金阿根與莫氏又小小鬥嘴一回，莫氏才領著倆媳婦，離開議事廳。

莫氏走後，金阿根面色凝重，對著金秀蓮道：「女兒，我曉得，為了翠靈的事，妳心裡很怨娘家，怪爹媽沒追究拐子，給翠靈斷指之恨報仇。要知道，那時妳哥哥、妳弟弟都還在外頭，我身邊沒幫手。再加上，我們在明處，他們在暗處，爹只能咬緊牙關，忍著不動。現如今，妳哥哥、妳弟弟都回來了，昨天晚上，我們出去，一整夜都在外頭，把大仇給報了。」

隨即，金阿根詳盡講述昨天諸事，偶爾，金秀明、儲幼寧、義律補上幾句。如此這般，一路細說，把一夜鏖戰講得一清二楚。金秀蓮聽畢，不禁掩面道：「爹，我聽明白了。這幾個月，我心裡苦啊！孩子被擄，還斷了根手指，婆家那頭，我公公受了驚嚇，丟了性命，家裡頭又要辦喪事，又有錢莊開著，不能關門，丁鵬飛顧了生意，顧不了孩子。」

「我只能上娘家找幫手，好不容易，把孩子贖回來，也查明了拐子真相，曉得該找誰報仇，卻是有仇不能報。我心裡哪，真是憋得慌，我難受啊！」

金秀明拍拍金秀蓮肩頭道：「秀蓮，好了，別哭了，一干綁匪全讓幼寧給廢了，一個活口都沒留，大仇已報，妳心裡的疙瘩也可以消去了。不必我們多說，妳也知道，剛才告訴妳之事，至關緊要，妳千萬不能有絲毫走漏，即便在娘面前也不能露口風。要有任何風聲走漏，傳到外頭，咱們金家這就算完了。」

金阿根繼而道：「秀蓮，妳先回去吧，帶著孩子，回丁家去。記得，妳就是在娘家住了幾天，其他啥都不知道。」

金秀蓮抽抽搭搭而去，剩下四人，繼續商議後續對策。金阿根對三人道：「這會兒工夫，財神廟那村子想必鬧得開了鍋，十幾個娃娃在那兒又哭又鬧，到處亂走，找爹找娘。那大茅草屋子裡，原來住著幾人，卻都不見了。」

「這光景，村子裡百姓大約沒心思挖土、拌水、和泥、捏磚胚、進大窯起火燒磚了，必然是為了那些娃娃忙翻了天。我說，你們瞧著，這事該怎麼結尾？」

這話才說完，儲幼寧立時接著話碴子道：「乾爹，這事情，我適才已經想過，有個想法。這一年多，我在北京闖蕩，認識個天主教神甫，多少曉得點天主教教義與宗旨。簡單點說，天主教幹的就是救貧濟困、扶苦助孤之事，現如今，這批被拐孩子交給天主教正好。不過，也不能單單由天主教出頭，否則，會有閒話，又說天主教拐帶孩子，挖眼掘腦，拿去製藥。因而，得由天主教與地方官府衙門，聯手而作，才能順當收拾善後。」

金阿根瞧著義律道：「你是英吉利人，認識天主教教士吧？」

義律笑道：「金爺，您不知道，英吉利國固然有教會，固然信上帝，卻和天主教不是一家人。當然，我曉得揚州城天主教神甫，雖不熟，但總彼此知道。沒得說的，這事情包在我身上，我這就去想辦法，找天主教教堂派出神甫，去找地面該管官署，到財神廟那村子去處置這十幾個孩子。」

金阿根續道：「不僅只是找回孩子，還有其他大事，像是采生折割這檔事，就得弄乾淨，像是靠五個木頭箱子裡畸形人發財的山東人，像是那狗毛孩子背後班主，都得抓進官府去，可別輕饒了。」

義律已然起身，邊往外走邊說道：「那是自然，這幫黑心人販子都不能輕饒，我多找洋人，壓著天主教管這事。然後，天主教壓著地方官府，那幾個黑心王八蛋，必然都會抓入官府。」

如此這般，金家一老兩小，三口男丁外加洋人義律，一夜鏖戰，滅了白皮天老一夥人。之後，義律想方設法，擠著天主教出頭，聯手地方衙門，徹底翦除揚州地面各路拐子族裔。儲幼寧、金秀明才回揚州，氣都沒喘勻，就捲進復仇大業，打完白皮天老惡戰，倆兄弟這才算真正歇息。

之後兩個月裡，金家清風明月，水波不興，著實過了幾天平靜日子。此段時日裡，金阿根與儲幼寧商議，給小命根取名。一旁，莫氏自然大表不平，說儲幼寧是她乾兒子，小命根是她乾孫子，她也算是乾奶奶，命名之事，她卻說不上話。照例，金家老夫妻必然大鬥其嘴，幾陣駁火。照例，莫氏必然說不過金阿根，末了，還是金阿根拿主意。

金阿根言及，儲幼寧本為吉家之後，父親吉平山，叔叔吉平海，自己本名原為吉仁凱。只因誤殺貪官秦善北，為避衙門追捕，不得已，此後以儲幼寧為名。如今，有了孩兒，又是個「帶把」金孫，雖然還是得姓儲，但總得顧著吉家香火。因而，金阿根出了主意，給小命根取了「儲緒吉」之名。這「緒」字，寓有綿延不斷，賡續累積之意，等於是綿延吉家香火。

文墨之道，非儲幼寧所長，他欠讀詩書，腹笥有限。給孩子取名之事，他也拿不出主意，既然金阿根有說法，他就依了乾爹意思，給小命根取了「儲緒吉」之名。

兩個月時間裡，金阿根多次找來義律，與金秀明、儲幼寧，在金家後院水榭裡，商討秋後赴上海興業發家大計。義律本為英軍工兵營出身，二十餘年前，第二次英法聯軍攻打大清朝，義律彼時年方十六，入英吉利侵華遠征軍，隨軍攻進北京。當其時，義律役於英吉利遠征軍工兵營，其督統名為戈登上尉。

二次英法聯軍之役完結後，義律追隨戈登轉戰江南，助朝廷清剿太平天國髮匪。義律役於戈登所率洋槍隊，襄助李鴻章所率淮軍，先戰常熟，進而保住上海，屢戰皆捷。嗣後，英吉利帝國調戈登並其部隊，前往阿非利加洲英吉利國屬地，但義律愛戀江南風華，不願遠離，因而脫離洋槍隊，於蘇杭江南一帶輾轉漂蕩，成了紅毛浪人。

義律既成浪人，生活自然放浪不羈，血戰經年所獲薪餉、賞賜，逐漸揮霍殆盡。因而，只能逐日廝混，如水面浮萍，東漂西晃，閒闖闖蕩，後來，漂至揚州城。幾年來，義律與金家生死與共，先赴崇明島，助金阿根奪回金家漁場產業，如今，又與金家三男丁夜戰白皮天老。

義律與金家已成血肉之盟，金阿根赴上海打天下，早將義律納為臂膀助力。那義律，當年也曾在上海漂泊晃蕩，對上海不算陌生。當初金阿根籌劃收復崇明島漁場時，曾派義律並金秀明赴上海，與英吉利國駐上海領事館、英吉利國博斯通洋行打交道。

金阿根此番前往上海，以公共租界為駐足之地，冀望搭上「越界築路」浪潮，風生水起，在上海奠基立業，闖出一番局面。上海是義律舊遊之地，公共租界又是英、美兩國洋人當家，因而，金阿根上海之行，須義律鼎力支撐。

這天午後，已是八月初梢，炎夏將盡，秋老虎敲門，日頭依舊發威，蟬鳴依舊嗡然，金家三口外帶英吉利洋人義律又在水榭議事。平日裡，金阿根午飯之後，照例均要睏個午覺，上床小憩，睡上小半個時辰。但這天午後，義律來得早，金阿根只好勉力支撐，要家丁在水榭擺上香片茗茶、瓜子、花生、交切片、芝麻糖等乾果碟子，帶著金秀明、儲幼寧與義律接談。

午休不成，金阿根難免哈欠連天，兩眼無神，嘴大似門。儲幼寧並金秀明，早些年亦有午後歇息之習。如今，儲幼寧在外奔波一年有餘，金秀明亦隨儲幼寧自天津往南，一路連連惡戰，兩人自然絕了午休之習。

義律見金阿根兩眼通紅，哈欠不斷，笑笑道：「金爹爹，是我不對，沒看時辰，來早了，害得金爹爹睏不成午覺。」

金阿根邊打哈欠，邊含糊言道：「沒事，也就是這會子工夫犯睏，熬一熬，再過一個多時辰，這股子睏勁發過去，就沒事了。到時候，人就醒了。」

義律不吭氣，伸手在腰際口袋裡一陣掏弄，掏出一紙捲。打開紙捲，裡頭竟是一堆小圓球，五顏六色，燦爛眩目。義律揀起一顆鮮黃顏色小球，遞給金阿根道：「金爹爹，把這放進嘴裡，只能嚼，不能吃，吞不得，就是嚼味道。」

說罷，又挑倆小彩球，一個紅色，一個藍色，遞給金秀明、儲幼寧，一人一個。

金家三男丁，依義律之言，將小球放進嘴裡，咬牙就嚼。才嚼兩下，金阿根精神就來了，詫異對義律道：「這是個啥洋玩意兒？怎麼入嘴後，柑橘香氣撲鼻，又酸又甜，咬起來黏牙。你哪弄來這東西？」

金秀明、儲幼寧亦覺稀奇，邊嚼邊讚嘆，都說這東西古怪，明明沒果子，卻咬起來有果子香甜之味。

義律道：「沒啥，雕蟲小技。這東西也是上海弄來的，英吉利語稱之為『嚼膠』。論其本質，即是能嚼不能吞膠質之物，裡頭摻了果子汁液，又加了糖，故而有此滋味。」

「金爹爹，兩位兄弟，再過不到一個月，咱們就要到上海去了。上海那地方，和大清朝其他哪個地方都不一樣。儲兄弟在北京闖蕩過，那是天子腳下，煌煌帝都，不得了的地方。然而，北京是北京，上海是上海，兩地方完全不一樣。就說這西洋事物吧，北京不是隨處可見，而上海則是司空見慣。」

「哪地方都有偷拐搶騙之事，但上海偷搶拐騙之多，卻冠於他處。要知道，在英吉利語當中，『上海』二字，除了大清朝黃浦江畔城市之名，另外還有其他意思。」

金秀明道：「啥，上海就是上海，怎麼在英吉利語當中，上海二字尚另有其他意思？」

義律道：「是啊，不但只有他意，並且，不是什麼好字眼。英吉利語中，上海二字尚有唬弄、欺騙之意。由此可見，日後咱們赴上海打天下，可都得睜大眼睛、張大耳朵，渾身上下所有毛細孔，全都得使勁賁張，時時刻刻提心弔膽，小心別著了道。」

說罷，義律對金家父子三人，講起上海租界緣由。原來，道光年間，大清朝與英吉利國為了鴉片輸華之事，兩方面打了一仗。結果，大清朝戰敗，乃與英吉利國締結南京條約。這條約裡，准許英吉利人在上海居住。而英吉利國所求，也只是能讓該國子民能在上海居住，並未要求設立租界，成為大清朝各衙門化外之地。

兩國締約後，道光皇帝給上海道道台宮慕久下了道聖旨，要宮慕久與英吉利國締結「上海租地章程」時，特別留意，要讓上海英吉利國人與大清朝子民，彼此「永久相安」。

這上海道道台宮慕久緊抓著「永久相安」旨意，自作主張，劃出黃浦江畔一片地方，弄出了英租界。後來，美國傳教士要求，說是要在虹口開闢租界，大清朝廷竟也應允。因而，英租界之後又跑出美租界。

同樣，法國也是有樣學樣，先是法國商人在英租界外頭租了塊地。繼而，上海道道台麟桂同意法國，開闢了法租界。

義律說到此處，金家三男丁皆是張口結舌，睜大了眼睛，心中難以置信，天下竟有此種荒唐事，不費一槍一彈，一兵一卒，竟把自家地盤往外人懷裡推。金阿根道：「義律，你所言屬實？」

義律道：「天地良心，我以上所言全是事實。上海設租界，又不是什麼天荒地老舊黃曆，這不過才三十多年，活生生人證多得是。照你們中國人罰咒，我要是胡說八道，就遭天打雷劈。」

金秀明道：「那麼，咱們大清朝衙門怎麼這樣糊塗呢？」

義律道：「我哪知道？無論是英吉利，還是法蘭西，還是美利堅，三個國家也覺得莫名其妙，壓根沒動武，沒威逼利誘，大清朝朝廷就自動自發，把上海一塊又一塊土地，送給三國，成了三國租界。」

「你們還不知道，這三國租界，不是釘死了的。這租界是活的，見風就長，歲歲年年，不斷變大。」

英吉利、美利堅、法蘭西三國，原先聯手治理租界，自組上海工部局，治理租界百事。嗣後，法蘭西退出，法租界自成一格，自設公董局治理。而英吉利與美利堅則取消各自英租界、美租界，改為兩者合一，合英、美兩租界，而為公共租界，依舊由工部局統一治理。

儲幼寧不解，租界既經劃定，為何還能逐年擴充，有如活體，自生自長，漸趨擴大。對此，金阿根已知大概，但仍不明個中細節，而金秀明並儲幼寧則是毫無所悉。於是，義律細細解說，金家三人才知曉事情原委。

原來，租界初設之際，人口稀少，租界內英、美、法三國之人，不過一兩百人，大清朝子民亦不過五、六百人。然而，不到十年，小刀會舉事，攻進上海，城內居民為避兵災，紛紛往租界裡擠，託庇於洋人。就此，租界內人口暴增，人多地少，地皮價格水漲船高。

之後，太平天國大將李秀成，率兵連陷鎮江、常州、無錫、蘇州、杭州、湖州、嘉興、寧波，盡納江南膏腴之地。當地數十萬居民聞風而逃，蜂擁湧至上海，入租界避難。一時間，租界內人口暴漲，後至者幾無立錐之地。

為此，英吉利、美利堅兩國與大清朝開議，修改章程，准許租界當局突破租界界限，向外築路，此即為「越界築路」。馬路一旦築成，則租界當局有權於新路兩側收稅款、保治安。久而久之，越界築路地段即成新租界，如同擴大租界範疇。之後，再越過新租界，再向外越界築路。之後，再把所築新路併同四周地面納入租界。如此這般，租界三番兩度擴充，面積愈見增長。

義律講罷上海大局形勢，金秀明轉頭問金阿根道：「阿爹，您說去上海打天下，就是趁著越界築路熱頭，把咱們金家老底子，從揚州移到上海，全砸進去。這事體，可是攸關性命啊，不知，阿爹有何把握？」

金阿根聞言，笑笑道：「秀明，你這可就是問在點子上了。這話，還是得由義律來說，比較合適。」

義律喝了口茶，咂咂嘴，繼續說道：「金爹爹一直在揚州弄食鹽生意，本來對上海不熟。後來，是我胡吹大氣，法螺吹得嘟嘟響，讓金爹爹動了心，這才決定挪窩，把你們金家幾十年攢下來的老本，全拿到上海去。」

金阿根咳嗽一聲道：「唷，義律，別胡說了，講正經的，免得這倆孩子把你話當真，還真以為我這是肉包子打狗，把銀錮往河裡扔，盡打了水漂，有去無回了。」

義律道：「好吧，說正經的。兩位兄弟，還記得阿柏斯達吧？」

儲幼寧道：「當然記得那美利堅人，那年，你和他在崇明島拔槍對決。他槍法比你快，但我相準了他身軀手腳動作，預先點撥於你，要你拔槍後，身軀朝左傾倒。還有，我事前改了你跨槍位置，把槍從腰際下移到腿上，助你拔槍更快。」

義律道：「儲兄弟，好記憶。那時，他替洋行買辦唐世豪當傭兵賣命，我則替你們金家助拳，雙方各為其主，拔槍對決，也是沒辦法的事。我一槍打穿他右腿之後，隨即上前，把他架到岸邊，推上小舟，喊來舟子，飛速趕往上海醫治。」

「去年，我酒館須進一批洋貨，得由我親赴上海操辦。到了上海後，我東問西找，終究讓我找到阿柏斯達。當然，這時他腿傷早就好了，不瘸不跛，如正常人，還是替人當護衛。這時，他跟著一個猶太老闆，在上海買地蓋房，高價轉手賣出，獲利頗豐。」

金秀明插話道：「慢點，什麼叫猶太老闆？」

義律道：「就是一個老闆，這老闆是猶太人。至於什麼是猶太人，金家兄弟，你就別問了。否則，照你們中國人說法，這就是王大娘的裹腳布，又臭又長，講起來沒完。反正，長話短說，猶太人嘛，就是一種民族。你們是漢人，那人就是猶太人。」

說罷，義律繼續往下講：「這猶太人叫哈同，出身窮苦，到處流浪。十幾歲時，他浪蕩到香港，進洋行當小夥計。後來，大概十年前，香港那洋行派他到上海。他到上海後還在同一家洋行，不過，幹的還是低賤之事，也就是當個看門的。據說，當時他全身上下一共只有六枚銀元，住不起像樣屋宇，只好與洋行中國雜工同住一間棚屋。」

「不過，這人腦袋轉得快，兩腳跑得勤，兩手利索，嘴巴能說，做事賣力，因而能鑽能拱，即便當門房，一天也可以撈到十幾塊銀元外快。沒多久，他就學會了一口中國話，深得洋行大班賞識，將之提升，成了洋行跑街。當了一陣子跑街，又成了洋行煙土倉庫管事。前後不過五年，就晉升而為大班，替洋行操持地產房產。」

「哈同這人，永遠只進不退，更不會站定原地，駐足觀望。他那腦袋，沒有一天不是滴溜溜轉個不停。他看準了英、美兩國公共租界越界築路風潮，幾年內只會愈抬愈高，不會偃旗息鼓，因而，辭了洋行差使，四處招攬銀資，打算大幹一場。你們中國人說，凡事適可而止，要懂得韜光養晦，這一套，對哈同不管用。他生意做得大，自然仇人樹得多，於是，需要保鏢。這樣，阿柏斯達每天腰繫雙槍，跟在哈同身邊，替哈同保駕。」

「我碰到阿柏斯達，兩人到租界外灘酒館敘舊，講起來，覺得哈同這兒確實是塊沃土，是一注橫財利藪。因而，我面見哈同，講起金爹爹揚州這兒情況。哈同說，他場面愈拉愈廣，生意愈做愈大，只要是大筆資財，他都歡迎入夥，有財大家一道發。他囑咐我，回到揚州後稟知金爹爹，代他邀金爹爹去上海一趟，兩人當面鑼，對面鼓，把事情談清楚。」

「待我回到揚州，正好，金家兄弟要去天津與儲兄弟會合。金家兄弟臨走前，我來金家，講了哈同所言。原本打算不等你們兩兄弟回來，我先陪著金爹爹去上海一趟，與哈同談談。卻沒想到，跑出金家妹子寶貝女兒被綁剁指之事。後來的事情，你們倆兄弟都知道了。現如今，大仇已報，白皮天老這批人全被我們幹掉。剩下的，就是大夥兒準備準備，咱們去上海，與哈同談談。」

金阿根接著話碴子，往下細說心中計畫。總之，他打算先帶著金秀明、儲幼寧併同義律去到上海，與哈同仔細談談。如果事有可為，則回到揚州，了結鹽號諸事，轉售股份，賣掉揚州左近幾塊土地，再湊上錢莊所存資金匯往上海。繼而，將女眷暫留揚州，三男丁赴上海，待站穩腳步後，在上海購置房產，再將揚州女眷接至上海。至於揚州宅院，容後慢慢處置。

這天下午，四人議事直到天色已晚，這才散去。此後十餘日，金阿根屏卻鹽號事務，留在家裡，加上金秀蓮、丁翠靈，闔家三代歡欣團聚，正巧又碰上中秋節，著實過了近半個月溫馨喜樂好日子。

這十餘日裡，儲幼寧打疊精神，刻意查察言行舉止，時時檢點，用心對待劉小雲。

儲幼寧心裡明白，劉小雲溫柔婉約，既是賢妻也是良母，但無奈自己就是想著韓燕媛。對結髮妻子劉小雲，儲幼寧敬之如賓，言語舉止溫厚有禮。劉小雲在金家地位穩固，金阿根夫妻視她如親生女兒，身邊又有麟兒小命根，儲幼寧言語舉止也體貼有禮，因而，並無扞格孤寂之感，絲毫沒察覺，儲幼寧心已另有所屬。

金阿根原本打算，闔家團聚半個月後，率金秀明、儲幼寧外帶義律，雇舟東下，到長江口折入黃浦江，轉赴上海。詎料，三人尚未收拾行囊，還沒訂好船隻，亦未選定離家時日，就來了意外之事。

中秋節剛過，第二天下午，金家秋節餘韻猶在，莫氏督促幾個嬤嬤剝了柚子，把柚子皮弄成八爪蓋子，給幾孩子頂在腦袋上，滿院子追逐廝跑。這工夫，來事情了，就聽見外面有人打門，家丁開門一看，倆洋人。其中一人，家丁常見，義律是也。另一洋人，則甚眼生，眾家丁之前沒見過。

倆洋人一進門，莫氏趕緊收攏女眷，喊回孩子，全都遁往後頭院子。那邊廂，金阿根正睏著午覺，被家丁喚醒，趕緊要家丁去後頭傳喚金秀明、儲幼寧。金阿根接著家丁遞來溼洗臉帕，擦了把臉，甩了毛巾，兩腿加把勁，急急呼呼到了前院。這會兒，金秀明、儲幼寧也到。眾人定睛一看，另外那洋人瞧著眼熟，但俱都想不起來，在哪兒見過。

義律張口道：「這位就是阿柏斯達，我前幾天才對各位提過。如今，上海那兒，出了點事情，哈同碰上了大麻煩。他聽阿柏斯達說，揚州這兒，儲兄弟本事高超，因而，哈同要阿柏斯達到揚州來搬救兵，趕赴上海，搶救危局。」

金阿根一聽，曉得事情要緊，定了定神，對諸人說：「別慌，別慌，愈是碰到緊急大事，愈是不能慌。來啊！把水榭收拾收拾，擺上清茶細點、生果盤子！」

於是，五人入水榭，阿柏斯達話說從頭，講起他猶太主子哈同，在上海所遇麻煩。

原來，上海開阜，有了租界之後，英吉利人自黃浦江畔外灘，由東往西，開了條馬路，名為「花園弄」。租界繁榮擴充，主要即是順著這花園弄，一路往西發展。這花園弄後來經易名，改稱南京路。此時，歷經數十年擴展，南京路愈發向西延伸，已伸過西藏路，又改路名，成了靜安寺路。

哈同所集資鳩工，大展鴻圖之地，就在這靜安寺路兩側。照哈同擘畫，靜安寺路兩側，東起西藏路，往西推衍一里路程，要連雲起造歐西型式雙層大宅，一側一百戶，總計兩百戶。並且，此事並非空中樓閣，不但資財已大致就緒，連買主亦洽談妥當。

這買主亦是上海灘有頭有臉、字號響噹噹人物。這人姓萬，名嘯平，坐上海湖州幫第一把交椅，上海灘人稱「萬老頭子」，旗下黨羽有數千之眾。這湖州幫係上海灘老幫派，幫眾主要來自湖州、嘉興、杭州一帶，萬嘯平開幫立派，儘管才五十初度，尚不算老，卻有了「老頭子」之號。

老頭子之下，湖州幫幫眾論字排輩，最上層骨幹稱為「天字輩」。其下，則是「大字輩」。再往下，則有「通字輩」。如此，綿延不斷，輩分竟有十幾字之多。

萬嘯平知悉哈同將在靜安寺路兩側起造屋宇，乃與哈同商議，說是湖州幫在上海灘幫眾多，人面廣，大量西式屋宇可循湖州幫於杭州、湖州、嘉興老家人脈，順暢銷出。因而，湖州幫願出高價，買入哈同所造靜安寺路兩側屋宇，再對外轉售牟利。

哈同起造是批屋宇，連土地帶砂石木料，外加人工，每戶成本以墨西哥鷹洋核計，約為兩千枚鷹洋。而其售價，則訂為墨西哥鷹洋兩千五百元。如此，購地、鳩工、建屋，挹注本錢約鷹洋四十萬元，存屋如悉數售盡，可獲入資鷹洋五十萬元，淨利十萬鷹洋。

哈同就此與萬嘯平咨議磋商，大出哈同意料之外，萬嘯平不驚不詫，毫無還價之意，稀鬆平常之間，就與哈同商議妥當，以鷹洋五十萬元，全數吃下靜安寺路兩側兩百戶宅邸。

唯，萬嘯平雖不砍價，卻另提條件，說是杭州、湖州、嘉興故鄉父老皆冀望新宅邸大門前，能有大塊暗彩蛇紋石鎮守門面。暗彩蛇紋石，四四方方，一左一右，穩穩置於新宅邸大門外，庇佑闔府興旺發達、家業不朽。萬嘯平告知，江南地區唯有上海南面松江府海映寺，圍牆係由暗彩蛇紋石所壘壘而成。捨此之外，別無他所。

那海映寺圍牆並非高大厚實，築牆暗彩蛇紋石並非眾多。但因靜安寺路兩側屋宇，每戶只需暗彩蛇紋石兩塊即可，因而，通扯計算，海映寺圍牆暗彩蛇紋石，足敷靜安寺路兩側新築屋宇之需。

哈同駿業甫發，求勝心熾烈，渴求做成這筆買賣。他見萬嘯平已然首肯，願以每戶兩千五百枚鷹洋，購盡靜安寺路兩側兩百戶宅邸，因而聽聞萬嘯平所言，唯有松江海映寺有暗彩蛇紋石，當即央求萬嘯平指引迷津，陪他親赴松江。

當即，哈同帶著隨扈阿柏斯達，隨萬嘯平趕赴松江府海映寺，面見該寺住持釋通法師，談及欲價購海映寺圍牆。原本，哈同預期此事來得突然，釋通老和尚定然為難，非得左思右想，遷延數日，這才能決定賣或不賣。詎料，釋通法師極其乾脆，說是海映寺這四周山牆蓋有年矣，早該拆除重建。

當下，哈同喜出望外，允諾釋通老和尚，若是舊牆暗彩蛇紋石作價合理，哈同願出資為海映寺另築洋灰厚磚高牆。因而，兩方面一拍即合，釋通老和尚開價每塊暗彩蛇紋石鷹洋一十元，哈同喜不自禁，當場應允，隨即打算與釋通老和尚訂定合同。

哪知道，老和尚一臉笑意，雙手合十，謙然說道，說自己為方外之人，不計較錙銖，凡事口說為憑，講信修義，說話算話云云。哈同見老和尚不願訂約，心想，這荒野之地，寺廟住持未必通曉西洋法律，一生一世行事均不訂西洋合同，因而就未與老和尚訂定合同，滿心歡喜，帶著隨扈阿柏斯達，與萬嘯平同回上海。

次日上午，萬嘯平來訪，帶得有律師行洋律師，說是要與哈同訂定購屋合同。哈同自幼即在洋行供職，深諳商場趨吉避凶門道，頭天夜裡，他還亟思早早敲定買賣，莫讓煮熟鴨子半路飛了，因而，萬嘯平帶著律師上門，哈同自然喜孜孜，同意雙方訂立合同紙，寫明買賣詳情。

這合同紙上，除載明所購屋宇戶數、格局、大小、售價之外，特別訂立兩條附帶細則：

其一，每戶宅邸大門兩側，須各置方方正正暗彩蛇紋石一塊，而石塊則須取自松江海映寺外圍牆。

其二，合同寫成之際，買方萬嘯平交付訂金，以西洋支票付予鷹洋十萬元。是項支票交予律師，由律師行公證保管，待暗彩蛇紋石自松江海映寺運抵上海靜安寺路後，再由律師行將支票交予哈同。唯，若賣方哈同未能於訂定合同後一個月內，將暗彩蛇紋石運抵靜安寺路，則不但律師行將支票退予萬嘯平，並將對賣方哈同課予同額罰金。

訂約之際，哈同見眼前形勢大好，售屋大業已近九轉丹成，只差松江海映寺臨門一腳，即可大功告成。因而，哈同自覺勝券在握，暈陶陶之際，未嘗體會兩條細則險惡之處。那日，哈同大筆一揮，簽下姓名，與上海湖州幫老頭子萬嘯平訂定買賣合同。

詎料，訂定合同後，大局江河日下，一瀉千里，哈同深陷危局。訂約次日，哈同率同手下，雇工挑著籮筐，籮筐裡擺置墨西哥鷹洋，叮叮噹噹、嘩嘩啦啦，一路由上海南下，趕赴松江海映寺。結果，到了地頭，知客僧回說，住持釋通法師外出未歸。哈同問老和尚去向，知客僧說是不知。

哈同大張旗鼓，帶了人、挑了錢，卻是熱巴掌拍上了冷屁股，一時呆在當地，不知該如何是好。稍事思索，哈同當機立斷，告知寺方，說是已然與住持說好，每塊暗彩蛇紋石鷹洋二十元，拆掉海映寺外牆。然而，寺內大小和尚卻期期以為不可，說是這寺牆為創寺先祖靜檀法師所遺，儼然已是鎮寺之寶，不能動其分毫。

哈同見不是路數，要寺中和尚推派主事與其接談，商討大計。寺中大小和尚二十餘人，站滿寺前院落，與哈同對峙，卻無人願意出頭與哈同對談，說是出賣祖產之事，誰也擔當不起。哈同又言，此事之前已與釋通法師談妥，轉腳敲釘，確有此事，請寺中和尚務必派人找回釋通法師。

話講到這分上，諸和尚裡一人越眾而出，自言法號釋明，是住持釋通師弟，住持不在，由此人管事。釋明見哈同不依不饒，黏纏不休，非要撒洋錢拆牆買石，於是，越眾而出，邁步向前，走到哈同跟前，期期艾艾言及，寺裡這兩天鬧家務事。這家務事，就是住持釋通和尚竟然私藏東陽火腿，深夜小火密熬火腿濃汁，因香味四溢，事機不密，為眾僧所揭發，羞憤之餘，不告而別，下落杳然。

釋明一番言語，說得哈同汗如雨下，渾身燥熱，為暑氣所侵，一陣暈眩，當場倒地。眾隨從將哈同抬至寺外樹蔭下，灑水解衣，降其體溫，哈同才昏昏然甦醒。轉醒後，哈同曉得，靜安寺屋宇大業命懸一線，弄得不好，屋宇尚未開賣，就得先溶蝕十萬鷹洋罰金。

哈同趕忙率同手下，外帶那幾籮筐響噹噹墨西哥鷹洋，慌慌張張趕回上海。回到上海，趕緊赴湖州會館，面見湖州幫老頭子萬嘯平。這一趟，哈同又撞木鐘，一腦袋撞進湖州會館，卻遍尋萬嘯平不著。湖州幫幾名天字輩大弟子言道，幫主老頭子萬嘯平不在湖州會館，也不在上海，據信已回湖州老家避暑。

哈同松江見不到釋通和尚，上海見不到老頭子幫主，兩頭落空。心焦如焚之餘，食不下嚥、寢不安眠，一夜之間，臉龐凹陷一圈。又過一日，哈同趕赴律師行，這次，順利覓得之前簽約洋律師，言及海映寺暗彩蛇紋石難覓，可否修改合同內容，另以他物入替。

哈同久在洋行供職，知曉洋場規矩，明白律師行斷然不肯聽其片面之詞，更改合同文句。然而，形格勢禁，四面封、八面堵，退無可退，只好死馬當活馬醫，至律師行懇請更改合同內文。律師行當然不肯，嚴辭拒絕，說是一字入合同，九牛拖不出。

至此，哈同乃告死心，面如枯槁，回到外灘治事大樓，倒頭就睡。睡醒，輒赴酒館買醉，酩酊大醉之後，復又倒頭昏睡。如是者，三晝夜。隨身扈從阿柏斯達始終隨侍在側，見主子哈同藉酒澆愁，愁更愁，心中頗不忍。這天下午，哈同睡醒，欲再赴酒館買醉，為阿柏斯達所阻。

阿柏斯達諫言指出，事情雖無可為，仍應勉力為之。哈同容顏慘澹，說是此事蹊蹺，自己上當，中了萬嘯平圈套，上了大當，然而，已然簽訂合同，退無可退、毫無生路，只等著一個月之期屆滿，賠付罰金十萬鷹洋。

總結扯算，本錢四十萬元，售予萬嘯平鷹洋五十萬元，但又賠付萬嘯平鷹洋十萬元罰金，等於不賺不賠，做白工、幹白活。這倒是小事，要命的是，須得屋宇蓋好，悉數銷售，銀貨兩迄之後，五十萬元才會入帳。在此之前，得先墊付十萬元罰金，卻是天大麻煩。籌建靜安寺路兩側大宅邸，須得鉅額資金，為此，哈同東挪西湊、羅雀俱盡，實在沒有餘力再擠出十萬鷹洋，支付罰金。

阿柏斯達則說，哈同闖蕩房地產之事，已說予揚州鹽商金阿根，日內，金阿根將到上海。之前在崇明島，曾見洋場老友義律助金阿根征討，金氏身邊有一中華少年英雄，武藝出神入化。如能請得此人助拳，邀江湖人對付江湖人，定能壓倒湖州幫，替哈同討回公道。

哈同聞言，心中浮起奇望，說是金阿根原定秋後到上海，如今，出此大事，就請阿柏斯達速速前往揚州，務必邀得金家父子提早趕赴上海。於是，阿柏斯達急急搭船，連夜趕至揚州。離船上岸後，直趨洋人巷，覓得義律，二人再轉赴金阿根宅邸。

阿柏斯達不歇不停，一口氣將上海軍情詳盡細說。講完後，這才喘著氣，端起桌上茶碗，牛飲而盡。

金阿根一面招手，要家僕續上新茶，一面對倆洋人道：「曉得，我們金家父子三人，明天就偕你二人，一起搭船，趕赴上海。揚州這兒，鹽業已然式微衰頹，不是久待之地，上海才是金家百年基業所在。我早將哈同視作日後生意搭檔，如今他遭逢劫難，沒得說的，我們父子三人定然鼎力相助。大清朝江湖幫派之事，還是得大清朝江湖弟子才能掇拾得下。」

之後，阿柏斯達隨義律而去，義律自有事情須待了結，將酒館交予妥善之人代管經營。這頭，金阿根則是在前廳召集一家老小，言明情勢緊急，次日一早即將出發，三男丁同時離家而去。須待大事辦妥後，這才能回揚州，妥善打點，再舉家遷往上海。

這番言語說出之後，金家女眷既驚且懼。莫氏平日滴滴答答，拖泥帶水，如今碰到大事反而鎮定，對女兒與倆媳婦道：「沒事，有我在，老爺子與秀明、幼寧離家後，咱們婦道人家留守揚州，小心在意。明天，要他們出去採辦糧食雜貨，把東西都買齊了，此後，咱們關起門來過日子，就留在家裡，哪兒也不去，等候老爺子帶我倆兒子回來。」

這天夜裡，儲幼寧心神不靖，想著這趟遠赴上海，必然又是惡戰連連，不知會碰上何種難關。眼前，小命根還在襁褓，自己這趟回家，孩子還沒抱上幾回，這又要出遠門了。想到此處，心中不捨。對劉小雲，他亦是深覺虧欠，曉得自己對此女並無深情，但扛著夫妻之名，就得有夫妻應盡之義。這趟回來，還未及對劉小雲講上體己話，慰撫劉小雲頂門立戶辛勞，這又要離家。

這一夜，劉小雲亦是悉悉索索，低聲飲泣。然，她哭是哭，卻無悲戚言語，無怨無悔，不忿不怒，反而細細打理儲幼寧行囊，妥善收拾出應備衣褲物件。漫漫長夜，二人相對而少言，直至四更天，這才勉強睡下。

第五十一章：赴上海蘇州河畔初會老五，渡江面浦東林內打趴對頭

次日一早，金家三男丁搭車至江邊碼頭，與義律、阿柏斯達會齊，臨時雇了艘搖櫓船，順江而下。揚州至上海，五百里出頭，舟行須兩日方能抵達。因而，這天傍晚，金阿根命舟子將小船泊靠南通，開發半程船資，囑船家繫留碼頭，候於船上，次日再朝上海進發。

這南通，也是義律舊遊之地，曾隨金阿根到此，阿柏斯達卻從未來過。

金阿根原籍浙江餘姚，但家族早就遷居江北泰州，自小在泰州長大。他上頭還有三位兄長，長兄已逾七旬，有一獨子，這獨子面上疙瘩多，故而綽號金疙瘩。二十餘年前，金疙瘩離開泰州，赴上海討生活，上了漁船，在河海之上捕魚討生活。幾年後，薄有積蓄，又轉遷至崇明島居住，在長江與黃海交會地帶捕魚維生。

金疙瘩闖出局面後，成家立業，在南通購下產業，安置老小，而漁場仍在崇明島。幾年前，上海洋行買辦唐世豪強占金家崇明島漁場，打傷金疙瘩。事後，金疙瘩兒子小靈通趕往揚州，向小爺叔金阿根求救。因而，金阿根率二子外加洋人義律，赴崇明島，浴血奮戰，奪回金家漁場。

阿柏斯達，即為崇明島惡戰中，唐世豪所雇洋傭兵，與義律對決。二人對決，義律勝，擊傷阿柏

斯達，但二人惺惺相惜，義律助阿柏斯達返上海治傷。如今，二人分別為金阿根、哈同效力，結為盟友。

金阿根一行人到了通州，下船雇車，往金疙瘩宅邸而去。金阿根事前未通知金疙瘩，一行人來得突然，叫開門後，金疙瘩一家鬨然，都說沒想到貴客臨門。這時，金疙瘩一家人已吃過夜飯，趕忙要廚房重新燒火做飯。

連吃飯帶喝茶，鬧到將近三更天，眾人這才上床睡覺。吃飯喝茶之際，金阿根向金疙瘩、小靈通父子，縷述近年景況，言明揚州金家將轉赴上海打天下，並詳說此行目的，係搭救哈同危局。

金疙瘩則說，崇明島漁場生意好生興旺，近年已與上海洋商合作，在漁場旁開設罐頭廠，就近將養殖漁獲加工為罐頭，銷往海內外。金疙瘩尤其點出，鎮江、揚州、長江以北里下河一帶窮苦人家子弟，頗多東下討生活。因而，不但漁場、罐頭廠裡雇有大量蘇北弟子，上海灘上也頗多蘇北貧苦老鄉，在洋場搏命討生活。

金疙瘩漁場、罐頭廠都在崇明島，靠上海近，對上海諸事百況較為知曉，故而細說上海蘇北子弟際遇。照金疙瘩說法，蘇北地近上海，窮困加戰亂，逼得蘇北百姓幾十年來湧入上海討生活。然而，儘管上海蘇北人多，卻頗受江南本地人輕視，嫌蘇北人髒，嫌蘇北人窮，嫌蘇北人言談話語腔調古怪，甚至以「蘇北豬」辱之。

相對而言，上海十里洋場之內，洋人高高在上，洋人之下，就是蘇州、杭州、寧波等地人士，位居各行各業要津。兩相比較，大致而言，同是大清朝子民，上海卻頗有高低之分，江南本地人高於蘇北老鄉。金疙瘩言及，聽金阿根所言，這湖州幫老頭子萬嘯平，即為江南幫會開山立寨天王老子，故而，建議金阿根，到了上海，須倚重江北弟子之力。

金阿根當即請金疙瘩，提報上海可靠蘇北弟子訊息，金疙瘩回道：「有個人，姓啥叫啥我都不知曉，因大家都喊他麻皮老五。他是蘇北鹽城人，最早時，在我那崇明島漁場當過漁工。這人講義氣，照顧同鄉，身邊總有人跟著他。

「聽說，這人眼下在上海當搬運苦力，在上海收攏江北弟子，有點氣候，一般上海潑皮都不是他對手，不敢惹上他。」

次日，金疙瘩一家人擁簇金阿根一行人，送至碼頭上船，續往上海進發。這天下午，小船駛至寶山吳淞口，右轉駛入黃浦江。船入黃浦江後，景致頓然不同，就見江面上船來舟往，緊湊繁雜，不下於通都大邑鬧市大道。小船於黃浦江面搖搖晃晃而行，又走了三十餘里，才在外灘靠岸，此時，天已全黑。

外灘上岸處，距哈同治事之所僅有一箭之遙。阿柏斯達帶著義律等四人，後頭跟著行李挑夫，至一高大洋樓前。阿柏斯達要金家二人在此暫候，他與義律進去稟報哈同。之後，阿柏斯達帶著義律進了洋樓，金阿根則開發了腳夫錢，腳夫卸下行李而去。就在這工夫，來了群人，將金阿根父子三人圍住。

這群人約有七、八名之多，領頭一人，抽著洋菸捲，邊噴煙，邊歪著腦袋上下打量金阿根等三人問道：「幹什麼的？來找哈同嗎？」

金阿根見此人不善，怕儲幼寧出手，直對儲幼寧使眼色，繼而答道：「我們自揚州來，是哈同生意夥伴，來談生意。」

那人聞言，哈哈大笑，轉頭對黨羽道：「這是送銀子來了，哈同那廝大約老底都掏光了，水枯石露，沒了法子，只好喊幫手來了。」說罷，幾人散去，但並不離去，還是鬆鬆散散，在洋樓四周或站或蹲，盯著洋樓進出人等。

時候不大，就見義律與阿柏斯達，跟著個中年洋人出來。那洋人，身材略顯肥胖，頭上戴著硬殼禮帽，嘴裡刁著呂宋雪茄，手上拿著斯帝克，一身洋人西服，腳踏閃亮皮鞋，出了洋樓，照著義律指引，直衝金阿根走來。

這洋人走到面前，一張嘴，就是滬腔滬調上海話：「金先生，歡迎到上海，今天我作東，大家吃夜飯，請賞光。」隨即，義律為這洋人，引薦金家父子三人。哈同囑咐阿柏斯達，將金阿根等人行李搬進洋樓，隨後，六人安步當車，轉進南京路，找了家羅宋館子。

先前洋樓外頭，緊盯進出那幫人則是一路緊跟，跟到俄羅斯館子外頭，依舊是或站或坐，守候在外。哈同不疾不徐，點了水酒、全套羅宋大菜，喜孜孜對金阿根道：「套句中國俗話，我眼前是龍困淺水遭蝦戲，虎落平陽被犬欺。這萬嘯平擺了圈套，讓我陷進去不說，現在還派了人，整天跟著我。」

阿柏斯達奇道：「搞什麼鬼？我才離開幾天，跑了趟揚州。怎麼回到上海，竟然跑出這種事情？」

哈同道：「你走之後，第二天，我離開洋樓，就見一群人跟隨著，不近不遠，緊緊綴在後頭。我當然不高興，回頭追問原因。對方也爽快，直接了當，就說是萬嘯平所派，怕我因暗彩蛇紋石無著，得賠付罰金十萬鷹洋，因而一走了之。」

金阿根接著話碴子道：「不對啊，閣下為了靜安寺路兩側樓宇，已經砸盡身家，金山銀山都押在這上頭，老本都丟進去了，怎麼可能一走了之？」哈同道：「照啊！就是這話囉，你們中國人說，跑得了和尚，跑不了廟。靜安寺路兩側宅邸，就是廟，廟在那兒，我這和尚，不能跑，也不敢跑，要真跑了，啥都沒了。這道理，你知，我也知，萬嘯平這混蛋，當然也知。所以，他派人盯著我，一定另有原因，絕非怕我跑了。」

義律推斷道：「我想，他也就是想知道，哈同中計之後有何應變舉措？上哪兒搬救兵？搬了什麼救兵？今天我們到這兒來，也就是倆洋人，仨中國人，看起來平平無奇，所以，外頭那幾個傢伙，也沒怎麼把我們當回事。」

六人邊吃羅宋大菜，邊商議合計對策，金阿根、哈同皆說，釋通和尚並萬嘯平同時失蹤之事，定然有鬼。義律精明，看出破綻道：「諸位想想，之前我老闆哈同找萬嘯平不著，湖州會館說，萬某老家有事，回湖州去了。但之後又跑出一幫子人，跟蹤盯梢，這明擺著，萬嘯平在背後運籌帷幄，調度人手。萬某人要真是在湖州，豈能如此迅捷，在上海調派人手，指揮若定？」

眾人商議，說是萬嘯平為湖州幫老頭子，湖州幫勢力雄厚，難以攻破層層障礙，探悉萬嘯平下落。兩相比較，釋通和尚只是海映寺住持，不難探得下落真相。這頓羅宋大菜吃到末了，金阿根對哈同道：「查和尚之事，你們洋人不方便出面，就交給我們爺兒仨。我們，有我們法子，定可追出和尚失蹤真相。」

「我們三人到上海，不方便住於洋人洋行之處，現在天候已晚，今夜來不及尋覓住處，明天白日，我們自會另尋客棧，搬出去住。」

哈同聞言道：「有何不方便，我那大樓，治事辦公在那兒，我內眷家小也住那兒。那樓宇裡頭空房甚多，你們就住那兒，並無不可。」

金阿根道：「眼下，萬嘯平都在那兒安了眼線，您一舉一動，都有湖州幫探子向上稟告。如今，我們到此，須得隱蔽，別讓探子摸清楚我們爺兒仨底細。如我所說，今日天晚，不得已，只好暫住，明天一早，我們佯裝沒談成生意，罵罵咧咧而去。此後，我們不方便見面，如有事情，都讓義律暗中傳遞。」

一夜無話，次日一大早，金阿根等父子三人，連早飯都沒吃，空著肚子，扛著行李捲，自哈同治事樓宇正門跨步而出。

金阿根邊走，邊對外頭湖州幫盯梢幫眾大聲罵道：「這洋人小氣，我們遠道而來，打算談談生意。沒想到，這人已經底子空虛，資財見底，整個乾掉，外頭看著像個樣子，其實，不禁盤問，三下兩下就洩了底，壓根就是空心大老倌一個。走啦，走啦，去碼頭搭車，回揚州去啦！」

邊走邊罵，三人果然向外灘碼頭邊走去。湖州幫那帶頭傢伙，努努嘴，要個幫眾跟著金阿根等三人。這湖州幫小角色跟在金阿根等三人後頭，走了約一里地，見三人到了外灘黃浦江碼頭邊，攔住船夫、苦力問話，以為這是雇船離去，因而，翻身往回走，回到哈同洋樓外頭，向頭目稟報，說是之前三人，已去江邊雇船。

這邊廂，金阿根與船夫、苦力談話，並非為了雇船，而是尋找麻皮老五。三找兩找，找到個苦力，江北口音，說是麻皮老五今天不在江邊，而在苦力窩棚裡，有事處理。

於是，金家三人待這苦力幹完事，才由這苦力領著，沿著外灘黃浦江邊爛泥路，一路向北走。這苦力肩上扛著根粗竹扁擔，身後跟著金家三人，由南向北，沿著黃浦江畔走了約一里地，遇蘇州河。

到了蘇州河口，苦力拐向左側，就見蘇州河岸邊窩棚綿延，是為蘇北苦力匯集聚居之地。這苦力領著金家三人，到了一處窩棚前頭，站定腳步向裡頭喊道：「五老大，有三個面生之人，在外灘指名找你。」

須臾，從窩棚裡頭走出一人。外頭陽光耀眼，窩棚裡頭陰暗，這人從窩棚裡走出來，一時間，眼睛為陽光所眩，睜不開來，這人拿手在兩眼上搭個涼棚，瞇著眼，打量金阿根等三人。這人，中等身量，面貌黝黑，渾身肌肉糾結，手掌皮粗肉糙，手指頭尤其粗大，指甲縫裡塞滿黑色汙泥。

金阿根語氣和善，緩緩言道：「我姓金，叫金阿根。我身旁這兩人，一個是我兒子金秀明，一個是我乾兒子儲幼寧。我們打從揚州來，我在通州有個侄子，叫金疙瘩，有個姪孫綽號小靈通，他們父子倆，在崇明島有個漁場。我聽金疙瘩說……。」

金阿根才說至此，還打算接著往下說，卻被麻皮老五打斷話頭，老五高聲言道：「我曉得，崇明島金家漁場，我在那兒幹過，當過幾年漁工。後來上海這兒，我幾個老鄉受人欺負，找我幫忙，我就離了崇明島金家漁場，到這兒來，當上了苦力頭兒。」

「崇明島漁場金老闆，待我們蘇北老鄉不薄。後來聽說，有上海洋行買辦打洋官司，帶著一干西洋浪人，併同浙江嵊縣賊匪占了金家漁場。後來，又聽說，金老闆向老家求救，找來幫手，打跑了西洋浪人，全殲嵊縣土匪，收復漁場。」

麻皮老五說到這兒，金阿根伸手一指儲幼寧道：「你所說那幫手，遠在天邊，近在眼前，就是這位少年英雄，我義子儲幼寧。那時，我們父子三人偕同揚州英吉利洋人義律，去崇明島討公道，全仗我義子出手，趕跑洋傭兵，滅掉嵊縣土匪。」

聽聞此言，麻皮老五睜大眼睛道：「了不起，今天得見大英雄。來，往裡請，到窩棚裡坐坐，我要他們開上中飯。」

三人隨著麻皮老五，往窩棚裡走。這窩棚，低矮湫隘，竹片頂，竹片牆，地上擺著四、五個稻草墊子，即是苦力睡床。靠牆處，擺了張破桌子，幾張破板凳，就算是待客對談之處。

進了窩棚，四人圍著破桌而坐，麻皮老五喊來手下，要後頭廚房棚子開上午飯。因為來客，這午飯特別豐盛，就是陶土大碗裡裝著冒尖白米飯，另有一小碗，裡頭擺著紅燒肉、百頁結、蘿蔔塊。金家三男丁在揚州過日子，雖說不上錦衣玉食，卻也是吃有吃譜，穿有穿道，還不曾如此粗菜淡飯。然而，三人自一大早起身後，滴水粒米未沾，肚子早已餓得發慌；再者，入境隨俗，到了苦力窩棚，人家待之以禮，蘿蔔、百頁結、紅燒肉已然是上等宴席，三人自須賣力捧場，以博主人之歡。就這樣，邊吃邊講，兩方面各自敘述各自境遇。

麻皮老五反覆敘述，說是揚州、鹽城、泰州、高郵等里下河地域江北老鄉，外加揚州對面，鎮江弟子，在上海討生活，備受江南本地幫派欺凌，籍隸江南者，為人上之人，籍隸江北，來自江蘇北部者，則是人下之人。時候一久，兩方面激越對峙，三天兩頭就有大小事故。

江南本地人，有湖州幫等江湖幫派撐腰，蘇北老鄉則各自聚為團塊，以求自保。蘇州河底部，以迄黃浦江外灘這一片地方，蘇北苦力、車夫、船夫、腳力、小販、流民，共推麻皮老五為首領，人稱「五老大」。

金阿根則講述揚州金家家世，說是過往以販售私鹽起家，如今將在上海發展，協同洋商哈同，炒作靜安寺路兩側房產，但咱同墜入湖州幫老頭子萬嘯平陷阱，金家三男丁此番至上海，即是為此事而來。

雙方邊吃邊講，一頓蘿蔔、百頁結、紅燒肉飯尚未吃完，就見一鶉衣百結苦力走進窩棚，躬身附耳，在麻皮老五耳邊低聲稟報事情。聽完稟報，麻皮老五對金阿根道：「今天我本該出街幹活，但因有要事，故而留在這窩棚裡，等著事情上門。現下，事情來了，三位請便，我得去料理事情了。若是有緣，咱們自會再見。」

說罷，站起身來拱拱手，翻身便走。金阿根見狀，立時追上去，拉住麻皮老五道：「老五，別急著走。有句話說，我這義子儲幼寧久經江湖風浪，在山東、北京打過不少惡霸，武藝高強。今天，我們恰好無事，就跟著閣下一起瞧瞧熱鬧去。如果用得上我們，就由我義子下場助拳，您看可否？」

麻皮老五聽聞此言，怔了一下，隨即答道：「也好，對手很難纏，已經傷了我們好幾個兄弟。這也不是好強要面子時候，多得一個幫手，多一方勝算，我當然願意，走吧，隨我過去。」

於是，金家父子將行李留置於苦力窩棚，麻皮老五前面領路，金阿根率二子跟在後頭，走到蘇州河、黃浦江交會口。這地方，兩水交會，交會處有座木橋，叫外白渡橋。

一艘小划艇等在外白渡橋下，麻皮老五帶著金家三男丁，上了這小划艇，後頭還跟著蘇北幫其他划艇，向東北方划去。幾艘小划艇，橫渡黃浦江，到了浦東地面。

一條黃浦江，分隔浦西、浦東，江面兩邊，天差地遠。浦西地段，公共租界加上法租界，繁華輻輳，人煙密集，屋宇連雲而起；浦東則是荒蕪處處，野地綿延，人煙稀少。

扁舟渡到浦東，眾人下船登岸，江岸旁雜木林子綿延不絕。蘇北幫早有小兄弟等在江邊，見麻皮老五帶人下船，連忙在前頭領路，一行人跟著小兄弟，轉入雜木林子。此情此景，讓儲幼寧想起了北京城南永定門外，雞毛店過去幾里地，張家塘子雜木林。

他兩度在張家塘子雜樹林裡參與惡戰，先是與花子幫幫主蓋喚天放對，兩人不打不相識，因此結成異姓兄弟。之後，則是與奉天三霸對決，他連廢三霸當中老二與老三，救了蓋喚天性命。自華北轉至江南，眼前，又是雜木林子，又是一場惡鬥。

眾人在雜樹林裡三轉兩轉，雖然樹林遮目，瞧不見遠處，卻聽見眾口呼喝之聲愈來愈響亮。又轉過一片林子，眼前豁然開朗，現出一片空地。空地上，已聚集四、五十人，分兩邊聚攏，各自戟指，向對方叫罵。

麻皮老五現身，場內蘇北幫徒眾俱都歡呼。麻皮老五輕輕揮手，要金阿根父子三人一旁站著，然後踏步向前，對著湖州幫領頭人物道：「鐵哪吒，你們湖州幫在上海占地為王，甜水地面都給你們占完了，就剩下外灘那片地域，還有點甜頭，讓我們蘇北兄弟有碗飯吃。」

「現如今，湖州幫還要擠進來，攆我們走，這不是趕盡殺絕嗎？大家同在江湖上混碗飯吃，你湖州幫做了初一，也讓我們蘇北兄弟做做十五吧。總不能，初一、十五都讓你們占了，我們蘇北老鄉豈不是要喝西北風？」

那綽號鐵哪吒之人，四十多歲年紀，臉龐與身軀俱圓滾滾，一副富泰掌櫃模樣。這人聽了麻皮老五言語，臉皮一皺，哼了一聲，狀頗輕蔑，鄙夷言道：「哪有你那麼多廢話，江湖事，江湖了，既然你都說了，大家都是闖江湖的，那麼，咱們就依江湖手段見真章。今天，咱們湖州幫劃下道來，大家憑真本事比劃，贏者勝出，拿下外灘客貨兩路行李挑運生意。輸者，自認倒楣，回家啃泥巴球去。」

說罷，鐵哪吒揮揮手，就見湖州幫幫眾裡站出一人，緩緩向左首走去，走了約三十餘步，走到一株樹幹前，背對樹幹，站定不動。這人站定後，伸手入上衣口袋，緩緩掏出個蘋果，穩穩置於頭上。繼而，又有個湖州幫幫徒，左手提了張弓，右手提溜根箭，站在這頭，拿腳尖在地面爛泥上劃了條線。這人站在線外頭，拉起了弓，搭上了箭，約略頓了頓，瞄了瞄準頭。之後，右手一鬆，那箭嗖地一聲向前飛去，不偏不倚，射中那蘋果，把蘋果釘在樹幹上。

這一手神射功夫，令場中兩幫徒眾俱都瞠目結舌。瞬間，湖州幫徒眾歡聲雷動，鼓掌喧囂，扯著喉嚨猛喊猛叫。鐵哪吒面現微笑，衝麻皮老五道：「怎麼樣？這全是真功夫，作假不得。現在，換你們蘇北苦力們也露一手，大家切磋切磋。是好是壞，大家自有公論。要是落了下風，輸了場子，沒得說的，外灘那片地面，就讓給我們湖州幫了。」

湖州幫與蘇北幫爭鬥已久，前者勢大，力壓後者。日前，湖州幫派人傳訊，撂下話來，欲剷除蘇州河至外灘之間蘇北幫地盤。為此，麻皮老五回話，說是江湖事江湖了，蘇北幫絕不退出外灘，湖州幫要是有本事，自己來拿。之後，雙方約定，這天下午在浦東雜樹林裡見高下。

這天上午，蘇北幫已調派幫眾，到此等候。午前時節，湖州幫人馬陸續抵達，蘇北幫乃趕緊派人過江，到蘇州河畔苦力窩棚稟報麻皮老五。如今，湖州幫顯然有備而來，請來神射弓箭手展露絕活，技壓蘇北幫。神射一出手，便知有沒有，如此這般，麻皮老五曉得，今日麻煩大了，心想，說不得，只好流血明志，弄個「三刀六眼」儀注。

江南地區，黑道行規紛雜，各幫各派，各有行規，各有儀注。這裡頭，「三刀六眼」卻是各幫各派所共同認可。所謂三刀六眼，即是取尖刀一把，在小腿肚上猛刺一刀，令刀身穿過腿肚。之後，拔出尖刀，小腿肚上即出現兩個刀孔。之後，再在大腿上如法炮製，連戳兩刀，戳出四個刀眼。

這套儀注，不外是藉諸流血自殘，抬高己方爭奪籌碼。好比賭牌九，己方堆出籌碼，對方如欲跟進對賭，須得堆出相捋籌碼。倘不如此，對方畏血懼痛，無法跟進，即算挫敗。

主意已定，麻皮老五走進場中，面朝湖州幫大小幫眾，不轉頭，不轉身，站定身子，右手猛然向身後伸出，高聲喊道：「來啊，拿把長刃尖刀來。」

金秀明、儲幼寧見狀，不知麻皮老五葫蘆裡賣何膏藥，金阿根卻是老江湖，曉得麻皮老五要出「三刀六眼」辣手。因而，金阿根越眾而出，走至麻皮老五身旁，伸手壓下麻皮老五右手，低聲言道：「老五，不急，我們這兒有好手，定然不輸對方。要是輸了，你再弄三刀六眼。」

說罷，金阿根兩手輕推麻皮老五，推往一邊，並高聲喊道：「弓箭射個蘋果，那算個什麼鳥本事。我們這兒，這才真正叫神射手，小石子射小石子，一射一個準。大夥兒睜大眼睛，瞧瞧什麼叫神射手。」

隨即，金阿根躬身，在地上撿起鴿蛋大一塊石頭，快步上前，走至之前頭頂蘋果那人所站位置，也是背靠著樹，直直站著。就見金阿根將那鴿蛋大石頭，置於頭頂，並伸手點指，對儲幼寧道：「幼寧，過去，站在那條線後頭，拿彈弓，打爹爹頭上這石頭。」

金阿根驟然行險，餘人皆驚駭。麻皮老五尤其詫異，蓋射手線與被射者，相距三十餘步，而所射之物，又僅僅是顆鴿蛋大小石塊，此舉險峻異常，弄不好，就要丟性命。因而，麻皮老五對金阿根道：「金先生切莫行險，蘇北幫雖不爭氣，但還有點血氣，流點血不算什麼，金先生請下來，別站那兒了。」

對此，金阿根僅是面露微笑，不再答話。儲幼寧則是神情凝重，遵照金阿根囑咐，走了過來，站在射手線後，緩緩取出腰後頭彈弓，又自隨身袋裡掏出彈子布囊。儲幼寧緩緩取出一枚石彈，置入彈弓皮片，左手穩抓彈弓柄，右手捏緊了皮片，漸漸使勁往後拉。

這回，彈弓所射對象不是別人，是金爹爹，儲幼寧心中栗六，緩緩吸了口氣，渾身上下鬆了勁頭，潛心靜氣，將心神凝聚於兩眉間額頭。瞬然間，儲幼寧就覺得四周聲息俱寂，心中一片空明，金阿根腦袋上所頂石塊，粲然放光。不知不覺間，儲幼寧右手一鬆，小圓石頭彈子咻然飛射而出，直奔金阿根面門。

金阿根其實心中並無把握，只是狠了狠心，賭上一次性命。這時，見儲幼寧彈弓噴發，石彈子直奔自己而來，嚇得緊閉雙眼，呆若木雞。就覺得頭皮上麻了一下，繼而，聽見蘇北幫徒眾高聲喝采，嘶吼不止。金阿根伸手摸摸腦袋，就從頭頂上摸出一抹微紅。

儲幼寧神射建功，一彈子打中金阿根頭上那鴿蛋大小石子，將之撞飛。那鴿蛋大石子有稜有角，撞飛之際，些微劃傷金阿根腦袋頂上頭皮，故而稍稍流血見紅。

儲幼寧這手絕技，任誰都瞧得出，遠較湖州幫那神箭手高明。形勢擺明了，蘇北幫比武壓倒湖州幫，蘇州河以迄外灘這片地盤，蘇北幫得以確保。然而，湖州幫頭目鐵哪吒卻不依不饒，不肯認輸，說是得繼續往下比劃。

麻皮老五兩眼圓睜，高聲叫罵道：「鐵哪吒，你湖州幫要臉不要？都說好了，江湖事，江湖了，手下功夫見真章。如今，咱們這位少年英雄技高一籌，已是贏了比劃，怎麼，你不認帳？」

鐵哪吒道：「輸贏這還不一定呢，光會打石頭，有個屁用。既是比武，就得比出個高下，生死相搏，分出高下。這樣吧，讓他二人面對面，這頭射箭，那頭射彈子。」

麻皮老五接著叫罵：「鐵哪吒，你是得了失心瘋啦？一個射箭，中了就死；另一個射彈子，中了頂多受傷。這兩樣東西，高低不是一般，怎麼能拿來相提並論？拿來比試高低？這壓根就不公平，沒法子一起比。」

鐵哪吒道：「好啊，你們不用彈子也成，另外去找弓箭吧。找得著，就用弓箭。找不著，你們就只好小蝌蚪對著甲魚喊媽媽，裝小王八了。」

麻皮老五正要接著罵，就聽金秀明高聲言道：「沒事，沒事，我們不用弓箭，也不用彈弓，我們另外有兵器。哪！我們用這玩意兒。」

金秀明邊說邊走，走到儲幼寧身邊，嗖地一下，自腰際拔出那把芮明吞，一把塞給儲幼寧道：「弟弟，沒事，他拿弓箭，你就拿這把美利堅六響轉輪槍，大家比一比，看看誰本事大。」

這下子，換成湖州幫不答應了，幫眾嘘聲大起，說是以洋槍對弓箭，太也不公平。鐵哪吒順著嘘聲道：「這不行，一個是冷弓箭，一個是熱洋槍，這是兩碼事，不能相提並論。」

還是金阿根有見識，深知儲幼寧能耐，見雙方爭論不休，乃高舉雙手，要雙方噤聲。待兩邊聲響略低後，金阿根扯著喉嚨道：「弓箭對彈弓，就弓箭對彈弓，我這兒子本事，我最清楚，拿就算使彈弓，定然也會贏了弓箭。」

「然而，可有一節，這比試得公平。這樣吧，就由我大兒子，舉著洋槍，以槍響為準，槍響後，弓箭、彈弓才能射向對方。還有一層，既然是對決，就不能竄逃，因而，頂多只准移動一腿，另一腿得釘死不動。至於移動左腿抑或右腿，聽任射手自便。」

「還有句話，我得說清楚。適才，湖州幫鐵哪吒說了，說是倘若蘇北幫輸了，就讓出蘇州河至外灘這一片地盤。剛才比了那麼一下子，蘇北幫顯係贏了，湖州幫居了下風。現在，湖州幫又要再比，那麼，也應該另立賭注。」

「這樣好了，倘若再比一局，蘇州幫輸了，沒得說的，讓出蘇州河到外灘這片地盤。那麼，要是湖州幫輸了，那要該如何？老五，眼前湖州幫有什麼甜肥地盤沒有？」

今日這比試，一起頭湖州幫神箭手立威，眼看著，蘇北幫就要輸，麻皮老五心焦如焚，打算祭出三刀六眼招數。沒想到，半路裡攔腰殺出了程咬金，儲幼寧神彈功夫高於那弓箭手。於是，麻皮老五精神大振，接著金阿根話碴了道：「公共租界裡，從外灘起，南京路沿線直到河南路這地段，兩旁商家無數，生意熱呼得很，卻全是湖州幫天下，容不下咱們蘇北弟子插足其間。倘若這一把咱們贏了，沒得說的，你們湖州幫，得把河南路以東，南京路兩側地盤讓出來。」

鐵哪吒道：「放你的狗臭大驢屁，蘇北幫這起叫化子，竟敢向咱們湖州幫叫陣，做你的春秋大夢去吧！」

金阿根道：「老五，別跟他廢話了。只要我們贏了，他答應也是答應，不答應，也得答應。咱們手下見真章，打贏了再說。」

說完，金阿根緩步走到儲幼寧身邊，附耳低聲對儲幼寧道：「爹爹知你武藝高低，曉得你彈弓定能贏過對面那把弓箭。唯獨得注意，那人可能使詐，不待你哥哥鳴槍，就先拿弓箭射你。這，你得特別小心在意。」

儲幼寧聞言，微微而笑，低聲回道：「沒事，爹爹，沒事，我曉得輕重。」

這會兒工夫，儲幼寧將那石彈子布袋，緊緊繫在自己右腰外側，刻意使力，將布袋口敞開，方便待會兒連發激射。

一旁，鐵哪吒喊道：「好啦，別在那兒唧唧咕咕講悄悄話了，趕緊清場，弓箭手、彈弓手，兩邊都上場。那誰，把你洋槍拿起來，可別射人，對著天上。以槍聲為號，兩人對射。」

說罷，鐵哪吒將那弓箭手推至場中，與儲幼寧相隔約四十步之處，並在弓箭手耳邊嘀咕數語，繼而回到湖州幫陣腳。儲幼寧左手緊握著彈弓柄，右手緊捏包著彈子皮片，將兩條橡膠弓帶緩緩往後拉。邊拉彈弓，儲幼寧邊緊盯四十步外那弓箭手自肩膀以迄手掌肌肉，尤其集中思慮，審視那弓箭手右手上臂。

那弓箭手，穿著短打衣著，上身背心，下身短褲，兩臂、兩腿皆露在外頭，沒有衣物遮蔽。因而，儲幼寧兩眼緊盯那弓箭手右手上臂，就見那人拉弓之際，上臂肌肉緩緩隆起，肉團拱至最高處，凝滯片刻，繼而猛然凹陷，射出箭枝。此時，金秀明尚未鳴槍，那弓箭手卻已然發射，一枝利箭，直奔儲幼寧胸口而來。

儲幼寧緊盯弓箭手右手上臂肌肉，見那肌肉墳起後，暴然內縮，就曉得這是射出利箭了。儲幼寧不慌不忙，身體運轉如意，兩手一鬆，一枚渾圓石彈子亦脫弓而出，朝那箭簇奔去。電光石火之際，就見儲幼寧石彈子射中箭簇尖端，那箭枝擺盪挪移，方向偏了，朝天際飛去。

儲幼寧一枚石彈子打飛利箭，隨即千手觀音一般，飛速連番重裝石子，連番激射，石彈子長了眼睛般，朝湖州幫方位激射而出。第一彈，射中對面弓箭手門面，砸中其口，敲碎上下門面兩排大牙小牙，那弓箭手仰身便倒，碎牙滿地，鮮血長流。

第二彈，則奔鐵哪吒而去，也是正中口部，也是碎牙滿地，鮮血長流。其餘二十多彈，均是射向湖州幫眾口嘴，面朝儲幼寧者，正面擊中；面朝他處者，則是打中側面。

正面遭擊，固然是上下兩排大牙小牙悉數落地；側面遭擊，則是側邊大牙小牙遭殃。尤其，不但大牙小牙皆碎，連帶嘴皮、舌頭、咽喉也都或輕或重，為碎牙所戳，戳出無數坑坑窪窪傷口。

一陣石彈子打完，湖州幫白頭目鐵哪吒以降，大小幫眾全都遭殃，無一倖免。湖州幫眾人挨了儲幼寧石彈子狠揍，鬧得鬼哭神號，呼爹喊娘，亂成一片，站也站不直，坐也坐不穩。

第五十二章：押對寶江北兄弟表態助拳，論風月長三么二檔次分明

蘇北幫這兒，眾人先是目瞪口呆，繼而鼓掌喝采，聲浪一再拔高，歡呼不止。原本，湖州幫神射手利箭穿蘋果，已然壓住陣腳，蘇北幫無奈之餘，只好玩命，由麻皮老五豁出性命，戳三刀六眼把戲。爾後，竟然峰迴路轉，蘇北幫也出了神射手，不但射術高對手一籌，更把對方全打趴了。

麻皮老五曉得，這下子，蘇北幫欠金阿根父子人情，可欠大了。因而，麻皮老五當即躬身，兩手抱拳，高聲對金阿根謝道：「金先生請了，您父子三人為了咱們蘇北幫，可說是赴湯蹈火，我們蘇北幫上下銘記在心。您今天之前所說的什麼海映寺、釋通和尚、暗彩蛇紋石、靜安寺路兩旁屋宅、洋人哈同、湖州幫老頭子萬嘯平，這一切種種，我們蘇北幫包了。」

這幾句話，正是金阿根所要所圖。金阿根雖深信儲幼寧武藝，但隔著三十步，拿彈弓打腦袋上鴿蛋大小石塊，仍是極其冒險之事。金阿根明知冒險，卻依舊挺身向前，在自家腦袋上擺了石塊，要儲幼寧拿彈弓射，就是為了結交蘇北幫，拉為後盾，對抗湖州幫。如今，大願得遂，金阿根心裡自然躊躇滿志，但表面上依舊雲淡風輕，揮揮手，緩緩對麻皮老五言道：

「別客氣，咱們都是江北人，就算人不親，土也親。咱們江北子弟在上海，受江南幫會欺負，我

們父子三人幫點小忙，也是應該。我就不客氣了，直接喊你老五。老五，拜託你，請人四面找找，替我乾兒子把射出去的石彈子，一個個找回來。他這彈子使慣了，能重新拿回來最好。」

「還有，請咱們蘇州幫弟兄們，把湖州幫這群混蛋給看緊了，別讓他們溜了，我有話要審他們。」

麻皮老五揮揮手，自有蘇北幫徒眾在雜樹林子裡四處轉悠，睜大眼睛找群儲幼寧圓石彈子。至於湖州幫徒眾，則是人人口嘴之處皆受重創，眼下全委頓在地，就算想跑，也沒力氣跑，蘇北幫倒不必費力氣看管。

金阿根略走幾步，到了鐵哪吒跟前，轉過頭去，朝麻皮老五並儲幼寧招招手，要二人過來。二人過來之後，金阿根對儲幼寧道：「再給他點苦頭吃，不必出辣手，略傷其身即可。」

說罷，就見儲幼寧彎腰，右手倒拿彈弓，將彈弓柄朝前，朝地上坐著鐵哪吒胸前戳去。這一戳，恰好把彈弓柄砸在鐵哪吒胸前肋骨上，些微砸裂鐵哪吒胸骨。就聽見鐵哪吒一聲慘叫，上身傾倒於地，疼得在地上打滾。

儲幼寧戳完肋骨，站直了身體，對金阿根、麻皮老五道：「乾爹，幫主，這廝肋骨已被我砸裂。如他說實話，這點傷不算什麼，將養個一兩個月的，那骨傷自會痊癒，裂縫自會癒合長攏。如他不講實話，我只要在他肋骨裂處，補踢一腳，則肋骨必然斷裂。那斷骨，或者戳進他心，或者戳進他肺，無論戳心或戳肺，他都會口吐鮮血，大喘氣而死。」

這話，聽在鐵哪吒耳裡，簡直即是催命符，嚇得這人不住求饒：「別踢，別踢，我說實話就是。」

麻皮老五識相，曉得金阿根合夥洋人哈同，為湖州幫老頭子萬嘯平所騙，金氏父子到上海，就是為了替哈同解圍。因而，麻皮老五出言威嚇鐵哪吒道：「外灘地盤之事，我們已然贏了，也懶得問你。你就揀重要的，說說你們老頭子弄個圈套，讓洋人哈同去鑽之事。」

鐵哪吒道：「是，是，我就講這件事。我在湖州幫只是通字輩，算是第三代弟子，本來不知此事。萬幫主弄這事情，事前十分隱密，幫內只有少數天字輩大哥知曉。後來，事情弄成了，這才在幫內傳開，底下人才曉得，幫主宰了冤大頭，還有洋行律師合同壓著，不怕洋人哈同跑了。幫內現在都知道，這筆買賣，咱們湖州幫最起碼有十萬墨西哥鷹洋進項。」

金阿根道：「且莫廢話，講點我們不知之事。問你，你們幫主現下人在何處？總不會真在湖州鄉下吧？」

鐵哪吒道：「說了也沒關係，那兒裡三層，外三層，幫內兄弟把那地方護衛得滴水不漏，就算告訴你們那地方，你們也沒本事攻進去。不但幫主在那兒，海映寺那釋通和尚也在那兒。這檔事，一開始就是幫主找上海映寺住持釋通和尚，如此如此，這般這般，弄了個圈套，讓那洋笨蛋哈同鑽進去。」

麻皮老五喝道：「鐵哪吒，你皮癢，要挨揍是不是？就問你地點，你快說。」

鐵哪吒道：「靜安寺，哈同不是在西藏路西邊靜安寺路兩側，要蓋成群宅院嗎？那靜安寺路往西邊走，大概六里地左右，就是靜安寺。過了靜安寺，往西北邊走，沒多遠就是極司斐爾路。路口那兒有座洋樓，外頭有高牆，裡頭有庭院。庭院當中，是幢兩層樓宇，萬幫主並釋通和尚就住在那兒。」

「今天我一時失算，沒算到蘇北幫請到了這麼個彈弓高手，一陣石彈子就把咱們湖州幫射垮了。

倘若沒這把彈弓，就憑這小子，早被我們兄弟宰了。」

麻皮老五怒罵道：「鐵哪吒，你真是扔了叫花棍，忘了討飯時。剛才儲少俠才敲裂了你胸骨，你疼得王八孫子似地哀告求饒，一五一十，交代事情。這會兒，怎麼轉了性，又叫起陣來了？」

鐵哪吒嘴硬強辯道：「我鐵哪吒，也是上海灘有字有號人物，你們幾個今日惹毛了我，這帳改日必會與你們算清楚。」

麻皮老五譏諷回道：「我都不知，為何你有此匪號？你長得五大三粗，身子狼夯癡肥，腳下又沒踏風火輪，怎麼會有這稱號？」

鐵哪吒道：「我這稱號礙著誰了？鹽打哪兒那樣鹹，醋打哪兒那樣酸，天底下事情，沒道理的多得是。人在江湖行走，總點弄點稱頭名頭，我用這稱號還要什麼道理？我要用，這就用了。我這鐵哪吒，總比你那麻皮老五好聽。你那稱號，一聽就曉得，必然是滿臉麻子，一臉醜樣。」

麻皮老五怒從心底來，起腳就踹，把鐵哪吒踹翻了身道：「你剛才還求爺爺，告奶奶，要我別踢你肋骨，有問有答，招了你們幫主萬嘯平匿藏之處。怎麼，現在回魂了？嘴巴轉硬了，不怕我再踹你胸口肋骨？」

鐵哪吒翻了個身，依舊坐起道：「我已然說了你們想問之事，你們沒必要再踹我。話說回來，你們要真有本事，要那小子扔了彈弓，和咱們幾個弟兄，比比拳腳。」

不待金阿根、金秀明出言，儲幼寧走了過來，將彈弓高高舉起道：「沒得說的，我就把彈弓收起。剩下的，你們湖州幫劃下道來，比拳比腳，文場武場，我一概接招。吹打彈拉唱，唱戲帶亮相，炒菜做西裝，土木油漆匠，你叫得出名堂，我就接得了招。」

說罷，將彈弓插進背後腰帶，左手握拳，右手手臂伸出，手掌朝上大張，做肅客入室狀。

這頭，鐵哪吒嘴巴無齒透風，稀里呼嚕喊道：「左毛弟、秦嘎佬，你二人牙也掉完了，血也不流了，回回神，站起身，與這小子比比拳腳去。今兒個咱們湖州幫夠吃癟了，現下這小子扔了彈弓，你二人上去，和他比比拳腳，好好給我打一頓。」

說罷，鐵哪吒對著蘇北幫諸人道：「這小子自己說的，我們劃下道兒，他就接招。這就是比武，我們這兒兄弟都受了傷，你們不可撿便宜，他們公道比劃，你們一旁公道看著。」

麻皮老五罵道：「要臉不要？還說公道？公道個屁！你們派倆人，打咱們一人，這叫什麼公道？」

儲幼寧滿臉笑意，直對麻皮老五搖手道：「五老大，別說啦，我都不在意，隨便他們派幾人都一樣。待會兒你一旁瞧著，我把他們全打躺下。」

金秀明一旁幫腔道：「是啦，五老大，別擔心。就怕他少派人，他派得愈多，待會兒地上躺的人愈多。這不是吹牛，我這弟弟，自北京一路往南打，一直打到揚州。所到之處，東躺一堆，西趴一片，誰碰上他，算誰倒楣。現下，到了上海，再過一會兒，這上海湖州幫又有人要倒大楣了。」

說話之際，湖州幫左毛弟、秦嘎佬二人站起身子，走向儲幼寧，在儲幼寧身子兩側，分左右站定。二人尚未出手，儲幼寧先說了話：「這樣好了，你二人適才被我彈子所傷，嘴裡掉牙，血流了不少。現在，我倆腳站定不動，只動身子，也不出拳，也不出掌，更不舉腿，只是拿手推推而已。你們嘛，也別出拳腳了，就出掌搧我耳光好了。」

湖州幫這二人，打出娘胎以來，還沒聽過這種比劃法子，二人因而遲了會子。這當口，儲幼寧又道：「別發呆，二位就是舉手打我耳光，我不出拳，不出掌，不抬腿，不移步，只用手牽引推舉。我說話算話，絕不黃牛。」

這話才說完，就見儲幼寧右側，秦嘎佬先動手，左手五指箕張，老大一個耳刮子，由左至右，往儲幼寧右臉頰搧來。好個儲幼寧，真個是不抬腿，不移步，不出拳，不揮掌，僅是上身稍微後仰，腦袋稍微下縮，繼而右手在秦嘎佬左手上臂、下臂交會關節處，用力一推。

這一推，就帶得秦嘎佬身子晃動，禁不住往前跨了一步，那耳光，正好搧在儲幼寧左側左毛弟左臉頰上。這一耳光搧過去，左毛弟左臉頰吃了一傢伙，火辣發燙，心中怒氣起。他曉得這是儲幼寧搞鬼，火大之餘，不再動手搧耳光，直接起右腳，往儲幼寧腰眼踹去。

左毛弟這一腳，也算是暴起發難，突然而至，但在儲幼寧眼裡，這一踢有如太極慢拳，緩如毛蟲爬樹。因而，左毛弟才起右腿，儲幼寧即矮身，左手伸直成刀，一手刀往左毛弟左腿膝蓋眼劈去。這膝蓋眼，位在膝蓋後頭，受儲幼寧手刀一劈，左毛弟左腿立時癱軟，身子傾倒。此時，他右腿在外，左腿癱軟傾倒，兩腿大張，呈八字狀落地，就聽喀啦一聲，左毛弟左腿根基髖骨脫臼，這人當場昏死過去。

儲幼寧笑罵道：「都說了，你們舉手打我耳光，我不出拳，不出掌，不抬腿，不移步，只用手牽引推舉。如今，你卻起腳踢我，說不得，我只好拿手刀劈你。」

眼看儲幼寧變法術般，瞬間放倒左毛弟，秦嘎佬呆在當場，不知該退還是該進。就聽見後頭鐵哪吒高聲叫罵道：「秦嘎佬，你這挨刀的，還愣著幹麼？還不再打？」

秦嘎佬心知肚明，曉得這是碰上絕世高手了，再出招也是白搭。倘不住手，待會兒就換自己躺下了。因而，秦嘎佬吸了口氣，吞吞口水，咽咽還沒流盡血漬，張著沒牙嘴巴，囫圇吞棗般含糊言道：「鐵哪吒，我不打了，打不過，再打也是白搭。我這就回浦西，收拾收拾家當，回嘉興鄉下去了。我家裡還有八十老娘，犯不著在上海把命給送了。」

說罷，秦嘎佬轉身即走，繞過林子，沒了蹤影。這頭，鐵哪吒像是水入油鍋，又爆又炸，沒牙漏風嘴一張一合，賡續叫罵，攛唆湖州幫徒眾接力再戰。無奈，儲幼寧露了幾手絕世武技，湖州幫眾人猶疑不絕，無人挺身而出。

這時，就見麻皮老五右手提著柄長刃尖刀，箭步向前，行至鐵哪吒跟前，左手當胸一拳，猛搗鐵哪吒胸膛，打在之前受儲幼寧彈弓柄敲擊，些微碎裂之處。鐵哪吒走避不及，吃了這一拳，不禁張口，喊了聲「啊」。這關頭，麻皮老五右手利刃伸進鐵哪吒口內，入嘴約兩寸有餘，隨即，麻皮老五轉動那柄利刃。就聽見鐵哪吒悶聲一聲，隨即倒地。

麻皮老五見鐵哪吒不依不饒，滴滴答答，不肯伏低認輸，淨是攛唆手下出頭，因而心中恚怒，岔而大步向前，以尖刀戳入鐵哪吒口內，一陣攪弄。這一攪弄，鐵哪吒嘴裡已不成形狀，舌頭被切掉半截，雖未折斷，卻已垂落。其他，咽喉、牙床、上顎，俱已受損，雖然免於嗚呼哀哉，但一條命已去了半條，下半輩子莫說講話，就連吃喝吞嚥，都成問題。

湖州幫興風作浪，在此約架，本打算一舉挑掉蘇北幫，拿回蘇州河至外灘菁華地段。詎料，人算不如天算，半道上竟然殺出金家父子三人。如今，肥肉沒吃到，反倒蝕了老本，平白折損了個通字輩骨幹。

這時，天色已晚，日頭西斜，江面上粼光閃閃。這浦東密林裡空地，雖見不著江面粼光，卻可見樹梢晚霞壓了下來，晚秋寒鴉一群又一群飛過天際，飛回巢穴。地上樹林裡，湖州幫幾十名幫眾，嘴巴挨了儲幼寧石彈子後，休息了好一陣子，這時精神漸漸回復，都已站起。

只不過，先是儲幼寧放倒左毛弟，繼而打跑秦嘎佬，最後，則是麻皮老五拿刀廢了鐵哪吒口舌。連串變故，看在湖州幫幾十口幫眾眼裡，曉得不是儲幼寧對手，但又不知該如何是好。因而，幾十名湖州幫眾呆在當場，靜觀後變。

這當兒，麻皮老五走到空地當中，對著湖州幫眾人道：「今日比試，咱們蘇北幫已然贏了，壓倒你們湖州幫。現下，天色已晚，倘或你們還有誰不服氣，站出來，再比劃比劃。否則，就此散去，你們把這鐵哪吒帶走，打明兒個起，他得改名，改成啞哪吒。」

「你們回去，告訴你們幫主老頭子萬嘯平，說是勾結松江府海映寺住持釋通和尚，詐騙洋商哈同之事，已然穿幫。哈同這兒來了幫手，這位儲爺，武藝天下第一，幫著哈同討公道。我們這兒，蘇北幫眾兄弟，今天也欠了儲先生的情。因而，蘇北兄弟今後與儲爺站同一邊，幫著洋商哈同向湖州幫討公道。」

說完，麻皮老五肅立恭送金阿根父子三人，率領蘇北幫眾人，隨著金家父子三人繞出樹林，回到江邊，復又搭小划艇，暮色滄茫之際，返抵蘇州河口外白渡橋下。諸人下船，又回到蘇州河畔蘇北苦力窩棚。午後惡戰，眾人皆是精疲力竭，麻皮老五喊來手下，上街買來酒菜，於窩棚內宴請金家父子三人。

依著麻皮老五意思，當時就要拜老頭子，金阿根力拒不受，兩人糾纏不已。照麻皮老五意思，今日浦東密林一戰，若非金家父子插手力撐，蘇北幫已然輸定，要弄到出「三刀六眼」血腥絕招。並且，即便出此最終絕招，以鐵哪吒之厚顏無恥，極可能不認「三刀六眼」之帳。屆時，蘇州幫流血也白搭，外灘地盤註定丟失。

然而，金家父子三人為蘇北幫強出頭，金阿根於頭頂放置石塊，由儲幼寧以彈弓射石擊打，不啻為蘇北幫玩命。之後，儲幼寧連敗對手，遍打湖州幫所有徒眾，對蘇北幫恩重如山。因而，麻皮老五倡議，由金阿根坐蘇北幫第一把交椅，開香堂、訂規矩、走儀注，當蘇北幫老頭子。其下，則由麻皮老五、金秀明、儲幼寧，當第一代大弟子。

對此，金阿根期期以為不可。金阿根自陳，到上海只為開展地產事業，途徑則是與洋人哈同合夥，設置行號，購地造屋，高價轉售。金阿根言及，對蘇北幫，金家父子忝為同鄉，路見不平，拔刀相助。除此之外，並無所圖，更不欲捲入江湖風潮，成為江湖人物。

金阿根這套說法，自然是不盡不實。實情是，一起始，他就打定主意，義助蘇北幫摜倒鐵哪吒並湖州幫徒眾，博取蘇北幫感念，助以對付湖州幫老頭子萬嘯平。除此之外，金阿根沒打算捲進蘇北幫，他在揚州幾十年，幹的是私鹽生意，名目上在鹽號當二當家，也賣官鹽，骨子裡，還是私鹽販子。

幾十年私鹽賣到了頭，這回，金阿根可是想到上海擺脫江湖桎梏，當個有根有底富家翁。因而，蘇北幫這一段也就是且戰且走，需多少助力，就貼多少人情。這些疙疙瘩瘩想頭，全在金阿根肚皮裡下功夫，麻皮老五卻是半點不知，只冀求金家父子能入蘇北幫，即便讓出幫主之位，拜金阿根當老頭子，亦無不可。

這頓夜飯，兩方面黏纏不休，麻皮老五使出霸王之勇，非要拉金家父子三人入幫，拜金阿根為老頭子不可。金阿根則使出孔明之智，言談話語極其謙遜客氣，但堅壁清野，水潑不進，就是不肯鬆口。

到了後來，天色已晚，麻皮老五見沒法說得金阿根佛首點頭，只好暫時作罷，自言苦力窩棚無法待客，乃指派幫徒挑著金家父子三人行李，送至南京路舊跑馬廳附近一客棧。金家父子就以此客棧，暫為居停，耗費時日，助哈同脫出圈套桎梏。

次日一早，金家三人行至外灘，進哈同大樓，與哈同、義律、阿柏斯達商談大計。到了哈同宅邸外頭，這才發現，哈同宅邸外頭原來那七、八名湖州幫盯梢徒眾，已不知去向。世事多變，原本金阿跟與哈同約定，雙方避免見面，有事由義律傳話。詎料，後來浦東密林一戰，金家父子自揭身分。故而，此時金阿根已無顧忌，乃逕赴哈同治事大樓。

此時，哈同正與義律、阿柏斯達共進早餐，見金家三人至，乃要僕役通知廚房，另上三份早點。洋人所食，與中土子民不同，金家三人久住揚州，偶爾亦往洋人巷，點食西式餐點。

然而，揚州洋人巷西人餐館所售餐食，其實已然刪增整補，食材、手法、形貌、滋味，都已向中華品味靠攏，已非正宗西食。哈同這兒，自家白宅，養著洋廚子烹得洋飯食，中規中矩，全然依著洋人品味而為，中華子民入口不慣。因而，金阿根等三人也就是草草吃了單面煎雞蛋，喝了點熱茶。其他，什麼麵包夾火腿、鮮搾柑橘汁、黑咖啡、白奶水，也就是順口沾沾，稍稍嘗點。

這頓飯，金家父子吃得食不知味，也就是詳盡縷述昨日下午浦東密林之戰。三人肚子裡都打同樣算盤，知道到這兒是講事情，而非吃早飯。待會兒，談完事情，三人到外頭，另外找補早飯去。

哈同聽得興味盎然，對儲幼寧一招一式，尤其細細詢問。一旁，義律添油加醋，阿柏斯達敲鑼打鼓，二人口角春風，大吹昔年長江口崇明島金家漁場惡戰。哈同一臉專注，對昨日下午儲幼寧彈弓射金阿根頭頂石塊、擊裂鐵哪吒胸骨、手刀劈倒左毛弟、當年崇明島小石頭炸得羅曼諾夫粉身碎骨、起腳踹出王八死雞五臟六腑等等事蹟，聽得悠然神往。

洋人是這樣，格外鍾愛身懷絕技之人，哈同亦是如此，聽說儲幼寧諸般驚世武技，有心結納，當即轉頭對餐桌旁侍應僕役道：「把這三位朋友跟前奶油、麵包、咖啡、火腿、果汁，全給撤下去。問問廚房，有多少材料，能否弄點中國人大盤熱炒菜式。」

金阿根聞言，立時急呼呼揮手，制止僕役離去，並對哈同道：「哈老闆，別折騰了。您不曉得，吃早飯這檔事，華洋之別大矣！你們洋人講究吃早飯，說是一日之計在於晨，早飯得吃得又飽又好。咱們中國人，當然也吃早飯，但都是吃得簡單，要等晚飯，這才吃得又飽又好。故而這早點，我們隨意應付應付即可，別忙了。」

哈同聽義律與阿柏斯達如此讚賞儲幼寧，有心結交，因而言道：「不礙事，不礙事，也就是看看廚房有啥中式食材，好好弄弄，給各位嘗嘗，我手下洋廚子，也能弄出中國大菜。」

繼而，六人接著談論大計。金阿根言及，暗彩蛇紋石、洋律師合同、十萬鷹洋、靜安寺路兩側屋宇等事，已轉了措手方向。原本，按哈同意思，是與湖州幫萬嘯平較量，討回公道。

現如今，轉了調，變成搭蘇北幫順風車，因蘇北幫與湖州幫苦大仇深，兩幫人馬必將拚得你死我活。而金家父子三人則與蘇州幫結夥，助蘇北幫剷除湖州幫。只要剷除湖州幫，拿下萬嘯平，暗彩蛇紋石、洋律師合同、十萬鷹洋、靜安寺路兩側屋宇等事，自然即告解決。

哈同聞言，自然欣慰，說是如此最好，省得他費事。哈同又說，幫不了人場，願幫錢場，請金阿根敘明蘇州河畔麻皮老五窩棚位置，說是將遣專人，攜帶現銀，慰勞蘇北幫上下。

此外，哈同亦提及，今晨一覺睡醒，外頭門房來報，說是門外圍聚多日湖州幫徒眾，今晨已不見蹤影。對此，金阿根道：「想必昨日浦東密林一戰，湖州幫殘兵敗將已將戰情，稟知老頭子萬嘯平。萬老頭子曉得輕重，知道你這兒只是詐欺勒索小事，蘇北幫卯上湖州幫，打殘他幾十名手下，這才是大事。因而，想必現在萬老頭子正聚攏人手，亟思反攻。」

說到此處，侍役端上廚房現做中式大菜，鐵盤之內，裝盛熱炒牛肉片與諸般菜蔬，熱呼呼直冒煙，一骨子酸甜味，直衝諸人鼻孔。

哈同舉手肅客，一臉躊躇滿志模樣道：「如何，我哈同廚房裡大師傅，除了羅宋、法蘭西、義大利西菜之外，亦可烹調中國大菜。這一道雜碎炒牛肉，滋味定然不錯。」

義律久在揚州廝混，曉得中國菜是啥回事，一眼即看出哈同這洋廚子，中菜廚藝是個二百五，弄了這麼個二百五炒雜碎。因而，義律偏著腦袋，對著金家父子三人擠眉弄眼。哈同眼尖，瞧見義律眼色，乃咳嗽一聲道：「嗐，義律，你有意見嗎？」

金家父子三人，在哈同宅邸胡亂對付了早餐，敘明了昨日情節。隨即，匆忙告退，說要去與蘇北幫麻皮老五會商後續對策。三人出了哈同宅邸，順著外灘往北走，途中，踅進一小巷，找了家廣東小館，三人各喝一碗艇仔粥，這才覺得適口充腸，像個人樣。

喝過艇仔粥，繼續往北，至蘇州河畔蘇北幫窩棚，尋著麻皮老五。此時，麻皮老五正忙著分派人手，外出幹事。待麻皮老五事情忙完，四人遂拉椅子談事情。麻皮老五道：「昨天打了一架，今天事情就多了。一大早，我這窩棚外頭就有面生之人，繞來晃去。我幫內弟兄上前詢問，對方都操江南口音，語焉不詳，隨即遁去。」

「蘇州河口到外灘這一片，甚至再向南到豫園這一片地方，今天風平浪靜。我派了人，隨時回報，報回來訊息，都說不見湖州幫上門挑釁，咱們江北子弟在這片地面上，還是能安生幹活。」

「另外，他萬嘯平派人到我這兒來踩盤子，我也派人到他那兒去探訊息。我們這兒一片爛窩棚，進出人等都是熟面孔，來了生人，很快認出。萬嘯平那兒，極司斐爾路路頭，靠近靜安寺，可是繁華大街，人來人往。我派人過去，他們難以發現。如今，萬老頭子花園洋房外頭，我擺了幾路人，緊盯他與釋通和尚作息。」

金家父子不熟上海，昨日賣命力撐蘇州幫，為的就是倚重蘇州幫之力，對付湖州幫萬嘯平。如今，麻皮老五已然派出人手，準備對付萬嘯平，自然大合金阿根之意。四人往下賡續商議，按麻皮老五意思，就是盯著萬嘯平行動作息，逮住機會，趁萬老頭子外出之際，劫持綁架。之後，餘事好辦，要風得風，要雨得雨。

四人正商議之際，蘇州幫徒眾來報，說是外頭有一洋人，帶著挑夫，挑著擔物件，叮噹作響，求見幫主。一聽此事，金阿根心裡有底，曉得這是哈同履踐上午吃早飯時所言，派人送錢來了。麻皮老五傳話，要手下帶洋人進來。就見義律腰裡跨著兩柄六響轉輪手槍，當先而行，後頭跟著個挑夫。

那挑夫，挑著個笸籮，上頭拿油布蓋得嚴嚴實實，瞧著分量頗沉。挑夫把笸籮挑至窩棚內，放下挑子，眾人這才瞧得分明，那不是拿油布蓋得嚴實，而壓根就是個油布袋囊。挑夫卸下袋囊，向義律領了腳錢，低頭鞠躬而去。

這廂，麻皮老五見機極快，還不及接著義律，就先衝那挑夫喊道：「慢著，你是哪兒人，地盤在哪兒？」

那挑夫一張嘴，卻是廣東口音，說是籍隸廣東番禺，現住城隍廟東面黃浦江邊窩棚，平日在外灘一帶梭巡，蘇北幫曉得他，容他在外灘討生活。麻皮老五一聽，曉得此人並非湖州幫奸細，故而揮揮手，讓此人離開。

繼而，金阿根向麻皮老五引介義律，向義律引介麻皮老五。義律能說滬腔華語，麻皮老五頗嚇一跳。義律言道，哈同受湖州幫老頭子萬嘯平所欺，十萬鷹洋岌岌可危，如今蘇北幫出手，對付湖州幫，哈同心中感念，故而命義律贈金五百鷹洋。這厚重油布袋裡，就是五百枚墨西哥鷹洋現銀，贈與蘇北幫，感謝蘇北幫義舉。

五人正談話間，蘇北幫探子來報。探子見有外人在，見了幫主，沉吟不語。麻皮老五對探子道：「不礙事，你直說，這幾位都是自己人。」

探子言道，萬嘯平帶著釋通和尚，居於極司斐爾路洋樓裡，多日不出，在洋樓裡發號施令，指揮調度。然而，探子探明，萬嘯平好女色，葷腥不忌，水路並陳，胃口極寬，上自書寓，中至長三、么二，下至四馬路野雞，無一不貪。然而，此人雖性好漁色，但絕少親赴煙花柳巷，常在夜裡，差遣手下，外出下單叫局，將風塵女子召至極司斐爾路宅邸，眠花宿柳，盡夜而歡。

這裡頭，卻仍有例外。隔三差五，萬嘯平興之所至，依舊夜裡暗中出訪，至洋涇濱橋畔，上蜑船，找鹹水妹風流快活。那蜑船，則在黃浦江上跑個來回，先是一路向下，駛至吳淞口，之後再往回開，溯江而上，回到外灘。如此，正好一夜，回外灘時，天色剛濛濛亮，萬嘯平一夜風流，又吃飽喝足，正好下船。

萬嘯平每次夜裡上躉船，當天傍晚都會差遣手下，先往洋涇濱橋下，尋覓妥適躉船，要船家待命，等候夜裡萬嘯平上船。

聽完密報，麻皮老五要探子再回靜安寺地面，繼續再探。此外，更加派人手，在萬嘯平花園洋樓外梭巡，如見有湖州幫眾外出，即跟隨打探，探明萬嘯平何時上躉船。

探子走後，五人接續閒扯，麻皮老五要言不煩，將上海風月生涯，說與金家三人與義律聽。

這上海妓院，又分三六九等。頭等妓院，是為書寓，其中女子自言賣藝不賣身。此中女子，稱為「先生」，能說能唱，琴棋書畫，皆有火候。客人至書寓聽曲，「先生」每唱一曲，索價大洋一元。公共租界中，兆富、兆貴、兆榮、兆華、東畫錦、西畫錦、永安、日新、同慶、崇仁、百花等里，多有書寓。

書寓之下，次一等者，則為長三堂子。長三，等級亦高，其中女子亦稱「先生」，然與書寓不同，長三堂子「先生」不避諱賣身。男客上門，欲見「先生」，輒須支付銀洋三元，因此名為長三。

長三之下，則為么二，因其中女子見客，索價銀元兩枚。么二堂子妓女，通稱「官人」。此類妓院，原先多見於小東門外，近年則陸續遷至公共租界東西棋盤街。

么二之下，則為末流妓院，名目繁多，計有草台、野雞、花寓、過夜煙間、花煙間、釘棚、老舉、鹹水妹等。

其中，老舉與鹹水妹俱為廣東妓院，妓女皆不纏足，穿著打扮亦屬廣式，與江南蘇杭、華北直魯豫陝大相逕庭。老舉妓院多見於南京路後頭五昌里，名稱皆為某某樓。至於鹹水妹，則以躉船為妓院，在水上討營生，聚集於洋涇濱橋左近，常以各路華洋水手為恩客。

麻皮老五一陣講述，到了末了，特意言道：「這湖州幫開山立寨老頭子萬嘯平，年過半百，卻好漁色，並是生冷不忌，癖好多端，上自書寓，下至鹹水妹，雨露均霑。咱們就咬死這一點，掐住萬老頭子癖好，等著他鑽出極司斐爾路老窩，出門找蛋船鹹水妹時，給他來一傢伙，讓他吃吃苦頭。」

此後幾天，形勢逐漸撥雲見日，哈同這兒慢慢知曉，萬嘯平躲在極司斐爾路洋樓裡幹了些啥事。哈同在上海灘洋行裡打滾多年，洋商圈裡人頭熟，打探消息容易。這天午後，他請阿柏斯達傳話，找來義律並金家三父子，說是他在洋場裡埋了耳報神，各方面有個風吹草動，都會傳到他耳裡。

哈同言及，萬嘯平這段時間龜縮不出，既未追殺靜安寺路宅院房產違約，亦未硬奪蘇州河至外灘地盤，是因他集中心思，在公共租界工部局下功夫。

這上海公共租界工部局，為公共租界管事衙門，裡頭有董事九人。其中，美利堅人占兩席，德意志人占一席，其他六席俱為英吉利人。工部局下頭，又分設十餘小衙門，掌管租界諸事。這裡頭，有個巡捕房，裡頭養著華洋包探幾十名，等於租界裡衙役捕快，位不高而權重，手握拿人、關人權柄。

哈同所獲訊息，說是萬嘯平這段期間裡，好煙好酒好菜好女色，巴結著捕房包探洋頭目。這洋包探也是英吉利人，名為彼得，自與萬嘯平結交後，幾乎每夜均赴萬嘯平極司斐爾路洋樓，兩人夜夜笙歌爭逐酒色。

然而，狡兔雖有三窟，百密當中，仍有一疏。日前，哈同調動錢脈，用力輸將，砸墨西哥鷹洋，在巡捕房裡作法顯靈，買到密情。這密情，揭了洋包探頭目彼得背後罩門，亦現出萬嘯平死穴。

第五十三章：倚春樓照相匣子布下圈套，洋涇濱五百銀元買通蠻家

原來，洋衙門有洋衙門規矩，巡捕房裡包探頭目，須逐日填報行蹤去向，俾便一旦突發大事，工部局得以立時召回。這巡捕房包探，職司租界治安，每日裡東顛西沛，在公共租界裡行蹤不定，若是臨時跑出天大變故，上頭工部局董事找包探頭目卻找不著人，就誤了大局。有鑑於此，各巡捕房立下規矩。所有包探頭目，來去無礙，愛上哪兒，就上哪兒，唯，巡捕房值班桌上擺有行蹤記錄本，包探外出前，須得在本子上填明去處。這行蹤記錄本，每月一本，厚厚一疊，每天一張，上頭寫明各包探頭目當日行蹤。這本子徒具形式，聊備一格，也就是以備萬一，絲毫不具拘束之力，但包探頭目就是得如實填寫。

哈同以墨西哥鷹洋在巡捕房作法，覓得可靠內線，逐日查閱包探頭目行蹤申報表，專揀洋包探頭目彼得下落，詳實抄寫，逐日報予哈同知曉。

說到這兒，哈同抄起桌上一疊紙單，交予義律道：「念給他們聽聽。」

這一疊紙單，上頭寫的均是英吉利洋文，義律邊看，邊以華語讀予金家三人聽。待得念完，金阿根道：「乖乖隆地咚，這還真不怕人說閒話哪，這幾乎是天天晚上都去極司斐爾路萬嘯平那兒。」

哈同道：「不然，金先生沒仔細聽。這裡頭有個規律，大約隔七天至十天，這廝所填寫夜間去處，就是洋涇濱橋畔，還特別寫明了，說是上蜑船查案。」

「看看，他前天晚上才寫了，去洋涇濱橋畔蜑船查案。看樣子，還有五天到八天，這廝還會與萬嘯平上蜑船，在黃浦江上風流快活。金先生，你們看看，要不要先預備下來，萬事齊備，到時候在江面上拿下這兩人。」

金阿根道：「就這樣辦，我待會兒找蘇北幫麻皮老五去，看看該如何處置。有件事剛才想到，之前聽您說，洋律師行裡，寫得有合同，說是以一個月為期，要備齊金山海映寺暗彩蛇紋石，否則，要賠付罰款十五萬鷹洋。如今，一個月期限即將屆滿，屆時，哈老闆將如何處置？」

哈同道：「不是十五萬，是十萬。這你別擔心，那洋合同上寫著，倘若逾期，沒有辦妥這事，買方萬嘯平可要求律師行，將之前所開立十萬鷹洋支票退返萬嘯平，並對賣方哈同課予同額罰金。我前幾天特別問清楚了，律師行說，這事情不告不理，倘若萬嘯平沒出面討公道，律師行也不會找我晦氣。」

「我看，當初萬嘯平所開立那十萬元訂金支票，根本就是個空心湯糰，他銀行帳戶裡壓根沒十萬銀元。他看準了我跳這圈套，因而，他拿這十萬銀元空心湯糰支票，哄騙我信了他。待一個月後，我弄不到那批石頭，他就吃我十萬銀元罰金。」

哈同愈說愈氣，睜圓了倆眼，問金阿根道：「金先生，想問問你，打算如何拿下萬嘯平？拿住之後，又將如何對付他？」

金阿根頓了頓，稍微想了想，回應道：「哈老闆，這不好說。江湖上事情變化不定，起先想著這樣這樣，結果弄出來，卻是那樣那樣。總之，這說不準的。但我講句話，放在這裡，哈老闆放心，反正一定讓您解氣，把面子、裡子都討回來。」

「我們金家父子三人，必定會傾力而為。理由簡單，我打算在上海這兒，與哈老闆合作弄生意，風風火火，闖出一番局面來。」

此話說罷，哈同站起身子，兩眼放光，伸出手來，與金阿根緊緊握住道：「金先生，沒得說的，咱們一起打這一仗。等打垮了萬嘯平，你跟著我，站上這越界築路浪頭，定然能風生水起，好好幹出一番事業。」

這天下午，金家父子三人外加洋人義律，又去了蘇州河畔苦力窩棚，將上午在哈同宅邸所見、所聽之事，說與麻皮老五知曉。說完，麻皮老五招手，要手下傳喚盯梢探子前來稟事。

這蘇北幫，幫眾除賣勞力賺銀錮之外，還替小攤、小店當門神保駕，收點例錢，因而，幫中生活雖清苦，但仍存有餘裕，得以支應十餘名探子日夜偵伺極司斐爾路萬嘯平洋樓所需。這幫探子三班輪流，當班時赴靜安寺，沒當班則回蘇州河畔窩棚。

時候不大，手下帶來一名探子。麻皮老五細細詢問，探子一一回答。金家父子三人聽得分明，這才曉得，萬嘯平每次上蜑船，均是二更天左右出門。出門前，將兩輛遮篷人力車喊進洋樓大院。萬嘯平、洋包探頭目彼得各乘一輛，上車後，拉下遮篷，外頭瞧不見車上坐得何人。

車子拉出去，前後左右各有湖州幫手下快步跟隨，一路跟到洋涇濱橋下。二人上船後，幫內徒眾並不跟隨上船，亦未另外雇船隨後跟著。湖州幫眾只是駐留洋涇濱橋畔，等候天明時節，幫主與洋包探頭目歸來。二人下船後，各分東西，萬嘯平還是搭遮篷車，回靜安寺附近極司斐爾路住所，包探頭目彼得則去巡捕房。

至於所上蜑船，則是上船前當日黃昏，由湖州幫手下先至洋涇濱橋畔，尋覓妥適船家。覓妥之後，湖州幫先給訂金，包下此船。隨即，湖州幫徒眾離去，一個多時辰後，再保著萬嘯平與彼得重回洋涇濱橋畔。當地蜑船約二十餘艘，萬嘯平隔個七天、十天就去一次。時候一久，幾乎上過所有蜑船。

探子稟報完畢，隨即躬身出了麻皮老五窩棚。金阿根對麻皮老五道：「看樣子，也就是那一個多時辰，可以下功夫。據哈同那兒訊息，這兩人前天晚上才上蜑船，風流快活了一回。這要再等五至八天，兩人才會再上蜑船。」

「這樣吧，再過兩天，我和倆兒子，每天下午都上哈同那兒去，瞧瞧巡捕房行蹤日報表。倘若得知當日彼得將赴洋涇濱橋畔，立刻過來，告知於你。你這兒，看看該先準備啥，也早早著手，先把東西預備在那兒。」

麻皮老五道：「這也沒什麼好預備的，反正，要人有人，要船有船。到時候，他們上了蜑船，我們也悄悄上船，我多派幾艘船，摸黑偷偷跟在後頭。等蜑船走到下游盡頭吳淞口，打算回頭往外灘開時，我們幾艘小船湧過去，夾死那蜑船。」

「然後，我們上那蜑船，拿下那兩個王八蛋，綁上了，裝進麻布袋。麻布袋裡先裝些大石頭。這樣，把人扔進江裡，直接沉下去。如此這般，神不知，鬼不覺。他湖州幫失了老頭子，方寸避亂，等我們回來，我點起蘇北幫人馬，順著南京路打過去，把湖州幫地盤全搶過來。」

金阿根聞言，皺起眉頭，沉吟不語。麻皮老五見狀問道：「怎麼，有啥不妥？」

金阿根趕忙笑笑道：「不是不妥，我是想，這事情有無其他作法。比方說，照老五你所言，我們仗著人多，攻上那船，把萬嘯平與洋人彼得沉進江裡。那麼，船家又該如何處置？要知道，那蛋船是湖州幫所訂，到了天亮，這船要是沒回去，湖州幫必然滿江面到處找。倘若回去，湖州幫必然會追問幫主下落。」

「還有，這裡頭還夾著個英吉利洋人包探頭目。要知道，這公共租界是英吉利國人當家，死個湖州幫幫主，也就是普通刑案，能破則破，要破不了，也沒啥大不了的。但死了個英吉利包探頭目，事情可就壞了，工部局會逼著所有巡捕房，出動所有包探，出死力查辦此案。屆時，無論是湖州幫抑或蘇北幫，全都一鍋煮，全都沒了活路。要是那樣，可就慘了。」

麻皮老五聞言，不禁也皺了眉頭道：「照您這樣講，事情難辦啊！我這蘇北幫，要人有人，要船有船，上陣打架砍人我們在行，但要說出點子籌計畫，我們可欠學，沒這本事。」

說到此處，義律吭氣了，義律笑笑，對眾人揮揮手道：「這不成問題，我有妙計治這包探頭目。不必殺他，而是給他弄條尾巴，緊緊讓我們捏住。只要捏住他這尾巴，他就會乖乖聽話，不敢搗亂。所以，那萬嘯平不妨沉到江裡去。而彼得，則不要壞其性命，交給我，我能治得他服服貼貼。」

眾人聽義律此言，均是好奇之心大起，紛紛問個分明，義律笑笑言道：「也就是個圈套，並且，這圈套在歐西各國已行之有年，也不是什麼新鮮事，但在中國還沒聽過這檔事。我想，我來開個張，在中國幹一回，也算是這害人圈套開山祖師爺。」

說罷，眾人又緊緊追問，說是願聞其詳。義律盯著麻皮老五道：「五老大，這事兩分靠我，我想辦法找來必要器械。剩下八分，可就得靠你了，得由你蘇北幫出力氣，貼人情、動人脈，事情才能辦妥。至於所需資財，我馬上回去，向哈同開口，明天再送一筆鷹洋過來。」

繼而，義律如此如此，這般這般，詳細說了這缺德圈套。眾人聽完，無不點頭稱奇，都說這還是頭一回聽說，有這種妙招圈套。

次日，麻皮老五忙忙碌碌，親力親為，既在蘇州河畔苦力窩棚裡運籌帷幄，又親臨四馬路新會樂里石庫門弄堂，調度場面。一整天安排，總算預備妥當，就等著第二天洋包探頭目彼得上鉤。

到了第二天，天色將晚之際，英吉利包探頭目彼得，在街面上跑了大半天，回到南京路、西藏路交口，舊跑馬場附近巡捕房，搗弄了點文牘之事。巡捕房完事後，彼得打算去附近勝利餐廳，吃頓義大利洋飯。

才走出巡捕房大門，就見一老鴇模樣裹小腳女人，搖搖擺擺，喘著大氣，跑至跟前，高聲喊道：「巡捕老爺，不得了啦，四馬路新會樂里那兒，兩幫嫖客打起來啦，兩邊都拔了刀子，要出人命啦！」

這四馬路，是為上海妓業興旺之處，裡頭固然有長三、么二等堂子，更多的則是遊街野雞。而這新會樂里，位在四馬路、西藏路交會之處，更是四馬路裡妓院匯集之處。這新會樂里，距彼得那巡捕房只有幾箭之遙，還不到一里地，因而，彼得聞訊，就跟著這鴇婦，一路快走，沒多大工夫，就到了新會樂里。

到了新會樂里，鴇婦領頭，進了石庫門弄堂，鑽進一家妓院，彼得也跟著鑽了進去。這妓院門口掛了個招牌，寫著「倚春樓」。進去一看，桌倒椅翻，一地的碎碟子、碎碗、碎琉璃杯，龜奴大呼小叫，使喚著幾個小丫鬟，在那兒擦掃抹拭。

龜奴見彼得駕到，扯著喉嚨往後頭喊：「老六啊，趙姆媽把包探頭目請來了。真不巧啊，那兩幫該殺千刀挨萬剮的王八蛋，把這兒砸個稀趴爛，就翹頭跑路了。這會兒包探來晚了，沒逮著那起子王八蛋。」

正罵著，後頭轉出一三十幾歲豔婦，濃妝蓋臉，滿面笑意，眼睛看著洋探彼得，張嘴卻呵斥龜奴道：「這是怎麼講話的？張口殺千刀，閉口挨萬剮，不怕閻王老爺聽到了，今天下半夜把你領了去？呸，呸，呸，你這算童言無忌，下回別這樣說話了。」

說罷，這婦人笑吟吟對彼得道：「這兒我主事，他們喊我婉春老六。不好意思啊，平常都要天黑掌燈之後，客人才會來尋歡樂。今天景況不同，天還沒黑，就來了兩撥客人，都是急呼呼要酒要菜。我們嘛，就一個廚房，忙不過來，順了姑情，就逆了嫂意。為了這個，他們兩幫人針尖對上麥桿，都不肯相讓。於是乎，就打了起來。」

說到這兒，這女人用手指著趙姆媽道：「他們打架，掀翻了桌子，嚇倒了趙姆媽，她慌失失就往外衝，攔都攔不住。不想，她就把您請來了。真對不住，讓您白跑一趟。這兩幫人點了不少酒菜，現在東西都弄好了，他們卻跑了。我們總不能把出鍋大菜擺著，擺涼了給下一撥客人吃，賺黑心錢。這樣吧，我這就叫他們把菜開上來，您趁熱吃。」

「您這算幫我們忙，不讓浪費了這一桌好酒好菜，我給您喊小金寶來。她可是我們這兒頭牌紅姑娘，讓她陪您喝酒吃菜。待會兒吃完了、喝完了，就算您多喝兩杯也沒關係，我給您喊輛洋車，送您回去。」

這英吉利包探頭目彼得，骨子裡就是個貪財好色酒囊飯袋，初進這倚春樓，見打架流氓已散去，自己白跑一趟，心中就頗不高興。待婉春老六這一套話說下來，彼得曉得能白吃白喝，還有妓院姑娘陪著侑酒，就轉嗔為喜，老實不客氣，在已收拾乾淨大圓桌旁拉了張椅子，坐了下來。

這洋人說得一口滬語，生性就愛擺顯，坐下之後，自後腰際皮帶上解下槍套，交予婉春老六道：「給我收好了，待會兒我走之前再交給我。吃飯喝酒，腰上別著這東西，怪彆扭的。」

婉春老六兩手接過槍套，笑咪咪言道：「您放心吧，包管不會誤您的事。」此時，就見趙姆媽打從後頭領來一妙齡女子。此女望之年方二九，眉清目秀，亭亭玉立，臉上敷施薄妝，姿色天成，不似婉春老六那般，拿胭脂花粉遮蓋歲月痕跡。

彼得白跑一趟，卻換來好酒好菜，又有紅妓侍應，不禁大樂，去了心防，胡言亂語、毛手毛腳。這人卸了手槍，解了洋上衣衣釦，敞著毛茸茸肥胸口，滋兒一口酒，叭噠一口菜，吃喝得溝滿壕平，漸漸地，就失去了知覺。

也不知過了多少辰光，晃晃悠悠之間，這洋包探頭目彼得就覺得眼前有強光打閃。強光之後，這人還是迷迷糊糊，半睡半醒，糊裡糊塗沒法轉醒。繼而，就覺得有人拿水，滴在自己臉上，水珠入了鼻孔，嗆了嗓子眼，因而猛然大咳。這一咳嗽，人就慢慢醒了。就覺得身上溼溼膩膩，黏唧呱瘩，一股子血腥味。

想到血腥味，這才驀然而醒，睜開眼睛，就見自己躺在床上，一絲不掛，渾身浴血。枕頭旁，躺著個女人，也是一絲不掛，渾身為鮮血所覆。彼得這一緊張，立時抓緊了手，這才又驚覺，自己右手竟然握了柄尖刀，刀上亦全是鮮血。一驚一詫之間，眼前又打閃，一陣強光閃過，讓自己眼睛盲不視物。

此時，就聽見婉春老六又喊又哭道：「這殺千刀的醒了啊！哎喲，這真該死啊，我們好心腸，好酒菜好菜款待他，還請小金寶出來侍酒陪坐。沒想到，這殺千刀的洋包探，瘋言瘋語，毛手毛腳不說，多喝了幾杯，就把小金寶往房裡拉。」

「我們這兒是倚春樓，是妓院，不是貞節牌坊店，拉進房就拉進房，就算小金寶招待他一回好了。沒料到，進房大半個時辰，一點聲息沒有，我要趙姆媽敲門問問，裡頭還是沒聲息。我這才急了，闖進來一看，這大肚子洋漢手裡攢了把尖刀，把小金寶給殺了。」

「我怕這人仗著洋包探頭目身分，抵死不認帳，恰好，望平街顏料行跑街徒弟虞小哥，到這兒來送顏料。望平街上報館多，報館都用照相匣子，虞小哥在那條街上，也學會了用照相匣子。我這兒以前有個客人，沒錢抵酒帳，就把照相匣子押在這兒。因而，我就要虞小哥幫忙，用這照相匣子給拍了相片，立個存證，免得這洋胖子一推六二五，啥帳都不認。」

婉春老六放鞭炮般，劈里啪啦講了這一大套，彼得聽在耳裡，腦袋有些轉不過來。這眼力，適才為照相匣子強光閃過，盲了一陣，現在才回過神來。這洋包探定睛看去，曉得這是個小房間，自己躺在床上，身旁躺著小金寶，兩人都沒穿衣服。房間外頭，透著燈光，房間裡卻沒點燈。

外頭燈光灑進來，彼得瞧見床前面綽綽約約人影晃動，站著幾人。其中一人即是婉春老六。其他，幾個人影，瞧不真切。有個男人身影，向床邊走來，一伸手，取走彼得右手所握尖刀。突然間，這男人站在床邊，張嘴開了腔，竟然是英吉利語。

這人道：「你酒後殺人，又被人拍照存證，你麻煩大矣。我叫義律，和你一樣，也是英吉利人。老實對你說了，我幫哈同，你幫湖州幫老頭子萬嘯平。今天你運氣不好，栽在我手上，已經拍了幾張照片，眼下拿到後頭去。那兒，弄了間房，遮住光線，準備了藥水，有人在那兒沖底片，洗出照片，待會兒送給你瞧瞧。」

講到這分上，彼得腦袋這才真正轉醒，曉得今天是中了計，摔進陷阱裡了。他隨即以英吉利語問道：「義律，這擺明了是陷阱，我看，我身旁這妓女，根本沒死，我也沒拿刀殺她，這血也是假的。」

話講到這分上，就沒啥好隱瞞了。義律轉頭，對婉春老六使了個眼色，婉春老六出去，喊了幾個幫手進來，在小金寶身上披了床單，將小金寶給搭了出去。繼而，婉春老六出了房間，順手將門給帶上。

房裡，就剩義律一人，也不搭腔，就門神一般站在門口。彼得無法可想，順手拉起床單，擦擦身上血跡，拿床單蓋住身子。工夫不大，有人敲門，義律開門，進來個十幾歲後生小子，一隻手裡拿了幾張大照片，另一隻手擎了盞洋油燈。

這後生小子將洋油燈放在床旁小几上，又將幾張照片遞給彼得。照片清晰，纖毫可辨，上頭就是彼得拿刀，渾身是血，身旁躺著小金寶，亦是渾身浴血。

彼得一看，怒從心底起，將幾張照片撕得粉碎，邊撕，邊怒吼道：「假的，假的，都是假的，你們挖了這陷阱，讓我往裡面跳。」

義律音調冷淡，語帶冰霜道：「你也知道，光撕照片沒用，這位虞老弟，已經多洗了備用照片。你要不識相，現在我就派他送照片去報館。」

說完，義律改用華語道：「洽卿，你帶上照片，聽我號令。倘若這賊子不肯合作，你翻身就走，別家報社也不必去了，就是去兩家，一家申報、一家字林西報。這樣，華人報、西人報各一份，明天一大早，報攤上就登出這巡捕房英吉利包探頭目，以及四馬路妓院姑娘躺在床上，渾身是血照片。」

虞洽卿道：「是，我在這兒待著，聽您號令。」

義律繼而面朝彼得，話說從頭，將這陷阱說得清晰通透：「你也太大意了，緊貼著萬嘯平弄勾當，也不怕萬老頭子仇家眾多連你也一鍋煮了。這一招，在歐洲早就使爛了，你卻不知？義大利國南邊黑道馬費亞組織，幾年前就這樣幹過。後來，法蘭西、德意志、西班牙、英吉利、美利堅，各國黑道人物如欲勒索政壇官兒、企業大亨、富人名流，往往也用這招。」

「這招數，各國都已經使老了，老掉了牙，不新鮮了，但在這大清朝，今天這還是頭一回開張。老實對你說了吧，萬嘯平坑矇哈同，又要搶蘇北幫地盤，這兩幫勢力已經結合，擰成一股，合力對付萬嘯平。為了拿萬嘯平，本來打算連你也一起煮了，但因你是巡捕房包探頭目，這身分救了你，這才改用照片威脅之法，脅迫於你。」

義律繼而細說，說是這妓院本來就是蘇北幫地盤，由蘇北幫收例錢保平安。之前婉春老六準備酒菜時，下了洋蒙汗藥，連小金寶一起迷倒，搬入房間，除去二人衣褲。至於鮮血，則是由屠宰房弄來一桶現宰豬血。照相匣子、底片、暗房藥水，均是哈同所預備，交予義律，攜來此處。

虞洽卿，十七歲半大孩子，為望平街顏料行跑街，與蘇北幫素有交情。望平街上報館多，虞洽卿近水樓台，自報館習得照相之術，這次請來當幫手，拍攝並沖洗照片。

義律又提及，那小金寶的確沒死，但此後將銷聲匿跡，再也尋找不著。因而，有照片為證，說是彼得殺了小金寶，就是彼得殺了小金寶。

彼得不服，說是倘若他掀開此事，告官處置，須得尋獲小金寶屍身，才能坐實謀害之罪。找不著屍身，就難入他謀害之罪。

對此，義律聞之，哈哈大笑道：「好彼得，果然是英吉利包探頭目，曉得審案關節，找不到屍身，就沒法給兇手定罪。你這說法也算沒錯，但你沒想到，你與小金寶兩人，渾身光溜溜，都被拍了照片。那照片要是登上了申報、字林西報，全上海華人、西人都瞧見了你光著身子，躺在四馬路妓院床上。真要這樣，你還能抬頭走路？你還能抬頭當包探頭目？」

義律說得一套又一套，聽在彼得耳裡，猶如五雷轟頂，萬念俱灰，面喪考妣。聽完義律敘述，彼得鋸嘴無言，無碴可接。

義律接著道：「哈同這兒，就是要剷除萬嘯平，其他人與其他事，則不為已甚。這裡頭，你只要識相，裝聾作傻，事成之後，你我雙方相安無事，就當你今天沒來過這兒。當然，倘若你不安分，在裡頭搗亂，說不得，只好連你一鍋煮，裝進麻袋，扔進黃浦江裡。該怎麼辦，你自己用腦袋想想。」

說到這兒，彼得這才接碴道：「那麼，你們究竟要我如何？」

義律道：「我們已知，你夜夜都赴萬嘯平極司斐爾路洋樓別墅，隔七至十天，還去洋涇濱橋畔，上蜑船風流快活。今天晚上，你人在這兒，沒法去萬老頭那別墅。明天晚上，你還是去，去了之後告訴他，你後天想上蜑船。照理說，前兩天你才去過，隔了不到七天就再去，的確頻了點。但沒關係，你告訴他，你就是想去蜑船。」

「後天晚上，你先去他別墅，和往常一樣，和他一起搭遮篷人力車，去洋涇濱碼頭。但到了碼頭後，你找個藉口，說是不舒服或肚子痛還是什麼，反正，就別上船。」

「實話對你說了，萬嘯平後天夜裡上了蜑船，那船開出去，就不會再回洋涇濱。萬嘯平死定了，湖州幫樹倒猢猻散，幫內人等也要跟著倒大楣。你腦袋放清楚點，全然置身事外。你置身萬嘯平與湖州幫之外，我們就讓你置身今晚這檔事之外。你給我們方便，我們也給你方便。」

「你得永遠記得，這批照片併同底片，一部分送到哈同那兒，鎖進大保險箱裡。另一部分，則交予華人江湖幫會，也不知會收在何處。反正，你背後就此拖了條尾巴。這尾巴，緊緊捏在我們手裡。我給你指點條明路，你要真是聰明，趕緊辭了上海公共租界巡捕房包探之職，直接回英吉利老家去。真要那樣，上海這兒，大夥兒都把你忘了，你那尾巴，就此消失不見，大家都方便。」

說完，義律頭也不回，出房而去。這兒，虞洽卿檢點彼得衣褲，外帶那柄手槍，一併擲與彼得。這洋包探面紅耳赤，穿了衣物，別上手槍，低著腦袋，出了房間，走過前廳，出了倚春樓。邁出倚春樓大門之際，後頭還聽見婉春老六銀鈴般聲音道：「再會啊，彼得探長，他日要是有空，歡迎再來坐坐。」

這天夜裡，義律回到哈同大樓，向哈同、阿柏斯達詳盡敘述之前倚春樓諸事細節。哈同聽完義律稟述，不禁撫掌大笑道：「義律，真有你的，你真是損，想得出這種陰招，治得彼得那混蛋服服貼貼。」

義律道：「之前都說了，這惡毒招數這在歐西諸國，早就不是新鮮事，都用爛了。只是中國這兒，因照相匣子、負片、沖洗等事物未稱普遍，官商兩界鬼魅魍魎還不曉得這門道。也因此，彼得不曉得厲害，今日咱們才能輕易讓他著了道兒。」

「明天，我得與金家父子、蘇州幫幫主，商議布置蜑船之事，還需要點資財，煩請哈老闆再撥幾百銀元。今日上午，布置四馬路倚春樓那騙局，用了您一筆銀元。明天布置蜑船陷阱，還是需要幾百銀元。」

「只要一切順利，後天晚上，就能將萬嘯平處置，讓他消失於人間。他消失了，哈老闆您也跟著麻煩盡去，那鬼契約自然失效，您就可以放手大幹一場了。」

哈同為了靜安寺路兩側地產，已砸下墨西哥鷹洋四十萬元，結果，墜入陷阱，原本已然絕望，準備認賠付十萬鷹洋罰金。如今，死棋肚子裡，竟然跑出了仙著，眼看著就能反敗為勝，區區幾百、上千鷹洋，根本不看在眼裡。對義律所請，哈同自然無有不可，一概答應。

次日清晨，金家父子一大早起來，先在客棧附近小館把肚子填飽，這才趕赴外灘哈同大樓。三人進了哈同治事大樓，恰好又趕上早飯時間，就見哈同、義律、阿柏斯達三人，依舊是奶油、麵包、煎蛋、生菜、火腿、燻肉、牛奶、咖啡、生果，擺滿一桌。哈同見金家父子三人來到，依舊盛情請三人就坐，一起吃西式早飯。

這回，金阿根說，之前已然吃飽肚皮，此時就敬謝不敏了。隨即，邊吃邊談，義律重新講述昨夜四馬路倚春樓之事，金家父子聽得驚詫不已，都說實在沒料到，世上竟有如此刁鑽古怪整人圈套。

金阿根畢竟世面見得廣，江湖走得多，隨即一語道破個中關節：「這全是那照相匣子之功，正因這照相匣子存下真實景致，因而，義律竟可事後直言不隱，當場對彼得承認，那是個圈套、是個局，設好了，讓彼得往裡面跳。」

「彼得就算知曉這是個局、是個套，也莫可奈何。到了洋衙門，打起洋官司，把照相匣子所照景物，當堂呈上，勝過千言萬語，彼得必然身敗名裂。他為了名節，沒得選，只好聽咱們的。」

飯後，又是金阿根父子三人外帶義律，去了蘇州河畔蘇北幫窩棚，與麻皮老五議事。義律人高馬大，身後背了個帆布背囊。那背囊裡，死沉沉裝了五百枚墨西哥鷹洋。待四人走到蘇州河畔窩棚，儘管深秋天氣已有寒意，義律還是走得一頭一臉的汗。

四人尋著麻皮老五，義律又重講一次四馬路倚春園之事。麻皮老五聽罷敘說，兩手用力拍腿道：「好呀，擺平了洋包探，又來了五百鷹洋，萬事齊備，只欠東風，就差搞定蜑船了。」

麻皮老五隨即喊人，召喚找熟悉洋涇濱手下，前來稟事。五人閒坐扯淡，扯了約一個時辰，來了個蘇州幫手下。這人身材枯瘦，面貌黝黑，兩手筋脈突起，瞧著就是個苦力。

麻皮老五問話，就只問一樣：「洋涇濱橋畔蜑船人家裡，哪家哪戶在上海人地不宜，亟思擺脫眼前營生，改換生涯？」

那苦力低著頭，兩眼眼珠轉了幾下，又頓一頓，回道：「回稟幫主，有家蜑戶，姓羅，男的叫羅火旺，地面上人稱火旺哥。他女人叫羅傅雀妹，大家喊她火旺嫂。這夫妻倆養著幾個女子，說是女兒，但一看即知，絕非親生。這幾名女子，必是附著這蜑船，與羅火旺夫妻，面子上弄成一家，其實做的就是水上皮肉生意。」

「不過，雖說一瞧就知道不是一家人，但這蜑船上所有人等，均是廣東口音。之前聽羅火旺講過，老家在廣東梅縣，因家鄉生活太苦，這才淪落上海，做起了蜑船生意。」

麻皮老五又問道：「說說這家人，怎麼人地不宜，想遠走高飛。」

那苦力道：「咱們蘇北幫子弟，頗有一些人，在洋涇濱河口那一帶討生活，久而久之，與那兒蜑船人家都混得熟了。大家都是苦命人，都是想盡法子找一口飯吃，因而，比較容易說到一處。我和羅火旺聊過幾次，他說，上海這地方，欺生。他們從廣東來，言語吃了虧，本地人老取笑他們。「而且，同是廣東人，裡頭也分門路。羅火旺說，他們從粵東梅縣來，是客家人，講客家話，莫說本地江浙人不拿他們當一家人，就連同是廣東來的，講廣府話廣東人也排擠梅縣人。羅火旺曾言及，客家人在上海灘難立足，而蜑船皮肉生涯，也被人踩在腳底，不似長三或么二堂子那般風光。「他說，他但得有點辦法，能多掙點錢，就打算遠走高飛，轉至香港。他說，同是英國租界，香港那兒，活路比上海多些。」

這苦力一番言語，聽得義律興致盎然，自問自答道：「是嗎？香港比上海活路多嗎？倘若真是那樣，那麼，乾脆我也離了這兒，去香港闖闖，不定能闖出個什麼局面。」

一旁，金阿根出言點撥義律道：「義律，別發春秋大夢了，先把眼前事情弄好再說。這檔事要是弄好了，哈老闆那兒必然大展鴻圖，咱們在上海灘都能闖出名堂，別空想香港了。」

麻皮老五揮揮手，要那苦力下去，並對餘人道：「就是這羅火旺了，我即刻就去洋涇濱，趁著天色還早，蜑船還沒開始營生，找這人談談。今天傍晚，你們過來，在此吃夜飯，我們合計明天大事。這兒，五百枚墨西哥鷹洋，我就拿走了，倘若事成，就算花光，也算值得。」

義律皺皺鼻子道：「這本來就是給你預備，辦事要錢，哈老闆那兒，有求必應。只要能把事辦好，務求翦除萬嘯平，這點錢不算什麼。日後哈老闆風生水起，很多事情，還是得仰仗蘇北幫兄弟撐場面，將來大家合作之處多矣。」

之後，金家父子三人並義律，回哈同住所樓宇，報知麻皮老五動靜。哈同聞言，大表喜悅，說是翦除萬嘯平後，隨即廢掉合同，邀金阿根入夥，挹注資金，充裕哈同財源，進而找尋買家，售出靜安寺路兩側房產。

哈同對金阿根道：「我這危局，本來都命懸一線，眼看著不成了，幸賴你家父子三人趕來救援，這才解我於倒懸。這交情，我不會忘卻。」

金阿根客氣道：「哪兒話，主要還是義律，弄了個殼，讓彼得鑽進去。要不是義律，這事情還沒解呢！」

義律則高聲言道：「金先生別謙遜了，那天浦東密林惡戰，要不是儲少俠，蘇北幫已經輸得脫了底。蘇北幫輸了，湖州幫拿下外灘地盤，萬嘯平志得意滿，不必分心對付蘇北幫，可以專心一意對我們下手。真要那樣，彼得不彼得，根本無關緊要。所以，歸根究底，還是你們金家父子兵立下大功。」

金家三人在哈同大樓盤桓一陣，傍晚時分，與義律一齊，又去蘇州河畔窩棚，見了痳皮老五。

第五十四章：吃酒菜紅毛洋人不識圈子，上賊船萬老頭子命喪沙洲

到了窩棚，就見麻皮老五正就著那小桌子，吃得正歡。菜，自然是左近小攤子所買來，血蚶、鮮蛤、蔥燒鯽魚、雪菜百頁、醬爆活蝦等幾樣冷菜。酒卻是瞧著眼生，小小一圓瓷瓶子，上窄下寬，下頭是個圓肚子，中間有個細頸子，上頭則是個喇叭嘴。

麻皮老五瞧著義律、金家父子等四人走來，並不起身，只是伸伸手，要四人入座。隨即，手下拿來幾只小瓷杯，麻皮老五提起那瓷瓶子，往眾人面前小瓷杯裡注了點酒汁。這酒，顏色深沉，飄著一股子濃藥味。

義律在揚州開洋酒館，金阿根久戰鹽商宴飲，兩人都是酒場老將，卻瞧不出這酒是何路數。麻皮老五喝得臉泛紅光，臉上一顆顆麻子愈顯分明，一張嘴，酒氣噴人道：「哪，試試看這酒，嚐嚐味道如何？」

「這酒難得，叫五加皮，拿高粱酒當底，加入多少種藥材，泡製多少天，這才弄成。要泡成這麼一瓶子五加皮，不容易哪。」

說到這兒，手下又上了幾道熱菜、炒素什錦、蛋炒河蟹、揚州獅子頭、紅燜草頭圈子。末了，抬

上個醃篤鮮大陶鍋，裡頭咕嘟咕嘟直冒熱氣，滾著筍片、火腿鹹肉片、排骨、百頁結。一時間，這窩棚裡菜香撲鼻，義律等人見了這場面，老實不客氣，當即落座，抓起筷子，大口而食。義律久在中華，自然能使筷子，但其指法仍是古怪，金阿根等人瞧著，直皺眉頭。

義律對麻皮老五道：「你看你，我們還沒來，你就獨個兒喝酒，喝得滿臉通紅，眼冒赤光，一副喜孜孜模樣。怎麼樣？想必下午跑了趟洋涇濱，功德圓滿吧？」

麻皮老五豎起手指，不住彈著那瓷酒瓶道：「你想，這陳年五加皮，哪兒來的？這是廣州所釀希罕貨，是羅火旺蜑船上壓箱底寶物，今天他送給我了。」

「你那五百墨西哥鷹洋，全給了蜑船船家。之前，你也給了咱們蘇北幫幾百鷹洋，我也使得差不多了。剩下幾塊錢，買了這一桌菜，花光了。」

麻皮老五臉醉心不醉，腦子絲毫不糊塗，一清二楚講述下午情景。總之，他與羅火旺當面鑼，對面鼓，把話說清楚。五百塊錢，包他全部家當，今天夜裡船開出去，就不回來了，在外頭一把火燒掉。羅火旺曉得，他這蜑船上男女老少一家子人，就此不得再在上海灘拋頭露臉，因而，請蘇北幫將之送往虯江碼頭。

之後，想方設法，自虯江碼頭找船，先轉至杭州，然後再定行止。

麻皮老五道：「我和羅老漢談得入港，當下就給了他一百鷹洋。講定了，剩下四百，明天晚上事成後給他。他說，他早想捨了上海，另奔香港，如今有這檔事，五百鷹洋買了他這船，正是天賜良機。談到末了，他翻出幾件寶貝，其中就有十幾瓶五加皮，說是藏了多少年，一直捨不得喝。」

「於是，送我一半。剩下一半，今天夜裡，他們一家人不做生意，把酒全開了，一家樂和樂和。反正，他這是抛家棄船，只帶細軟，能扔能捨的，全都送人。」

吃喝之際，眾人商議明日夜裡策應之道。說來講去，決定蘇北幫預先備下划艇三條，一條載義律、金家父子，另一條載麻皮老五並蘇北幫眾。第三條划艇，則於事成後，載蜑船一家老小，赴虬江碼頭。

麻皮老五道：「那蜑船說大不大，但要說小，又不算小。總之，這船分上下兩層，上頭用於駛船、烹調、盥洗。底下一層，則分了幾個隔間，是眠花宿柳之處，每回萬嘯平帶了彼得上船，就在這兒胡天胡地。」

「照你們所說，明天彼得隨萬嘯平至蜑船後，隨即托辭身子不適，臨時抽腿，就萬嘯平一人上船。我已將洋蒙漢藥交予羅火旺，明天船上飲食裡，預先下藥。迷翻萬嘯平後，咱們蘇州幫划艇靠過去，我們上船，夜審萬嘯平。」

「大約兩個多時辰，蜑船駛至寶山外黃浦江、長江口。之前，到了那兒，蜑船就回頭，溯江而上，駛回洋涇濱橋。明天晚上，到了寶山不回頭，還往前走，直到撞上長江裡沙洲為止。到那兒，做了萬嘯平，燒掉蜑船，啥痕跡都不留。」

「為了這個，義律，你明天得想辦法，弄點洋油，送上蜑船，如此，方能火燒蜑船。」

眾人議論至此，麻皮老五勸酒勸菜，指著那盤紅燜草頭圈子，要義律多加餐飯。義律正想著，明日要至何處取洋油，又如何交予蜑船船家。邊想，邊即順著麻皮老五所勸，舉箸入盤，夾著那肥圈子，一口又一口，連吃三圈。吃完，這才驀然覺得，滋味肥美。

義律定眼瞧瞧菜盤，依舊不明所以，故而問眾人道：「這是啥物，為何滋味如此肥美？油滋滋，香噴噴，極是好吃。」

這當兒，儲幼寧心中想起之前在北京，饗屁爺哄騙蓋喚天吃炸蛆之事，不禁噗嗤一笑。這一笑，露了馬腳，義律愈發狐疑，打破砂鍋問到底，還問砂鍋在哪裡。

金秀明一旁答道：「義律，好吃就吃，別多問了，問了也沒意思，曉得了出處，反而不美。」

義律還是要問，金阿根禁不住義律歪纏，只好言道：「這不是我故意嚇唬你，而是你非問不可。好吧，告訴你這是啥物件。豬吃豬食，從嘴巴進去，從屁股出來。這圈子，就是豬飼料離開豬身子前，最後一段地方。」

這話，說得有點繞脖子，義律聽了，一想再想，終於想通。想通之餘，摀著嘴巴，衝出窩棚，就在窩棚外頭，哇啦哇啦，把適才所吃酒菜全都還席於地。窩棚裡，眾人轟然狂笑，邊笑，儲幼寧邊說饗屁爺哄騙蓋喚天吃炸蛆之事。這一說，餘人笑得更狂放。笑聲連天之際，儲幼寧卻驀然想起北京歲月種種，連帶想到韓燕媛，不知韓燕媛在豐記糧行，是否能頂住大局。

義律在外頭吐了好一陣子，這才抹抹嘴，進了屋，訕訕言道：「我到中國二十多年，曉得大清朝子民都吃那東西，但始終沒見過這東西所做之菜，更沒吃過。今日，算是開了洋葷，被眾位騙了一回。」

說到此處，儲幼寧接著話碴子道：「講到哄騙，明天傍晚，萬嘯平、彼得二人到了洋涇濱橋旁，都要上蜑船了，彼得臨時說不去，就剩萬嘯平一人上船。屆時，萬老頭子恐怕心生疑惑，弄不好，也說不去。真要那樣，可就麻煩。」

此話一出，金阿根、麻皮老五皆以為然，說是到時候還真有可能生此變局。一陣商討，眾人議決，要義律明日帶洋油赴蜑船時，一併攜白蘭地、威士忌等好酒數瓶，交予羅火旺。屆時，如萬嘯平因彼得抽腿而現猶豫之色，則由羅火旺現出好酒，勾誘萬嘯平上船。

哈同靜安寺路售屋大業，眼看著即將九轉丹成，就差臨門一腳，卻墜入萬嘯平殼中。就此，引來之後連串起伏，召援手、設埋伏，千辛萬苦，將局面漸次扭轉。如今，勾陷誘捕萬嘯平大業，又是歷經九轉，而將丹成，就差明日臨門一腳。

金阿根、麻皮老五等人，此時諸事已然籌備齊全，就等著明天日間義律送油送酒，傍晚彼得簇擁萬嘯平上船，大功即可告成。因而，這天夜裡，五人暢懷飲酒吃菜，將六、七瓶五加皮酒全都喝盡，全都醉倒，無法歸返各自住所。眾人就在麻皮老五這窩棚裡，東倒西歪，七橫八豎，昏睡一夜。

次日清早，日上三竿之際，蘇北幫小頭目進來稟事，眾人這才漸次轉醒。宿醉未醒，渾身積垢未除，口裡噴酒氣，腦袋暈糊糊，義律並金家三人各自回住處。金家三人回到客棧，沐浴更衣，之後才吃點食物，留於客棧，將養生息。

義律則回至哈同大樓，尋著阿柏斯達，向其取著洋火油並威士忌、白蘭地烈酒數瓶。隨即，趕赴洋涇濱橋，將油、酒交予羅火旺，說是這天傍晚，要羅拿好酒勾誘萬嘯平上船。

這天下午，義律、阿柏斯達於哈同大樓隨侍哈同，談論當日夜裡大計。對此，哈同頗顯焦慮，不斷掏出胸前懷錶審視時辰，並催促義律，趕緊赴蘇州河畔，尋著麻皮老五，早早準備動手。義律則頻頻安撫哈同，要哈老闆稍安勿躁，說是時辰尚早，還不到時候。

眼見著，日影略有西沉，義律這才動身。臨走前，哈同改了主意，一把推出阿柏斯達，要阿柏斯達隨義律而行，也上蘇北幫划艇，多個幫手。義律明白，哈同這是做事把細，被萬嘯平騙過一次，恐怕再被揚州來人聯手蘇北幫，再騙自己一次。因而，義律嘻嘻哈哈，一派樂意模樣，拉著阿柏斯達，出了哈同大樓，直奔蘇州河畔麻皮老五窩棚。

到了蘇北幫窩棚，就見金家三父子已然在座，靜觀麻皮老五指揮調度。為此一役，麻皮老五動員蘇北幫上下，派出極多人手，於極司斐爾路、靜安寺路、南京路、洋涇濱橋之間，探動靜、查現況，如眼如目，往返蘇州河畔窩棚，向麻皮老五稟報詳情。

這洋涇濱，是為黃浦江小支流注入黃浦江處，建有洋涇濱橋，蜑船於橋下集散。這洋涇濱橋就在外灘以南、豫園以北之處，距蘇州河畔不過一里多地，如出以快跑，須臾可至。然靜安寺路、極司斐爾路，則距洋涇濱橋、蘇州河畔均較遠，因而，蘇州幫為求迅捷回稟訊息，特地調集洋式鐵馬數騎，由善騎鐵馬幫眾，往來傳遞軍情。

待日頭低墜，即將隱沒之際，蘇北幫一名探子騎鐵馬飛馳而來。車至窩棚前，探子下車，躬身向麻皮老五回稟道：「極司斐爾路大門開啟，兩輛遮篷洋車先後拉出，沿靜安寺路往東而去。」

麻皮老五聞訊，一拍兩掌道：「是了，各位，可以動身了。兩輛洋車要跑好一會兒，才會到洋涇濱橋，我們這就走，去蘇州河外白渡橋那兒，上我們蘇州幫划艇。」

黃浦江由南而北注入長江，兩江交會之處，是為吳淞口。順著黃浦江，由吳淞口往南，依序為虯江碼頭、蘇州河口、外灘、洋涇濱橋。照著預先議定法子，這天夜裡，萬嘯平在洋涇濱橋上蜑船。船向北駛，過蘇州河口之際，蘇北幫三艘划艇跟在後頭。

蜑船至寶山外吳淞口，不再回頭，出吳淞口逕自往前，撞上沙洲，焚船、殺萬嘯平。之後，三艘划艇回吳淞口，順黃浦江而上，至虯江碼頭，放下蜑船羅火旺一家老小。其餘人等則回外白渡橋，下船，回蘇州河畔窩棚。

這天黃昏，麻皮老五領著義律、阿柏斯達、金家三口，到了外白渡橋，各自上了划艇。此時，洋鐵馬探報如流水般依序湧至。萬嘯平、彼得兩輛遮篷車已拉至南京路；兩輛遮篷車已拉至外灘；遮篷車已抵洋涇濱橋，萬嘯平並彼得各自下車；彼得突患腹疼，蹲踞於地，疼得無法起身；羅火旺下船，一手捍白蘭地酒，一手勾拉萬嘯平，二人上了蜑船；蜑船已駛離洋涇濱橋。

麻皮老五揮揮手，三艘划艇悄然駛出外白渡橋下，緩緩划入黃浦江，靜候後頭羅火旺蜑船趕上來。工夫不大，就見一艘蜑船駛至，船上燈火通明，絲竹之聲大起，唱著廣東大戲。

這上海灘，各堂子妓院必有唱戲節目，地方戲曲以滬劇當道，間或雜以越劇、紹興戲。這蜑船營生卻是不同，船家與船上鹹水妹俱都來自廣東，尤其集中於粵東一帶，故而所唱戲曲以廣東大戲為主，間或亦有潮州戲、閩南歌仔戲。

這天夜裡，羅火旺這船好生熱鬧，船上唱得正歡。船身擦過蘇北幫划艇之際，划艇上眾人耳聽絲竹之聲，鼻聞粵菜之味，划艇上諸人曉得，羅火旺一家使出看家本事，令萬嘯平大享仙福。三艘划艇靜靜追隨蜑船之後，不到一個時辰，還沒過虯江碼頭，前頭蜑船絲竹之聲偃息，靜悄悄沒了聲息。

稍後，就見蜑船船尾氣死風燈晃動，羅火旺現出頭臉，朝後頭划艇大聲喊話。江上風大，划艇雖緊隨蜑船，但羅火旺喊些啥，後頭麻皮老五等諸人聽不真切，隨即也大聲回喊，要羅火旺喊大聲些。

羅火旺見不是辦法，乃打手勢，要划艇跟著，駛過虯江碼頭，停靠江邊。這地帶荒蕪無人，一片漆黑。幸而划艇上已多備氣死風燈並洋油火把。四船先後靠泊岸邊，羅火旺攀至麻皮老五所乘划艇，說是蜑船上萬嘯平已被迷翻，不省人事。倘若蘇北幫能駛蜑船，則蜑船羅家老小在此離船，趁著夜色未深，就近在虯江碼頭雇船，趕赴杭州。

麻皮老五聞言，使手勢要另艘划艇上倆洋人並金家父子過來，商議此事。眾人一合計，就問麻皮老五，手下幫眾是否會駛蜑船？麻皮老五回道：「蜑船是船，划艇也是船，只有大小之分，駛起來道理一樣。更何況，現在是順流而下，無須費力駛船，我幫內兄弟自然會駛蜑船。」

於是，就此定案，義律將剩下四百鷹洋悉數付予羅火旺。羅火旺得了鷹洋，迅即下划艇，在岸上招手，要蜑船上一家老小趕緊下船。這一大家子，隨即隱末於樹林。

麻皮老五見事情出此變化，乃要手下先將一艘划艇駛回外白渡橋，剩下兩艘依舊跟著蜑船。隨即，麻皮老五率手下在前領頭，倆洋人並金家父子隨後，上了蜑船。

上去之後，幾名蘇北幫徒眾稍稍察看蜑船前後，隨即接手，將船駛離岸邊，續朝下游吳淞口而去。這蜑船上，廚房餘火仍在，爐子上尚坐著一鍋雞湯，湯水猶不住翻滾。

船前艙，笙管笛簫諸般樂器七橫八豎，扔於地面。當中一張八仙桌，桌上杯盤交錯，七、八樣菜尚未吃殘，仍飄著香味。那萬嘯平，則是身子坐於椅上，腦袋趴在桌上，已然糊塗昏睡。義律見滿桌佳肴，食指大動，就想嘗嘗，阿柏斯達一巴掌拍在義律手腕上：「你也想睡一覺？菜裡下了蒙汗藥，一吃就倒。」

義律回嘴道：「誰說我要真吃？我也就是想拿指頭沾沾湯汁，嚐嚐味道。」

麻皮老五道：「別吵了，把這傢伙抬下來，抬到後頭艙面上，澆他一頭冷水，讓江上冷風吹醒他。」

義律、阿柏斯達一人抬肩、一人抬膝，將萬嘯平弄到後頭艙面。痲皮老五自廚房裡，舀出一勺涼水，當頭澆下。這涼水澆下去，萬嘯平登時醒了。醒是醒了，卻仍迷糊，怔忪發呆，還沒回魂。

金阿根眼望儲幼寧，嘴朝萬嘯平努了努，儲幼寧會意，曉得金阿根這是要他廢了萬嘯平反擊之力。於是，儲幼寧邁步向前，彎下身軀，抓著萬嘯平右臂，打算卸了上臂關節。這當口，阿柏斯達喝問道：「這是幹麼？」

義律答道：「幹麼？你看不明白嗎？儲少俠這是要卸了這老頭子膀子，洋醫管這叫脫臼。來上這麼一下子，保管讓這老頭子痛清醒，也防著他出手反擊。」

阿柏斯達邁步向前，走到儲幼寧身邊，伸左手打算輕輕推開儲幼寧。儲幼寧不知阿柏斯達所求為何，見阿柏斯達伸手過來，就身子稍稍偏斜，出右手在阿柏斯達左肩借力輕推。登時，阿柏斯達就站立不穩，身子一晃，踉蹌幾步。

一旁，義律大笑：「哈哈哈，阿柏斯達，你只與我比過槍，沒和我這兄弟過過招。現在知道厲害了吧？他這只是小意思輕輕推你一下，他要認真，使出真功夫，你現在已經摔進海裡，鹹水嗆得你直咳嗽。」

阿柏斯達經這一推，曉得儲幼寧武技高強，站穩腳步後，正色對儲幼寧言道：「你別卸除那人關節，這太便宜他了。」

說罷，起腳就朝萬嘯平臉上掃去。他這一起腳，金阿根一旁喊道：「別踢死他，還有話要問他。」

說時遲，那時快，阿柏斯達鞋底就在萬嘯平臉皮上橫掃而過。阿柏斯達這洋皮靴底，有江湖味，鞋底釘上鐵掌，一來減緩鞋底磨損，二來行路時鏗然有金屬聲，展顯威風。萬嘯平臉皮經阿柏斯達鞋底鐵掌一擦，頓時整臉開花，滿面鮮血，不成模樣。

阿柏斯達忿恨言道：「我當然曉得，不能起腳踹他，腦袋瓜子不經踹，一踹就死。我這是恨他設了局、弄了個殼，讓我老闆哈同跳進去，前後左右都封死了，無路可走，整天藉酒澆愁。要不是義律從揚州請了幫手，加上本地蘇州幫朋友，哈老闆這回可慘了，資財轉不過來，隨時都可能翻船。」

萬嘯平經阿柏斯達橫掃這一腳，滿面鮮血之餘，就算醒了。這人圓睜兩眼，仔細看去，身邊諸人當中，只有阿柏斯達、麻皮老五見過，曉得一個是洋商哈同護衛，另一個是蘇州幫首領。其他餘人，則是瞧著眼生，之前沒見過。

麻皮老五指著儲幼寧道：「哪，就是這少年英雄，在浦東密林把你們湖州幫幾十人，打得少屁股沒毛的，個個嘴裡上下牙齒，全被他拿彈弓砸碎。你派來那鐵哪吒，挨了他打，嘴裡沒牙、講話透風，還不依不饒，滴滴答答胡言亂語。因而，我拿利刃，在那廝嘴裡一陣亂攪，割掉他半條舌頭，讓他成了啞哪吒。」

「就是浦東密林一戰，打垮了你湖州幫氣數，讓你此後躲在極司斐爾路洋樓，龜縮不出。現如今，還是落到咱們手裡。實話對你說了，免得你到死都不知道怎麼見的閻王。那洋包探頭目彼得，把你給賣了。是他把你從大別墅裡勾出來，勾到這蜑船上來。」

「如今，你落我們手裡，今天就要取你性命。我對你，沒啥好說，反正，此後蘇北幫取湖州幫而代之。我沒話說，但他們有幾句話要問你。」

萬嘯平聽了這番言語，曉得今日要送老命，不禁蔫了氣勢，身軀頹軟，委頓於地，使勁呼吸，不住叨氣。

還是阿柏斯達，又是舉腳平踢，不踢頭、不踹身，就是拿鞋底鐵掌，貼著萬嘯平臉皮橫掃過去。萬嘯平老臉再度受刮，臉龐上無處不是傷，已被皮靴底鐵掌刮成了大花臉。萬嘯平嘴不是嘴，鼻不是鼻，眼睛不是眼睛，又撕又裂，面皮上爛成一片，血流鑽入鼻口，禁不住大聲咳嗽。

阿柏斯達問道：「我老闆哈同就是想知道，你為何設這局，讓他跳進去？那松江府海映寺是怎麼回事？釋通和尚如何與你串通？你如從實招認，給你個痛快的。你要還是不盡不實，我要你受盡活罪，再取你性命。」

這時，夜色已深，蜑船已駛至黃浦江下游，將過蘊藻濱。江風野大，兩岸漆黑，蜑船上燈火通明，後頭綴著兩艘划艇，逕自向吳淞口而去。

船上，萬嘯平滿臉血跡，倚躺於地，嘘咻嘘咻喘著氣道：「那有什麼道理可說？哈同財大氣粗，橫行上海灘，這樣的人，不想辦法訛詐他，那才是對他不起。在外頭跑跑的，場面見多了，念頭也多，見哈同這肥羊，我當然要宰他一宰。」

「海映寺那住持釋通，是個膿包，貪財好色，偷吃葷腥，不是一天兩天的事。這人見人說人話，見鬼說鬼話，有本事化緣弄錢，供著寺裡大小和尚過日子。他寺裡那些大小和尚，也不是什麼好東西，早曉得釋通和尚有毛病，但都貪圖釋通庇蔭，悶聲不響，吃太平齋飯。」

「釋通膽子再大，也不敢招惹洋商。是我找上他，教他怎麼說、怎麼做，這才騙倒哈同。事成後，他膽小怕事，唯恐哈同找他算帳，因而，編了話，要寺內大小和尚，說他半夜熬火腿，事發而逃。其實，他是到了我那兒，每天喝酒吃肉，胡混日子。你們別為難他，此事並非他所為，而是我要他如此。」

麻皮老五之前說，沒話問萬嘯平，此時，卻想起了話，接著阿柏斯達，也問了萬嘯平：「你上西天回老家之後，湖州幫誰接著當家主事？」

萬嘯平苦笑道：「湖州幫算個什麼？局面小，人丁少，要是湖州幫夠壯實，怎麼會小鼻子小眼睛，和你們蘇北幫爭地盤？說到底，你我都是小人物，毛蟲蚍蜉一般，在上海灘一時一地，好像能呼風喚雨，是一號人物，其實把眼睛睜大點，我們都不算什麼。」

「但有幾句話，我要說在這裡，點醒你們這幫江北佬。你們江北佬，在上海成不了氣候的。你們看不出來，我卻看得很清楚，江北老鄉在上海灘，天不時，地不利，人不和，闖不出大局面。上海灘，還是蘇杭人作主，大片江南膏腴之地，山明水秀，人傑地靈，能人輩出。」

「看著好了，上海灘會愈發興旺，將來，各行各業定然會出大亨。這些大亨，也必然是江南男兒，你們江北佬，也就是弄弄賣力氣活，扛活、拉車、當苦力，搞不出正經行當，發達不了的。哎喲！講不贏道理，就動手打人啦？啊喲，啊喲，打死我也是這話，改不了的。」

原來，萬嘯平滴滴答答數落江北人之際，蜑船上麻皮老五手下蘇北幫徒眾，有人聽不下去，先出手，後動腳，又打又踹，給萬嘯平苦頭吃。

正鬧著之際，就覺得蜑船猛然一震，隨即靜止不動。駛船手下報道：「幫主，已經衝過吳淞口，衝過長江江面，船現在掛在沙洲上了。」

麻皮老五行至船邊，探身往下細看，就著身旁手下所執火把，就見這蜑船已擱淺於沙洲上。船身旁，兩艘划艇亦浮擱於沙洲上。麻皮老五轉身，朝船身地板上所躺萬嘯平道：「上天猶有好生之德，今天我就開個善門，放你下船，上沙洲逃命去。你快走吧，這裡馬上就要燒船了。」

「船下頭，就是沙洲，地軟，停不得。你上了沙洲，得用力往岸上走，幾百尺外，就是實地。長江到這兒，沖了泥沙下來，成了沙洲。時間久了，就淤積為島，島上是實地，但島外頭，還是軟沙洲。你能不能逃得性命，看你自己造化，別怨我沒給你條生路。」

痲皮老五一說這話，義律、阿柏斯達、金阿根等，俱都面帶詫異之色，唯獨儲幼寧，暗暗呼了口氣，卸卜心中重擔。幾日前，儲幼寧就聽說，要在蜑船上結果萬嘯平性命，當時，心裡就上了心事。儲幼寧曉得，要真是結果萬嘯平性命，屆時一定是自己出手。他與人動手，絕少取人性命，就算取人性命，亦是雙方互搏，殺之有埋。

其他，殺鹽商陳潤三、殺知府王堅學，則是二人多行不義，斃之有理。獨獨在揚州財神廟小村，連斃白皮天老、花荔枝、賽華陀，雖說確是形勢所迫，不得不然，但事後心中頗為不忍，十分難受。因而，儲幼寧數日前聽說要結果萬嘯平，深怕屆時這差使又落他頭上。如今，聽痲皮老五說，放萬嘯平一馬，心胸頓感暢快。

儲幼寧見義律、阿柏斯達、金阿根等，俱都面帶詫異之色，而痲皮老五則直對諸人眨眼，那意思，似乎並非真要饒萬嘯平一命。眾人不明所以，但想痲皮老五如此說，自然有其道理，因而俱不吭氣。

痲皮老五一揮手，一名幫眾過來，扶起萬嘯平，扶至船身邊，讓萬老頭子自顧自踩著船梯，往沙洲落下。船上，另名蘇北幫眾則提著兩桶洋火油，先至下層澆灌，繼而在上層船面上潑灑。

義律眼明手快，將幾瓶尚未喝完威士忌、白蘭地旋上蓋子，置於袋內，打算攜走。金阿根見狀，勸阻義律道：「別拿了，焉不知船家羅火旺在酒裡下了蒙汗藥？」

義律道：「菜也不讓吃，說是下了蒙汗藥。這酒，也不讓喝，也說下了蒙汗藥。哪那麼多蒙汗藥？我看，就是下在那廝酒杯裡，或是下在菜裡。船家不會這樣二百五，在酒瓶裡下藥。再說了，我拿回去喝，就算酒裡有蒙汗藥，我被迷翻，也是躺在哈同那兒床上，沒事。」

金阿根悄然問麻皮老五道：「不是說要結果他性命嗎？怎麼放走了？剛才，還對我們眨眼睛，是怎麼回事？」

麻皮老五哼然笑道：「放他性命？想得美！底下那沙洲，黏滑得很，人踩下去，泥沙直沒到胸口，拚了老命往前挪，一個時辰也挪動不了幾十尺。上半夜，海潮退了，現出船下這片沙洲。等下半夜，海潮漲回來，逐步往上淹，這一片沙洲，全淹在水裡。這萬老頭，到時候必淹死無疑。不必我們動手，讓老天爺宰了這老傢伙。」

說罷，眾人都行至船邊，蘇北幫手下已然搭起了木板，連接蜑船與划艇。蜑船高，划艇低，那木板這頭高，那頭低，似個緩坡。好在，兩船皆已擱淺沙洲上，穩坐不動，不漂不蕩，因而，蜑船上諸人上了木板，一腳高，一腳低，晃晃悠悠，離了蜑船，上了划艇。

儲幼寧踩上木板，邁步向前，行至兩船當中之際，低頭往下瞧，就見火把餘光閃爍之處，萬嘯平兩手前後使勁晃動，腳下步履維艱，死命朝沙洲盡頭實地挪動。待眾人皆已移至划艇後，蘇州幫一小夥計右手一甩，手中火把騰空而起，越過木板，飛至蜑船頂端，隨即落下。火把所落之處，當即冒出火光。

這火勢，一發不可收拾，轉瞬間即四處蔓延，整艘蜑船為烈火籠罩。烈火大起，四周大放光明，就見船下沙洲處，隱隱約約水影晃動，潮水慢慢湧至，那萬嘯平，仍是死命往前挪動。

兩艘划艇上，蘇北幫徒眾伸出長竹竿，向下插入沙洲，竹竿入沙數尺，觸及實地。隨即，麻皮老五發號施令，眾手下群策群力，使勁撐動竹竿，兩艘划艇遂緩緩後移，滑入長江水面，打了個轉，朝吳淞口駛去。臨走前，麻皮老五仰天長嘯道：「萬老頭子，漲潮啦，快點逃啊，要不然，就沒命啦！」

大事已了，眾人如皮球洩氣，但都鬆了勁，垮坐於地，瞌睡慢慢湧上來。那義律，等不及靠岸就開了白蘭地酒瓶，自顧自就著瓶口，連連啜飲。未久，諸人瞌睡連連，全都糊塗過去，就剩幾名船幫眾苦撐駛船。

迷迷糊糊之際，也不知過了多久，就聽見蘇州幫手下低聲喊道：「幫主，各位大哥，到了。」

眾人這才慢慢轉醒，儲幼寧睜眼一瞧，船已在蘇州河畔外白渡橋旁停妥，東邊天際已泛出魚肚白。眾人悄然下船，各歸住所。臨分手前，阿柏斯達對餘人道：「今天午後，請諸位到外灘哈同大樓，哈老闆想見見諸位，談談日後人計。尤其，五老大這兒，一定要去，哈老闆早想見你了。」

麻皮老五道：「再說吧，不急，各位回去休息，我卻還不能躺下。還有後續之事等著料理，我得馬上派出探子，探明洋涇濱橋、極司斐爾路這幾處地方動靜。這樣吧，我要是走得開，我就過去。倘若走不開，就只好算了。」

義律已醉糊塗，推拉喊叫，均喚不醒。阿柏斯達無奈，只好央求麻皮老五，派倆手下，一邊一個架起義律，抬下船去。義律人高馬大，身子死沉，扛得倆蘇北幫手下齜牙咧嘴，壓得二人喘不過氣來。好不容易，把義律抬到船下，扔進苦力手推車裡，當成物件，隨著阿柏斯達，推回哈同大樓。

第五十五章：鬧顯靈黃豆墊底菩薩現身，破奸計密寫藥水偷天換日

金家父子三人，回到客棧，不洗不換，不吃不喝，倒頭就睡。這覺，已然誤了，就算補睡回頭覺，也總睡不長。午飯之前，三人就陸續而醒，這才起身。大事已了，心裡格外舒坦，金阿根拿主意，趁著中午之前，趕緊上茶館填肚子。三人進了老字號揚州茶館「富春茶社」，先要了壺綠楊春，繼而點了蝦仔餛飩、白湯脆魚麵、蟹黃湯包、三丁包子、燙干絲、肴肉、煎饅頭。

三人實在餓狠了，餓得前胸貼後背，眼睛更比肚皮餓，因而，點了滿桌菜。嗣後，茶喝了兩壺、菜吃了七分即已撐死肚皮，剩了一堆殘菜沒吃了。吃過午飯，三人又下澡堂子，至「一樂也」浴池，洗了個通體舒泰。洗完出來，金阿根掏出幾日前所購西洋金懷錶，按開錶殼一瞧，下午三點半。

金阿根對金秀明、儲幼寧道：「這才是好日子啊，先到茶館吃飽喝足，肚子裡全是湯湯水水，這叫皮包水。之後，去泡澡堂子，泡得渾身舒服，這叫水包皮。兩頭都包了，裡外都有水，咱們就去哈同那兒瞧瞧吧。」

三人安步當車，去了哈同大樓。行至樓外，就見大樓四周圍，零零星星或站或坐，守著不少江湖幫會人物。三人定眼一看，其中頗多熟面孔，都曾在麻皮老五窩棚裡見過。這批幫會人物，見了金阿

根等三人，俱都頷首招呼，微笑致意。

三人進入哈同治事大房間，就見麻皮老五兩眼通紅，面帶疲憊之色，正與哈同談話。阿柏斯達見三人入內，點頭示意，要三人入座。儲幼寧環首四望，不見義律。

此時，就聽見麻皮老五道：「後來，他們幾名天字輩弟子，趕忙雇船，雇的是西洋汽艇，飛速往吳淞口衝，大概也就是一個多時辰，就把萬嘯平屍身給拖了回來。至於極司斐爾路那兒，我也派了人，還沒回來，我正等著回報。」

說至此處，哈同招手，招呼金阿根道：「金先生，適才老五幫主已說了，今天清早，萬嘯平手下等在洋涇濱橋下，久候那舊船不至，他們曉得出了事情。於是，雇了快艇，去了吳淞口，自沙洲裡頭，挖出了萬嘯平。當然，這人早就淹死了。」

「律師樓那兒我也問明白了，說是我與萬嘯平所訂契約，永遠有效。但是，得由萬嘯平出面，我才須履行賠償之約。如萬嘯平不出面，那契約永遠擺著，萬嘯平哪天去律師那兒，那契約才會活過來。如今萬嘯平死了，那契約等於也死了。金先生，咱們可以另訂契約，你我合作，大幹一場，一起發財。」

「下頭這些話，照理說，我不應該老實講。做生意，講究虛虛實實，不能開誠布公，坦誠相見，免得失了籌碼。但經過這幾日相處，我和金先生已有過命交情，因而，下頭我就實話實說。我這兒，為了弄靜安寺路這二百戶別墅，已經罄我所有，全部資財都砸了進去，週轉十分遲滯，就快轉不過來。」

「做生意，商場上是這樣規矩，只要還能週轉，就算欠一屁股債，總也能熬下去，熬到後頭，售出存貨，就能撥雲見日。就怕轉不過來，週轉不靈，轉不下去，說垮就垮，所有事業全部完蛋。」

「我想，我們今日就去律師那兒，訂定合同，有錢一起賺。金先生揚州那兒，是否趕緊把款子匯一部分過來，頂住場面，支撐上海這兒大局。將來出售靜安寺路兩側房產，所獲收益，照你匯款全部額度，占我原有資財比例，分與金先生。您看，這樣可好？」

這幾句話，原本即為金阿根所企求，如今哈同親口說出，金阿根心中自然願意。因而，金阿根心中稍加檢點，回應哈同道：「哈老闆，我原先即打算到上海發展。這幾日，與哈老闆攜手，翦除了萬嘯平，解決陷阱圈套，前景看著就光亮。如哈老闆願意，咱們自然快快締結合同。」

哈同轉頭對麻皮老五道：「五老大，我做房產生意，購地、開闢、築路、蓋房，都需人手。你們蘇北幫兄弟，倘若願意，可以到我這兒來，幫忙各式各樣雜務工作，工資我從寬給予。這樣，一方面蘇北幫兄弟有份工作，賺取生活所需資財；二方面，有蘇北幫在此，也免得湖州幫後人，到我這兒來囉嗦。」

就此，金阿根父子三人赴上海，搭救哈同之事，算是圓滿告成。當天午後，父子三人隨哈同、阿柏斯達赴律師洋行，尋同一律師，再辦合同。哈同明白告知那洋律師，謂萬嘯平已死於吳淞口外長江沙洲，之前所訂暗彩蛇紋石合同，自然作廢。之後，哈同與金阿根訂定新合同，載明種種合作細節。

這天晚上，哈同於一義大利餐館，設宴慶功，諸人皆到齊，連麻皮老五亦受邀在座。義律午後這才睡醒，宿醉未消，又繼續大喝洋酒。金家父子三人外帶麻皮老五，則是勉為其難，喝了些洋酒，吃了些洋菜。夜裡散席後，這四人才又轉赴粵菜館怡紅酒家，這才真正吃了頓好飯。

這天晚上，怡紅酒家夜飯時，金阿根訂了大計，說是先在上海租下宅邸，繼而回揚州，一家老小全搬過來，並調集資財，先匯鉅款予哈同。之後，再緩緩處置揚州地皮、房產。金阿根對上海地面不熟，乃敘述揚州家宅大小、格局，說予麻皮老五聽，要麻皮老五問問手下幫眾，外灘左近是否能找著類似宅邸。

為找宅邸，金家父子三人在上海又耽擱數日，每天顛來倒去，四處看房。三天後，這才看中城隍廟外、近豫園之處，找到一處宅邸。這人宅院，是個蘇州財主祖產，這財主子不賢、孫不孝，坐吃山空，賣房賣產以維生計。

金阿根原本要租，房主卻咬定要賣，一來二去，房價殺了幾次，降了幾回，到了末了，講定紋銀一千兩成交。金阿根當即自上海錢莊，取出二百兩銀票，是為訂金，與房主訂了約，言明一個月內，交付餘款。銀貨兩訖之日，金家老小搬入此宅院。

大事已了，金阿根歸心似箭，捨棄帆船、划艇，直接了當，以五十兩紋銀代價，租得一艘西洋機器汽艇，言明一日之內，奔赴揚州。

這天傍晚，三人俱已疲憊，正想回客棧早早休息。驀然間，金阿根想起一事，兩手合掌使勁一拍道：「啊呀，自到上海以來，忙得不可開交，先攻浦東密林，後戰江上躉船，竟然忘了，沒想到給揚州家裡買點東西。上海這兒，十里洋場好物件可多了，走吧，撐著點，趕緊買東西去。」

此時，天色尚早，租界內各洋行尚未打烊，因而，金阿根拿主意，快手快腳，隨意挑揀，買了舶來洋貨胭脂水粉、布疋綢緞、手環、項鍊、耳墜等閨閣物件，併同洋娃娃、彈簧人偶、七彩玻璃球等諸般童玩。

次日一大清早，天色才亮，金家父子即扛著行李上船，汽艇駛出外灘碼頭，朝北而去。汽艇隆隆而駛，速度極快，未久即至吳淞口，沿寶山向左轉，溯長江，逆流而上。

河口那兒，有沙洲島；沙洲島後頭，則是崇明島，金家一門三男丁，在這兩處地方都碰上殺戮。儲幼寧心想，老天庇佑，以後別一見長江口，就是打打殺殺。船過南通，金家父子並未停留探望金疙瘩，而是繼續逆流疾駛。此時，已是深秋時節，江上秋風凜冽，吹得金家父子直打哆嗦。

如此這般，三人在船上待足六個時辰，中午僅以乾糧果腹。到了後來，日落西山，天色全黑，汽艇船夫亮起艇首大洋燈，照得遠處江面明亮如晝。天黑未久，汽艇駛至揚州碼頭，金阿根開發了船錢，趕忙雇車回家。

金家父子三人赴上海後，金阿根但得有空閒，即至上海電報局，揀能說之事，拍發電報至鎮江。鎮江電報局收獲訊息後，即刻轉予信差，過江送至金家宅邸。因而，金家女眷自莫氏以下，皆知曉金家男丁在上海百事平安。前一日，金阿根訂約購宅後，亦電報通知莫氏，說是次日搭汽艇返家。

因而，金家三男丁返家，叫開大門後，莫氏早已率一女兩媳，外帶內外孫兒、孫女迎了上來。一家團圓，自然亂成一團，七、八張嘴同時開闔說話，吵成一團。夜飯時候已過，幾個孩子餓不得，因而，之前莫氏作主，女眷帶家人均吃了夜飯。待三男丁回家，飯桌已收，不再開飯，金家父子乃各歸居住，另吃點心。

儲幼寧回到住處，劉小雲先哄睡了孩子小命根，繼而以屋內小爐、小鍋蒸了小籠包，又下了碗河蝦餛飩，整治精細夜點，伺候儲幼寧吃喝。少年夫妻，小別之後，理應勝過新婚，但儲、劉二人卻是話語不多。儲幼寧時時檢點，刻意留心，講話溫厚和緩，就怕再傷劉小雲。

然而，二人講起話來，依舊是禮數多，情分少，和而不親，所言所談盡是家常話。儲幼寧問，離家後家人如何，孩子如何，日了如何。劉小雲則問，儲幼寧赴上海後，經歷如何，經辦諸事如何。

劉小雲對儲幼寧細說近日家中諸事，講逃小命根點點滴滴。儲幼寧對劉小雲，揀能說之事，講上海見聞，講金阿根與哈同合作。這一夜，兩人話是講了不少，卻是缺糖少鹽，空泛無誤。劉小雲性子平淡，覺得夫妻如此對應談話，事屬當然，理當如此，不覺詫異。

儲幼寧則是心中早有韓燕媛，歷經滄海難為水，除卻巫山不是雲。對劉小雲，不過是盡人夫本分，心不在此，但仍妥切應付，以免傷了劉小雲。

之後幾日，金阿根諸事倥傯，東奔西跑，結清鹽號股本，盤出應有資財；找尋各路買主，喊價出售幾塊地皮。如此這般，顛沛了幾日，籌到一筆鉅資，紋銀八千餘兩，一次匯往上海，五千兩入哈同戶頭，三千兩入金阿根戶頭。再往後，則是著手籌備搬家大業，一家上下翻騰震動，忙得不可開交。

翻滾折騰十餘日，諸事大致就緒。這一天，吃過早飯，金阿根打算赴揚州碼頭洽租船隊，載運全家滿門男女老少，外加必要僕役、丫鬟、家丁，舉家自揚州遷往上海。金阿根尚未出門，莫氏嘮嘮叨叨言道：「老頭子，那船家要挑可靠的。這長途迢遙的，萬一船家不可靠，半路上出什麼花樣，我上天無路，下地無門，只能往長江裡跳了。」

金阿根聞言不悅，回頂道：「我說，妳有完沒完？我會不知道該挑好船家嗎？都要出遠門了，別講那些個不吉利話，給孩子們聽了，徒增困擾。再說了，有妳倆兒子在船上保駕，妳怕個什麼勁兒？」

老夫妻倆正鬥著嘴，就聽見外頭有人用力打門，並高聲喊開門。聽著聲音，似乎是義律。大半個月前，吳淞口外長江沙洲上做掉萬嘯平後，義律依舊於上海勾留，還住於哈同那兒，未曾與金家父子同歸揚州。如今，金阿根驀然聽聞義律高聲喊門，不禁打了個哆嗦，心想不好，莫非上海那兒又出事了？

家丁開門，就見義律慌張入門，衝著金阿根道：「不得了，上海那兒又出事了，哈同靜安寺路那批房產又碰上死對頭，沒法子賣了。尤其，這回是惹了眾怒，靜安寺路百姓齊了心，阻擋哈同賣房不說，還揚言要拆房。哈同急壞了，要我趕緊上揚州找您。昨天傍晚，我包了汽艇連夜往這兒衝。您快收拾點行李，帶著倆兄弟，趕緊隨我走吧！」

金阿根吸了口氣，緩緩吐出，慢慢言道：「不要急，不要急，碰到事情，用力想，用力想。我說義律，去洗把臉，吃點東西，不急這一時三刻。你邊吃早點，邊說詳情。」

原來，金氏父子走後，上海那兒，萬嘯平之事餘緒猶兀自蕩漾。痲皮老五日夜派人緊盯極司斐爾路萬嘯平宅邸，探子日夜回報，說是湖州幫諸輩弟子齊聚，為萬嘯平舉喪辦後事。又說，釋通和尚仍與湖州幫眾勾做一處，鬼鬼祟祟，不知有何圖謀。

另一方面，哈同靜安寺路兩側別墅宅院，仍有數戶迄未完工。接獲金阿根五千兩紋銀奧援後，哈同資財充沛，乃賡續鳩工，趕造末批宅院。此外，哈同並在申報、字林西報等華洋報紙上刊載訊息，說是靜安寺路宅院別墅地段好、格局佳、價格廉、賣相美，吸引買家下訂購屋。

就在這當口上，晴天打了大霹靂，轟然一聲，跑出事情。這天，就在哈同所建靜安寺路當中，路裂土開，地底冒出個金色光頭，立時轟動當地，靜安寺路沿線百姓聞風而來。隨即，來了個和尚，走到金色光頭前，跪倒誦經。和尚跪倒念經之後，時候不大，就見那金色光頭逐漸出土，慢慢冒了出來。

眾人這才發現，這是尊地藏王菩薩石雕。此時，路人愈發聚集，議論紛紛，來者未必居於靜安寺路，而係來自四面八方。

當地工人迅捷報予哈同，哈同派麻皮老五、義律、阿柏斯達趕赴當地，察看情況。義律、阿柏斯達一瞧，當即發現那念經和尚，赫然即是釋通。人群裡，有不少人亂傳訊息，搧陰風、點鬼火，刻意以訛傳訛，渲染此事，說是洋人蓋屋壞了龍穴，驚動地藏王菩薩顯靈。麻皮老五定眼察看，曉得這批人，俱是湖州幫徒眾。

三人勘查之後，回到哈同大樓，細稟所見。哈同曉得，麻煩來了。

次日，望平街諸家報紙皆登出此事，驚動租界巡捕房，派員到場，維秩序、穩人心。幾日之內，那地藏王菩薩金身已全然浮現，金身高約三尺，坐於土上。而原先那念經和尚釋通，此時已在此安營紮寨，於該處每日向圍觀人潮講解佛理。這和尚說，這都是洋人蓋房，顛倒陰陽，打攪亡靈安寧，驚動得地藏王菩薩顯靈。

於是乎，靜安寺路起了風潮，觀者鼓譟，要拆哈同所建別墅宅院。租界工部局自然派人彈壓，連日來，頭包布巾印度阿三巡捕，擎著警棍來回巡視，如見觀者鼓譟，輒揮棒當頭而下。

哈同靜觀局勢數日，曉得此事必不能善了，因而，派義律連夜趕赴揚州，敦促金氏父子回上海保駕。

義律邊吃邊說，這話說完，早點也吃盡，一仰頭，將瓷杯裡殘茶喝盡，義律道：「快走吧，上海那兒，不知鬧成啥模樣了。」

義律進門，大聲嚷嚷，道明來意之際，已有家丁往內通報。內院裡，丫鬟、老嬤們聞訊，各自向女主子回報。因而，莫氏並兩個媳婦都知道上海來了人，有急事，要金家三男丁立即趕赴上海。三名女眷當下各自動手，為夫婿收拾行李。待義律一頓早點吃完，三女眷帶著幼年兒女，由家丁、丫鬟攜著行李捲，到了前院。

此時已是光緒年間，男女之防不似過去嚴謹，加上義律已是金家老友，因而，女眷不必避諱，可到前院與義律相見。

不待金阿根啟口，莫氏即道：「老頭子，上海有急事，你就帶著倆兒子去吧。快去快回，我們這兒，繼續收拾東西。等你們回來，咱們就搬家吧。」

金阿根心想，上海那兒出了此等大事，非得拿下那和尚，壓垮湖州幫不可，否則，哈同那兒不得安生，自己在上海事業也不得安生。就此，心裡存了速戰速決，快去快回念頭，也不多說，自莫氏手裡接過行李，簡單言道：「別擔心，我們去去就回。」

金秀明、儲幼寧亦各自接過行李，也沒對各自嬌妻多說言語，就隨金阿根、義律出了大門，搭車去了碼頭。義律所雇那西洋機器快艇，猶等在碼頭上。這時，就見水手提著油桶，往船身裡灌油。灌好了油，汽艇就告出發，疾駛而去。

汽艇風火雷電般趕路，順長江而下，至吳淞口右轉黃浦江。天色漆黑之際，汽艇駛至外灘碼頭，一行人趕緊至哈同大樓。此時，就見樓外四周蘇北幫人眾頗多，顯見幫主麻皮老五下了大本錢，護衛哈同這治事大樓。

照金阿根意思，與哈同稍事攀談後，將轉往客棧，明日再來此，商定大計。哈同則另有說法道：「金先生，上回來，我們初會，讓您住外頭。這會兒，咱們已是過命交情，我這樓大，空房多，我家眷住後頭樓上，你與兩位少爺，就住我這兒吧。」

「你們路上累了，我這兒有洋式澡房，自來熱水，去洗個舒服澡。我知道你們吃不慣洋飯，特別給你們叫了廣東館子外燴。先去房間，放好行李，洗個澡。然後出來，在這兒吃粵菜。到時候，五老大也會來，咱們一起談。」

金阿根聽哈同如是說，也依了哈同，父子三人隨義律上樓，進洋臥室，洗洋澡堂，別有一番新鮮風味。洗完澡，渾身舒泰，雖覺睏頓，仍強打精神，下樓吃夜飯。下去一看，麻皮老五已經在座。樓下大廳，桌上擺了燒臘拼盤、豉汁蒸排骨、梅菜肉餅、清蒸石斑魚、燙油菜、老火湯。哈同、義律、阿柏斯達陪著，金家父子並麻皮老五大快朵頤，邊吃，邊由麻皮老五講述內情。

哈同一劫才過，二劫又起。前頭萬嘯平那劫難，靠著金家父子並麻皮老五蘇北幫，這才渡劫脫困。如今，又碰上釋通和尚聯手湖州幫劫難，還是得靠金家父子並麻皮老五出手相助。

麻皮老五道：「這幾日，哈老闆花錢，撐著我蘇北幫弟兄，放下活兒不幹，全派出去打探訊息。鑽天入地，打聽了這幾天，事情慢慢弄明白了。這就是那和尚串通了湖州幫，要給萬嘯平報仇，特別弄了這麼個噱頭，結了個圈套，套在哈老闆頭上。這就是要打個同歸於盡，咱們弄死了萬嘯平，他們就要弄垮哈老闆這幾十萬銀元生意。」

「簡單點說，就是弄個地藏王菩薩顯靈，說是靜安寺路兩旁這批房舍，壞了龍穴、壞了風水，非要拆了這批房舍不可。怎麼來，怎麼去，他們裝神弄鬼，搞出這麼個名堂來。咱們也以其道還其身，也裝神弄鬼，弄個更大神佛，壓倒地藏王菩薩。只有這辦法，才能化解這劫難。」

哈同性急，當即一刀切進要害道：「那麼，五老大，那幫人是怎麼弄的？怎麼讓地藏王菩薩，從地底下冒出來顯靈？」

麻皮老五笑道：「哈老闆真性急，馬上問到要害。這關節，是我個手下在四馬路野雞那兒，碰上個湖州幫嫖客。我那兄弟裝瘋賣傻，請那湖州幫點子白吃、白嫖，套交情，插香拜把子，這才套出話來。」

「原來，那釋通和尚在廟裡待久了，學會整套素菜本事，什麼磨豆漿、做豆腐、孵豆芽，樣樣都會。這些素菜，全和黃豆有關係，都是從豆子身上變花樣。久而久之，釋通和尚自然深明豆性，曉得黃豆泡了水，就會脹大發胖，繼而孵出豆芽。於是，這地藏王菩薩，就是這黃豆拱出來的。」

「那方法，說穿了，一文錢不值。總之，夜裡拉兩輛車，車上裝滿黃豆，車子行至靜安寺路，卸了車軲轆，假作故障。兩輛車都趴在路當中，再弄一批湖州幫徒子徒孫，圍著兩車，假作修車。」

「這當口，拿鏟子往下頭挖，挖出浮土。挖出個深坑，算準了黃豆數量，把車上黃豆倒入坑裡。倒完黃豆，抹平了，上頭擺一尊地藏王菩薩石雕金身。然後，填土，把坑洞填平，壓實。多出來浮土裝進麻袋裡，擺車上，之後運走。」

「完事後，每天早晚兩趟，派水車過來，假意灑水除塵土，其實，旁處只稍稍灑了點，多數水都注於坑洞頂端。如此這般，連續三天，早晚都灌水。地底下那黃豆吸水之後，逐漸膨脹，往上頭拱，就把那地藏王菩薩，給拱出土來。並且，拱勢不歇，連拱幾天，拱到最後，地藏王菩薩金身全都出土，而底下豆芽卻隱而不現。」

麻皮老五一路往下說，餘人聽得兩眼發直。聽完，哈同兩手一拍，高聲道：「厲害啊，真是妙招，要不是五老大探明真相，我還真是想不到，地底下竟然有那樣玄虛關節。」

說到這兒，痲皮老五話風一轉，兩眼瞧著儲幼寧道：「三位到這兒之前，我已對哈老闆說過，講了個對付法子。他們不是弄個地藏王菩薩嗎？咱們也找一尊一模一樣地藏王菩薩，在菩薩身上，拿密寫藥水，寫幾句話，說哈老闆這地產不礙事，並倒打一耙，攻那釋通和尚。」

「然後，夜裡到靜安寺路那兒去，把菩薩給掉換過來，換成我們這菩薩。換過菩薩之後，老天爺下雨，雨淋下來，淋溼了菩薩身子，身上那密寫藥水，就顯現出來。我手下兄弟探明了，每天夜裡，湖州幫就是派了五、六人，守在那兒。因而，這就要借儲少俠金手，把湖州幫那批守夜傢伙，全給拍昏了，好讓我們掉換菩薩。」

這話才說完，一旁金秀明當下接著話碴子問道：「密寫墨水？怎麼回事？幹麼要等老天下雨？算準了老天會下雨嗎？」

痲皮老五笑笑道：「這也是洋玩意兒，還記得上次四馬路倚春園，矇巡捕房包探洋頭目彼得那事嗎？那天，有個望平街顏料行跑街小哥，叫虞洽卿，替我們拿照相匣子，拍下彼得光身子醜樣。這虞小哥告訴我，說是洋人有種顏料，塗在事物之上，乾了之後，沒了顏色，根本瞧不出塗了顏料。之後，如用水淋上這物件，顏料才會顯出顏色。」

「至於下雨嘛，這會兒工夫，中秋節過了大半個月，陰曆都九月多了，上海不太下雨。不過沒關係，我早就預備了後手。今日下午，我親自跑了趟巡捕房，去找包探洋頭目彼得。他見了我，嚇得發抖，以為我要拿上次倚春園那事，找他痲煩。」

「其實不是，我好聲好氣，客客氣氣，請他派灑水淨街車，每天上午到靜安四路那兒，灑水淨街。我說，靜安寺路那兒，鬧地藏王菩薩現身，人潮洶湧，塵土飛揚，要多灑點水。」

「那彼得見我語氣和善，就說事情好辦，到時候派灑水淨街車去即是。他又語重心長說，已經上了公事，要辭上海差使。上頭准了之後，他就要離開上海。我告訴他，那是最好，一勞永逸，別再回來，啥煩惱都沒有了。」

麻皮老五說完，金阿根也瞧著儲幼寧，接著言道：「就這麼辦，快快把地藏王菩薩這事給揭過去，才能接著往下幹正事。現在鬧這菩薩之事，鬧得人心惶惶，哈老闆沒法子做生意，沒法子賣房子，錢財壓在房子上頭，變不了現，壓得人受不了。」

眾人你一言，我一語，綿延不斷，商議對策，儲幼寧一旁坐著，睏意慢慢湧了上來，就覺得身旁眾人話語聲，彷彿打悶雷，嗡嗡然，逐漸聽不真切。暈暈糊糊之間，儲幼寧就覺得肩頭輕輕一震，有人拿手搭在自己肩上，睜眼一看，是義律。

義律言道：「搭了一天汽艇，累了吧？連吃飯，都能吃睡著。」

這頓飯，就此散去，臨走前，講定明日下午，再去蘇北幫麻皮老五那兒，搗弄菩薩雕像。長江沙洲蜑船殺萬嘯平之後，蘇北幫水漲船高，麻皮老五住所亦是鳥槍換炮，改了地方，自蘇州河畔破爛窩棚，搬至河南路靠南京路一條巷子裡。

那巷子，全是積年泥牆壁木板房，整片地段為哈同買下，先擱置不動，靜待地價揚升，將來再拆平舊屋，起造新宅。麻皮老五助哈同剷除萬嘯平後，哈同即讓麻皮老五，遷入河南路巷子裡泥牆壁木板房暫住。

金家父子三人，以哈同大樓前棟二樓為居停，一夜好睡，次日一早，金阿根即領著二子，先去錢莊提取銀票，之後赴城隍廟外、近豫園之處，找著上回購屋時居中媒介中人。四人齊至蘇州人宅院，敲門進去，洽談購屋餘事。那蘇州人家是破落戶，就指望早點賣屋，早點拿錢。售價一千兩，上次已付二百兩，這次則是當著中人面，將餘款八百兩付清，寫了買賣契書，限蘇州人二天內搬家。那蘇州人破落戶，早就準備停當，等著收錢搬家。因而，立約之後，拿了八百兩銀票，喜不自禁，說是明天就可以乾淨。

了結購屋之事，三人離開蘇州人宅院，金阿根吐了口氣，對金秀明、儲幼寧道：「這又了結一樁心事，這宅院夠大，地方也好，到哪兒都方便，一千兩買這宅院，算是撿到便宜。待這地藏菩薩之事完了，咱們回揚州去，把一家老小都接過來，今後在上海過好日子。」

其後，三人轉赴河南路近南京路一帶。一路上，儲幼寧走著走著，驀然間，就覺煩悶，覺得自己受人役使，成了拳腳工具。上海之前，無論是北京、廊坊、天津，還是濟南、臨沂、揚州，所到之處，惡戰連連，或為父報仇，或恢復祖產，或懲治酷吏，或搭救幼童，均是行俠仗義。

到了上海，卻成了哈同打手，先是浦東密林痛打湖州幫鐵哪吒以下數十幫眾，現在則捲進地藏王菩薩假顯靈之事，又要出頭露臉，再打湖州幫。這麼一想，臉色自然有異。一旁，金秀明察言觀色，曉得儲幼寧心裡有事。金秀明不知儲幼寧為何臉色不豫，但顯係與此行有關。因而，金秀明微微輕拍儲幼寧肩頭，輕聲細語，暗暗言道：「耐著點煩，就算不願，就當幫爹爹忙。」

三人並不知曉麻皮老五新居停，但均心想，老五所住之處，左近必然有蘇北幫徒眾梭巡。果不其然，到了河南路地頭，自有蘇北幫徒眾，引著三人，進了麻皮老五居處。才進去，就見屋內擺了尊地藏菩薩，菩薩身上金漆，才塗上去未久，熠熠生輝。菩薩金身旁，則是蹲了個十來歲後生小哥，在那兒調製藥水顏料。

麻皮老五見金家父子三人進屋，對那後生小哥道：「洽卿啊，這三位都是揚州來的朋友，金家阿叔，還有兩位哥哥。」繼而，又對金家父子道：「這就是望平街顏料店跑街小哥，叫虞洽卿，雖是江南人，但和我們蘇北幫上下都熟。」

此時，虞洽卿調妥了密寫藥水，問麻皮老五道：「五老大，要在菩薩金身上寫啥字？」

麻皮老五道：「你這可是向瞎子問路了，我懂個啥？我要認字，就去讀書，要是讀了書，也不會在黃埔灘上拉幫結派當苦力頭了。這樣吧，你自己想想，就寫那個意思，說是那野和尚胡說，哈老闆是正經人，靜安寺路兩旁大宅子沒壞風水，是正經生意。」

虞洽卿想想，拿起細刷，沾了密寫藥水，就在菩薩金身正面，寫了「禿驢妖言惑眾，妖僧信口雌黃」十二字。之後，轉到菩薩金身後頭，又寫了「哈同正派築屋，繁榮靜安地面」十二字。

那密寫藥水，初初刷上菩薩金身，還有點水痕，待水氣退去後，絲毫不顯痕跡。

麻皮老五行事把細，當即要虞洽卿拿細刷，沾著密寫藥水，在牆上寫個「福」字。待藥水水漬乾後，麻皮老五拿起茶碗，甩手一潑，茶水濺在牆上，未久，牆上即顯現「福」字，字跡醒目，一看即知。

試完，麻皮老五大樂，看著金阿根道：「金老闆，就今天晚上吧。夜裡，我帶人去哈老闆那兒，接著儲少俠。今晚是去辦事，金老闆與金家哥哥就不必去了，就讓儲少俠一個人去即可。其他事情，我手下都會辦，只求金少俠，出手把湖州幫守夜人給拍昏。」

「我聽義律說，儲少俠出手如電，轉瞬間就能拍倒一堆人。倘若要硬幹，我蘇北幫有的是人，也能當場打趴湖州幫，但如此一來，對方曉得咱們突襲，曉得咱們換了菩薩，接下來就不靈了。因而，要儲少俠幫忙，出其不意，打掉湖州幫守夜人，好讓咱們掉換菩薩。」

對此要求，金阿根自然一諾無辭。

這天夜飯後，三人回到哈同大樓，哈同、義律、阿柏斯達盡已知曉，當天夜裡，儲幼寧將與蘇北幫人手，掉換地藏王菩薩金身。哈同作主，說是諸人夜裡熬著不睡，要等著儲幼寧百戰榮歸。儲幼寧見三洋人眼裡，期盼之色灼然可見，金阿根亦是臉現興奮神情。唯獨金秀明眼神裡閃現不安，畢竟與自己情同手足，心意相通，曉得自己很不樂意。

哈同要印度阿三僕役，端來紅白葡萄美酒、呂宋雪茄、各色西洋小點，與諸人享用。哈同因金家父子重回上海，儲幼寧環伺保駕，因而談興大起，說起個人身世、行誼。自幼說起，滴滴答答，一路往下講，才講到二十出頭，就見麻皮老五走了進來，對諸人頷首為禮，又朝儲幼寧招招手道：「儲少俠，都三更時刻了，咱們走吧！」

哈同掏出懷錶一瞧道：「喲，都十一點了，沒想到，時間過得如此之快。」說罷，舉起高腳酒杯，晃晃杯中紅豔豔葡萄酒汁，對儲幼寧道：「祝少俠手到擒來，出馬成功。」

儲幼寧聞言，想都沒想，脫口而出道：「哈老闆，您這中國話，說得比中國人還道地。」說罷，翻身便走，隨著麻皮老五，出了哈同大廈，上了人力車。一串人力洋車，沿著南京路，朝西藏路而去。過了西藏路，即是靜安寺路，才到路口，諸洋車全都停於路邊，不再前進。車內諸人，亦皆下車，肅然佇立路旁，唯有麻皮老五，上前幾步，拉住儲幼寧臂膀，二人輕手輕腳往前走。

走到後來，漸漸接近地藏王菩薩金身出土之處，麻皮老五突然扯著嗓子喊醉話：「哥倆好啊，三星照；四季紅啊，五魁首；六六順啊，七個巧；八匹馬啊，喝好酒。」

一路往前，麻皮老五身子歪歪斜斜，倚靠儲幼寧肩膀上，胡言亂語。走著，走著，就到了出土地藏王那兒，霎時間，就圍過來六、七名漢子。其中一喝道：「幹什麼的？別在這兒搗亂。喝醉酒了，回家去，這兒是菩薩出土重地，別在這兒鬧事。」

這人正說著話，麻皮老五手一鬆，身子就自儲幼寧肩膀上，往下滑，滑至地面，正好躺在地藏王菩薩金身旁。這一鬧，眾湖州幫守夜徒眾，紛紛低頭彎腰，打算拖起麻皮老五。這當兒，儲幼寧好整以暇，右手掌箕張，挨著個拍過去，逐一拍在湖州幫守夜徒眾後腦勺上。

掌拍腦勺，誰都會幹，但沒法子捏拿輕重。唯有儲幼寧，有這本事，一掌拍下去，是不醒而死，或是醒後癡呆，抑或醒後受創，還是輕昏而醒，醒後無礙，全在他一念之間。

這趟他出來，就是使出「輕昏而醒，醒後無礙」絕招，令湖州幫徒眾短暫昏迷。倘若力道過頭，湖州幫守夜徒眾全受重創，驚動湖州幫上頭，曉得這是蘇北幫夜襲，必然會措手他法，另出絕招。若是出手輕，這幫守夜人受拍後短暫昏厥，隨後甦醒，只要菩薩金身依舊，絲毫無損，則眾守夜人自會裝聾作啞，不會上報此事，免得受罰。

就聽見啪啪啪聲不絕，湖州幫守夜諸人全都躺下，麻皮老五則是一躍而起，往回飛跑而去，未久，人力洋車悉數奔至。蘇北幫眾人手腳俐落，自洋車中抱出地藏王菩薩金身，交予麻皮老五，由老五親掌掉換重任。

另一蘇北幫手下，迅捷抱起湖州幫菩薩金身，抱回人力洋車。麻皮老五則將手中所抱菩薩金身，置於地面凹口。定眼一看，那地底已無黃豆、豆芽蹤跡，而是平整一片，洋灰鋪地。麻皮老五曉得，這是湖州幫後來使了手腳，趁著深夜，挖出黃豆、豆芽，再灌以洋灰，待洋灰凝結硬實後，又把菩薩放回。

如今，蘇北幫偷天換日，弄了尊一模一樣地藏王菩薩，身上卻以密寫藥水，寫了二十四字箴言。神不知，鬼不覺，就此乾坤顛倒，而湖州幫卻仍被蒙在鼓裡，守夜徒眾全讓儲幼寧拍昏。

蘇北幫上下手腳俐落，三兩下就告完事，麻皮老五揮揮手，眾人皆又上洋車，吭嗤吭嗤，拉離靜安寺路。

眾洋車離了靜安寺路，隨即各自星散而去，獨有儲幼寧、麻皮老五並其他幾輛洋車，回到哈同大樓。此時，三更尚未過，樓裡燈火通明，進去一看，哈同、金阿根、金秀明、義律、阿柏斯達，果然撐著睏意，等在那兒。

眾人已然等得疲困，漸有瞌睡之意，見麻皮老五並儲幼寧返來，俱都精神一陣。哈同用力擊掌，喚來值夜僕役，要僕役吩咐廚房，將夜點趕緊煮了端上來。隨即，麻皮老五講述夜攻細節。還沒講完，就覺得麻油香味撲鼻而來，就見僕役端上兩碗河蝦餛飩，搭配兩盤生煎包子。

哈同抽著雪茄，得意笑道：「你們幾次在我這兒吃洋飯，我看得出，你們吃得勉強。因而昨天夜裡，你們才出門，我就派人出去，到外頭攤子上買餛飩湯。餛飩不煮，買生餛飩，湯卻是攤子上高湯，還外帶冬菜、香菜、麻油。另外，也買了生包子。剛才，是我洋廚子，現煮了餛飩，把高湯滾了一次，加了冬菜、香菜，撒上白胡椒麵，又滴了麻油。包子，也是用平底鍋，在這兒現煎的，你們吃吃吧。」

夜裡跑了這一趟，麻皮老五、儲幼寧俱都饑腸轆轆，因而，二人開懷大吃，將兩樣上海點心吃盡。邊吃，麻皮老五邊繼續講述夜攻，儲幼寧則簡略補上幾句。末了，兩人吃罷，麻皮老五抹抹嘴道：「我得趕緊回去，補上一覺。明天一大清早，還得布置人手，待工部局灑水淨街車灑過水，密寫藥水現形後，再給湖州幫來一記回馬槍。」

眾人散去，回房路上，金秀明低聲問儲幼寧道：「還好嗎?事情還順手嗎？」

儲幼寧道：「沒事，只是有點厭煩。不礙事，就當是幫金爹爹忙。」

第五十六章：遷上海金氏家族安居樂業，攻臨沂大刀會眾扶清滅洋

次日一早，金家父子三人離了哈同大樓，吃過早點，雇車趕赴靜安寺路菩薩出土處。此時，早已日上三竿，就見圍觀之人漸漸進聚，慢慢堆成人牆。金阿根領頭，扒開人牆往裡探看，就見一和尚於菩薩金身前，擺設法台，上置法器，正在那兒一會兒敲木魚，一會兒打磬，嘴裡念念叨叨，做著法事。

念完一陣經，和尚轉身，面向眾人道：「適才請示地藏王菩薩，說是菩薩已現身多日，早已說了，這路兩側所起造大屋，壓斷此處龍脈，斲喪元氣，不利百姓。然而，這兩側綿延屋宇，還是紋風不動，分毫沒拆。菩薩說，要是再不拆屋，閻王爺不樂意，發起脾氣來，禍延黎民百姓，此地必將遭大難。」

這話說完，人堆裡就起起落落，有不少附和說法，說是屋宇為洋人所起造，官府衙門向來怕洋人，不敢拆洋人所造屋宇。百姓如欲趨吉避兇，就得自己動手，自己拆屋，莫再空待衙門說服洋人拆屋。

一陣嗡嗡然過後，和尚接著大聲敲磬，繼而高聲念經。念著，念著，菩薩就上了和尚身子，和尚

成了附身菩薩，尖調細腔，拔高嗓音，怪里怪氣喊道：「孤已現世五日餘，為民做馬又做驢，衙門官兒笨又愚，若要趨吉又避兇，百姓拆這洋屋宇。」

念完這絕句不是絕句，律詩不是律詩古怪句子，這和尚一手抓著木魚槌子，另一手捏著磬槌子，手舞足蹈，又喊又叫：「天罡至，地煞到，天下百姓一起鬧，群策群力響呼號，天兵天將齊報到，祖宗牌位顯榮耀，掃平金毛白臉洋妖。」

這和尚中了邪一般，劈頭蓋臉，又喊又叫，人牆裡就有不少人厲聲喊道：「不得了啦，菩薩顯靈，上了和尚身子啦！地藏王菩薩要黎明百姓揭竿而起，拆掉洋妖洋房啦！」

這一陣喊叫過後，人牆漸有潰散之態，已有人撿起地上石塊，朝路邊哈同所建屋宇拋擲。工部局原本派得有包探、阿三巡警在此彈壓，見人群鼓譟，乃出手彈壓。包紅頭巾阿三巡警，手中棍棒如雨點般砸下。

在此關頭，來了輛灑水淨街車。這車，兩匹健驢並轡而拉，車上頭是個木製大水箱，木頭水箱上頭騎坐四名工役，各執長柄大水瓢，舀水往街面潑灑。那水瓢，柄極長，往大水箱子裡伸，長可觸底。四名工役居高臨下，拿長柄水瓢舀水，對著下頭地面揮灑而出，所潑水珠既廣且密，一瓢水灑出去，能讓水珠鋪上好大一片。

這灑水淨街車轉過街角，到了此處，車上工役見地上群眾鼓譟，另有個和尚發顛起舞，於是，四人合力，四個大瓢同時舀水，同時往這兒潑灑。就見漫天水珠，結成水網，飛撲而下，有如天女散花。地面人牆受水花一灑，更加嗡然躁動。這時，就有人高聲喊道：「快看啊，快看啊，菩薩現形啦，菩薩這才真真正正現形啦！」

起先是一人喊，繼而是數人喊，喊得眾人皆轉頭，朝地藏王菩薩金身望去。金家父子三人見狀，這才發現，不僅湖州幫埋伏人手，在這兒跟著那釋通和尚起鬨，蘇北幫也派大量徒眾混入人群。

眼下，地藏王菩薩金身蓋滿水珠，身前、背後那十二字箴言，俱都顯現。十二個紅通通大字，上頭蓋著水珠，彷彿紅淚珠，分外醒目。因而，人群裡蘇北幫徒眾，紛紛高聲喊叫，先是提醒人牆注意菩薩金身有字，繼而眾口同聲，用力朗讀那二十四字箴言。尤其，菩薩金身前頭，所寫「禿驢妖言惑眾，妖僧信口雌黃」十二字，更是翻來覆去，不斷朗誦。

此時，場面一團亂，彷彿打翻了糨糊鍋，金阿根機伶，見勢頭不妙，即拉著金秀明、儲幼寧碎步往後退，背靠路邊大屋石牆，躲過人群紛亂。儲幼寧定神用力察看，就見地藏王菩薩金身已被人踢翻，而那釋通和尚，則是不見蹤跡。

金阿根當機立斷，示意倆兒子貼著牆面，碎步向東而去。走了好一會兒，這才脫離亂糟糟人群，連車都沒法雇，只好慢慢走回哈同住所。

到了哈同大樓，就見蘇北幫徒眾來來去去，進進出出。三人進去一看，就見大餐廳裡眾人皆在，一蘇北幫探子，正躬身向眾人回稟訊息。

就聽見這探子言道：「灑水過後，菩薩身上字跡現形，幫內兄弟雜在人群裡，煽風點火，說得圍觀百姓義憤大起，要拿那和尚。和尚見勢頭不好，當下就往人群裡鑽，邊鑽，邊想脫下袈裟。幫內兄弟見了，圍了過去，先揍一拳，再踹一腳，把這和尚打趴下。和尚倒地後，人群鬨然擠動，當下就把和尚踩死了。」

「這時，就有湖州幫傢伙見了我們兄弟，想過來搶那和尚屍身。當場，咱們管事師兄揮手，示意咱們讓開，就讓他們把屍身帶走。至於那尊地藏王菩薩金身，混亂當中，被人踢倒，踩壞了，我們就把那東西留在那兒，沒帶回來。」

探子稟至此處，麻皮老五問道：「你說得很清楚，我卻聽得很糊塗。照你說，水車灑水，菩薩身上現出字跡後，我幫內兄弟高聲喊叫，齊聲念著『禿驢妖言惑眾，妖僧信口雌黃』，就把群眾念亂了，幾百人黏成一堆，亂推亂擠，還把和尚擠死了。這沒道理啊？幾百人也沒說要幹啥，既不是拆房子，也不是打和尚，更不是拜菩薩，怎麼就亂成一團，亂出了亂子？」

探子回道：「是，幫主，當時確是如此。屬下在現場，所見的確如此，幫內弟兄高喊，要眾人看著菩薩身上字跡後，那一大夥人，就像水開粥滾，鬧開了鍋。也不為什麼，就是驚聲高叫，四面亂竄，推來擠去。」

麻皮老五瞧著金阿根道：「這可奇了啊，金先生，您在那兒嗎？是不是這樣？」

金阿根回道：「確是如此，直到現在，我還心有餘悸。那時，就如同適才這位兄弟所言，就是粥開了鍋，滾成一片，亂七八糟。到底為何亂七八糟，卻說不上來，眾人彷彿大難臨頭，以前從沒碰過這等事體。」

眾人你一言，我一語，談論不休之際，哈同噴了口煙，把雪茄塞回嘴裡，雙手稍稍舉起，朝下虛按幾下，眾人止住了嘴。哈同道：「經過今天這陣仗，把那菩薩之事給平了，和尚也踩死了，這批房舍，必然能繼續往外賣。不過，湖州幫那兒恐怕不會甘心，依舊還會想方設法，弄出事情，給我們小鞋穿。」

說到這兒，哈同定眼瞧著麻皮老五道：「老五，你去想辦法，和湖州幫當家管事那幾人談一談，看看他們到底怎麼想。倘若能說得通，你們詳細談談，把兩幫人地盤、活路、生計，全都劃分清楚，大家各走各路，各幹各營生，彼此相安無事，盡力賺錢，豈不是比殺來打去要好？」

痲皮老五回道：「哈老闆，您這幾句話，就真是說在道理上了。自湖州幫動手奪我蘇北幫地盤以來，雙方交手多次，我們這兒有金家父子保駕，儲少俠在蘇北幫背後撐著，我們贏了湖州幫。然而，這段時間裡，我蘇北幫上下兄弟，亦是擱下了生計活兒，淨忙著與湖州幫打架。所以說，要是兩邊能坐下來談談，把事情都說明白了，那自是最好不過。」

哈同道：「我少年時在香港待過，香港講粵語。粵語裡頭，把這談判，稱為講數。這倆字極為貼切。亦即，兩幫人談判，所談之事，還是錢財銀兩，也就是個數字。就算談劃地盤、分活兒，也與錢財有關。故而，這江湖幫會談事情，就是講數，要講出個明確數目，兩方都能接受。你去與湖州幫講數，倘若中間碰上缺口，兩邊都講不攏，只要那缺口不是太大，我想辦法，幫你補上。」

這事情，就此說定，改以懷柔路線，由痲皮老五出面，與湖州幫談條件。

金阿根這兒，責任已了，次日上午，向哈同告辭，三人扛著行李，去了城隍廟附近所購新宅。到了地頭一看，蘇州人住戶已搬走，買賣中人正指點著一幫工匠僕役，在內修補、打掃。金阿根給了中人賞金，說是過幾日就舉家搬遷而來，在此之前，請中人代為看守宅院。

隨即，三人至外灘，雇了汽艇，朝揚州飛馳而去。

此後幾天，金阿根了結揚州諸事，留下宅邸，暫時請人看守，打算隨後尋覓租客，將宅院出租。金家老小，除金秀蓮因夫家經營錢莊，續留揚州外，其餘人等外帶若干丫鬟、老媽、僕役、家丁，併同大小家當，分乘四艘烏篷船，前後三大，到了上海，住進城隍廟旁新家。

湖州幫與哈同糾葛，經由蘇北幫麻皮老五出面，雙方講數多次，最後終於講定數額，劃了地盤、分了營生，彼此相安，各謀生計，各賺銀兩。金阿根入了哈同所創洋行，幫襯哈同，買地、造屋、售屋。金秀明並儲幼寧，則隨金阿根辦事，亦是繞著「有土斯有財」口訣打轉。金家在豫園、城隍廟一帶安家落戶，金阿根隨哈同炒作地皮、房產，收穫頗豐，金家上下得享優渥歲月。

時光飛逝，匆匆之間，已過四年，儲幼寧已三十一歲。四年間，山東臨沂豐記糧行每年均有厚實帳本寄到上海。當初金家遷居至上海，揚州舊宅仍有留守家丁看守，豐記糧行帳本原本寄至揚州，然後轉寄上海。此後，糧行帳本遂直接寄至上海。

每回，儲幼寧收到帳本，均精看細讀。儲幼寧如此詳盡審閱，其實並非察看帳目，而是想自字裡行間找出蛛絲馬跡，推想韓燕媛現況。可惜，每年帳本寄到，每次細細察看，看來看去，也還只是進出數字。頭兩年，糧行撐得辛苦，稍稍存有虧損，額度輕微，不損根基。自第三年起，連續兩年，已有盈餘。

四年中，儲幼寧亦曾寫過幾封書信，寄予韓燕媛。然而，信中所言，不外問候哥哥儲仰歸平安，問候韓福年平安，問候佟暖、畢頭、盧省齋、辜順生、彭小八等人平安。此外，平淡寫寫上海諸事。韓燕媛亦有回信，其信，卻是由師爺盧省齋代筆，所言亦是問候之語。四年之間，儲幼寧無時無刻不思念韓燕媛，但彼此卻絲毫不曾通過私訊。

這一天，時序已近年尾，臘鼓頻催，急景凋年，再過五天即是新年。這時節，上海格外寒冷。上海位在江南，隆冬之際，不如華北那般風寒料峭。然而，無論北京、天津，抑或濟南、臨沂，北方百姓家中大多有暖炕。外頭天寒地凍，只要在炕底下舉火，屋內即能溫暖如春。

上海則不然，雖不若華北那般天寒地凍，屋裡卻無暖炕。哈同等西人所居屋宇，泰半皆有洋式壁爐，等同暖炕，自然屋內生春。但金阿根一大家子人住於城隍廟附近大宅子，卻是既無暖炕也無壁爐，隆冬臘月之際，屋內分外陰寒。

這天傍晚，金家一大家子齊聚大飯廳，共吃晚飯。廚子端上來個大火鍋，金阿根又開了一罈紹興酒，孩子童言童語，談笑不休。儲幼寧兒子小命根，此時已近五歲，能說會道，常逗得儲幼寧轟然大笑，暫解對臨沂豐記糧行韓燕媛思念，稍稍拉緊儲幼寧與劉小雲夫妻之情。

火鍋端上來，鍋子底下炭火熾烈，映得眾人臉龐俱都紅通通，一片喜氣。正吃喝著，金阿根驀然望著儲幼寧道：「幼寧，我今日上午，在哈同洋簽押房裡，等著與他談話。那時他正忙別的事情，要我稍候。我沒事幹，見桌上有份中報，隨手扯來瞧瞧，卻見這新聞紙上登了消息，說是山東鬧大刀會，席捲數縣，還攻破沂州府，打進臨沂去了。」

儲幼寧聞言大驚，當場獃住，說不出話來。金秀明一旁瞧著，曉得儲幼寧這是憂慮韓燕媛安危，旁人不知，還都以為儲幼寧是擔心儲家豐記糧行。

就聽金阿根繼續言道：「新聞紙上，語焉不詳，說是這亂子起於教案，教民為惡，教會袒護，衙門懼怕洋人，也跟著偏袒教民，結果，激出大刀會之變。我想，糧行賣的是大清糧，養的是大清人，過的是大清日子，就算大刀會攻破臨沂，糧行還是應該照舊，不受衝擊。」

一頓飯吃完，儲幼寧心神不安，拉住金秀明，躲著眾人，一旁說話。金家一大家子人，僅金秀明曉得儲幼寧與韓燕媛實情。韓燕媛之事，雖曾告知金阿根，但金阿根見儲幼寧已離臨沂，在上海安分過日子，以為儲幼寧已將韓燕媛拋諸腦後。

儲幼寧憂心忡忡，對金秀明道：「怎麼辦？我打算馬上跑一趟，親自去臨沂看看。那兒到底怎麼了，我掛念得很。」

金秀明道：「別慌，先慢慢想辦法，不慌，才能想得周全。這樣，豐記糧行是你儲家祖產，你哥哥也在糧行裡，怎麼說，你都該去瞧瞧。這裡頭，就不說韓姑娘的事，就說糧行，家裡人都能明白，你該回去瞧瞧。」

說罷，兩人去見金阿根，提起儲幼寧趕赴臨沂之事。金阿根江湖跑老，極善望風觀色，見儲幼寧滿臉愁容，就道：「臨沂出事，回去看看也是應該。然而，這裡頭恐怕另有名堂，是不是與那姓韓的唱戲女人，有什麼瓜葛？我原本以為，你們一拍兩散，沒想到，你還是念著她。」

金阿根一語中的，打著要害，儲幼寧心想，在乾爹面前耍不出花槍，因而乾脆低頭望地，嘿然不語。金秀明見狀，趕忙打圓場道：「阿爹，幼寧家在這兒，有小雲、有小命根，他去臨沂還是為著糧行。他哥哥在那兒，現在出了事，他掛念得緊。」

金阿根道：「知道就好，你家在這兒。臨沂嘛，還是去瞧瞧，事情辦完了，趕緊回來。明天，咱們一起去哈同那兒問問詳情。洋人那兒，音信靈通，他們洋官、洋商、洋教士，連成一氣，互通聲息，有個風吹草動，他們比咱們衙門還靈通。」

次日，金家父子三人去了哈同大樓，面見哈同，談起山東大刀會之亂，說是儲幼寧家傳糧行位於臨沂，想知曉詳盡內情。哈同當即調出數份近日「字林西報」。

這「字林西報」，為上海灘洋人所閱英吉利文新聞紙，不受大清衙門管束，不受大清禮教習俗羈絆，內容詳實，言所當言。哈同聚精會神，連連翻閱數日新聞紙，所獲訊息仍屬有限。

四年前，金家父子出死力，助哈同反敗為勝，壓倒湖州幫，解哈同脫出圈套桎梏。此後，哈同頗為看重金家父子，如今，儲幼寧有求於哈同，哈同自是出力回報。哈同對金家三人道：「沒關係，待會兒我設法，去約英吉利國駐上海總領事，並找美利堅國美孚洋油商人到我這兒來，大家吃頓飯，彼此談談。相信，他們會有大刀會舉事詳情。」

金家父子三人無法，只好回去。儲幼寧心焦如焚，一時一刻都覺得綿長無期，慢如蝸牛爬行。這一日一夜，儲幼寧失魂落魄，心中焦慮不安，肝鬱之症十幾年不曾再犯，此時卻叩門敲窗，隱隱然要重新入侵。夜裡，儲幼寧翻來覆去，輾轉反側，不能入眠。

身旁，劉小雲以為夫君這是憂慮老家糧行祖產，也跟著無法入眠，拿手摩挲儲幼寧腦門並太陽穴，助儲幼寧放鬆心神。直至五更後，儲幼寧這才入睡。這一覺，睡得不安穩，焦慮之夢接連來襲，咬牙切齒，雖隆冬而出汗不止。

好不容易熬到天亮，儲幼寧倏然而起，就覺得身體躁動不寧，坐立難安。他心裡清楚，曉得幼年肝鬱毛病隔了十幾年，此時又來折磨他。因而，他緩緩盤腿坐下，依著昔年閻桐春所傳授吐納之法，練起氣功。小半個時辰之後，這焦慮躁動才慢慢隱退。

這一整天，儲幼寧坐立難安，金秀明曉得儲幼寧難受，故而，金秀明一整天哪兒也沒去，就是陪著儲幼寧說話。金秀明、儲幼寧二人長居上海之後，兩人都各備置一具西洋懷錶。昨日哈同約定，今日傍晚六點半至哈同大樓宅邸餐敘。

父子三人到上海已逾四載，還是吃不慣洋飯。為此，金阿根早早要家裡廚子，下午五點即開上晚飯，父子三人匆匆吃了。如此，先把肚子填飽，嗣後到了哈同那兒，吃起洋餐可以虛應故事，免受活罪。吃過晚飯，三人離家，往哈同大樓而去。掐準了時點，到了哈同大樓門口，恰好六點二十五分，準時赴六點半之宴。

在座洋人，除哈同、義律、阿柏斯達外，另有一面生禿頭漢子。哈同為眾人引見，說是這禿頭洋漢子名為麥唐納，是為美利堅國美孚石油公司經理，以山東青島為根據地，久在山東促銷美孚洋油，前後逾二十餘年，嫻熟山東百事。

這麥唐納，年紀四十如許，體態稍胖，但不失壯實。儲幼寧細看此人，見這人腦袋頂固然童山濯濯，但腦袋左、右、後三面仍有毛髮。只因上頭頭頂無髮，下頭三面有髮，瞧著古怪膩人，故而，這人索性將餘髮悉數剃淨，成了個洋光頭。

廚子送上洋餐，照著洋規矩，葡萄酒、麵包、奶油、湯、前菜、主菜、蛋糕並冰激淋，一道接著一道往上送。金家三人，事前已吃飽，此時只是稍加點綴，敷衍了事。哈同看在眼裡，曉得是怎麼回事，只好搖搖頭，莞爾而笑。

這頓飯，前後足足吃了一個半時辰，自晚上七點，直吃到夜裡十點。吃到半道，又來一洋人，說是英吉利國駐上海總領事，名曰許士。這總領事許士，自言公務倥傯，因而遲到。

席間，先是麥唐納講述山東大刀會由來，繼而由許士述說近日山東大刀會之亂內情。

麥唐納久在山東販售美孚洋油，深諳大刀會來龍去脈。但這人大半月前，因事至上海公幹，對近日山東大刀會之亂並無所悉。據麥唐納所言，大刀會為祕密結社，分布數省，但以山東為大宗。其下又分兩支，一稱「離門」，只燒香念經，不動刀槍；另一支稱為「坎門」，除燒香念經外，還動刀槍。

大刀會設壇作法，吸誘農民入會。農民常受教民欺侮，教會洋人、衙門官兒俱都袒護教民，因而，大刀會遂以「扶清滅洋」為宗旨，每遇起事，則殺戮教士、教民、洋商。然而，大刀會雖以「大刀」為名，其徒眾卻少持大刀，多擎蠟桿紅纓槍。徒眾為農民，思慮簡單，想法單純，遂常為有心人所欺矇役使。

譬如，大刀會各分會領頭大哥常以硬氣功示人，說是刀砍槍戳，不能傷其身。因而，大刀會亦稱「鐵布衫」。所謂刀槍不入鐵布衫，顯係外家門硬氣功，並非人人可練，亦非真的刀槍不入。然而，農民見領頭大哥不怕刀砍槍戳，全都信服，以為入了大刀會，人人都能鐵布衫護體，刀槍不入，故而願為領頭大哥奔走，受領頭大哥驅使。

麥唐納言及，曾聽山東地方官吏轉述，大刀會定期設壇作法，收羅新人入會。收人入會，作法時，貧者不收贄儀，稍有資財者則收取制錢六千枚。作法時辰總在夜間，入會者雙膝跪地，上身挺直，身旁，燃燈焚香，並取新汲井水上供。又以白布畫符，上書俚俗鄙劣之詞，如「周公祖，桃花仙，金罩鐵甲護金身」等等。

入會大典，另有專人傳授咒語，令會眾誦咒語、燒靈符。嗣後，以水沖靈符灰燼，令會眾下跪後服下，說是天天念經，天天燒符，連續三日，即可刀槍不入。

美孚洋商麥唐納講完，英吉利總領事許士，接著講述此次山東大刀會之亂詳情。許士言及，此次動亂，燒教堂，殺教士，屠教民，德意志、法蘭西兩國教堂被難最慘，英吉利國僑民亦受衝擊，各國想方設法，派當地探子，赴大刀會起事之地蒐羅訊息，速速回報。每有線報，輒通電各通商口岸領事館。因而，英吉利國駐上海總領事許士，得以確切知曉山東動亂內情。

許士來華時間不長，無法操持流暢中土語言，不似哈同、義律等洋人，能說道地滬語。因而，許士以英吉利語敘說，由義律改譯為華語，詳盡道出大刀會山東起事內情。這事情，有遠因，有近因。

先說遠因，一年前，沂州府下轄蒙陰縣，有個山西佬叫費石武，開設藥舖為生，為當地大刀會三師兄。蒙陰縣內有天主堂，教民鄧齊生積欠費石武藥款，始終不還。一日，費石武登門，向鄧齊生索討欠款，鄧不還，趕費出門。費怒，說鄧這是恃洋教賴帳。鄧齊生胞弟鄧魯生跳出來，替乃兄助陣，罵費石武「白蓮教妖人」。費石武回罵，罵鄧氏兄弟為「羊羔子教匪人」。

事後，鄧家兄弟向教堂德意志神甫馮馬理告狀，而費石武則向大刀會大師兄劉志端、二師兄曹化臣喊冤。嗣後，雙方各自聚眾，鬥毆不休。雙方不但於蒙陰縣呼聚徒眾，更遠赴沂水、日照兩縣，匯集人馬。

因而，兩方動盪鬥毆範疇，及於蒙陰、沂水、日照三縣，攻教堂、毀莊寨，鏖戰不休。此事後經三縣縣衙調停，始慢慢平息。經此一役，雙方埋下火種，雖暫且停戰，但火苗仍在。

再說近因，今天八月初稍，大刀會大師兄劉志端、二師兄曹化臣二人出面，號召山東全境大刀會會眾，到蒙陰縣共度中秋。

中秋節那天，蒙陰縣縣城內，共有李莊、卞樓、關帝廟等三處，同唱大戲。其中，關帝廟前廣場上，東西兩側搭起兩座戲台，連唱四天對臺戲。戲台前搭起彩棚，彩棚兩旁紅旗如林，刀槍滿架，棚柱貼上對聯，上書：「替天行道安天下，一口寶劍震乾坤」。

中秋前後，蒙陰縣縣城內到處可見大刀會會眾，肩扛紅櫻槍，身背大砍刀，腰別利刃匕首，威風凜凜，四處遊走。地方官見狀，自然緊張戒懼，但因會眾勢大，蒙陰縣縣衙門僅能暗中窺探，不敢明攖大刀會鋒芒。

大刀會這趟蒙陰中秋大戲，等同向官府衙門、洋教教民高聲叫板。衙門怕事，不敢吭氣，教民卻自恃背後有洋人堅船利炮撐腰，見大刀會耀武揚威，心有不服，亟思反擊，也顯點顏色，給大刀會瞧瞧。

於是，剛進臘月，就來了事情。沂州府城外近郊，農戶龐燕虎養豬為生，飼有豬隻一百餘口。天寒地凍，豬欄龜裂，被豬一拱，圍欄斷裂，豬隻四竄。恰巧，附近莊子住有教民數十戶，領頭者名叫孫大仁，見豬隻遊走，乃呼喚莊內住戶，四處攔截，據為己有。

事為龐燕虎知悉，赴教民莊子討豬。結果，豬沒討著，反被莊戶臭揍一頓。龐燕虎渾身帶傷，心中悲憤，回家後，騎著小毛驢，一路往北。跋涉四十餘里地到了蒙陰，尋得山東大刀會大師兄劉志端住所，長跪不起，痛哭流涕，泣訴教民欺人，霸占走失豬隻。

蒙陰、沂水、日照三縣，前一年才因教民欠藥款不還，而鬧出事端，大刀會眾心中火氣未平，如今又出教民搶豬之事。劉志端、曹化臣等大刀會骨幹，沒事還找事，如今跑出大事，自然摩拳擦掌，打算大幹一場。

於是，劉志端廣傳訊息，四面八方派出手下約齊人手，臘月十二日起事。先匯齊攻打蒙陰縣，繼而再攻沂州府，給龐燕虎出氣報仇。對此，蒙陰縣上自縣衙門，下至教會德意志教士、幾百教民，俱都無所知悉。至臘月十二日，大刀會眾起事，蒙陰縣遍地烽火，衙門被攻破，幸而縣大老爺因公赴沂州府，不在衙內。

大刀會眾於蒙陰縣燒殺一陣，繼而轉攻沂州府城外教堂並教民莊子。教堂被焚，德意志神甫、修女，連同堂內本地執事、雜役人等，皆被吊死。至於教民莊子，則悉數全殲，男女老少，無一倖免。這當中，禍首孫大仁最慘，四肢、頭顱均被卸下，成了「棍屍」。

舉事之後，大刀會眾愈聚愈多，已逾三萬。劉志端、曹化臣等骨幹，欠缺統御長才，無法精確駕馭徒眾。因而，三萬餘大刀會眾如蠻牛闖入瓷器店，蒙著眼四處盲撞流竄。在蒙陰縣燒殺、全殲沂州府城外教民莊子後，大刀會盲流鼓勁續衝，一路就攻進沂州府府城。

大刀會攻進沂州府，府尹衙門聞風而潰，自知府以下，大小官兒各自逃生。省城濟南聞知此事，震動巡撫衙門，趕緊拍發電報，回報北京朝廷。當其時，山東通省之內，朝廷兵力有限，得自他處另外調兵，入魯省平亂。因而，大刀會攻下沂州府並所屬數縣後，橫行霸道，無人能敵。

大刀會不濫殺無辜，亦不擾亂民生，然而，嚴守「扶清滅洋」宗旨，燒教堂，殺洋人，殺教民。大刀會會眾稱洋人大毛子，稱教民二毛子，對二毛子尤其深痛惡絕，辣手屠戮，手段殘酷。殺洋人、屠教民之外，凡是沾上「洋」字之人、事、物，均受大刀會征剿。

穿洋衣、戴洋墨晶眼鏡、燒洋油、點洋燈、抽洋菸、使洋火棍、鋪洋灰、配洋錶，零零總總，繁不及載，皆為大刀會所憎。因而，大刀會起事後，攻陷之地，商民百姓無不戒慎恐懼，時時檢點，深怕無意沾上洋物，招來無妄之災。

說到這兒，英吉利總領事許士總結山東大刀會之亂，皺著眉頭道：「歐洲幾個國家，派駐中國公使館、領事館，對教案向來注重。這次山東鬧大刀會，英吉利、法蘭西、德意志、西班牙、美利堅等國，駐華使館戮力蒐羅訊息，彼此交換，相互攜手。」

「就我所知，山東各地方衙門根本擋不住大刀會攻勢，派了些地方部隊都被大刀會殺潰。因而，北京朝廷調兵遣將，還是派淮軍宿將，領重兵入山東。照此訊息看來，待淮軍進入山東後，必然大開殺戒，屠戮大刀會會眾。」

儲幼寧面露焦慮之情，直言問許士道：「那麼，曉不曉得，沂州府城內，商家安危如何？有家豐記糧行，是否安好？」

許士聞言，覺得莫名所以。金阿根見狀，插嘴言道：「幼寧，人家是英吉利國駐上海總領事，看得到各國蒐羅訊息，但他人沒去山東，怎會知道沂州城裡一家糧行安危？」

金秀明接碴問道：「總領事先生，我兄弟只是想知道，大刀會打入沂州府後，是否劫掠商家？」

許士答道：「我剛才都說了，大刀會並未濫殺無辜，其殺戮係以扶清滅洋為宗旨。因而，商家是否遭劫，端視與西洋事物有無關連。」

金秀明偏著腦袋，對儲幼寧言道：「那豐記糧行，我也見過，就是買賣糧食，扯不上洋人，應該沒關係。」

哈同宅邸夜飯之後，過了幾日，即是陰曆除夕。幾日間，儲幼寧魂不守舍，金家上下，除金秀明外，都當他憂慮臨沂豐記糧行祖產，掛念哥哥儲仰歸。好不容易熬過農曆新年，熬到元月十五元宵節。這天晚上，金家上下鬧元宵、吃湯圓。吃過元宵，儲幼寧再也按耐不住，當著一大家子人，堅毅言道：「不行，我得上山東去，到臨沂城裡，親眼瞧瞧糧行，這才能安心。」

這話才說，劉小雲即臉色發白，望著金阿根。金阿根瞧瞧儲幼寧，瞧瞧劉小雲，清清嗓子眼，對眾人道：「這都大半個月了，這孩子魂不守舍，人在這兒，心不在這兒，就是叨念著山東臨沂那糧行。原本還幫著我辦事情，鬧了大刀會之後，他心不在焉，沒法子幫忙。不讓他去，也不成。」

「幼寧，這樣吧，你快去快回，別走陸路了。這兒是上海，當然搭海船，搭到青島，上岸後再轉陸路。到了那兒，瞧瞧情況，要是沒事，別多耽擱，馬上回上海，別讓小雲擔心。」

金秀明曉得儲幼寧心焦如焚，另出主意道：「青島距沂州府路遠，不如這樣，請哈同那兒幫忙，要義律去問問，有沒有西洋鐵殼機器快船，包下一艘。自上海直放日照，一天一夜可到。在日照上岸，搭驢車，最遲三天，可趕至臨沂。」

金阿根作主，金秀明出主意，事情就此底定。莫氏、劉小雲雖是女流，亦知此行兇險，奈何金阿根已下決斷，女眷只好默然。

次日，金家兄弟齊至哈同宅邸，尋得義律，敘明緣由，義律一口應承。當日午後，義律即探明，有艘招商局小火輪，裝載各色貨物，次日一大早開往天津，途中則停泊青島。義律買通小火輪義大利船長，許以鷹洋一百元，待小火輪行經日照之際，短暫彎靠，讓儲幼寧上岸。

這天晚上，劉小雲又是默默為儲幼寧收拾行囊，儲幼寧則是魂飛臨沂豐記糧行，雖知劉小雲擔憂掛念，仍未多說體己話。倒是金秀明，撿出芮明吞短洋槍，附帶六枚子藥，硬塞予儲幼寧，叮嚀儲幼寧，路上小心，到了臨沂，代為問候糧行諸人。

之前，儲幼寧心焦氣燥，待遠行之事底定後，反而思緒清明，條理清楚。他接過芮明吞，隨即又塞回金秀明手中道：「都說了，大刀會扶清滅洋，專找洋事物麻煩。這短洋槍帶在身上，要是為大刀會瞧見，本來沒事，都會挑出事來。你拿回去，我有彈弓護體，已然足夠。」

說罷，儲幼寧伸手入懷，將上衣袋內所置懷錶，連帶錶鍊一起解下，遞予金秀明道：「還有這東西，帶在身上，必然壞事。你先替我收著，等我回來，再交給我。」

金秀明想想，也覺有理，即收下芮明吞、洋懷錶，又順勢言道：「到了那兒，你見了她，有何打算？別忘了，這兒還有小雲，還有小命根。你既不能帶她回上海，又不能留在那兒，棄小雲、小命根不顧。」

儲幼寧皺著眉頭道：「別問了，我也不知道，心裡亂得很，到底怎麼辦，到了那兒再說。能回來，我自然回來。倘若我耽擱日久，三兩個月內回不來，這兒你幫我照護著小雲、小命根。」

金秀明道：「你我兄弟一場，這話不必你交代，我自然曉得該怎麼做。」

次日一大早，金秀明送儲幼寧，上了招商局小火輪，就此告別。

第五十七章：登日照紅纓長槍連戳八人，赴臨沂大刀會眾西行逃生

這招商局小火輪，船身小，吃水淺，僅能在距岸不遠之處，於淺海水面朝北而行。船行一晝夜，次日將近正午之際，小火輪義大利船長告知儲幼寧，已到山東日照海面，小火輪將暫停片刻，派汽艇送儲幼寧上岸。

這小火輪艙面上，左右兩側各有一艘小汽艇，緊緊縛於甲板，如船隻遇險，眾船員則搭小汽艇逃命。此時，義大利船長命儲幼寧，隨一水手進入小汽艇。隨即，兩人抓緊了汽艇，其餘水手將小汽艇解除束縛，以鉤繩緩緩降於海面。此時，小火輪已停駛，於海面上，隨波濤上下起伏，等候小汽艇歸來。

小汽艇內那水手也是洋人，操練嫻熟，認準了一處沙洲緩緩駛去。工夫不大，小艇船頭觸及沙洲，儲幼寧背了包袱，對水手拱拱手，攀著艇身邊緣，打算抬腿下艇。此時，儲幼寧驀然察覺臉龐氣流驟變，似有物件飛速射來，因而，想都不想就微微仰頭閃避。就聽見咻地一聲，眼前晃過一枝狼牙利箭。

才避過這箭，就見眼前接二連三，群箭不斷飛至。儲幼寧身邊靠著根竹竿，長約四尺，水手用以

測量岸邊水位深淺。儲幼寧順手撿起這短竹竿，兩眼凝視來箭，霎時間，儲幼寧眼裡，來箭射速猛然轉緩，似乎一寸一寸往前挪動。因而，儲幼寧氣定神閒，將來箭一一撥落。

此時，就見沙丘後方湧出七、八名精壯漢子，俱都是紅帕包頭，大冷天裡，下半身穿著土布厚棉褲，上半身卻只有紅肚兜裹身。這幫漢子，背上有箭囊，手上一手抓弓，一手提溜著紅纓長槍，朝汽艇飛奔而來。地面上，沙丘橫亙，表面鬆軟，這幫人沒法快速衝至岸邊，只能邊高聲呼喝，邊拔腳猛衝，揚起大片沙塵。

這邊，小汽艇洋水手受了驚嚇，當即拔出腰間所插短槍，朝岸上漢子亂射。洋槍乒乒乓乓，聲浪震得儲幼寧兩耳嗡嗡響。那洋水手一輪亂槍射完，卻是準頭太偏，全射歪了，沒射中任何紅肚兜漢子。射完亂槍，這洋水手慌忙揮手，要儲幼寧快快下船。儲幼寧趕忙攀爬，跳下小艇。

儲幼寧兩腳才落地，那汽艇後方機器立時一陣亂響，向後滑入水中，隨即掉頭，飛速揚長而去。海面上，小艇逃竄；地面上，諸紅肚兜漢則將儲幼寧團團圍住。當中，有個頭目模樣漢子，挺起紅纓槍，槍尖直指儲幼寧，厲聲問道：「幹什麼的？怎麼搭了洋人汽船？為何到此？」

還不等儲幼寧答話，這人兩手稍稍後縮，隨即向前猛然暴伸，挺槍就朝儲幼寧胸口刺來。儲幼寧側轉身軀，兩腿稍稍後移，閃過這一刺，繼而兩手抓住槍身，向右使力一拉，那紅肚兜漢身子一個踉蹌，差點摔倒，兩手一鬆，紅纓槍就到了儲幼寧手中。

不過轉眼之間，形勢主客易位，這紅肚兜頭目失了長槍，略呆了一呆，隨即，自身邊徒眾手中搶過一桿紅纓槍，衝向儲幼寧，挺槍又刺。

自臘月間，聞訊得知大刀會起事，儲幼寧即心中焦慮，既苦且悶，時時刻刻思念韓燕媛，掛念豐記糧行。好不容易，熬過新年，徵得金阿根首肯，這才千里迢迢趕到山東。

沒想到，才到日照，連岸都沒上，就受利箭暗算。上了岸，連話都沒說，就遭逢兩輪槍刺。因而，此時儲幼寧心頭無名之火大起，霎時間，猛然而生暴烈殺氣。這時，見紅肚兜頭目再舉槍刺來，儲幼寧想都不想，就認準了方位，將手中紅纓槍平舉遞出。

這一槍，剛好就插在那紅肚兜頭目咽喉上。那人吃這一槍，衝勢立止，兩手一鬆，紅纓槍落地，之後，慢慢跪倒。一桿紅纓槍，槍尖這頭，沒入紅肚兜頭目咽喉；槍柄那頭，還執於儲幼寧手中。就這樣，那紅肚兜頭目兩膝跪於地面，兩手緊緊抓著咽喉上槍頭，喉嚨裡呼嚕呼嚕，嘎啦嘎啦，響了幾下。隨即，這人腦袋一垂，就此沒了氣息。

儲幼寧一股怒氣，猶在胸口翻騰，這時握著槍柄，兩眼圓睜，環視紅肚兜餘眾，細細一數，共有七人，遂暴喝道：「你們七人，還有沒有不怕死的？要是不要命，儘管放馬過來，小爺把你們全送上西天。」

眾紅肚兜漢子復又把儲幼寧圍上，其中一人，撿起亡故頭目所遺長槍，共七桿紅纓槍，槍尖全指著儲幼寧。對此，儲幼寧公然不懼，還是一手握著槍柄，槍頭插在死屍咽喉，動也不動，眼冒兇光，殺氣十足，狠狠瞪著紅肚兜漢子。

兩邊略略僵持之後，紅肚兜漢子群裡，有人猛然發一聲喊：「兄弟們，動手，戳死他。」

旋即，群槍亂舞，都朝儲幼寧刺來。好個儲幼寧，對此公然不懼，好整以暇，兩手後縮，將紅纓槍拔出屍身，繼而抖動槍身，連環刺出。這一陣猛刺，端得是金雞亂點頭，勾魂帶鎖喉，每刺一下，即有一名紅肚兜漢子喉嚨中招，被儲幼寧槍尖點中，戳破咽喉氣管，血鏢激射而出。

盛怒之中，儲幼寧並未心神全失，電光石火之間，戳倒紅肚兜群漢之際，獨留最後一人，未扎咽喉，而是一槍戳進小腿肚子，將那人放倒。

此時，就見這日照海邊沙丘上，遍灑鮮血，眾紅肚兜漢子，俱是兩手握住咽喉，傷口鮮血直流，嘴裡嗚嗚然有聲。繼而，嗚嗚聲漸小，眾紅肚兜漢身子緩緩軟癱倒地，胸腹一起一伏，猛然直叨氣。叨過一陣子氣，就伸腿瞪眼，一命嗚呼。

滿地屍身，就剩一名紅肚兜漢，左小腿腿肚子上插著一柄紅纓槍，一臉驚恐，直勾勾盯著儲幼寧，嘴裡磕磕絆絆求饒道：「好漢饒命，好漢，好漢，好漢，饒命，饒命，饒命。」

儲幼寧這才緩過氣來，慢慢深吸幾口大氣，對這人言道：「我既然沒刺你咽喉，就沒打算殺你。但你得老實，我問，你答，只要實話實說，我自然饒你性命。要是所言不盡不實，他們就是榜樣，我依舊一槍戳進你咽喉。我先問你，你們是幹啥的？為何見了我，二話不說，就要取我性命？」

這人哆哆嗦嗦答道：「是，是，小的一定實話實說。小的叫郝三喜，是日照本地人，住於郝家村，全村百姓都在海邊曬鹽為生。去年，大刀會到日照設壇，小的隨村里人一起入會。上個月，蒙陰、臨沂那兒，大刀會師兄舉事，攻打縣城，就有話傳到日照，要本地大刀會也跟著起事。因而，五天前，本地大刀會也攻破縣衙門，開了糧倉，賙濟飢貧。」

「地上躺的這幾位，都是同村鹽民，帶頭那人，叫郝舉鵬，受命率同村大刀會兄弟在縣內海濱巡守，如見洋船經過，須謹防有人上岸。今日上午，我們見海上有洋船，拖著黑煙，由遠而近，自海面向岸邊駛。當時，郝舉鵬即率眾師兄弟，沿著岸邊，跟著這洋船走動。」

「中午時分，見洋船不冒黑煙，停於海上。未久，就見洋船上下來小汽船，往岸邊而來。於是，郝舉鵬帶著眾人到這兒來埋伏。以後事情，好漢您都知曉了。」

儲幼寧道：「我要上臨沂去，打從這兒到臨沂，一路上有多少大刀會？你說說，我如何才能趨吉避凶？你要說得有理，我當下放你一條生路。你要是存心矇我，嘿嘿，我只要把這槍頭先是一轉，繼而往外一拔，你腿肉翻爛，血流不止，非死不可。」

郝三喜還是哆哆嗦嗦答道：「是，是，小的實話實說，這次大刀會舉事，表面上鬧得歡騰，其實就是鍋糊塗粥，是聽上頭吆喝，就抄起傢伙，跟著打鬧。是官府衙門自己不爭氣，跑得比我們快，所以，一直沒接什麼大仗。至於到底有多少人？小的我委實不知。橫豎，蒙陰、沂州、日照這一片地方，一路走過去，隨時都會碰上大刀會弟兄。」

「好漢您這一身裝束，雖說沒帶什麼洋物件，但瞧著就不是本地人。就說您身上這長袍，瞧上去就是繭綢料子，咱們這窮苦地面，誰穿得起這身袍子？再說您這長相，頭臉乾淨，腦後辮子也梳得整齊，也不是本地莊稼人模樣。您這身裝束，往裡頭走，不要多遠，就會被大刀會弟兄們攔住。」

說到這兒，郝三喜伸手，指指地上郝舉鵬屍身道：「好漢，您饒我性命，我告訴您實話。這大冷天的，我們本來身上都還穿著破爛棉襖，都是他，要我們脫下小褂子與棉襖，只裹上這紅布，要顯大刀會威風，截殺好漢。我們那些破爛棉襖，全堆在這沙堆後頭。」

「我要是您，就把身上繭綢長袍脫下來，換上沙堆後面破爛棉襖。不單這樣，沙堆後頭還有幾頂破爛氈帽，您可以撿一頂戴上。還有，把您臉弄髒點，路上見到大刀會兄弟，別瞧他們眼睛，就是低著頭趕路。這樣，應該能保您老人家一路平安。」

儲幼寧聽郝三喜講完，二話不說，朝地上一具屍身走去。這死者，身量與他相差不多。儲幼寧俯身，連脫帶扒，除下這死屍下半身土布厚棉褲。

邊脫死屍棉褲，邊對郝三喜道：「小爺我有好生之德，放你一條生路，你這就去吧。記著，千萬別轉這槍頭，就是順著使力，把槍頭拔出。拿塊布，趕緊包了傷口，回家去吧，找個郎中瞧瞧你傷口。你今兒個算是死裡逃生，回去之後，小心你嘴巴，說話謹慎。要是胡言亂語，又招了批大刀會追了過來，信不信，我把你們全宰了？」

郝三喜如獲大赦，點頭如搗蒜，連聲稱是，又說不敢。隨即，這人慢慢抽出槍頭，解下身上紅肚兜，緊緊包住小腿肚子。隨即，瘸一拐，朝沙洲後走去，穿起破棉襖，就此離去。沙丘這兒，儲幼寧緩緩脫了身上羊毛所織西洋呢子冬褲，穿上大刀會死屍上扒下來土布厚棉褲。

之後，行至沙丘後頭，果然亂七八糟，堆著多件破棉襖，儲幼寧略微揀揀，挑出一件。這棉襖，上頭扯著幾個口子，成了破洞。破洞裡，棉花掏空不少，以至破洞口那一片，已不是棉襖，而成了夾衣。

儲幼寧脫了身上繭綢長袍，掏出袍內所置物件，復又穿上破爛棉襖，塞進銀票、銀兩、彈弓、彈子袋等物件。末了，儲幼寧挾著繭綢長袍、西洋呢子冬褲，進了附近林子，掏出根洋火棍，打算點火燒衣。

正要點火，又多想了想，就扔下了洋火棍，把隨身行李捲打開，仔細瞧了瞧。這裡頭，有劉小雲給準備的換洗衣褲、洋行所購胰子、牙刷、牙粉、襪子、小剪子、一床薄毯子、一大盒洋火棍、一個皮囊水罐子。其他，尚有種種零碎物件，全是過日子所用之物。

儲幼寧想了想，把這行李捲裡所有物件全倒在地上，與繭綢長袍、西洋呢子冬褲，混作一堆。繼而，擦著了洋火棍，先點燃了行李包袱皮，繼而依序慢慢燒著了地上所有物件。

這火，燒了小半個時辰，火焰由小而大，又由大而小。到了後來，地上所有物件全燒成灰燼，火苗這才熄滅。

儲幼寧站了會兒，待衣物燒盡後，抓起一把溫熱灰燼，拿手打散了，在臉上略拍幾下。拍完，再用手輕抹。抹完，原本英氣俊朗面容，就變得骯髒邋遢。抹完臉，儲幼寧又抓起一把灰燼，兩手互揉，弄得兩手掌積上土垢，指甲縫裡全是汙泥。

弄完諸事，儲幼寧正想邁步離去，想想不妥，又回到沙洲那頭，自屍身上脫下一件破棉襖，伸手鑽進這棉襖破洞，從裡頭扯出大把棉絮。繼而，又將所扯出來棉花，慢慢塞進自己身上所穿棉襖破洞裡。如此這般，補實了身上棉襖，讓棉襖增厚不少，足以抵禦風寒。

經這麼一陣折騰，儲幼寧已然改頭換面，成了山東鄉下莊稼漢。除了身上棉襖深處，所藏碎銀子並銀票之外，儲幼寧渾身已無上海所攜物件。然而，儲幼寧穿上這破棉襖，暖是暖，不怕冰風呼嘯，無畏天寒地凍，但卻臭得可以，渾身散發腐臭氣息。對此，儲幼寧絲毫不以為意，只是一心一意要闖過大刀會地盤，奔回臨沂豐記糧行。

為棉襖揣完棉絮，儲幼寧又撿了頂破臭氈帽，戴在頭上，這才邁步而走，朝內陸走去。一路上，儲幼寧收束眼神，面帶呆滯之色，兩手互攏，藏在棉襖袖子裡，低肩勾頭，畏畏縮縮，揀著路徑外緣慢慢前行。這一路，走了足足兩個時辰，走到天色擦黑，這才進了日照縣城。

打從一大早醒來，在船上吃了小火輪洋早飯之後，至此時，已大半天滴水未沾、粒米未進，已然餓得前胸貼後背。自大刀會攻入，這日照縣城裡，各路衙門已然荒廢，但街上照舊人來人往，市面並未受影響，大刀會眾亦未劫掠。

一股子菜香味，撲鼻而來，儲幼寧轉頭一看，路邊有家小館，門面灰暗窄短，裡頭擺著幾張散座，灶頭則擺在外頭，刀勺亂響，鍋裡菜餚噴著香氣。儲幼寧擰腿邁步，進了這小館，夥計過來看座，指著牆上菜牌子，問儲幼寧吃些啥。儲幼寧腹中雖飢，神智卻極警覺，當即問夥計道：「小哥，我身上沒銅錢，只有點碎銀子，幫忙問問掌櫃，能否先兌點銅錢？」

儲幼寧燒盡上海攜來衣褲物件，打定主意要扮貧農。如今，身上穿戴、頭臉手腳都像貧農，唯有這錢財，卻是只有銀子，沒有銅錢，十分不便。因而，未曾點菜，先就問換錢。

飯館跑堂去問掌櫃，說是可以，但得收點過水，儲幼寧得吃點虧。儲幼寧想都不想，就把身上棉襖裡所藏幾塊碎銀子全拿出來，掌櫃秤了，換了幾千銅錢，拿塊破布包了，交予儲幼寧。儲幼寧接了銅錢，將布包裹在腰際，外頭用破棉襖遮著。換完銀錢，順口要了碗熱麵片湯。

工夫不大，跑堂將麵片湯送了上來。儲幼寧正低頭喝麵片湯，就見小館門口來了四人，俱是上身棉襖，下身土布棉褲，頭包紅巾。其中三人提著紅纓槍，另一人手裡握著把大砍刀，刀柄尾巴那兒，繫著一塊紅布。

這四人，進了小館就喊餓，高聲吆喝，要灶上送四碗炸醬麵來。這四人坐定，八隻眼睛盯著儲幼寧瞧，瞧得儲幼寧心中栗六，深怕被瞧出破綻。他心中明白，一旦兩邊動上手，他雖能輕易打趴此輩，但必然因此招來痲煩，攪出多少事故，擋住回臨沂之路。故而，他假作不知，依舊低著頭喝麵片湯。

這當兒，那持紅纓大砍刀者，隔著幾張桌子，大聲問道：「兄弟，你是哪兒的？瞧起來面生，應該沒見過，但卻穿了大刀會兄弟衣服，這是怎麼回事？」儲幼寧心裡跑了趟馬，心想，下午在海邊格殺大刀會七名會眾，此事之後必然露餡，但此時此際，大刀會絕不可能已知此事，否則，早已派人滿街巡視，捉拿面生之人。

想到此處，儲幼寧緩緩抬頭，想了想，操起臨沂土腔，對著那桌四名大刀會眾言道：「我叫吳桂生，臨沂人，原來是沂州府府城裡豐記糧行夥計。一個多月前，臘月初，糧行生意好，存貨賣得快，掌櫃器重我，信得過我，就給了我五百兩銀票，派我到日照來，看看有沒有外地糧食在日照港卸貨。倘若有，要我立時買了，雇車運回臨沂去。」

「走在半道上，大刀會義民起事，衙門潰逃，我運氣太背，碰到潰兵，把五百兩銀票外帶行李捲，連同我所有家當全都劫走。幸好，我貼身藏了點碎銀子，沒被搜出來。我就拿這點碎銀子，和本地老鄉換了這身行頭。一個多月來，就在左近這塊地方待著，找點零活兒幹幹，換頓飯吃。」

儲幼寧幼年長於臨沂，直到十五歲誤殺貪官秦善北，這才遠走揚州。此後，儲幼寧口音漸有南方腔調，但臨沂土話腔調仍深印腦海，能瞬間圓潤轉換。儲幼寧這一口臨沂土腔說出來，對面桌子所坐四名大刀會眾，俱都信了所言內容。帶大刀那人，衝儲幼寧招招手道：「都是苦命人，過來吧，一起坐，聊聊。」

儲幼寧端著麵碗，走了過去，與那持刀者共擠一張板凳。那人自言，說自己姓竇，名叫竇敬天，日照本地人。說完，又指著其他三人，講了姓名、籍貫。五人邊吃邊聊，儲幼寧言語謹慎，不露破綻。吃到末了，那竇敬天道：「桂生，今兒個夜裡恰巧就有入會大典，你跟著我們去，入了大刀會吧！」

儲幼寧心中驚懼，面上不顯山、不顯水，只是淡淡回道：「這不成啊，我還指望著在這兒找活兒幹幹，賺點銅錢，攢夠了盤纏，還要回臨沂哪！」

竇敬天笑道：「你這人糊塗啊！你要入了大刀會，自然會有飯吃。自從起事之後，眾兄弟破了多少教堂，殺了多少大毛子、二毛子？這教堂裡，教民村里，拿出多少銀鈿、銅錢、值錢物件？你想，大刀會全是窮苦百姓，哪來的銀錢？咱們舉事之後，處處要花錢，所有兄弟要吃飯，全靠抄取大毛子、二毛子，這才能存活。」

「就說咱們四人，到這小麵舖來，一人吃一碗炸醬麵也得給錢。這錢，都是上頭發下來的餉錢。要沒這餉錢，大刀會也撐不了這樣久。咱們初見，但我覺得與你有緣，沒得說的，今兒個夜裡，你就隨我們去，入會之後，對你只有好處，沒有壞處。說不定，正好要拉起隊伍朝西邊去，真要那樣，你跟著走，不就回臨沂了嗎？」

儲幼寧聽竇敬天說，入會後，說不定能向西開拔，心裡也就願意了。

吃完麵，不待儲幼寧掏銅錢，竇敬天自懷裡掏出一把銅錢，細細數了，擱在桌上，替儲幼寧也付了麵錢。五人走出麵舖，朝城外僻靜處走去。一路上，竇敬天對儲幼寧細細講述大刀會由來、規矩、此次起事經過。竇敬天嘴裡說話，兩手比劃，儲幼寧則是心思反轉，頓然覺得大刀會裡，也有好人。

轉念至此，不禁想到，午後時分，在海邊沙丘屠戮大刀會眾七人，全都是紅纓槍直插咽喉，手段頗為酷烈。想著，想著，竟有點後悔，覺得下手太辣。但再轉念一想，自己搭著小汽艇這才靠岸，大刀會眾不分青紅皂白，先是拿狼牙利箭猛射，待他上岸後，不由分說，又拿槍刺他。想到此處，儲幼寧又覺得，當時下辣手，並無不妥。

就這樣，一路行去，竇敬天聒噪不休，儲幼寧則是充耳不聞，心裡天人交戰，想著午後沙丘惡戰，到底該不該殺那七人。想到後來，委實覺得無解，這才有點明白，人生在世，許多事情都因人、因時、因地，而有不同面貌。比方說，這竇敬天對自己不薄，但如這人今日下午，恰好也在沙丘那兒，說不得，自己還是得宰了他。

走了好一陣子夜路，進了個村子。村子頭那兒搭了戲台子，上頭擺了張大供桌。戲台下，是個泥地廣場，三三兩兩，這兒那兒有著一、兩百人，俱都是土布棉褲、棉襖、紅巾裝束。廣場四周插著竹竿，上頭點著火把，火頭搖曳，光影轉換不休。那戲台供桌上，則是另外擺著幾盞油燈，此時尚未點燃。

進了這村子，竇敬天帶著儲幼寧並其他三名手下四處轉悠，與廣場上眾人閒扯幾句，引介儲幼寧與眾人相識。如此這般，亂過一陣，驀然間，就聽見銅鑼響起，哨音大作。儲幼寧抬頭看那戲台，就見此時戲台上油燈已然點起，台上站了數人。這當中，有個大肚皮肥胖老者，兩手舉起，虛按幾下，要眾人噤聲。

待台下廣場上眾人噤聲不語，這老者猛吸一口氣，隨即聲如洪鐘，扯著嗓子喊道：「有請諸位神仙老爺下凡！」

隨即，幾名會眾接二連三，將各色神佛牌位、雕像一一搬上台去，置於供桌上。儲幼寧定眼望去，計有關帝聖君、土地公並土地婆、張飛、趙雲、孫悟空、豬八戒、觀音大士、如來老祖。此外，又搬上去八卦五行圖、陰陽符咒等等。

這會兒工夫，竇敬天對儲幼寧言道：「這老頭姓石，本是個地主，因事吃了天主教教棍大虧，因而入了大刀會。這次起事，他出錢出力出糧食，遂成了日照這兒大刀會大師兄。」

待諸物布置妥當後，老者朝台下喊道：「今日入會兄弟，請朝台前走動，列於台下。」

這話說完，竇敬天輕推儲幼寧，要儲幼寧走向台前。此時，另有十餘名青壯男子亦邁步向前，紛紛行至戲台之前站定。眾人站定後，舞台上出現一人，立於大肚皮肥胖老者身側。這人，滿臉塗著油彩，花色繁多，望之粲然。大冷天，這人光著膀子，上身就圍著條紅肚兜，一右手舉著把砍刀，作勢欲砍；左手則捏個訣，三指朝天。

此時，圍觀會眾紛紛朝台前一餘人喝喊：「跪下，跪下，菩薩就要顯靈了。」

台前諸人於是跪下，儲幼寧亦隨眾人跪下。跪下後，儲幼寧抬頭看台上，就見有會眾在油燈上燒了紙錢，灰燼裊裊而升，朝台下飄來。燒過紙錢，那滿臉油彩傢伙，低聲呢呢喃喃幾句，繼而高聲唱起：

「天光光，地慌慌，眾神仙下凡蹈火又赴湯。一請關老爺，殺洋鬼子大任你擔當；二請猛張飛，丈八長矛叮又噹；三請齊天大聖孫長老，如意緊箍棒勝洋槍；四請天篷朱元帥，九齒釘耙舞神通，大毛子非死即傷，二毛子皆盡遭殃。」

如此這般，先燒香，後念咒，繼而跳起了大神。鬧過一陣子，這才歇息。隨即，有人過來，在戲台下十餘名入會徒眾頭上，擺上靈符，點上清水，按著腦袋咿哩嗚嚕念幾句，這才了事。

儲幼寧隨眾人站起，領了一方紅巾，照著指點，包縛於頭頂之上。這麼一折騰，儲幼寧就成了大刀會新會眾。這大典才完，就聽見村子口那兒叮噹作響，環珮之聲不絕於耳。起先，聲響不顯，繼而，卻愈來愈清晰。此時，就見兩排紅衣女子，手提紅紙燈籠，一搖三擺，嬝嬝搖曳，走了進來。紅衣女子後頭，則是倆中年紅衣僕婦，扶著個妖嬈婦人。

無論前頭紅衣女子，後頭紅衣僕婦，抑或那當間妖嬈婦人，俱都是足裹三寸金蓮，行走不易，走起路來，搖曳生姿。

這批女子才進場，儲幼寧就聽身旁竇敬天言道：「何仙姑來了，這女人殺氣重，到此必無好事，大約又是要我們兄弟出隊，隨她去打去殺。」

儲幼寧聞言奇道：「何仙姑？那不是戲台上八仙過海角色，八仙之一？」

竇敬天道：「也不知這女人姓啥叫啥，反正，咱們大刀會起事後，沒多久，就冒出這麼個人來。她愣說自己是八仙何仙姑轉世，天上事情知一半，地上事情全知道。她也起了爐灶，專找婦女，也拉了個場面，自稱紅燈照，說是紅燈照比大刀會高，大刀會得聽紅燈照的。」

「也不知為何，咱們大刀會上頭幾位師兄都懼怕於她，對她顏色頗好。時間一久，她就拿了架子，當我們是使喚小子，常要大刀會給她打雜。今兒個夜裡，她帶人到此處，必無好事。」

說到此處，就見那何仙姑在場中間站定腳步，朝著戲台上那大肚皮肥胖老者道：「石老漢，你下來，我有話吩咐。怎麼，你們總是鬧不清規矩？早告訴過你，在菩薩仙佛譜上，咱們紅燈照高你們大刀會三級。大刀會大小徒弟，見了咱們紅燈照，全得鞠躬哈腰，分列兩旁，目迎目送。怎麼，我都到場中央了，你還大咧咧站在台上？還不給我下來？」

說也奇怪，經這何仙姑一陣發作，台上那石姓大肚子胖老者，竟俯首帖耳，乖乖下了戲台，走到何仙姑身旁，拱手作揖。隨即，兩人移步至戲台旁角落，竊竊私語。至於何仙姑所帶來紅衣女子、僕婦，則為其他大刀會眾接著，領到一旁，奉上茶水。

儲幼寧站立之處，距石老者與何仙姑約莫五、六丈。這距離，說近不近，聽不見二人話語；說遠，卻也不遠，可見面目五官。尤其，這二人身旁就是枝松脂火把，二人談話時，嘴形變動為火光所襯，儲幼寧看得格外分明。儲幼寧自幼即能讀唇語，這時，襯著背景火把光亮，將二人談話看得清楚，雖不聞聲，卻等於聞聲。

就見何仙姑對胖老者道：「石老丈，你還在這兒蘑菇什麼？要知道，朝廷已經自山西調兵，調淮軍老將聶士成，帶著幾千淮軍舊部在天津集結，幾天內就上船，直放日照。這淮軍，裝備齊全，有洋人機器槍，有小山炮，真要在日照上岸，馬隊、步隊、炮隊三樣隊伍連番出擊，包準殺得你們大刀會屁滾尿流，屍橫遍野。」

石老丈道：「妳一個婊子頭，怎知道這些事情？」

何仙姑道：「你嘴裡放乾淨點，婊子頭？你再如此張狂，小心我招人撕爛你嘴。從濟南到青島，山東省通省之內，妓院、茶館，我都有眼線。這話不是唬你，我線報多，大地方用電報，小地方用信鴿。你們大刀會，要不是靠我通風報信，怎能明瞭官府虛實？怎能順利打下這三縣？」

石老丈道：「還說扶清滅洋咧，竟然連洋電報都用上了！」

何仙姑道：「放你的狗臭人驢屁，誰不知道，你們大刀會也是假扶清，假滅洋。你以為我不知道，你們打破幾家教堂，擄走多少箱洋銀元，全沒燒掉，都藏哪去了？你給我腦袋放清楚點，花花轎子人人抬，咱們彼此幹些啥勾當，彼此心裡清楚，還是不要說破，彼此留個餘地，才是上策。」

「你給我聽清楚了，派好人手，明天一早到縣衙門去。那狗官知縣逃命時走得匆忙，縣衙門簽押房裡，有個保險箱沒來得及帶走。估計，裡頭應該擺了不少值錢事物。你派人去，把那保險箱弄出來，送到我那兒去。東西到我那兒，你就別管了，要來人趕緊走。」

石老丈道：「咱們兄弟幹活兒，給你取了東西，卻一點好處撈不到。這話，說不過去吧？」

何仙姑道：「好處？你還想著好處？道姑我剛才告訴你，快快逃命去吧，淮軍聶士成隊伍，幾日之內就要殺到，這就是救命之恩。都救你們大刀會性命了，你還敢對我要好處？」

石老丈道：「那麼，我們走了，妳留這兒，聶士成淮軍到了，妳又咋辦？」何仙姑道：「我咋辦關你屁事，道姑我自有法子脫身。我要沒法子脫身，就不會敢要你們大刀會替我取保險箱。」說到這兒，何仙姑一扭頭，走了開去，揮手招招，聚攏紅衣女子並僕婦，又是燈籠在前，仙姑在後，一搖三擺，就此去了。

紅燈照眾仙姑走後，石姓肥胖老者將場內所有大刀會眾，聚於一處，高聲喊道：「諸位好兄弟，自咱們大刀會起事以來，扶清滅洋，替受冤屈百姓討公道，橫掃大毛子洋人、二毛子教棍，又打跑偏袒洋人狗官，戰績輝煌，攻無不克，戰無不勝。現如今，日照地面已然肅清，諸位在此，已無立功之處。」

「因而，自明兒個起，咱們日照大刀會好漢們，朝西邊走，跋山涉水，去會會其他地方大刀會兄弟。這次起事，不單單咱們日照，其他地方，像是臨沂、蒙陰，也都有大刀會弟兄們揭竿而起。就趁今兒夜裡，就在這兒，大家分分隊伍。

「最好是大夥兒全都去，倘若真有人不願去，要留在日照，我就請二師兄照應著。願意去的，另外成一隊，由我帶著，明天吃過午飯，向西開拔，訪友會師去。」

「這一路上，所需糧食、飲水，今天連夜就得準備，請管事兄弟趕緊照應，免得西行路上缺吃少喝。誰願意走，誰願意留，悉聽尊便，但我還是希望大夥兒全都去。還有，一旦定了主意，就別再改，省得徒增困擾。」

石老丈自何仙姑處，得知淮軍即將殺到，但又不能對會眾言明，因而，只能說希望眾人全都走，但如不走，也只好悉聽尊便。

竇敬天聞言，拿手肘推推儲幼寧道：「老弟，你機會來了，跟著隊伍走，一路保平安，就此順風順水，回了臨沂。」

儲幼寧與這人相處，不過幾個時辰，對這人卻頗有好感，乃問道：「大哥，您也一起走吧？」

竇敬天道：「不成，我家裡老的老，小的小，套句戲文，我這是母老妻小子未成，我要離了日照，他們沒人照應。」

儲幼寧發了善心，依舊勸道：「大哥，家裡老小，可以請人幫忙照看，您還是隨隊伍走一趟吧。」

竇敬天依舊搖頭，還是說不去。儲幼寧無法，僅能含混言道：「大哥，剛才晚風颳得緊，那何仙姑與石老漢談話時，話語聲隨著風飄過來，我斷斷續續聽到何仙姑說，似乎近日之內官軍要進剿。大哥，倘若續留日照，可要小心保重。」

竇敬天聞言，並未參透儲幼寧深意，依舊還是泛泛而言，說是官軍早就被打跑，留在日照，能照應家裡老母、妻小。儲幼寧見竇敬天聽不進話，也就算了，逕自隨著大刀會眾，在戲臺附近找個遮風之處，眾人聚攏，一齊睡倒。

次日一早睡醒，自有人送來稀粥、包穀餅，算是早餐。吃罷早餐之後，儲幼寧在村內四處遊走，已不見竇敬天蹤影。這大刀會，號令不嚴，人氣鬆散，儲幼寧雖然入會，卻無屬統，亦無人告知他歸誰管。這天上午，他就是在村內四處走走看看。午前，那石老者才出現，聚攏眾人，說是午後就要開拔，要眾人吃過午飯後，去縣裡糧庫領西行所需糧秣。

午飯之後，石老丈當先，領著眾人往縣城行去。老丈身後，約兩百餘人追隨而行。多半會眾都續留日照，不隨石老丈西行。儲幼寧望望村子裡外諸會眾，曉得這些人不日之內，將淪為淮軍炮火下亡魂。

第五十八章：歸糧行癡情舊侶又告重逢，捽觔斗毛腳胡七暗受內傷

到了縣城糧庫，早有管事會眾預備好各式乾糧，發放予西行會眾。每人領得布袋一包，內裝乾饅頭、玉米麵餅、炒米等粗乾糧。此外，還發皮囊水壺一只。領得了乾糧、飲水，眾人列隊而行，出了縣城，朝西南而去。

大刀會日照徒眾兩百餘名，邐迤向西而行。這裡頭，僅有石老丈與儲幼寧曉得此行旨在逃命，准軍大隊人馬不日之內，將在日照登岸，一路殺將過來。其餘人等則信了石老丈說法，以為就是西行取經，去臨沂瞧瞧熱鬧，與臨沂大刀會眾勾串，拉攏交情。

儲幼寧歸心似箭，一路上寡言少語，舉止平淡，與旁人無異。唯獨那石老漢，總是心神不寧、心不在焉，面顯焦慮顏色，總是催促手下，加緊趕路。饒是如此，這趟路程，還是足足走了五天，這才到了臨沂外緣。五天當中，眾人總是急急呼呼，加緊趕路，眾人不明緣由，私下嘟囔，說是如此疾走，沒法觀看風景，也沒法與其他大刀會分支互通訊息。

這一路上，無論荒山亦或野地，多見樹木，少見人煙，更難得見到其他大刀會徒眾。愈走，眾人愈懵，到了後來，遂有人問石老丈，到了臨沂後眾人該當如何？要如何與臨沂大刀會兄弟攀交情？對

此，石老丈一概含糊其詞，只說走一段，算一段，到了臨沂再說。就此，儲幼寧看出，石老丈壓根就沒打算與臨沂大刀會攀交情，屆時必然是樹倒猢猻散。

這天傍晚，兩百餘人隊伍，拉到沂州府府城外頭一處小鎮。眾人路上連吃五天乾糧，早已吃怕，到了這小鎮，趕緊尋覓小飯館、小麵館。立時，幾家小館子俱都滿座。儲幼寧見狀，一聲不吭，打開乾糧包，將餘糧吃個精光。吃完，自皮囊水壺裡，喝了幾口涼水。隨即，扔了乾糧包，背著水壺，扛著紅纓槍，逕自離隊，朝沂州城行去。

大刀會起事，官府衙門俱都陷落，大小官兒落荒而逃，官兵早已不見蹤影，沂州府城防改由大刀會接手。儲幼寧走到城門口，就見四、五名大刀會眾，拄槍提刀，無所事事，守在城門那兒，扯著嗓子談論不休。這幾人，見儲幼寧頭包紅巾，肩上扛著紅纓槍，只瞧了一眼，就撇過頭，繼續閒扯。

儲幼寧進了城門，足不停頓，朝豐記糧行快步行去。約莫小半個時辰，即到了糧行外頭。此時，不過夜裡戌時左右，天色尚早，如在上海正是滿街人潮，鬨然而走，熱鬧非凡。但在這沂州府城，卻是幽暗冥寂，悄然無聲。就見豐記糧行已上了門板，儲幼寧將臉貼近門板，自門縫往裡頭瞧，未有燈光透出。見此光景，儲幼寧心中就覺不好，怕是糧行出了事情。

儲幼寧武藝雖高，體能卻是平平，不會高來高去、攀牆上瓦夜行功夫，因而，只好舉手拍門。起先，微聲輕拍，拍了一陣，裡頭無人應門，繼而，用力猛拍，拍得大門砰砰作響。這樣，拍了一陣，終於，裡頭有一縷微弱燈火，由遠而進，自後頭晃晃悠悠，往前頭行來。

這燈火行至門後，就聽一個男子問道：「是誰啊，這樣大聲拍門？都夜裡了，咱們這兒上門板，不做生意了。您請回吧，明天請早。」

儲幼寧低聲回道：「是我，儲幼寧，這糧行東家啊！」

裡頭這人回道：「一聽就曉得，你這是來訛詐的，咱們東家雖也姓儲卻不是你這名，你走吧，有事明天再說。」

儲幼寧心想，自己離開豐記糧行，已近五年，裡頭這人，未必曉得自己名號。因而，又變了口氣道：「你找死啊？還不開門。你把眼睛湊著門縫，看看老爺我是何裝束？」

果然，就見門縫裡沒了光線，顯係那人拿腦袋堵住了門縫，朝外觀望。外頭儘管幽暗，但多少還是透著點天光，那人瞧見儲幼寧 身大刀會裝束，還帶著紅纓槍，曉得這是大刀會裝束。都看清楚裝束了，那人還是不開門，並另有一番說詞：「大刀會兄弟我都眼熟，毛腳胡七手底下兄弟我都見過，裡頭沒有你。你這人，瞧著面生，誰知道是不是假扮的。」

儲幼寧心急，又另搬出一套說法：「你們管事的夥計頭姓畢，大夥兒喊他畢頭。帳房師爺叫盧省齋，有個幫忙武師姓佟，叫佟啖。倆天津來的驢夫，一個叫辜順生，另一個叫彭小八。真正拿主意管事的，是韓燕媛，韓姑娘他爹叫韓福年。至於店東，則是儲仰歸。你說，我講錯沒有？你快開門，要是不開，等下有你受的。」

這人聽儲幼寧如此說，也改了口氣問道：「你說，你叫啥名？」

儲幼寧道：「我是儲仰歸弟弟，叫儲幼寧。」

那人說了聲：「你等等。」繼而，提著燈籠，翻身便走。儲幼寧知道，這人是到後頭去，向人請示。

工夫不大，透著門縫，儲幼寧見一盞燈籠，晃晃悠悠，又由後頭，往前頭走。隱隱約約，可見兩人身影，前頭那人提著燈籠，想必是剛才那夥計。後頭那人，形體佝僂，彎腰駝背，手裡還提了把刀。儲幼寧一瞧，就知此人是佟暖。四年不見，這人腰傷愈發不成了。

這二人走到門背後，就聽佟暖發聲問道：「是小少爺嗎？」

儲幼寧趕忙答道：「佟師傅，是我啊！我在上海，聽說山東大刀會起事，心裡放不下，特為趕了回來，大家都還好吧？」

正說著話，那大門呀地一聲，打了開來。夥計提著燈籠領路，佟暖、儲幼寧跟隨，穿過前廳到了前院，就此站定。這前院，位於前廳與第二進房舍間，有驢馬棚子、水井、雜役土屋、碾子、推車等事物。這院落旁，為第二進房舍，有數間屋子，為糧行管事、護院武師居住之處，並有廚房、兵器房、飯堂。後頭，則是後院，連同第三進房舍，當年儲懷遠一家五口，都住後頭。

佟暖、儲幼寧在前院站定，佟暖吩咐那夥計道：「眼前這位，你看清楚了，別忘記，這才是咱們豐記糧行真正東主。現下，時辰還不算晚，你提著燈籠，四處傳話去。把韓姑娘、儲大爺、盧師爺、畢頭，全都喊來。」

說到此處，佟暖一指院落旁一間大屋，對那夥計道：「找倆夥計，到這飯堂裡，打掃塵土，把桌子擦乾淨，上頭多放油燈，待會兒，幾位頭兒要在那兒議事。」

那夥計得令，提了燈籠走了。這兒，儲幼寧並佟暖立於院落夜空下，冷風拂面，烏雲照頂，星月朦朧。二人就著幾希月光，佟暖簡略說起這幾個月變故。佟暖言及，大刀會起事來得突然，事前毫無徵兆，就猛然而發。起事之日，會眾群聚，直攻府台衙門，知府聞訊，由兵丁保著自後門逃竄，妻小都沒來得及逃，衙門即告失守。

大刀會占了沂州府城，並未劫掠屠戮，亦未殺害知府並逃竄官兒所遺家屬。大刀會言明，旨在扶清滅洋，除滿城搜捕教民、清除西洋事物之外，並未騷擾市面。照理說，豐記糧行單做糧食生意，一不涉教民，二無西洋物件，不至蒙受衝擊。然而，陽關道跑出了陰間鬼，豐記糧行竟然還是出了事。

糧行裡，有個夥計，來了兩年，早前在臨沂鄉下，給地主當扛活兒長工。有次，這人隨老爺拉車進城，到豐記糧行賣糧食，見糧行夥計衣食無憂，就動了心。回鄉後，這人離了老爺家，進了城，到豐記糧行，說是願在此當夥計幹活兒。正巧，那時糧行裡缺人手，畢頭作主，就將這人留下。

這人姓胡，在家排行第七，做事手腳麻俐，人稱毛腳胡七。這人到了糧行，做事賣力，不爭不諉，很討眾人歡喜。時間一久，毛腳胡七就嫻熟糧行上下事務。這人與辜順生、彭小八熟稔後，辜、彭二人常吹當年勇，講述兩輛驢車馱著儲幼寧、金秀明、韓燕媛父女、儲仰歸，自天津到臨沂之事。甚至，這人當差巴結，曉得韓福年阿芙蓉癖好深，就想方設法弄煙土渣子，給韓福年過癮。韓福年腦力已傷，神智並非十分清楚，但對當年舊事，還能東顛西倒，隱隱約約，說個大概。就這樣，毛腳胡七亦約略知曉儲幼寧於北京時，與蓋喚天、響屁爺過往甚密，共同謀幹大事。

佟暖正說到此處，就見後院那兒，燈火搖曳，綽綽約約，有人行來。待燈火走到近處，儲幼寧定眼一瞧，來人正是這幾年來，讓他朝朝暮暮茶不思飯不想之人。

韓燕媛此時尚未睡下，聽夥計在院子裡稟報，說是儲幼寧自上海來，趕忙穿戴整齊，隨著夥計，到了前院。二人見面，互望一眼，一切盡在不言中。

此時，幾個夥計七手八腳，忙進忙出，把飯堂清理乾淨，擱上了幾盞油燈，又從廚房裡端出幾碟小菜。眾人進屋，儲幼寧連日趕路，都吃乾糧，一門心思不在吃喝之上，也不覺苦楚。如今，到了地頭，見了心上人，這才覺得腹中餓腸轆轆，乃轉頭對韓燕媛道：「有飯嗎？冷飯不妨，實在餓壞了，有什麼，拿什麼，我吃什麼。」

韓燕媛要夥計進廚房瞧瞧，端來一大碗冷飯，外帶一盆剩菜，儲幼寧吃得風捲殘雲，一掃而盡。吃飯之際，儲仰歸、盧省齋、畢頭等，亦都進了飯堂，一一與儲幼寧致意。這裡頭，獨獨不見韓福年。儲幼寧看著韓燕媛問道：「你乾爹呢？」

韓燕媛容顏轉暗，嘆了口氣道：「咳，他年紀大了，原本就臥病在床。大刀會攻進府城，他受了驚嚇，就過去了。局面亂烘烘，後事也辦得簡略。」

就此，韓燕媛講起大刀會入城之事，講來講去，就又講到毛腳胡七。韓燕媛講，其餘眾人幫著講，說是毛腳胡七巴結辦事，在糧行裡人緣頗好。大刀會入城後，當天夜裡毛腳胡七不知去向。次日一大早，有人高聲喊門，把大門擂得暴響，夥計開門一看，竟然是毛腳胡七，領著一隊大刀會人馬。

當時，毛腳胡七亦作大刀會打扮，自言夜裡出去，迎接大刀會進城，一夜之間，不但入了大刀會，還是小頭目。胡七率大刀隊進了糧行，氣勢頓然不同，居高臨下，頤指氣使，拿出軍需單，要糧行按單子所列提供糧食。胡七頗為倨傲，說是不白搬糧食，而是照著糧價給錢。

韓燕媛腦袋清楚，以前唱戲，戲文唱多了，掌故知道得多，曉得毛腳胡七這類人物習性。這類人，平日服低作小，當慣了人下之人，一旦因緣際會，乘勢而起，則是雞毛當令箭，自托自大，要人奉承，端起了人上之人架勢，最忌冷言嘲笑。因而，當場韓燕媛就直對糧行裡諸人使眼色，要諸人切莫出聲，免得激怒毛腳胡七。果然，佟暖本打算怒斥胡七，因見了韓燕媛眼色，遂未出聲。

韓燕媛當場接過軍需單，轉交予畢頭，要夥計照著單子搬糧食。韓燕媛心裡清楚，大刀隊進城，沂州府算是遭了兵亂，豐記糧行只要能保住東夥上下平安，保住糧行屋宇完整，保住存糧不遭劫掠，即已是上上大吉。至於供輸糧食，無論有價無價，無論價格高低，都已不計。

因而，毛腳胡七到了糧行，要啥給啥，糧行上下毫無遲疑，沒有一句難聽話。饒是如此，這胡七仍是胡攪蠻纏，漸漸竟對韓燕媛有非分言語。對此，韓燕媛門戶守得極緊，只要胡七到糧行，定然率糧行眾夥計相迎，絕不落單。

大刀會起事，旨在扶清滅洋，而非攻城掠地、搜刮脂膏，這與二十餘年前太平天國完全不同。因而，大刀會肅清臨沂四鄉八鎮，又攻進沂州府後，殺光了洋人、教民，打跑了官吏兵丁，就此無事可幹，拿著擄掠大毛子、二毛子所獲資財，在城裡四處遊蕩，過起了日子。

因大刀會只打洋人，不劫不掠，故而毛腳胡七與手下會眾，不曾劫掠豐記糧行。又因大刀會殺光大毛子、二毛子後無事可幹，四處遊蕩，故而毛腳胡七常川泡在糧行，有時帶手下同行，有時單身至此。無論有無攜帶手下，毛腳胡七每次到糧行，均是言語尖刻、顏色倨傲，令糧行上下人等，頗為難受。

佟暖曾獻計，欲設下陷阱，勾誘胡七至他處，一刀宰訖。不過，韓燕媛遇事沉穩，看得出大刀會氣數撐不了太久，因而，期期以為不可。佟暖畢竟年老，血氣不如當年，因韓燕媛反對，遂無輕舉妄動。韓燕媛心裡清楚，大刀會只是小患，真正麻煩，則是日後官軍進剿，攻入城後以資匪為由，大肆劫掠商戶。

一個多月來，韓燕媛思念儲幼寧頗甚，常想，若儲幼寧在，加上金秀明，眼前難關必可順利渡過。如今，儲幼寧趕到，韓燕媛心中自是振奮，曉得來了得力幫手。

韓燕媛一路往下敘說，將大刀會起事、毛腳胡七之亂、日後官軍進城憂慮，全都理路清晰，詳盡說完。說罷，韓燕媛定眼瞧著儲幼寧道：「這擔子，你瞧著，該怎麼挑下去？」

儲幼寧邊聽邊想，此時，嘆了口氣道：「唁，要是金爹爹在此，必然有好主意。我嘛，打架可以，出主意，卻是才具有限。韓姑娘，妳說說看法。」

韓燕媛道：「先問你，你從上海來，在外頭，對這大刀會之亂，有沒聽到什麼新消息？」

儲幼寧聞言，一拍腦袋，苦笑道：「哎呀，妳瞧瞧，剛才我餓壞了，就忙著吃。吃完，聽妳說事。結果，這頂頂重要之事，我卻忘了說。」

隨即，儲幼寧講了日照何仙姑所言，淮軍聶士成所部已在天津集結，日內即將上船，自天津直放日照，登岸後，將一路往西衝殺過來。又說，淮軍器械精良，馬隊、炮隊、步隊有連發機器槍，有小山炮，屆時定然殺得血流成河。

韓燕媛咬著下唇，想了想道：「這樣，你留在糧行，不顯顏色，對外頭，就說是新來的夥計。糧行裡，無論知道不知道你是誰，都告訴他們，你就是新來夥計，要他們別聲張。毛腳胡七那兒，我們還是得忍著。」

「這裡頭，關鍵事情就是把消息打聽清楚，要望風觀色，看看市面上大刀會言行舉止，就曉得官軍是否逼近。待官軍攻城之際，咱們設法拿下毛腳胡七這幫人，綁予官軍，算是抗賊有功，應可保住糧行上下，不受官軍洗剿。」

韓燕媛說到這兒，儲幼寧驀然想起，打從進了糧行，就沒見到辜順生、彭小八二人，遂就此問了韓燕媛道：「順生與小八呢？怎麼不見人，也不見驢車？」

韓燕媛道：「他二人哪，大刀會進城後，毛腳胡七頭回帶人來取糧食，就說大刀會需要輜重人力，於是，就把辜順生、彭小八，連同驢車都帶走了。這一個多月，將近兩個月，他二人曾回來幾次，說是日子過得還可以，就是入了大刀會車隊，給大刀會運人送物。」

「我剛才說，關鍵事情就是把消息打探清楚。這，就是指著他二人，盼著他二人每天與大刀會同吃同住，能及早探出官軍動態。」

一陣談論，時辰早已夜過三更，眾人皆感疲困。儲幼寧特別與儲仰歸又多說了幾句，見他這哥哥，與四年多前相較還是老模樣，依舊是大體正常，但腦子思路較為遲滯。

這糧行還有間空柴房，擱著柴火、雜物，無人居住。當年王堅學主持豐記糧行時，儲幼寧養母鄢氏就帶著倆兒子儲仰歸、儲仰寧，居住於此。韓燕媛要夥計想方設法，湊出墊被、鋪蓋、棉被等，給儲幼寧弄了個床位。此後，儲幼寧即居於這窄隘柴房裡。

次日，儲幼寧直睡到日上三竿，這才睡醒。起來一看，身旁已然放了合身衣物，內衣、小掛、棉襖、棉褲，一應俱全，雖是舊衣卻清爽潔淨。儲幼寧曉得，這些衣物是韓燕媛張羅而來，要夥計趁他睡醒前，悄然進了柴房，置於他身旁。

穿好衣物，儲幼寧出去一看，外頭眾夥計早已開了糧行大門，做起了生意。韓燕媛過來，悄然言道：「昨天夜裡說好了，你就是新來夥計。我已交代大家，也拿你當夥計，因而，我就不伺候你吃早飯了，你自己看著辦吧。」

儲幼寧聽到「伺候」二字，心中不禁一蕩，低聲調笑言道：「等事情過去，我終究要妳伺候我吃飯，就像四年多前，我和金家哥哥，離開這兒，回揚州那天早上一樣。」

韓燕媛聞言，亦是吃吃而笑，也低聲言道：「說正經的，你來了，我肩上擔子，算是卸下。你不知道，我頂著這局面，頂得好苦哇！」

儲幼寧聞言，伸出手來，並未觸碰韓燕媛，而是虛虛一握，算是握了韓燕媛手，繼而言道：「這趟來，我不想回上海了！」

韓燕媛聞言大驚，謹慎言道：「先別想這些，眼前，先把大刀會這關過去。以後的事情，以後再說。」

繼而，韓燕媛又道：「對了，你穿來、帶來那些衣褲、紅巾、紅纓槍，我已囑咐畢頭，今兒個一大清早，偷偷拿到外頭，尋個偏僻之處，挖了個深坑，全埋掉了。」

隨即，儲幼寧去了廚房，自己尋找吃食，填飽了肚子。這天上午，儲幼寧脫了棉襖，披上麻布片，頭上包了白布帕，與諸夥計一同幹活兒。眾人心裡曉得他是東主，對他皆有敬意，他則假作不知，處處謹言慎行，就當自己是夥計。

這一上午，平靜無事，買賣正常。午飯之後，才過沒多久，儲幼寧就聽見一陣蹋蹋踏踏腳步聲，糧行大門湧進七、八人。領頭那人，瘦高個兒，容貌乾淨，手腳細長，卻是一臉傲氣，神色冷峻，伸手遞出一張毛邊紙，高聲喊道：「韓姑娘在哪兒？咱們大刀會又要糧食了。這兒是軍需單，來個人，拿去！」

儲幼寧搶上兩步，接過那單子，拿眼神掃過去，見上頭寫著各種糧草名稱與數量。這工夫，那人狐疑道：「你是誰？怎麼以前沒見過？畢頭，這人是誰？可別是狗官、洋鬼子派來奸細吧？」

畢頭聞言，三步併作兩步，趕忙過來，回稟道：「七爺，這人叫吳桂生，咱們臨沂土生土長之人。這不是辜順生、彭小八，都出去替大刀會義軍趕車了嗎？他們二人走了，糧行裡欠缺人手，故而我就找桂生過來，暫時幫幾天忙。他老家在城外，家裡本來開了鏢行，現如今，義軍舉事，內外交通斷絕，暫時沒了商旅，鏢行也沒了生意，故而我要他過來幫忙。」

毛腳胡七揚揚眉毛道：「那還罷了，畢頭，問你哪，你們韓姑娘在哪兒，怎麼不見她人影？會不會，她見我來就刻意躲了起來。去找找去，要她出來見我，我又不會吃了她？」

就這幾句話一說，儲幼寧心裡就動了殺機。這毛腳胡七，到底是個什麼來頭？在大刀會裡，謀幹些什麼勾當？為何原來在糧行當夥計，溫良恭儉讓，待大刀會入城，一夜之間，這人搖身一變，成了大刀會小頭頭？種種懸疑，儲幼寧一概不想知曉，他聽毛腳胡七言語輕浮，對韓燕媛不敬，就為了這個，即動了殺機。

這時，就見畢頭拿眼睛瞧著儲幼寧，那意思，是看儲幼寧眼色，再決定行止。畢頭眼神一閃，卻為毛腳胡七察覺，因而問道：「畢頭，這可奇了，我要你去找韓姑娘出來，你竟先拿眼睛看著這吳桂生，要看他眼色行事。不成，這裡頭一定有鬼。來啊，將這人給我拿下！」

這話一說，手下六、七名大刀會徒眾，立時將儲幼寧圍住，七手八腳，來抓儲幼寧。儲幼寧本想動手，打趴這批大刀會，但轉念一想，眼前局面未明，須得按兵不動，因而，毫未反抗，任由大刀會徒眾抓住兩手，反拗至肩後，壓倒在地。

這當口，韓燕媛自後頭奔了出來，奔至前廳，見儲幼寧被眾大刀會壓倒在地，當即緩了口氣，口吻溫厚，和顏悅色對毛腳胡七道：「七爺，有話好說，這人昨天新到，是個新夥計，不知這兒規矩，冒犯了胡爺，還請恕罪。這人不信洋教，非教民，只是在糧行討生活，混口飯吃，這樣壓制在地，於大刀會顏面上，並不好看。」

這幾句話，說得在情在理，說話語氣、態度亦和順，毛腳胡七乃對手下道：「算了，放了他。」

隨即，這人將臉一轉，對著韓燕媛，擺出笑意道：「是這樣，上頭幾位師兄已經議決，要繼續遠征，打向濟南，因而，需要多帶糧草。你們這兒存糧還多，待會兒，妳和我上帳房去，拿這軍需單一起合計合計。倘若存糧不敷軍需所用，你們糧行得趕快進貨才成。」

韓燕媛曉得胡七打的是啥主意，當即推諉表示：「要弄明白存糧是否足夠支應大刀會所需，不但要軍需單，還要存糧帳簿，更要實地盤點存糧。這樣吧，把帳房盧師爺、領班畢頭都喊來，咱們就在這兒，三頭六面，把事情弄清楚。」

毛腳胡七不依不饒，仍舊歪纏爛打，繞著韓燕媛講些風言風語。一旁，大刀會徒眾站著看好戲，糧行夥計則是敢怒不敢言。事情走到這步田地，儲幼寧殺氣大起，早把昨日韓燕媛耳提面命扔到爪哇國去。昨日，韓燕媛明白點出計策，要眾人熬著，苦苦等待，待官軍攻城之際，再設法拿下毛腳胡七這幫人，綁予官軍，算是抗賊有功，希冀藉此可保住糧行上下，不受官軍洗剿。

如今，儲幼寧見毛腳胡七言語輕佻，語帶雙關，對韓燕媛頗不敬，乃決定當場下殺手，滅了胡七。儲幼寧這兒動著念頭，眼珠子不禁咕嚕咕嚕轉，那兒，韓燕媛邊應付毛腳胡七，邊看著儲幼寧臉色。就見儲幼寧臉色青紅不定，眼神飄然跳動，韓燕媛就曉得，儲幼寧護著她，就要出手屠了毛腳胡七。

因而，韓燕媛清了清喉嚨，用力咳嗽一聲，高聲自言自語道：「小不忍，則亂大謀。要能吃得住眼前虧，將來才能謀幹大事。沒有過不去的關口，沒有受不完的罪，熬一下就過去了。」

毛腳胡七聞言大奇，問韓燕媛道：「韓姑娘，妳說這些話，沒頭沒腦，是啥意思？」

韓燕媛則道：「沒什麼，就是突然想起以前學唱戲時，師父所教做人道理。這一個多月來，因大刀會起事，局面不定，雖說眼前日了安穩，但不知何時官軍就會殺回來。剛才突然想到這事，覺得心煩，故而說了幾句小時候師父所教道理。胡爺，您看呢？將來局面如何？」

這話，說得突兀，毛腳胡七壓根沒想到。胡七這人就是個卑微小人，慣會觀風望色，投機取利。大刀會入城那天，他覺得有機可乘，跑到城門那兒迎接大刀會眾入城。結果，為大刀會大師兄所見，找去問話，他揀好聽話說，又自言熟悉城內諸事，故而，當場得了小頭目職位。於是，耀武揚威，回老東家豐記糧行逞威風。

他覬覦韓燕媛姿色，有所圖謀，但有賊心沒賊膽，也就是個無膽匪類，只能狐假虎威，裝模作樣，常對韓燕媛出輕薄言語。其實，韓燕媛少小唱戲，江湖跑老，對付毛腳胡七足足有餘，但看在儲幼寧眼裡，卻沒法容忍胡七輕浮言語。

這當兒，帳房師爺盧省齋、夥計總領畢頭俱都來到，圍著張小圓桌，攤出了存糧帳簿，對著軍需單，眾人合計糧食數量。一旁，儲幼寧則是心思轉得飛快，審視這糧行前廳內諸般事物。就見這前廳堆放糧食之處，靠著糧包架子，立著一柄小竹掃帚。這竹掃帚把手不高，也就是三尺左右，斜斜倚著糧食架子靠放著。

而那毛腳胡七，心思浮動，靜不下心來，與盧省齋、畢頭商討大刀會軍需糧食，只是繞室遊走，眼神不斷瞟著韓燕媛。儲幼寧時而瞧瞧糧包架子前那短柄掃帚，時而瞧瞧毛腳胡七。就這樣，瞧著，瞧著，瞧久了，儲幼寧邁步，去這糧行前廳角落，蒐羅出十餘顆黃豆。繼而，慢慢踱往糧包架子，審度再三，算準了位子，將十餘顆黃豆，悄然撒於短柄竹掃帚前兩尺之處地面上。

撒過黃豆之後，儲幼寧復又回到原先站立之處，拿眼睛瞧著毛腳胡七。此時，胡七立於桌旁，對盧省齋、畢頭指指點點，說三道四，要盧、畢二人拿出好糧食。儲幼寧又瞧門口，就見胡七所率大刀會眾，此時在糧行大門內長條凳上坐著，有人抽菸，有人喝茶，由糧行夥計陪著說話。

繼而，儲幼寧眼神一轉，轉向韓燕媛，就見韓燕媛兩眼圓睜，面帶驚懼之色，瞧瞧儲幼寧，瞧瞧短柄竹掃帚前地面上黃豆。這韓燕媛，一門心思就在儲幼寧身上，眼神盯著儲幼寧轉，儲幼寧撒豆於地，韓燕媛早就看得清楚。

韓燕媛看看儲幼寧，又看看黃豆，對著那黃豆搖頭，顯係不願儲幼寧施辣招。儲幼寧則是視韓燕媛眼神而不見，假作不知。韓燕媛見儲幼寧執意如此，就邁步走向糧包架子，打算除掉地上那十餘顆黃豆。就在這關頭，毛腳胡七見韓燕媛離開小圓桌，走向糧包架子，也離開小圓桌，由另外一頭走向糧包架子。如此，正好面對韓燕媛，打算迎面堵住韓燕媛。

韓燕媛堪堪即將走至短柄竹掃帚之際，毛腳胡七卻加快步伐，自另外一頭走向那短柄竹掃帚。說時遲，那時快，就見毛腳胡七踩上那十餘顆黃豆，兩腳一滑，站立不穩，身子前撲，左邊胸腹中間地帶，剛好撞在那掃帚短竹柄尖端上。

就聽見毛腳胡七哎喲一聲，摔倒於地。這人，在韓燕媛眼前摔倒，頓時又羞又愧，覺得丟人現眼，因而，馬上翻身而起。然而，經這一摔，毛腳胡七一沒流血，二沒破皮，連傷都沒有。起身後，毛腳胡七拍拍兩手，衝韓燕媛道：「不礙事，不礙事，韓姑娘，妳瞧，我身手挺好，摔一下都沒傷。」

韓燕媛原以為，儲幼寧那十幾顆黃豆，必然擺下要命殺陣，當場取了毛腳胡七性命。此時，見胡七毫髮無傷，頗覺詫異，暗暗瞧了儲幼寧一眼，就見儲幼寧眼帶笑意。故而，韓燕媛心想，儲幼寧這是捉弄毛腳胡七，摔一跤並不礙事。

這天上午，毛腳胡七在豐記糧行攪和一個多時辰，光天化日，朗朗乾坤，他雖有心，卻沒膽真的胡作非為，故而只是言語上占了韓燕媛便宜，還不敢真動手腳。鬧了一個多時辰，敲定糧食額度，撂下話來，說是明天此時，要率驢車到糧行來裝運糧食。之後，毛腳胡七這才帶著大刀會手下，離糧行而去。

胡七等人走後，韓燕媛要廚房開上午飯，眾人同桌而食。飯後，韓燕媛示意，要儲幼寧到角落裡，兩人談話。韓燕媛問道：「地上那些黃豆，是怎麼回事？」

儲幼寧答道：「我都說了，不打算回上海了。離開妳四年，我沒哪一天心思不在這兒。這次回來，真的，不想回去。胡七這混蛋，對妳講那些話，我容不下他，過兩天，妳就知道這十幾顆黃豆有多大本事。」

韓燕媛面露憂慮之色道：「昨天不是說了？別輕舉妄動，先穩住他們，等官軍攻城了，再將之拿下，交給官軍，以求自保。」

儲幼寧道：「這道理，我當然知道，但我瞧那小子對妳不敬，忍不下這口氣，非除了他不可。」

韓燕媛又問：「說說，到底你使了什麼法子？要怎麼取他性命？」

儲幼寧道：「也不是什麼稀奇手法，這手段，當年在崇明島就用過。」

繼而，儲幼寧講了當年在崇明島，惡戰洋行買辦唐世豪之事。當時，儲幼寧以拳擊打唐世豪胸腹之間地帶，力道捏拿精準，些微擊破唐世豪脾臟，使之微微緩慢出血。受擊之後，唐世豪並無異狀，後來回到上海，這才因脾臟流血，慢慢而死。

儲幼寧道：「今天，使的還是老辦法，他捽那一下，左邊胸腹之間那地方撞到掃把竹柄，撞擊脾臟，已然戳破脾臟。只是，傷口不大，血流緩慢，他自己不知道。經過一日一夜，明天上午，他率人來領糧食，就會病病歪歪，氣色極差。再過幾天，就會一命嗚呼。」

「這人，我今天不殺他，日後也要取他性命。與其讓他多活幾日，對妳風言風語，不如早早廢了他性命，省得他再對妳無禮。」

韓燕媛聞言，嘆了口氣道：「我知你是為我，但總是壞了大局布置。待會兒，再想想，想出新辦法，看看該如何應付官軍進城後變局。」

儲幼寧慨然言道：「想什麼辦法？我就是一個辦法，哪個人對妳胡說八道，我就殺了哪個人。日後官軍來了，要糧給糧，要錢給錢，除此之外，要是還有非分之想，來一個殺一個，來兩個殺一雙，不管來多少，我把他們全滅了。」

韓燕媛聽了，心裡一暖，嘴上卻還是說：「你剛才胡說些什麼，說什麼不回上海了。別忘了，你還有妻小在上海。就不說你妻子，單說你兒子，你總不能撒手不管，讓這孩子從小就沒了爹。」

儲幼寧頗感不耐，揮揮手道：「別囉嗦了，在北京時，就是顧忌東顧忌西，弄得到了臨沂之後，棒打鴛鴦兩分離，害我這四年，在上海都不知道怎麼過的。」

韓燕媛還是規勸：「你這是怎麼了？以前，你不是這樣子，碰到事情，總是心存仁厚，心思也沉穩。怎麼這次來，講話毛躁，還帶著殺戮戾氣？」

儲幼寧回嘴道：「不和妳扯了，反正我不會回去。以前，總是當好人，事事為旁人想，下手也總是容情。這回，我當我自己，想怎麼幹，就怎麼幹。」

韓燕媛見勸解無門，只好又嘆了口氣，就此算了。

第五十九章：劫糧行地痞亂民屍橫遍地，槍炸膛淮軍兵爺悉數歸天

又過一日，這天上午，糧行才開門未久，就來了四輛大車，兩輛牛拉、兩輛驢拉。那兩輛驢車，車夫即是辜順生、彭小八。至於率隊之人，則還是毛腳胡七，身後頭跟著幾名大刀會手下。

這毛腳胡七，果真如儲幼寧昨日所言，面色慘白，行走搖擺，腰都挺不直。瞧上去，就曉得是勉力支撐，身染重病。前廳裡，畢頭正領著夥計，照著前一日胡七所交軍需單整理糧包，堆放一處，等著搬運。畢頭見胡七，當即恭順言道：「七爺，您來了，我這就要人喊他們去。」

隨即，畢頭要夥計到後頭，喊來韓燕媛。畢頭機伶，一邊要夥計拿椅子，讓毛腳胡七安坐，並沏上茶水，端上果盤；另一邊，則是趕緊親自行至門外，招手召來辜順生、彭小八，要二人待會兒見了儲幼寧，假作不識。

韓燕媛到了前廳，見了毛腳胡七那模樣，心裡有底，曉得這是胡七脾臟已然破裂，緩緩流血。想到這兒，不禁看了儲幼寧一眼，就見儲幼寧面上略帶得色，雖未通言語，那意思卻是：「妳瞧瞧，我昨天怎麼說的？我說這小子今天就會一副病歪歪模樣。果然吧，這小子現在就是病病歪歪，命在旦夕。」

倆驢車夫辜順生、彭小八悄然進了前廳，與眾夥計打招呼寒暄，並未與儲幼寧談話，但皆以眼神示意，算是打了招呼。

毛腳胡七昨日摔了一跤，胸腹之間撞於掃把竹柄上，當時不覺如何，待回大刀會住處後，夜裡醒來，就覺得撞擊竹掃把處隱隱生疼。疼痛雖不劇烈，卻是盤旋不去，並且，就覺得氣虛體弱。睡至今日清早，起床後，差點站不住腳。因有任務在身，只好咬牙硬撐，率同手下領著車隊到豐記糧行。

此時，他有病在身，心焦氣燥，無意間，赫然發現韓燕媛、辜順生、彭小八，與「新夥計吳桂生」眉來眼去，神色間雖裝著平淡不識，卻掩不住實情。再轉念一想，昨天就曾見畢頭行事前，先拿眼神望著這新夥計。當時，已經將這人拿下，後因韓燕媛講好話，這才不了了之。

想到此處，毛腳胡七左手摀著左胸痛處，右手指著儲幼寧，對大刀會手下道：「把這人拿下，拖過來，我有話要問。」

這話才說，還不待大刀會徒眾動手，儲幼寧就暴然而起，抄起一根糧包勾竿子，橫著朝胡七頸項掄過去，砸中胡七咽喉，敲完咽喉，再打膝蓋。之後，儲幼寧腳程頗快，飛速移位，在廳內遊走，遍擊胡七手下。

每一名大刀會會眾皆是咽喉挨一記，膝蓋挨一記。咽喉那棍子，打啞了嗓子；腿上那棍子，打疼了膝蓋。如此這般，廳內大刀會眾人，自胡七以下皆是既不能出聲喊叫，亦不能走動，全都癱軟於地。

儲幼寧千手如來般打趴諸人，畢頭見狀，當時就對辜順生咬耳朵，要辜趕緊到門外，支走兩輛牛車，就說兩輛驢車足夠運糧，不需牛車在此枯候。辜順生翻身便走，到了外頭，支走兩輛牛車，隨即，回到糧行，關上大門。

這頭，眾大刀會膝蓋被擊，站立不穩，全都癱坐地上。儲幼寧站起身來，對眾人道：「我下手容情，膝蓋上那傷沒傷到筋骨，就是疼幾天就會過去，之後照樣可以行走。嗓子上那傷也是一樣，過幾天就會好。」

「不過，到底今天讓不讓你們活著，還要看我心情。說得好，饒你們命，膝蓋還能走路，嗓子還能講話。說得不好，待會兒，我一人補上一棍，這回，砸在腦袋頂天靈蓋上，敲碎你們腦袋，讓你們全都回老家。」

眾大刀會眾，嗓子受傷，沒法大喊，卻仍能啞著嗓音講話。毛腳胡七癱在地上，戟指點著儲幼寧道：「我早該猜到，你就是那儲幼寧。早聽他們說過，你在北京與洋人神甫攪在一起，你就是個二毛子，大刀會扶清滅洋，早該將你殺了。」

儲幼寧聞言，笑笑說道：「太遲了，你大概還不知道，昨天你摔那跤，是小爺我設壇作法，故意摔你一下。這一摔，你肚子裡脾臟已然摔壞，傷口不大，血流不多，但時時刻刻流個不停。這會兒工夫，你肚子裡流了快一天血，你元氣去了大半。大約明天這時，你就得見閻王。」

儲幼寧愈說精神愈暢旺，神情漸趨亢奮，話語愈說愈快，對毛腳胡七道：「你當大刀會我沒意見，要不了你命。你到糧行來，頤指氣使，成了主子，要草要糧，我沒意見，給你就是。你在我家當夥計，卻吃裡扒外，勾結大刀會，壞了夥計規矩，這我也能饒你，要不了你小命。」

說到此處，儲幼寧猛然用手一指韓燕媛，厲聲對毛腳胡七言道：「可是，你對韓姑娘不敬，言語輕佻，心存苟且，這，就饒不了你了！你知嗎？我與韓姑娘，一無夫妻之名，二無夫妻之實，但我倆情投意合，兩人情分逾於夫妻。你對她不敬，就犯了死罪，我饒不了你性命。」

儲幼寧與韓燕媛究竟是怎麼回事，北京蓋喚天、上海金秀明都知之甚詳。哪怕是北京洋神甫響屁爺，也曉得大致情況。在此之外，佟暖、辜順生、彭小八等故人，四年多前自天津、滄州，隨儲、韓南下臨沂，一路上生死與共，也僅約略曉得二人情愫。

其他，豐記糧行自夥計領班畢頭以下，無人知曉儲、韓二人情逾夫妻。因而，儲幼寧這番話說將出來，眾人聞知，心中俱感詫異。然而，韓燕媛處事公正，豐記糧行待夥計不薄，因而，眾人聞訊後均默然不語，假作不知。

韓燕媛委實不曾料到，儲幼寧會有這番言語。若她是一般女子，此時必然又羞又愧，如有地洞都能鑽進去。但她自幼闖蕩江湖，經歷多少風浪，看過多少場面，這等事體在她來說，並非棘手麻煩事。當即，韓燕媛念頭一轉，張口問道：「順生，小八，你二人離了糧行，跟著大刀隊有好些時日，說說外頭市面境況。」

辜順生聽聞儲幼寧那番話語，原本就有意岔開話題，稟述近日在外所見所聞。如今，聽韓燕媛如此問，自然樂得順口往下說：「儲爺、韓姑娘，我正有事要稟報。我與小八在外頭，隨著大刀會輜重車隊，四處幹活兒，聽到不少訊息。這幾日大刀會亂烘烘，上頭幾位師兄鬧意見，有人說留下來決一死戰，有人說暫時走避，留得青山在，他日再分高下。」

韓燕媛問道：「怎麼回事？」

毛腳胡七情急喊道：「辜順生，你不要命了？竟敢洩漏軍情，小心你腦袋，咳、咳、咳，痛啊！」

毛腳胡七幾句話還沒說完，就見儲幼寧抬腿，在胡七左側胸腹那兒猛踢一腳。這一腳踹下去，毛腳胡七痛得直咳嗽，不停喊疼。

儲幼寧轉臉朝辜順生道：「順生，別停，接著往下說。」

辜順生道：「似乎官軍已經到了山東，而且，是從東向西進軍，先打日照，然後才到咱們臨沂這兒。大刀會早就設過壇，請各路神仙下凡，給所有弟兄降福，留下靈符。燒了靈符，喝過符水之後，人人都是刀槍不入。我在城裡，瞧過大刀會師兄演武，果真，就是刀槍不入，說是金鐘罩、鐵布衫護身，刀砍不入，槍扎不透。就算是洋槍，槍子兒也穿不進。」

「不過，我拉車時，卻聽大刀會底下小角色說，官軍到了日照後，不用刀槍弓箭，全都使洋槍。一排槍放過來，大刀會弟兄就倒一片；幾排槍連著放，幾百大刀會弟兄就全送了命。為此，臨沂這兒大刀會會眾心裡都怕，上頭師兄們還是天天作法，但擋不了流言。因而，有些師兄就拚命蒐羅糧食，打算離開臨沂。」

「今兒個到糧行來運糧，就是為了準備逃命。對了，我運糧時聽人說過，前幾天，打從日照來了個大師兄，是個老頭，姓石。這石老頭傳告軍情，說是朝廷派了淮軍老將，叫聶士成，帶了西洋火器，要全殲大刀會。為了這個，這幾日人心浮動，有人打算留下來拚命，有人打主意要脫身。」

辜順生話說到這兒，就聽見咕咚一聲，眾人轉頭一瞧，就見毛腳胡七不支倒地，腦袋撞在地上，碰出了聲響。儲幼寧道：「昨天摔他一跤，戳破脾臟，原本還可以撐個兩三天。剛才我又踹一腳，脾臟傷口驟然拉大，血流不止，他沒得救，馬上就要斷氣。」

說完，儲幼寧瞧著胡七帶來那幾名大刀會眾道：「你們也聽見這位驢車師傅言語，官軍就要來了，你們小命就要玩完。你們雖然腳上帶傷，嗓子嘶啞，但都不礙事，幾天就即可復原。現如今，外頭亂烘烘，眼看著大刀會氣數將盡，你們還是逃命去吧！」

「倘不如此，你們回去，稟報上頭師兄，說是毛腳胡七死在豐記糧行，你們拉起隊伍過來我也不怕，來一個殺一個，來兩個殺一雙。不管來幾個，小爺我把你們全滅了。你們剛才也見過我身手，信不信，我能將你們全殺了？」

這幾名大刀會徒眾並非狠角色，當初見大刀會起事，聲勢浩大，打跑官軍，乃跟著湊熱鬧，也入了大刀會。如今，先目睹儲幼寧武藝，後聽聞辜順生稟述，早就嚇得面色發白，生怕丟了性命。聽儲幼寧這麼一說，這幾人皆是啞著嗓子，求儲幼寧饒命。

儲幼寧揮揮手，要夥計開了大門，對這幾名會眾道：「把毛腳胡七屍身抬走，找個地方埋了。要是不埋，扔了也可以，反正現在外頭亂，不差他這一具屍首。你們就此跛著腿腳逃生去吧，別再與大刀會攪和了，小心點，要是走慢了，官軍追上來，你們小命必然不保。」

這話說完，糧行內大刀會眾悉悉索索，拄著紅纓槍當拐杖，一跛一拐，就此去了。其中幾人，步履艱難，硬是拽著毛腳胡七肩頭、手膀，將屍身拖了出去。

糧行裡，儲幼寧心中跑馬，籌劃百事，想著，想著，就望著辜順生、彭小八道：「你二人家眷呢？外頭亂，就是這兩天官軍就要殺到，你們把家眷接到糧行來。大家擠擠、打打地鋪，也有個照應。」

這話才說完，韓燕媛銀鈴般聲音笑道：「他們啊，家眷都還住在天津，壓根沒接來。天津熱鬧，靠海、有港口，東西多，又方便，咱們這兒，荒山野嶺、日子艱難，他二人家眷都不願過來。」

辜順生打個哈哈，笑兩聲，趕忙辯白道：「家裡老的老，小的小，千里跋涉太過操勞，因而就沒過來。四年裡，我和小八趁著過年回去過兩次。不走山路了，免得被山裡寨子逢十抽一，都是去日照，找船去青島，再轉船去天津。」

經歷毛腳胡七之亂，儲幼寧貿然講了真心話，這時，頓時覺得無須再隱匿對韓燕媛情愫，因而，當著眾人對韓燕媛略微調笑道：「是啦，天津老鄉貪戀繁華，不願到咱們臨沂山裡來。就你這北京城姑娘，捨了八百年帝都，棄了天子腳下花花世界，離了北京，千里迢迢，到這兒來，幫我儲家管著這糧行。」

韓燕媛聽了這番話，不怒反笑，笑得咯咯響。就此，儲、韓二人在豐記糧行上下夥計面前，算是轉腳敲釘，定下了「無夫妻名，無夫妻實，卻情逾夫妻」關係。

這天，糧行不再開門。派倆夥計在大門內坐著，如有人敲門，欲購糧食，頂多就是自大門上所附小窗口，收進鍋碗瓢盆桶罐盒等容器，也收了銀兩銅錢，容器裡裝糧食再遞出去。

儲幼寧小不忍，提前出手，取了毛腳胡七性命，打跑大刀會眾，亂了韓燕媛大計。此時，二人再行合計，重定計策。當務之急，還是打探訊息，於是，又重開了大門，趕緊要畢頭帶著夥計，手腳俐落，將早已準備好糧包扛上辜順生、彭小八驢車。弄完這事，糧行又關上大門，辜、彭二人駕著驢車，回了大刀會營地。

二人臨走前，韓燕媛交代，要辜、彭二人回去後，就說毛腳胡七連同其他會眾要他二人先行，其他事情推說不知。韓燕媛斷定，官軍進逼，大刀會諸事皆亂了套，眾人都存了五日京兆之心，就是想著早早收攏糧食，早早逃命而去。如此，辜順生、彭小八回去，只要車上裝滿糧食就可覆命。至於毛腳胡七及另兩輛牛車去了哪兒，大刀會已無心追究。

辜、彭走後，儲幼寧、韓燕媛忙於盤點糧行蔬果、肉品、柴火。如有不足，就要夥計趕緊採買，務必儲存五日之需，俾便熬過官軍入城亂局。這天晚上，辜順生、彭小八回了糧行，卻是人回車不回，兩輛驢車沒了蹤影。

辜、彭言道，大刀會主力積蓄大量給養，連夜往西北費縣、蒙陰一帶撤走。原本，大師兄還是要辜順生、彭小八二人趕著驢車，跟著一起撤。二人苦苦哀求，說是家業根本在於臨沂，不願奔波他鄉。局面紊亂之際，大師兄亦未強求，准許二人脫隊回糧行。然而，人走驢不走，驢與車俱都留下，就放倆光桿驢夫離去。

一夜之後，次日一早，儲幼寧早早醒來，到外頭一瞧，韓燕媛已口說手揮，支使所有夥計做事。所有糧架上，原來堆高糧包此時全都卸下，堆放院中。韓燕媛見儲幼寧，趕忙言道：「我想過，無論大刀隊或官軍，兵荒馬亂之際，殺紅了眼，倘若闖進來，若要搶糧趕緊給他們糧。這糧包高高放在架子上，反而不便，寧可先取下來，到時候省事。」

儲幼寧道：「你咋說咋好，這樣處置，的確高明。」

韓燕媛要儲幼寧趕緊吃點東西，墊著肚子，然後，趕忙到前面來，不定什麼時候就會出事，得由儲幼寧壓住場面。

這天上午，豐記糧行依舊大門深鎖，儲幼寧與眾夥計時不時微微開啟門上小窗口，往街面探視。這一天，大刀會主力會眾已然撤走，而官軍則尚未入城，街面上沒了土地神，各路地痞流氓乃鑽了出來，四處為禍。附近商號門小牆低，皆受洗劫。

糧行附近一家傢俱店被地痞打破門面，闖了進去，桌椅床凳，被搬一空。搶匪劫掠之後，扛著擄掠物件，在街面上呼嘯而過。工夫不大，就聽見糧行大門外，有人用力擂門。儲幼寧聞聲，奔赴大門後頭，接著門縫往外瞧。就見外頭站了六人，全都橫眉豎目，十幾隻拳頭擂鼓一般，猛敲大門。

儲幼寧自佟暖手中，搶過單刀立於門後，要夥計開門。這豐記糧行大門，高有一丈五，厚有三吋，門板下釘了凹槽，地上則鋪設鐵軌，無論開門抑或關門，皆是在軌道上推動門扉。這大門為去年所修建，以前大門兩面開闔，年久失修，一年前韓燕媛拿主意，修築了這座鐵軌兩吋新門。

就聽見兩扇門扉下頭凹槽，在鐵軌上軋軋滑動，糧行門戶漸漸洞開。門開之後，儲幼寧手執單刀，立於當間，守住門戶，對門外六名地痞流氓道：「要搶，到別處去搶，若是不信邪，就拿脖子來，試試小爺這把刀。」

這劫匪，領頭那人臉上烏七八糟，抹了鼻菸，辮子當中插了鋼絲。那裹了鋼絲辮子，向後高高翹起。這裝束儲幼寧見過，多年前在北京天橋，花子幫大流子、二柱子，都是腦袋後頭，繞著鐵絲編辮子，臉上則抹一臉鼻菸沫子。

這鋼絲翹辮子地痞，抬手戟指，衝著儲幼寧，對餘下五人道：「媽的！這是個什麼貨，趕在老子面前充小爺？來啊，給我打，把這糧行砸個稀巴……呃，呃，呃。」

這人張口痛罵，才罵到一半，就覺得咽喉一涼，眼前一股血箭激射而出，後頭話語乃告阻塞，說不出話語，只剩下呃，呃，呃之聲。

儲幼寧一刀揮過，隨手收刀，又將刀橫於身前，擺了個架式。那刀頭，猶兀自滴血。至於這鼻菸臉鐵絲辮子地痞，咽喉血箭噴了一地，身子也慢慢軟倒。血箭噴得四處都是，儲幼寧身上長袍亦沾上滴滴血漬。

儲幼寧指著地上鐵辮子，對餘人道：「大刀會主力全跑了，官軍就要進城，進城後找不到大刀會，定然會找替死鬼。你們這些地痞雜碎，是不是腦袋塞了棉花？不找個地方把自己藏起來，還在這兒丟人現眼？官軍來了，殺不了大刀會，定然拿你們開刀，宰了你們祭旗。還不抬了這屍身，快快逃命去？」

地痞流氓看準了局面紊亂，跳出來打搶劫掠，全沒想到，強盜碰上狠祖宗，頭子當場就被屠。餘下幾人，趕忙拖了鐵辮子屍身，倉皇而走。

五名地痞拖著死屍倉皇而去，糧行復又關上大門。儲幼寧抗敵時，糧行夥計俱在前廳，親眼目睹那鐵辮子咽喉被割，飆出血箭，此時頗受驚嚇。事發時，韓燕媛立於糧行院中，間隔較遠，但亦約略瞧見全景。她久走江湖，四年餘前自天津隨儲幼寧、金秀明南下，到一處，打一處，一路血戰，場面見多，早已見怪不怪。

儲幼寧安撫糧行夥計道：「要在平常日子，不必下殺手，只要弄點小傷，挫其銳氣，嚇唬嚇唬就算完事。但如今不同，這幾天局面亂，正是性命交關之際，碰上這亂世，就得下重手。」

正說著話，又聽見大門砰然作響。於是，眾人又奔至門後，依舊是儲幼寧開了門上小窗口，打算伸頭探視。詎料，儲幼寧腦袋才湊近那門上小窗口，就見一桿長矛忽地一下刺了進來。儲幼寧一晃腦袋，閃過長矛矛頭，就見那長矛忽地一下，又縮了回去。儲幼寧貼著門板，自門縫裡往外瞧，就見門外又來一撥地痞流氓。

這回，儲幼寧還是拿著佟暖單刀，揮揮手，要夥計小心翼翼，慢慢推動門扉。兩扇門才打開數吋，咻地一下，那長矛又刺了進來。這一回，儲幼寧早有準備，身子一閃，伸出左手抓住長矛桿子，用力往裡頭一拽，拽得外頭那人腳步浮動，傾身往門扉這兒倉促走了幾步。這人長矛被拽，不知鬆手，兩手還是緊握長矛，乃被儲幼寧拽進門扉。

儲幼寧左手拽長矛，右手揚起，手起刀落，斬在那人右手手腕上。就聽見一聲慘叫，那人右手齊腕被儲幼寧剁下，一隻手掌，墜落糧行門內地面。那人右手掌被剁斷，只好鬆了左手，那桿長矛落於地面，前半段在糧行大門內，後半段則在大門外。此時，大門嘎嘎然，就此大開。

儲幼寧大步向前，立於門外。這一回，共來了八人，其中一人右手掌被齊腕剁下，此時，左手抓著斷腕，面色慘白。其餘眾人，見儲幼寧發了虎威，面面相覷，不知如何是好。兩方面僵持不下，略略對峙一陣，就聽見其中一人，發一聲喊道：「大夥兒並肩一起上啊，把這小子給剁成肉泥。」

喊聲之後，七人當即聚攏，成了半圓，將儲幼寧圍在當中。眾人尚未出手，就覺得眼前一花，隨即手腕一涼，低頭一瞧，七人全被儲幼寧切了腕脈。適才，儲幼寧舉著單刀，由右而左，繞著眾人半圓，轉了半圈，快刀劃手腕，連切七刀。

這手腕上埋著大血脈，儲幼寧刀刀要命，全都切中大血脈，將之割斷。大血脈斷後，七人手腕隨即噴血，七人大驚，連同之前被剁手腕之人，一齊拔腿奔逃。儲幼寧並不追殺，只是走到街心，往這八人奔逃方向定眼瞧著。就見這八人，快速奔逃不到半里地，就因失血過多，一一力竭而倒。遠處街面兩旁，就多了八具路倒屍。

儲幼寧走回糧行大門，彎下腰身，撿起那隻被剁手掌，將之拋至門前街心。這街心亂七八糟，扔了一地刀槍，都是之前兩撥地痞亂民所遺。

此時，老天爺變了臉，颳起陣陣寒風，天色幽暗，彤雲蔽日，寒風吹得呼呼響。背後，畢頭與夥計各自推門，門聲嘎嘎。儲幼寧回頭，對畢頭言道：「畢頭，別關門了，就是關了，待會兒還是有亂民來砸門。」

畢頭回道：「小少爺，外頭冷，您進來吧，就算不關門，糧行裡頭也比外頭暖。」

儲幼寧退回糧行，畢頭鄭重其事，端來一碗熱湯麵，擺在桌上，對儲幼寧道：「小少爺，您殺了兩陣，想必餓了，先吃點熱湯麵。咱們都親眼看見了，若非小少爺，今天糧行不知要遭多大難。看這幫地痞混蛋作派，非要把糧行攤了不可，弄不好，夥計們命都沒了。」

儲幼寧坐下，喝了口熱湯道：「這也是沒辦法，我不殺他，他就殺我。這糧行，儲家產業，總不能在我手裡被人糟蹋。」

正說著，就見門外湧進十幾人，卻並非地痞亂民，而是左近店家、住戶。這批人自這天上午以來，已被搶過幾回，店不成店，家不成家，所有人僅以身免，財產盡失，獨剩人命還在。這幫人進了糧行，七嘴八舌，都向儲幼寧求救。

那意思是說，眾人在門縫裡，都瞧見儲幼寧打跑亂民，他們已無財產，深怕再來亂民，搶不著資財，就傷了他們性命。故而，收拾剩餘細軟，抱著鋪蓋捲，躲進豐記糧行，尋求庇護。

儲幼寧尚未答話，韓燕媛已自後頭走來，高聲招呼，要夥計端凳子、搬椅子、在地面鋪麻布糧包，讓眾人落座。此外，又要廚房趕緊再弄熱湯麵，供左鄰右舍逃難而來之人解飢。

糧行廚子燒了一大鍋水，有什麼菜扔什麼菜，倒醬油、高醋，再撒進洋白麵，末了，噴上胡椒麵，就成了一大鍋糊塗湯，端了出來，供眾人扛餓解飢。

這天，自午後至天黑，豐記糧行依舊是大門洞開，靜迎劫匪。整個下午，又來了三撥人。頭兩撥不信邪，儘管儲幼寧出言恫嚇，說是上午來過賊人，全被殺退，這兩撥人依舊執意打劫。說不得，儲幼寧只好又施辣手，殺得糧行大門外屍橫遍地，門前街面為血染紅，又扔了一地刀槍。

至於第三撥劫匪，走到豐記糧行門外，見儲幼寧渾身浴血，地上七橫八豎，躺了十幾具屍首。那領頭之人曉得厲害，發一聲喊，眾人揚長而去，沒敢留下來撒野。

天黑之後，城外遠處漸有槍聲，起先聲量還小，後來槍聲愈來愈密，聲響愈來愈大。儲幼寧曉得，這是官軍進城了。儲幼寧命夥計點起兩支豆油火把，插在門外，照亮門前景象。繼而，關起糧行大門，儲幼寧率夥計守在大門後。糧行內吃喝拉撒之事，則由韓燕媛照應，飽眾人肚，暖眾人身。

上半夜，就聽見門外有過幾次急促腳步聲，儲幼寧每次均扒在門邊，自門縫往外望，見是地痞盜匪，即出言恫嚇，說是地上屍首即是榜樣，不要命的就留下來。天寒地凍，外頭屍首均已凍僵，死者容貌慘澹猙獰，瞧得劫匪心驚肉跳，不敢造次，全被嚇跑。

下半夜，儲幼寧迷糊了一陣子，天亮前，就聽見槍聲愈來愈近，像炒豆子般，暴響不休。天色泛起魚肚白之際，外頭又現急速奔跑腳步聲，儲幼寧接著門縫往外瞧，就見十餘劫匪，手上抱著各色劫掠之物，由左往右，死命飛奔。

由門縫裡往外瞧，瞧不真切，儲幼寧索性開了門上小窗，探頭出去看個仔細。劫匪由左往右跑，就聽見左邊有人高喊，要劫匪止步。劫匪當然不聽，繼續往前奔馳，就聽見左面有人厲聲叫道：「預備，放！」

繼而，放鞭炮一般，響起連串槍聲，就見右邊飛奔劫匪悉數中槍，全都倒地。左邊，官軍端著洋槍，亦跑步而來。那長槍上，皆安上了刺刀。這批官軍約十餘人，都是身穿皂色緊身棉襖，皂色緊身長褲，腳上套著長統皮靴，頭上盤著辮子。領頭那人，上身多穿了件馬褂，頭上戴了頂圓皮帽。

這批軍爺，衝到劫匪倒地之處。地上所躺劫匪多數尚未斷氣，嗷嗷叫痛，對軍爺喊著饒命。領頭穿馬褂軍官一聲令下，眾軍爺自上往下，持槍而刺，槍尖上刺刀，將受傷劫匪一一戳死。儲幼寧江湖跑久，遍經惡戰，見這場面仍不禁渾身戰慄。儲幼寧探頭而瞧，看盡此事全貌，糧行大門內，韓燕媛、佟暖畢頭等人則緊倚大門，從門縫裡往外瞧，也看見若干景象，也都嚇得發抖。

這齣官軍全殲劫匪大戲演完，天色也已全亮。就聽外頭那軍官吆喝手下，聚攏成隊，分成兩列，回頭朝糧行而來。儲幼寧曉得，這軍官必然會喊門，故而不關門上小窗，等著與那軍官接談。果然，兩列隊伍走到糧行人門外，即止步不再前行。兩列官軍，就站在街對面，隊伍之前，躺著十餘具屍體，皆是儲幼寧前一口所殺。

那軍官指著糧行門前七橫八豎屍首，對儲幼寧道：「這是怎麼回事？」

儲幼寧面帶恭順神色，謹慎答道：「回老爺的話，大刀隊匪徒前天已然遠逃，但官軍尚未進城，因而，昨大一整天，連來幾撥地痞盜匪，四處劫掠。您瞧瞧，這糧行左鄰右舍，都被劫匪砸開門戶，裡面搶奪一空。」

說到這兒，那軍官面露不耐之色，點手戟指儲幼寧道：「不問你這個，我就單問你，地上屍首，是怎麼回事？」

儲幼寧道：「剛才說了，昨天既無大刀隊，也無官軍，因而地痞造反，到處劫掠，也到小店騷擾。小的無法，只好出迎，與之鏖戰，殺了不少劫匪。小的想，時逢亂世，只好用非常手段，因而，沒法子留他們活口，只能悉數全殲。」

那軍官右手伸向腰際，忽地一下，拉出一柄西洋長刀。這刀，精鋼鑄造，光芒耀眼，閃閃生輝，刀身略彎，刀柄末端繫著金色垂穗。那軍官，將鋼刀一點，直指儲幼寧道：「你給我開門，你這糧行裡，不定藏著什麼要犯。我猜，你就是大刀會，糧行裡藏了大刀會會眾，這才有本事，能打殺這麼多劫匪。」

這軍官正說著，就聽他身後隊伍裡，有個兵丁對身旁其他人言道：「咱們在天津上船之前，大帥點兵，召集全軍官兵訓示。大帥說了，打下沂州府，放三天大假。」

這話，聲量不小，連儲幼寧都聽見了，那軍官自然充耳而聞。就見那軍官回身，手起刀落，朝那講話兵丁一揮而過。這帶隊軍官頗有武藝，下手捏拿精準，那刀揮過去，僅是淺淺劃過那講話兵丁顏面，在這兵右臉頰上，拉出一道兩寸長口子。

這軍官吼道：「住嘴，你要再說，我下一刀把你腦袋切下來。」

那兵丁嚇得僵直不動，任由右臉頰上鮮血直流，也不敢動手去擦。

糧行裡，韓燕媛扒在大門內，湊著門縫，看得真切。儲幼寧就聽見韓燕媛壓低嗓音，用力喊道：「千萬不能讓他們進來，這當官的嘴臉我在北京見多了。這種人，只會欺負老百姓，吃民脂、喝民膏。要是讓他進來，咱們全沒活路了。」

韓燕媛又道：「剛才那挨刀兵說，他們大帥講，打下沂州府城，放大假三天。這話是說，官軍進城後，上頭給三天時間可以為所欲為，姦淫擄掠，無惡不做。那兵講這話，意思就是說，打進了糧行，就可為所欲為。我久在北京闖江湖，曉得那些當官的、當兵的諸般鬼門鬼道。」

說到這兒，韓燕媛轉頭，對身旁佟暖、畢頭言道：「趕緊看看去，找找儲爺那彈弓與彈子，馬上拿過來，待會兒儲爺得靠著這兩樣物件，保大家平安。」

知儲莫若韓，韓燕媛打從北京起，就曉得儲幼寧與敵對戰，如對方人多，儲幼寧必得靠彈弓亂射彈子，才能克敵致勝。這話才說完，就聽見佟暖低聲答道：「韓姑娘，我知道，小少爺彈弓與彈袋都在他睡房裡，我這就去拿。」

這時，就聽見外頭那軍官，嚴詞厲聲，威嚇儲幼寧道：「你以為我們不知道？大刀會匪徒在這兒作亂，你這糧行提供給養，你們這就是資匪之罪。現在說好的，要你開門。你要不開門，我要手下拿排槍打。要是還打不開，待會兒，我調德意志克擄伯兵工廠小山炮來，一炮轟過去，將你這糧行轟個稀巴爛。」

這話才說完，佟暖已然將彈弓送到儲幼寧手裡，自己手裡則捧著彈袋。到底該如何處置？儲幼寧心中委實難決。畢竟，這夥人既不是地痞劫匪，也不是大刀會亂眾。眼前這批人，是官軍，雖說比土匪還狠，卻個個都披了朝廷軍服。

儲幼寧心中跑馬，正猶豫不決之際，外頭那官軍頭目又喝道：「要你開門，聽到沒有？」

裡頭，韓燕媛語氣堅毅道：「儲爺，這門不能不開。不開，必遭槍打炮擊。一旦開了，這批軍爺闖進來，比土匪還狠。沒得說的，開門，將他們全打趴，不取性命，讓他們帶傷，護住糧行內老小二十幾口人。」

外頭那兒，領頭軍官見糧行遲遲不開大門，已然號令所屬，前排蹲下，後排站著，平舉洋槍，待命而發。裡頭這兒，儲幼寧一時之間也沒了主意，有點慌張，問韓燕媛道：「打傷之後呢？是全都拖進糧行，關上大門？還是全都放走？打哪兒比較妥當？」

韓燕媛也拿不定主意，就聽見外面領頭軍官威嚇道：「再說一次，開門。再不開門，就放洋槍。」

這當口，韓燕媛咬咬牙，對畢頭道：「畢頭，開門。」

繼而，對儲幼寧道：「拿彈子打膝蓋，打完了，全拖進來，關上大門。」

畢頭並幾個夥計早等在那兒，躬著腰，兩腿拿樁，兩手放在門把上。這時一聽韓燕媛號令，立時使力，匡啷匡啷，慢慢將門推開。門開處，儲幼寧挺身向前，身旁站著佟暖，兩手捧著石彈子布袋。儲幼寧一言不發，略頓一頓，之後，倏然發動千手觀音絕技，石彈子連珠而發。

之前，韓燕媛要他拿石彈子射兵丁膝蓋，儲幼寧轉念一想，就曉得事不可為。蓋因街那頭十幾名兵丁都舉著洋槍，倘若以石彈射其膝蓋，頂多打個三、五人，其餘兵丁必然扣下洋槍槍舌，槍子兒飛速射來，就算自己躲過，佟暖必遭亂槍打死。因而，儲幼寧臨時改了主意，那石彈子，紛紛朝左、中、右三個方向，飛向不同兵丁槍口。

石彈子砸上槍口，石子碎裂，總有幾片碎石鑽進槍膛。槍膛受石子一撞，槍兵握槍不穩，手指即按下槍舌，發射洋槍。那槍子，在槍膛裡碰上碎石擋路，當即飛速旋轉爆發，整條槍管轟然而炸，不但持槍兵丁首當其衝，身旁兵丁也遭池魚之殃。如此這般，儲幼寧那彈弓不過射出四、五枚石彈子，所引發洋槍膛炸，即將所有兵丁捲裹在內。

一陣轟然炸聲，讓一旁站立軍官瞠目而驚，就覺得膝蓋一疼，隨即軟倒。儲幼寧射完兵丁，這才轉射這帶隊頭目。

膛炸猛烈，大半兵丁當即送命，有些腦袋被削，有些面如麻皮，有些頸項僅剩皮肉相連。剩下來，還有五人雖受重傷卻一時未死，輾轉哀號，眼看著，就要不成。

這一仗，儲幼寧全殲淮軍槍兵，俘獲領隊軍官。

這一仗打完，才剛日上三竿。糧行外頭原本就七橫八豎，劫匪屍首躺成一片，如今，又加上十幾名淮軍士兵殘肢爛肉。就此，豐記糧行大門外頭街面，死屍累累，觸目驚心。儲幼寧命夥計將那膝蓋受擊軍官，拖入糧行，關上大門。

儲幼寧使彈弓技法，盡滅淮軍步隊槍兵，從頭至尾，糧行前廳諸夥計、前廳後頭院子裡避難鄰人，全都看在眼裡。眾人不明洋槍道理，不懂火器諸元，更不曉得槍膛、炮膛不容異物。無論夥計抑或鄰人，只見儲幼寧彈弓連射石彈，就引得兵丁洋槍亂炸，炸成一片，炸爛所有兵丁。

待硝煙散去，就見地上躺滿淮軍殘破遺骸，眾人無不覺得儲幼寧施了法術，彷彿召來天兵天將並各路神鬼，怒殺淮軍兵丁。

大門闔上，落了門拴，儲幼寧頓覺渾身虛脫，腦袋發昏，站立不穩，歪歪斜斜，趕緊找張椅子坐了下去。抬頭望去，糧行大門內前廳、前廳之後前院，俱都站滿了人。廳裡站的，是韓燕媛以降糧行大小夥計。院子裡，則站著前一日到此避難左鄰右舍。這一大幫人，全看著儲幼寧，指著儲幼寧拿主意。

儲幼寧就覺頭昏，兩手微微顫抖。韓燕媛見狀，趕緊對身邊夥計道：「快，去廚房，要大師傅先弄一碗糖心蛋，多放糖，趕快送來。」

這話才說完，韓燕媛又喊住那夥計：「先拿糖，再做糖心蛋。拿個小碗，裡頭裝糖，趕緊送來。」

那夥計飛奔而去，旋即又衝回前廳，手裡端了個碗，裡頭有大半碗糖粉，還擱著一根小木勺子。韓燕媛接過那碗，顧不得幾十雙眼睛緊盯，就左手端碗，右手拿木勺，一勺又一勺，將糖粉餵入儲幼寧口中。

幾勺糖粉下肚，儲幼寧這才又活了過來，頭不昏，氣不喘，手不抖。儲幼寧抬手，阻住韓燕媛，低聲悄然言道：「夠了，緩過氣來了。難為妳了，這眾目睽睽的，伺候我吃糖。」

韓燕媛聞言，亦低聲言道：「什麼時候了，還有閒情逸致開這玩笑。」說完，一歪頭，下巴指著那官軍頭頭，對儲幼寧道：「問問他，究竟怎麼回事。」

那小軍頭膝蓋依舊疼痛，無法站立，此時倚靠牆邊，面帶驚懼之色。儲幼寧站起身子，走至此人跟前，拉張板凳坐下道：「你是誰？在淮軍裡幹啥的？今日到此有何圖謀？這事情，全給我交代清楚，小爺我再決定怎麼發落你。」

這人，雖成了階下之囚，面帶驚懼之色，但依舊頗硬氣，乾淨俐落講起事情。這人自言，生在塞外，為蒙古族人，自幼就無爹娘，不曉得自己名字，後被人收養帶至關內，在安徽生長，因來自塞外，故人稱魯蕃子。

魯蕃子說，這次淮軍進剿大刀會，共來了三個營，每營五百餘人，裡頭有馬隊，有步隊，有炮隊。他在步隊當棚官，底下帶十餘名兵丁。這三營淮軍皆是聶士成舊部，這次奉聶大帥所召，在天津登船。上船前，聶士成曾召集這三營一千五百餘名淮軍舊部，訓示勗勉，說是到山東去打大刀會，為朝廷剿匪患，為淮軍添聲色。

儲幼寧特別問及，之前有兵丁說，聶士成曾允諾淮軍官兵，打下沂州府後放假三天，縱容姦淫擄掠。對此，魯蕃子說，聶大帥並無此番言語，但帶隊營官默許此事。儲幼寧又問，倘若魯蕃子率十餘名兵丁攻入糧行，是否就是姦淫擄掠？魯蕃子聞言，嘿然不語，等於默認。

問完話，儲幼寧瞧著韓燕媛道：「妳說，這點子該如何處置？要不要一掌斃了他，扔到門外去？」

這話才說，還不等韓燕媛答話，魯蕃子即搶著言道：「我們這是淮軍，不是大刀會，更不是亂民。一大早我們出來時，營裡都知道，倘若屆時沒回去，必然派人手來找。你要把我殺了，扔在門外，淮軍必然曉得，屆時，你這糧行裡，老少良賤，幾十口人全得殺了抵命。你若不殺我，待會兒其他隊伍到了，我還能幫你講幾句話。」

這話才說完，就聽見門口夥計低聲喊道：「儲爺，外頭又來了兵丁。」

儲幼寧湊過去，貼著門縫往外瞧，就見街面上來了一群野狗，競相啃食地上屍首。儲幼寧偏著臉，自門縫裡往左邊瞧，就見七、八名兵丁端著洋槍，槍頭安著刺刀，謹慎戒懼，一步一停頓，往糧行這兒慢慢行走而來。到了糧行大門外，眾兵丁先是舉槍虛刺，嚇走野狗群，繼而扯著嗓子喊道：「魯棚官！魯棚官！」

魯蕃子聞聲，也扯著嗓子喊道：「我受了傷，在糧行裡。」

外頭諸兵丁聞聲，朝糧行大門而來，儲幼寧心中忐忑，拿不定主意，該不該將這批兵丁斃了。這當口，魯蕃子又喊道：「別過來，糧行有高手，你們回去，找裘哨官，把克擄伯小山炮拉來。」

魯蕃子成了階下囚，還如此發號施令，儲幼寧心中恚怒，轉過身來起腳就踹，踹中魯蕃子胸口肋骨，疼得魯蕃子大叫。外頭兵丁聽了有意直闖，魯蕃子兩手護著胸口，邊喘邊喊道：「別過來，快回去，找裘哨官。」

就聽見外頭兵丁碎步外跑，不見蹤跡。儲幼寧曉得這是搬救兵去了，過不了多久，就會重返此地，還拽來德意志國克擄伯兵工廠所鑄造小山炮。

儲幼寧怒打心底起，二話不說，快步行至魯蕃子跟前，起腳又踹。這次，魯蕃子受踢之後，倒沒慘叫，而是悶哼一聲，隨即身子歪倒，口鼻之內湧出鮮血，胸口不斷起伏，破風箱似地大喘氣，呼嚕，呼嚕，咽喉則是發出嘶嘶之聲。沒喘多久，魯蕃子身子一歪，就此沒了氣息。

之前，儲幼寧踹一腳，踹斷魯蕃子胸口肋骨。第二腳，則把斷骨往內踢，戳破肺臟，鮮血湧出，塞住氣管，氣流不順，只好喘氣，喘不過氣來，就一命歸西。

儲幼寧嘆了口氣，又坐了下來，端起糖心蛋，啜著甜湯，對韓燕媛道：「我這是哪兒做錯了？怎麼落到這步田地？眼看著，淮軍就要拖炮過來，轟平了糧行。」

第六十章：仗洋勢豐記糧行否極泰來，定奇計同命鴛鴦謀成眷屬

韓燕媛輕啟蓮步，姍姍而行，走向儲幼寧，握著儲幼寧左手道：「你沒做錯，要不是你，昨天咱們糧行就遭了亂民劫掠。要不是你，今天一大早，我們就遭了軍爺毒手。我自小唱戲，曉得匪來如梳，兵來如蓖道理。你沒錯，要怪，就怪這時勢，怪老天。」

幾句話一說，儲幼寧勉力打起精神，對前廳夥計、前院避難鄰人道：「去找找，包子、饅頭、花捲、饃饃、包穀、地豆子、花生、辣椒、大蒜全給拿來，堆在大門這兒。另外，夥計們，把糧包堆起來，堆在門後，大約堆個半人高即可。」

一聲令下，韓燕媛趕忙指揮諸人，四處找糧食去。未久，各式各樣乾糧，送到大門內儲幼寧跟前。又過一會兒工夫，眾人七手八腳，在大門內所堆放各式各樣乾糧後頭，拿糧食包堆起了半人高糧牆。

諸事才剛齊備，就聽見外頭腳步雜沓，兼有車輪滾動聲。儲幼寧揮手，要夥計開了大門，並要眾人躬身蹲踞於糧包矮牆之後。大門開處，儲幼寧當中而立，就見街面對過，來了二十餘名軍爺，裝束一如地上所躺死屍槍兵，還拽來一門小炮。這回，領頭者不但戴官帽，帽後頭還拖著一根花翎。

這戴花翎頭頭，抽出腰間精鋼長軍刀，指著糧行大門，正經八百，朝儲幼寧喊道：「淮軍哨官袁常勝，率忠字營炮隊第三哨兵丁，討伐大刀會逆匪。限逆匪一刻鐘內，棄械投降，獻出淮軍棚官魯蓄子。倘有不從，發炮轟擊，盪平糧行，盡斃逆匪。」

這關頭上，儲幼寧發瘋一般，自地上所堆放乾糧撿起幾個饅頭，先後擲向對街淮軍。邊擲饅頭，邊嘶吼道：「要糧食嗎？給你糧食！扔饅頭給你。你們這些軍爺，不是說，打下沂州府，要放大假三天，姦淫擄掠，無所不為嗎？不等你們上門搶，小爺我先送饅頭給你們。」

說完，勢如瘋虎，又朝對面淮軍砸地豆子。那領頭哨長袁常勝見狀，拉長了嗓音喊道：「炮手就位，拉炮拴，開炮門，炮彈入膛。」

袁常勝喊軍令，儲幼寧砸物件，扔完地豆子扔包穀，扔完包穀扔包子。包子還沒扔完，就聽見袁常勝喊道：「關炮門，炮手預備。」

儲幼寧裝瘋賣傻，亂扔乾糧物件，就是等這一刻。他抄起地面所餘乾糧，連串猛擲，就見饃饃、黃豆、大蒜、花生，滿天花雨，朝對面飛去。這當中，就有一枚大蒜、幾粒花生，鑽入克擄伯小山炮炮膛。

倘若儲幼寧不裝瘋賣傻，不亂灑乾糧，只單單對準克擄伯開花炮炮膛扔大蒜、花生，則必然為淮軍炮隊兵丁所察覺。若是那樣，則技倆必然難得逞。如今，儲幼寧裝瘋賣傻，一上來就滿天花雨，亂灑乾糧，淮軍反而失察，沒注意有雜物落入炮膛。

說時遲那時快，這邊廂儲幼寧扔完了乾糧雜物，立時向後縱身一躍，跳過半人高糧包，落於糧包矮牆之後。那邊廂，炮隊哨官袁常勝喊了聲：「放！」隨即炮手拉動炮繩，擊發克擄伯小山炮。

炮手拉動小山炮炮繩，炮彈甫動，即遇大蒜、花生擋路，隨即在炮膛內亂竄，引發膛炸。這膛炸，威力遠勝洋槍膛炸百倍，立時間，克擄伯小山炮炮身開花，幾百斤精鋼頓時四散，化作鋼彈鐵雨。

炮藥一炸，將炮身炸成無數鋼釘鐵片，細碎鋼鐵齏粉四面八方，披頭蓋臉，飛速竄射。當場，將淮軍炮隊自哨官裘常勝以下，總計十餘名官兵炸得粉身碎骨。十餘名炮隊官兵頓時灰飛煙滅，斷肢殘肉、碎骨爛皮、五臟六腑、腦漿血水，前後左右、上下高低，朝各方迅猛噴灑。

糧行這兒，糧包矮牆亦遍受衝撞，無數鋼鐵碎片，夾雜淮軍官兵破皮爛肉，插入糧包，頓時轟垮矮牆。不僅如此，糧行大門亦被轟成蜂窩，門板上坑坑窪窪，大洞小縫難以計數。街面上，則是青煙瀰漫，一股子炮藥味，久久不散。

儲幼寧但覺兩耳嗡嗡而鳴，腦子暈忽忽，胸口如受重擊，喘不過氣來。儲幼寧用力吸氣，吐氣，連續吐納數次，這才回過神來，慢慢站起。回頭看看，糧行眾人或因矮身糧包之下，或隱匿較遠院中，悉數無恙。韓燕媛自院子奔來，跑到前廳，握住儲幼寧兩手，驚魂未定，氣喘吁吁道：「沒事吧？後頭都沒事。這兒呢？」

儲幼寧道：「這兒也沒事，咱們到外頭瞧瞧，看看情況。」

二人領先而行，糧行眾人隨行在後走出糧行，到了街面，覺得再世為人。糧行外街面已成人間地獄，不僅淮軍炮隊全炸成了肉糜，先前橫陳於地劫匪、淮軍步隊兵丁死屍亦受波及，全成了蜂窩肉塊。街對過，炸出個兩尺深圓坑穴，裡頭還有那克擄伯小山炮殘留炮架。糧行前整塊街面，泥地上敷了層血肉，走起來又滑又膩，屍味撲鼻。

不待儲幼寧吩咐，夥計們拿起苕帚，打掃糧行大門口街面上殘屍碎塊，掃進那兩尺深圓坑裡。夥計們平日裡與糧包、穀子打交道，哪見過這場面？沒掃上幾下，就有夥計胸悶噁犯心，趴著牆角死命嘔吐。吐過一陣，依舊回到街面上，還是清掃地面。不但拿苕帚掃，也拿水盆，裝了井水，沖洗地面。

豐記糧行門口連番惡戰，先是幾撥地痞劫匪，繼而是淮軍步隊，最後是淮軍炮隊，悉數都遭儲幼寧全殲。這喊聲、殺聲、槍聲、炮聲，早就遍傳數百尺遠，整條街兩旁所有商號、住戶全都驚動。此時，煙消雲散，聲響寂靜，這街兩旁商號、住戶人等慢慢湧了出來，行至糧行這頭，瞧著熱鬧。

趁此機會，儲幼寧亦要韓燕媛將豐記糧行後頭，所躲藏附近幾家商號居者，領到前頭，囑咐眾人各自歸家。儲幼寧告訴眾人，淮軍必然還會派人再來，屆時，手段必然更加酷烈，眾人犯不著還躲在糧行裡，陪著糧行一鍋煮。

眾人走後，局面稍歇，儲幼寧站在街心當中，抬頭向上，右手掌在額頭上搭個帳篷，遮擋陽光，兩眼則瞧著青天。瞧著，瞧著，儲幼寧了嘆口氣，大聲對糧行裡韓燕媛道：「光天化日，朗朗乾坤，糧行竟然遭此重罪。鬧大刀會都沒傷到皮毛，等大刀會走了，卻是先遭地痞劫掠，後來官軍洗剿。這老天爺，還有眼嗎？」

說完，儲幼寧放下右手掌，轉頭瞧著糧行門裡韓燕媛，繼續說道：「我沒輒了，昨天加今天，先是打跑了大刀會毛腳胡七，之後，殺垮四批劫匪。今天，又先滅淮軍步隊，繼而殺絕淮軍炮隊。不過兩天，殺戮無數，閻王老爺全給記在帳上，記在我名下。」

「連殺兩天，我也累了，恐怕再也殺不動了。再者，這糧行大門被開花山炮轟成這樣，破破爛爛，恐怕也擋不住官軍。燕媛，妳說說，咱們現在該幹啥？」

糧行那頭，韓燕媛正瞧著畢頭督促夥計，拿著鎚、斧、繩、泥灰、木料等物件修補大門。聽聞儲幼寧這番言語，韓燕媛回道：「天無絕人之路，山窮水盡疑無路，柳暗花明又一村，船到橋頭自然直。你之前不是也說，我們哪兒做錯了，怎麼落到這步田地？後來，不也一樣打退官軍？沒事，這會兒工夫，逃也逃不出去，還不如繼續守著糧行，走一步算一步。」

這破爛大門只能盡人事，補多少，算多少。補完一看，還是坑坑洞洞，僅僅是免於開花散架子而已。補完大門，復又把門關上，廚房裡又煮了大鍋熱湯麵。幸好這是糧行，不愁斷糧，就算缺肉少菜，只要有米麵包穀，就能往下支撐。

吃大鍋熱湯麵之際，儲幼寧對著眾夥計道：「官軍不比土匪，土匪打跑了也就算了。官軍不同，我殺他們兩批，他們必會再來。這樣吧，吃過午飯，你們願意走的趕緊走。要是再不走，恐怕就晚了，走不掉。糧行遇上大難，該走的就走，別顧忌面子。等事情過去了，再回來就是，我絕不計較。」

這話一出，夥計們嗡嗡然各抒已見，有的說，家不在此，糧行就是家，外頭亂烘烘，官軍滿大街掃蕩大刀會餘孽，離了糧行也是死路一條。像是辜順生、彭小八、佟暖，即是持此說法。另一些，則說老家就在沂州城內，待會兒就回去。還有一些，則說老家雖然在附近，但父母早已亡故，手足各過各的，誰也管不了誰，與其投奔手足，還不如留守糧行。

吃過熱湯麵午飯，血脈往肚子裡去，儲幼寧腦子頓覺昏沉，當時即拉過一張椅子，坐在糧行前廳打盹。這午覺沒睏多久，迷迷糊糊之際，就聽見外頭遠處有爭辯、怒罵聲響。這聲響起先不顯，後來則愈來愈清晰。儲幼寧為爭辯怒罵聲所驚醒，豎耳傾聽，聽到後來，就曉得又來了官軍，並且人數不少，腳步聲既多且重。

在腳步聲之外，另有爭執吵架聲。待外頭眾人走到糧行附近，儲幼寧這才聽得清楚，曉得來了救兵，當即一躍而起，扯著喉嚨，對著後頭院子喊道：「燕媛，我哥哥帶著洋人來了，咱們糧行有救了！」

原來，儲幼寧聽出爭辯者人多口雜，有四、五人同時發聲，高聲鬥嘴，喋喋不休。這裡頭赫然有金秀明，另一人則分明就是義律。還有一人，頗似阿柏斯達，但他與阿柏斯達不算熟稔，故而無法確信。

儲幼寧奔至大門後，門上破洞甚多，不必再尋縫隙，直接了當，透著破洞就能見街面景象。果然，就見淮軍大隊人馬駕到，領頭者是個五旬老者，頭上軍帽後頭也拖著條花翎。但這人花翎，與之前炮隊哨官裘常勝不同。裘常勝那花翎當中只有一個眼，而眼前這五旬軍頭，腦袋後頭卻拖著雙眼花翎。

這人身邊跟著個副官，則是單眼花翎。兩人身旁，則環繞金秀明、義律、阿柏斯達，與這軍頭纏辯不休。諸人身後則是大隊兵丁，人數上百，氣勢煊赫，殺氣騰騰。

眾人到了糧行門外，儲幼寧高聲喊道：「哥哥，義律，阿柏斯達，你們終於來了！」

金秀明立時奔了過來，隔著糧行大門，兄弟倆自門上破洞中兩手互握。金秀明道：「自你走後，爹爹擔心，每日都找哈同，自英吉利總領事許士那兒，打聽山東大刀會匪患訊息。後來，得知朝廷調兵，派淮軍老將聶士成手下三營人馬，在天津登船，殺奔日照。當時，爹爹就派我加上義律、阿柏斯達，雇快船從上海直航天津。」

「這一趟，阿柏斯達還兼了上海字林西報差使，當了字林西報訪員，一路上採訪戰況。這差使有個好處，我們到了天津，就找北洋大臣衙門，迫得北洋大臣答應我們，讓我們上兵船，一路跟著過來。」

「這次，淮軍一共來了三個營，除了營官之外，還有個帶隊總兵，哪，就是這頭戴雙眼花翎武將。這人叫姜祖烈，是個總兵，這次帶著三營兵，上岸之後就猛打猛衝，在日照大開殺戒，斃掉五百多大刀隊。我和義律、阿柏斯達不管這碴，一門心思就是趕緊進沂州府，到豐記糧行。」

「然而，這姜總兵是個槓子頭，他不許我們跟著前鋒隊伍先走，一定要我們跟著他，隨中軍一起移動。因而，昨天先鋒步、炮兩隊都進了城，我們硬是跟著中軍，在城外頭待了一天，今天上午，才得進城。」

金秀明說到這兒，還有話沒來得及說，就聽那頭姜祖烈扯著嗓子，對義律、阿柏斯達吼道：「將在外，君命有所不受，我這兒正打仗，莫說你們拿京裡總理各國事務衙門、天津北洋大臣衙門壓我，就算是光緒皇帝下旨，我也拒而不受，今天非要把這叛賊淵藪糧行給蕩平了不可。」

姜祖烈吼，阿柏斯達也跟著吼：「好啊，這話可是你親口說的，你現在敢說，到時候別裝孫子不敢認。我早對你說了，我這趟來，是替上海字林西報當訪員，這一路上，有聞必錄。你這幾句話，我可是要寫下來，寫成英吉利文稿，登在字林西報上。屆時，全上海各國洋人，都曉得淮軍總兵姜祖烈，在山東追剿大刀會時，不聽苦勸，硬闖糧行商號，還說，皇帝老爺下旨，都不奉命。」

姜祖烈，糾糾武夫，性子剛強，作戰一不怕苦，二不怕死，幹起事來，身先士卒，總是率先衝鋒。他行伍出身，先打長毛，再殺捻匪，打仗拚命，勇冠三軍，這才深獲聶士成賞識，保舉為總兵。這次，朝廷命聶士成召集舊部，自天津搭船，南下山東追剿大刀會，聶士成就指派姜祖烈為帶隊督戰統領。

這人作風罡猛，與金秀明、義律、阿柏斯達不同路數，只因上頭交派，這才勉強接受三人。一路上，雙方即扞格不入，姜祖烈極力隱忍，彼此勉強相安無事。今日一大早，姜祖烈率中軍入城，隨即獲報，前鋒步隊、炮隊兩撥人馬攻打糧行，全軍盡墨，為糧行內大刀會餘孽所全殲。因而，姜祖烈點起中軍百餘衛隊，打算親自督戰，非要拿下糧行不可。

誰知道，隨行三人竟然與糧行東主熟識，兩名洋人極力杯葛，不准姜祖烈中軍衛隊開火。因而，兩方面又吵成一堆。主帥與洋人口角駁火，底下帶隊官不敢造次，將近百人隊伍，分成四排，立於豐記糧行對過，靜候主帥與洋人吵出結果。

那頭吵架，這頭，金秀明隔著破洞門板，接著與儲幼寧言語。儲幼寧道：「哥哥，這真是老天有眼，菩薩保佑，你們要是晚來一個時辰，我這兒就要化成灰，糧行裡十幾口人命，不免都要被糟蹋了。」

金秀明道：「不怕，有義律與阿柏斯達在，料想淮軍不敢動手。自你走後，小雲天天擔心，夜裡常哭。我這都是聽媽媽說的，媽媽為了這事，特為叫小雲帶著小命根，夜裡到媽媽房裡一起睡。爹爹就只好搬出去，搬到其他房裡，獨個去睡。」

「唉，眼前這淮軍兵劫之事，只要有義律與阿柏斯達在，我毫不擔心。倒是小雲與韓姑娘，卻讓我操心。等兵劫之事一了，你也該回揚州去。到時候，韓姑娘這事，還不知道該怎麼處理呢！」

話說到這兒，就聽見那頭義律吼聲：「好，你說你天不怕，地不怕，就算上海英吉利文新聞紙，寫了你不受皇帝聖旨，說你將在外，君命有所不受，你也不怕。好，你不怕死，你不怕砍頭，就算鬧得上海各國西人都曉得，你在沂州府，大開殺戒，屠戮糧行善良百姓，你也不怕。你，真是好樣的！」

「但你想過沒有？你能有今天，全是靠聶大帥栽培，要沒聶大帥，你還在行伍裡當材官，一輩子都爬不出頭。你在這兒，燒糧行、殺百姓，事情鬧大，洋文新聞紙登出消息，北京總理各國事務衙門，必然向朝廷稟報。到時候，砍你腦袋事小，牽連聶士成事大。你在這兒，閉著眼睛胡鬧，陷聶大帥於不義，你對得起聶大帥嗎？」

這幾句話一說，姜祖烈頓時焉了氣勢，猛一用手，朝地上吐了口濃痰道：「也罷，我先不硬攻，但淮軍步、炮兩隊死了二十餘人，我不能摸摸鼻子裝不知道。總要糧行開了門，我要審明案情，要給弟兄們一個交代。」

義律喊道：「要審明案情，行啊，要是你不審，我們也要審。這事情搞成這樣，總得有個說法，總得把來龍去脈弄清楚。姜總兵，您先要手下退過去，別堵在這兒。空出塊地來，把糧行管事的找出來，咱們三頭六面，把話問清楚。」

金秀明見機極快，要儲幼寧趕緊開門，搬桌子、椅子出來。隨即，金秀明奔赴糧行鄰近商號，敲門叩窗，言明來意，要商戶開門露面，說是官人審案，要人作證。

老祖宗早有明訓，所謂「人人自掃門前雪，莫管他人瓦上霜」，要後代子孫遇事規避閃躲，不為人出頭，不幫人講話。然而，糧行鄰近商號人等，之前曾赴糧行避難，逃得性命。如今糧行有難，需人作證，這幫鄰近商號人等欠了儲幼寧人情，自然不好假作不知。因而，金秀明拉來十餘口人，立於路旁，等候訊問。

此時，糧行已開了大門，夥計抬出前廳算帳長桌，外帶幾張椅子。儲幼寧亦步出糧行，立於糧行屋簷下，靜候總兵姜祖烈問話。就見金秀明對義律咬了會兒耳朵，義律點頭不已。

旋即，義律對姜祖烈道：「總兵，這糧行裡到底是怎麼回事？有無大刀會匪徒？有無窩藏大刀會匪眾？您最好親眼瞧瞧。外頭這兒，您手下依舊守住，您帶幾名槍兵，由糧行東主陪著，進去瞧瞧。」

這話，句句皆說在理上，姜祖烈想想，點了點頭，招招手，要副官過來，隨他入內。儲幼寧、義律亦跟進去，金秀明、阿柏斯達留在外頭。糧行裡，夥計頭領畢頭、糧行師爺盧省齋隨侍在側。那韓燕媛，則是靜靜立於前廳後院落裡。

姜祖烈眼尖，一眼瞧見韓燕媛，虎著臉問道：「這女人是誰？」

不待義律張口，儲幼寧即高聲答道：「大人，這是我側室。我家在上海，正室、子嗣也在上海。這英吉利洋人，是我上海夥伴……。」

姜祖烈脾氣躁，耐性差，不等儲幼寧說完，即揮手阻住道：「問你什麼，答什麼。沒問你的事，別囉嗦。」

就見義律皮笑肉不笑，低聲言道：「好啊，都跑出側室來了，真有你的。」

那頭，韓燕媛聽聞「側室」之說，面上瞧不出顏色，還是眼觀鼻，鼻觀口，口觀心，悄然在那兒站著。

姜祖烈在糧行裡外梭巡一週，三進院落，全都走到，所有房間，也都瞧過，連廚房、茅房都不放過。但有問題，則責成儲幼寧作答。儲幼寧能答則答，若不能答，則由畢頭補述。

義律陪著姜祖烈巡走，邊走，邊敲邊鼓道：「總兵大人，您瞧瞧，這糧行就是這樣，裡頭外頭，您都看過了，沒有大刀會匪徒匿藏其間。這兒夥計，也都是安善良民，沒有勾結大刀會匪徒。」

其實，豐記糧行確實出了大刀會匪徒，夥計毛腳胡七入了大刀會，還是小頭目，但義律初來乍到，不知此事。糧行裡其他夥計亦是全緘其口，不提胡七之事。

姜祖烈看完糧行，到了外頭，又去看那圓坑，就見坑裡坐著山炮破爛支架，並有殘骸無數。看完，姜祖烈拉椅子坐下，右手握拳，猛然搥桌，對儲幼寧吼道：「就算你不是大刀會，就算糧行未與大刀會勾結，我還是要治你罪，據報，你殺了前鋒步隊、炮隊兩批將士，連克擄伯開花山炮，都為你所粉碎。」

之前兩日，儲幼寧在糧行內外，殺退大刀會毛腳胡七徒眾，滅掉四批地痞劫匪，殺盡兩批官軍。金秀明、義律、阿柏斯達今日始到，三人僅知淮軍步隊、炮隊在糧行吃了大虧，卻不知個中原委。因而，此時見姜祖烈質問儲幼寧，三人均是想幫忙，卻未知該如何幫忙。

這時，就見儲幼寧氣定神閒，緩緩答道：「回總兵大人，步、炮兩隊官佐兵丁，俱都死於槍炮走火，並非小人所害。退而言之，即便小的心存反意，欲謀害淮軍官佐兵丁，憑小的一人赤手空拳，如何能敵淮軍數十桿洋槍、開花山炮？」

繼而，儲幼寧張口細說，伸手比劃，細細講述步、炮兩隊官軍滅絕之事。儲幼寧答話前，已細細想過，所言皆是實話，但隱去自己身懷絕技，彈弓射石彈，能令石彈子崩裂，碎片鑽入數桿洋槍槍膛；以滿天花雨，亂灑乾糧，混淆炮隊官兵耳目，將一枚大蒜、幾粒花生，灌入山炮炮膛。

此外，亦抹去擒獲步隊棚官魯蕃子之事。橫豎，魯蕃子後來亦被儲幼寧所殺，糧行夥計雖目睹此事，卻眾口咸封，不露絲毫口風，姜祖烈本事再大，亦無法得知。

說到後來，儲幼寧道：「草民修養拙劣，個性粗鄙，器淺易怒。官軍兩度駕臨，因小的聽聞隊伍中有兵丁言道，說是打下沂州府，聶大帥允諾，放假三天。小的曉得這放假三天所言為何，深怕軍爺入糧行後胡作非為，故而兩度恚怒發狂。頭一回，拿彈弓以石彈射步隊官兵。次一回，則拿包子、饅頭、花捲、饃饃、包穀、地豆子、花生、辣椒、大蒜，砸炮隊官兵。」

「以上所言，句句實話，如有虛言，願受軍法懲治。懇請總兵大人，另詢糧行夥計，左鄰右舍，勘驗草民所言虛實。」

這話說完，金秀明、義律、阿柏斯達跟著起鬨，也高聲慫恿姜祖烈，再審夥計並鄰人。

姜祖烈聞言，右手猛然高舉，要眾人住口，繼而道：「本官審案，無須外人指點。這糧行夥計、左右鄰人，本來就要審問。」

佟暖、辜順生、彭小八等故人，早已告知糧行內夥計人等，說是儲幼寧身懷絕技，十餘年來打遍江湖無敵手。然而，佟暖、辜順生、彭小八，於西洋火器諸元所知不多，對膛炸之事，知其然，不知其所以然。因而，姜祖烈一一遍詢糧行夥計、左鄰右舍人等，說法均是一樣，都說儲幼寧僅是拿彈弓射石彈，拿乾糧滿天亂灑，之後，洋槍、開花山炮即猛然自爆。

姜祖烈問來問去，來來去去就是這幾句話。捨此之外，再無新意。一旁，英吉利人義律、美利堅人阿柏斯達則是打蛇隨棍上，得了便宜還賣乖，二人你一言，我一語，語帶譏諷，消遣姜祖烈。

義律道：「總兵老爺，咱們二人站在一旁聽訊，也聽明白了。這分明就是膛炸嘛！我曾在英吉利國工兵營當兵。阿柏斯達，則曾在美利堅營官戈登麾下，擔任槍兵。阿柏斯達與我，二十幾年前都在上海，幫著淮軍打過長毛。因而，這洋槍洋炮是怎麼回事，我二人知之甚詳。」

「聽總兵老爺問案，我倆這才曉得，這分明是淮軍步隊、炮隊連日追剿大刀隊，風塵僕僕之際，疏於養護武器。您瞧，這一路上塵土飛揚，淮軍官兵身上都落了層土。想必，槍膛、炮膛裡，也是積垢甚厚。在英吉利、美利堅營中，無論白日如何鏖戰，每日夜間，領隊官均會督促手下兵丁，擦拭武器，清理槍膛炮膛。」

「這擺明了，淮軍這次追繳大刀會匪眾，每天窮追猛打，夜裡卻忘了養護槍枝火炮，這才鬧出膛炸。敢問總兵老爺，就說您所帶來，立於您身後這近百衛隊親兵肩上所扛洋槍，槍膛是否每天夜裡，全都清理過？」

這話一說，姜祖烈當時惱羞成怒道：「咱們淮軍家務事，用不著洋人費心。」

義律、阿柏斯達一陣搶白，姜祖烈固然惱怒，但心中打鼓，心想，莫非真如這倆洋人所說，淮軍前鋒疏於清理武器，肇至槍炮兩次炸膛，炸得兩批官兵支離破碎。他不知儲幼寧身懷絕技，絲毫不曾念及，儲幼寧石彈子破片連入數桿洋槍槍膛、大蒜並花生落入火炮炮膛。

此時，天色漸晚，寒鴉嘎嘎，越過頭頂天際。姜祖烈額頭竟然冒汗，他摘下帽子，拿手撫摸腦門，想了想，又將帽子戴上，繼而對儲幼寧言道：「這事情不能就此算了，今日且饒你一命。待我回去，稟明聶帥，再諮請山東省巡撫衙門，委請專人，到此查辦。」

說罷，姜祖烈右手一揮，率領近百名衛隊，滴滴答答而去。

糧行這頭，眾人肅然，不發一聲，毫無動靜。待姜祖烈一行人走遠，轉過遠處街角，不見蹤影後，阿柏斯達爆出美利堅洋文歡呼：「伊哈，伊哈。儲兄弟，你這兒真是沂州府阿拉莫。沒錯，你這兒就是沂州府阿拉莫。」

直到這會兒工夫，金秀明才鬆了口氣，一把摟住儲幼寧肩膀道：「沒事了，沒事了，這老東西知趣，審不出個子丑寅卯，只好自己找個下台階，說什麼要報告聶帥，說什麼要找山東巡撫。依我看，這事情就此揭過，他不會再來了。當然，這全是靠倆洋人當門神，要不是義律並阿柏斯達，這批軍爺今日肯定大開殺戒。」

眾夥計聽金秀明言語，這才明白，雨過天青，天大麻煩就此過去，亦不禁又喊又叫，又鬧又跳。儲幼寧趕緊喊來韓燕媛，與義律、阿柏斯達引見。義律見著韓燕媛，指著韓燕媛，轉頭問儲幼寧道：「就是這位標緻姑娘，讓你在揚州、在上海魂不守舍，失魂落魄四年多？」

韓燕媛落落大方，對著金秀明、義律、阿柏斯達緩緩微蹲，道了個萬福，隨即言道：「謝謝三位爺救命之恩，豐記糧行上下，銘感五內，永世不忘。」

韓燕媛雖不曾讀書，卻因唱戲，自戲文當中學得應對言語。這幾句話，說得得體，倆洋人聽而不懂，拿眼睛望著金秀明。金秀明道：「哎，你們沒學問，聽不懂韓姑娘這幾句文話。韓姑娘說，謝謝兩位幫忙，她內心感謝至極，糧行所有人，一輩子都不會忘記。」

這當兒，義律裝糊塗，大聲對儲幼寧道：「是啊，我與阿柏斯達都是洋鬼子，中國話能聽能說，但也就是一點皮毛，沒多大學問。比方說，你剛才對那總兵講，韓姑娘是你側室。這側室，是啥東西？」

義律久在揚州、上海闖蕩，過慣燈紅酒綠，側室云云，他早知曉其意。他這是故意逼儲幼寧，要儲把話講明白。

儲幼寧聞言，臉上一紅，正想辯解，就聽韓燕媛道：「幾位爺都是救命恩人，眼下天色已晚，我要廚房開出晚飯。」

說罷，轉身而去，督促夥計分頭辦事，派人到外頭去，趁著天光未盡，將街面徹底掃淨。所有殘屍，全掃進坑洞裡。末了，拿鏟子將坑洞填平。此外，另一撥夥計則再修補大門，拿破木片、布頭、糧食袋塞補破洞。還有，則是將地上破碎糧包收拾乾淨，滿地糧食穀子掃出來。最後，則是要廚房傾囊而烹，調製菜色。

儲幼寧自回豐記糧行以來，可謂兵馬倥傯，除了吃飯睡覺，其他時刻全用於打打殺殺，為糧行上下保命。如今，總算雨過天青，趕緊抓住空檔辦正事。他要夥計去廚房找找，弄點存酒，讓義律、阿柏斯達喝著。隨即，他拉著金秀明，喊來帳房盧省齋，說是到後院側廂房帳房居所談話。

盧省齋這居所，當年為閻桐春所住，儲幼寧幼年時常入此室，受閻桐春照拂。二十餘年後，再入此室，景物歷歷在目，多少陳年往事湧上心頭。儲幼寧睹舊物，思故人，容顏頗為黯然。金秀明瞧在眼裡，曉得是怎麼回事，盧省齋卻不知典故，以為儲幼寧這是來查帳，故而捧出厚厚數十本帳簿，堆於桌上，對儲幼寧道：

「東家，這幾年，我每年年尾，都會總結一年虧營，編訂清表，輾轉呈送東家，想必東家皆已瞧見。這兒，則是這幾年來細目收支，東家瞧瞧，若有疑義，我當下解說。」

儲幼寧笑笑道：「當初，我倆素昧平生，我卻延請閣下出任帳房，自是信任有加。這帳，我是不必看了。我只問你，這趟大刀會之亂，前有大刀會徒眾，後有官兵，咱們糧行可曾傷了底子？當然，一時之間出大於入，糧秣捐輸奉獻造成虧損，自是難免。傷筋傷骨、皮開肉綻都不是事，我就想知道，傷了底子沒有？」

盧省齋聞言，想了想道：「東家，這話難說，還要看往後幾日官軍作為。回東家的話，咱們糧行老底子，不在糧行倉房所堆積各路糧食。這些糧食，就算全為亂民、亂兵劫掠一空，也只是油皮之傷，撼動不了根本。咱們糧行根本不在這兒，而在錢莊、票號裡。要知道，打從您老爺子經營這糧行起始，歷年營利所餘，全放在錢莊、票號裡。」

「我忝為帳房，查過歷年帳目，自東家老爺子起，至充公成了府台衙門產業，再到四年多前東家拿回糧行，委由韓姑娘管事，這二十餘年來，咱們豐記糧行，總共積攢了七萬餘兩紋銀，全存在幾家錢莊、票號裡。」

「這回鬧大刀會，會眾殺光洋人、教民，卻未劫掠，城裡各行各業都算安好。如今官軍進城，就很難說了。到今日為止，官軍有小騷擾，尚無大劫掠。往後幾日，則很難說。總之，只要銀錢業不受劫掠，豐記糧行老底子就不受波及。」

儲幼寧聞言，當即對金秀明言道：「哥哥，趕緊帶著盧師傅，到前面去，當面請求義律、阿柏斯達倆洋人，明天幫點忙，纏著姜祖烈，務必管好淮軍軍紀，別讓市面各行各業遭殃。」

金秀明、盧省齋走後，儲幼寧又到前頭，喊來畢頭、辜順生、彭小八，招至後院盧省齋那帳房屋子講話，殷殷宣慰，剴切勗勉，致以問候感謝之意。正說著話，金秀明又去而復返，並帶回韓燕媛，說是已經請託倆洋人幫忙，看著淮軍軍紀，防堵劫掠。畢頭等三人離去後，屋裡就剩金秀明、儲幼寧、韓燕媛。

韓燕媛聰慧伶俐，見金秀明拉自己到帳房裡三人對話，就約略猜知金秀明意念。故而，此時韓燕媛不言不語，靜靜立著，臻首略垂，兩眼望著地面。這當兒，金秀明說話了：「好不容易，沒了外人，咱們三人，可以把話講清楚。」

說罷，定眼瞧著韓燕媛道：「韓姑娘，這兒沒旁人，我實話直說，四年多前，我們離開糧行，回了揚州，後來又搬到上海。打從離開糧行那天早上，直到現在，我這兄弟沒有一天不想著妳。上海那兒，他有家世，有妻有子，他也竭盡心力與老婆孩子過日子，一家三口，風平浪靜。」

「我這兄弟，表面上不顯山、不顯水，沒事人一般，但我是他哥哥，我知他心裡想什麼。這四年他可難過了，妳瞧瞧，他才三十出頭，白頭髮倒長了不少。」

金秀明一路往下說，儲幼寧、韓燕媛俱是默然不語，任著金秀明繼續說。金秀明又道：「我那嫂子，也是賢淑之人，遇事不吵不鬧，就是順著勢頭，好好過日子。我兄弟面皮薄，從未對我嫂子說過韓姑娘之事。我嫂子住我家也有七、八年，我知她性子，她若知道我兄弟因為心中有妳，日子過得不安穩踏實，她不會反對將妳接來。」

「其實，我與我兄弟都作不了主。我家真正拿主意者，是我爹。我爹說一不二，但頗明理，並非三槍打不透的犀牛皮。哪，我是這麼個打算，明天一早，我就帶著我兄弟，啟程回上海。」

「回到上海，我會與爹爹好好談談，求得爹爹首肯，將韓姑娘接到上海去。不但求我爹，也求我娘，我娘心腸最軟，只要能善待我嫂子，我娘定然不會反對。韓姑娘，我這打算，妳怎麼想？」

這一大套話，句句深入韓燕媛耳中。她自小唱戲出身，江湖走老，年紀輕輕，閱歷無數，大小場面見過不知多少，遇事冷靜，自不會嬌羞忸怩，作態欲迎還拒。她自北京遇上儲幼寧，五年多來心裡亦是波濤洶湧，但總覺得所求非分，好事難偕。故而，這幾年來，她已心如枯木死井。

如今，聽聞金秀明一大套說法，頓時頗有枯木逢春之感。這兒並無夥計外人，韓燕媛想了想，檢點心思，回應金秀明道：「那得人家肯才成，要知道，我唱戲出身，金家已是上海仕紳，算是有頭有臉人家。要是勉強點頭，面上點頭，心裡嫌惡，我到了那兒，日子難過，豈不是害得儲爺日子更難過？再者，我要走了，這糧行怎麼辦？」

金秀明還沒言語，儲幼寧倒張了口：「糧行簡單，到時候就交給盧師爺、畢頭他們幾個代管，我信得過他們。倘若他們負我，弄鬼掏空糧行，我也認了。還有，我哥哥仰歸，也一併帶到上海。至於上海家裡如何待妳，我和我金家哥哥，務必說得金爹爹誠心誠意接納妳。」

「這幾年，我也受夠了。倘或金家爹爹還是不肯，或者，面上肯，心裡不肯，弄得勉強，我就棄了上海，重回臨沂，守著這糧行，再也不回上海了。」

儲幼寧這幾句話，說得斬釘截鐵，說得咬牙切齒，韓燕媛聽了心中大感震動。金秀明聽了，則是惴惴不安，曉得他這兄弟說到做到，因而，回上海後，務必要說服金阿根，同意儲幼寧納韓燕媛為妾。

話說到這分上，已無餘言可說，於是，三人離開帳房小屋，回到前院。此時，天色漸漸轉暗，糧行夥計在前院裡，擺上兩張大桌，廚房端上來兩只紫銅大火鍋，所有儲存葷素食材，全都成了火鍋料。所有人等分兩桌入席，鬨然而食。不但有菜，夥計還從廚房搬來一小罈黃酒，眾人傳飲。

大事已了，隱患皆去，眾人興頭都高，俱都歡暢。這裡頭，佟暖多喝了幾杯，趁著三分醉意，躬著腰，顫顫簸簸站起，擎著酒杯，顫顫巍巍，對儲幼寧道：「小少爺，我看著你長大，曉得你脾氣習性。你從小就這樣，有事悶在心裡，不哼不哈，就一個人受罪。依我看，沒什麼大不了的，男子漢嘛，三妻四妾，平常得很。你回上海去之後，對他們說……。」

佟暖醉言醉語，才說到一半，即為身旁辜順生一把拽住，硬是堵住佟暖嘴巴。辜順生道：「佟師傅，您喝多了，胡言亂語什麼？坐下，坐下，接著喝你的酒。旁人的事，別在這兒胡摻和。」

佟暖這一鬧，兩大桌人等全都哄然而笑，儲幼寧拿眼望去，韓燕媛顏色鎮定，不慌不忙，正給倆洋人布菜。這當兒，韓燕媛也回看儲幼寧一眼，嫣然會心一笑，笑得儲幼寧心中發燙。

飯局當中，金秀明突然想起一事，問阿柏斯達道：「你剛才說什麼？說這豐記糧行，是什麼沂州府阿拉莫，那是啥子東西？」

阿柏斯達抓起酒杯，吱吱然，喝了口酒答道：「那是四十多年前、五十年前的事了。咱們美利堅國西南邊，有個省，叫塔科撒斯。這省分，南邊有邊界，邊界過去，是個異國，叫墨西哥。你也知道，上海那兒，哈同先生做生意，常用墨西哥鷹洋，就是這國家所鑄。」

「五十多年前，墨西哥國發兵，打塔科撒斯省一個叫阿拉莫小城。那小城，共有美利堅義民一百多，而墨西哥國發兵一千餘人，逾美利堅義民守軍十倍有餘。義民四處招人，好不容易又招來一兩百援手，但仍遠遜於墨西哥國兵力。」

「末了，墨西哥軍強打硬攻，阿拉莫守城義民悉數殉命，但也殺掉墨軍六百餘名。這阿拉莫城，後來終究落入墨西哥手中。不過，美利堅國可不是好惹的，後來對墨西哥國宣戰，殺得老墨稀里嘩啦，給阿拉莫城亡靈報仇雪恨。」

金秀明聞言道：「這不對啊，豐記糧行沒遭毒手，未受屠戮啊！」

阿柏斯達道：「唔，這還不是我與義律這倆洋鬼子，作法鎮住了那淮軍總兵姜祖烈。否則，眼下這工夫，豐記糧行還不定怎麼樣呢！」

「當然啦，儲爺一人中流砥柱，力挽狂瀾，好生令我佩服。他殺土匪、退官軍，打了一場又一場，其悲壯豪情，與阿拉莫義民並無二致，令我萬分佩服，故而下午才說，豐記糧行就是沂州府阿拉莫。」

這頓夜飯，講定明日之事。眾人說定，次日一早，儲幼寧、金秀明跟著義律與阿柏斯達，至淮軍指揮所，由倆洋人出頭，索要淮軍往來通行公文，交予儲、金。隨即，二人上路，反向回日照，覓小船北上青島。至青島，再雇德意志國鐵殼洋船，南下上海。至於義律、阿柏斯達則續留沂州府，一來糾纏淮軍總兵姜祖烈，緊飭軍紀，防止劫掠，二來為豐記糧行賡續保駕，護著糧行，直至淮軍撤離，局面安穩。

諸事才敲定，辜順生湊過來道：「儲爺，金爺，明天兩位上路，去日照總得雇車吧？我和小八兩人驢車，為大刀會弄走了。沒關係，明天我跟著你們走，到了外頭市集，我想辦法去租一輛驢車，搭載兩位。」

「儲爺，您還記得吧？是誰說的，車、船、店、腳、牙，不殺也該打。您高高興興回上海，總不能讓雇車、住店等雜事，掃了兩位爺兒們興致。這些事情全交給我，由我替二位爺兒們操辦。」

韓燕媛聞言道：「對，這樣也好，省得你們麻煩，就讓順生去吧。」

金秀明接碴道：「也別租車了，我這趟出來，帶了不少銀票，怕是有什麼急事，需錢孔急。現在沒用多少錢，銀票還有不少。明天，小八跟著一起來，你們倆精挑細選，給糧行買回兩輛驢車。等事情辦妥了，小八駕車回來，順生駕車載我們去日照。對了，別忘記，要義律多討一份淮軍公文，好讓順生能自日照回來。」

這天夜裡，金秀明、儲幼寧外加倆洋人，全擠住於柴房裡，糊裡糊塗，對付一夜。

次日一早，天色大明之後，儲幼寧起身，到了外頭，就見前面院子裡支起了小桌子，上頭擺了蓮藕、黃瓜、粉皮等幾樣涼拌小菜，並有一鍋熱粥，一疊薄餅。這菜色，與四年多前他與金秀明離開時，一模一樣。同樣，也是韓燕媛伺候這頓早飯，一會兒要夥計加毛巾，一會兒要夥計添茶水，吃得四人腹圓如鼓。

倆洋人久住中國，早已吃慣中華食饌，把熱粥、薄餅、小菜吃得稀里呼嚕。吃過早飯，夥計拿來個人行李，辜順生、彭小八早已等在門口，六人出了破爛大門，朝鬧市行去。走出不遠，儲幼寧回頭，見韓燕媛站在糧行門口，目送眾人，心中一熱，高聲喊道：「記著，要不能把妳接到上海去，我就離了上海，回這兒來，再也不走了！」

第六十一章：歸上海金家掌門棒打鴛鴦，登旗艦亂世兒女分合未卜

金家兄弟二人，離了臨沂，一路顛簸，先陸路行車，後水路上船，費時五日，到了天津。船到天津，儲幼寧歸心如箭，顧不上填飽肚皮，拉著金秀明，在天津港碼頭上，逢人就問，打探有無洋船航向上海。

此時，正是光緒十五年春季，天津已是華北最大通商口岸，與上海皆有洋人租界，市面繁榮，商旅輻輳，港務欣欣向榮。因而，二人很快即覓得招商局貨輪，還有餘裕客房，當日午夜啟航。金秀明手頭寬敞，身邊銀兩、銀票足敷二人旅途所需。故而，當下即出資買下艙房。

隨即，兩人趕緊雇車，入天津租界，先覓得電報局，拍發電報至上海予金阿根，告知所搭船隻、啟航日期並時辰、抵滬日期並時辰。隨即，二人赴大飯莊，吃了頓適口充腸夜飯。繼而，泡了趟澡堂子，洗澡、搓背，全套手藝，蕩滌十餘日來奔波疲憊。出了澡堂子，二人又雇車回碼頭，上了招商局貨輪。

這招商局，是朝廷變法圖強後，參照歐西列強所成立航運機構。故而，延請英吉利商代為運管，船上諸般事務也是英吉利規矩。金秀明久與英吉利人義律往還，知悉洋人規矩，故而，上船之後二話

不說，就拿出十兩銀票塞予艙房領班。隨即，與儲幼寧入了艙房，酣然入睡。

有錢能使鬼推磨，金秀明使了銀錢、塞了小費，那艙房領班對金、儲二人格外奉承，飲食起居照顧得無微不至。二人在船上三天三夜，舒暢快活，金秀明大嘆洋人會過日子，儲幼寧則是心思不寧，忽而掛念臨沂，想著韓燕媛；忽而近鄉情怯，深怕老當家金阿根不肯讓韓燕媛進門。

第三日上午，這招商局貨輪緩緩駛過崇明島，繼續往南，等過了沙洲，這才右轉，入了長江口。自海入江，船速轉緩，船身兩側綽綽約約，可見長江兩岸景致。儲幼寧耐不住心中焦慮，早早就拖著金秀明，挾著二人行囊離了艙房，上了甲板，倚著欄杆，眺望遠處，巴不得這洋船快快停泊。

江上風大，時序雖已入春，卻依舊是風寒料峭，吹得金秀明瑟瑟發抖，儲幼寧卻全然不管，執意在甲板上等候靠港。偏偏，心裡愈急，這洋船走得愈慢。這船，徐緩而行，好不容易到了吳淞口，這才轉了方向，左轉進入黃浦江。黃浦江遠較長江窄淺，大船駛入之後，航速愈發緩慢，一搖三擺，寸步而挪。

都過了正午，這大船才在外灘對過，黃浦江心落錨。岸邊，陸續駛來接駁小艇，苦力魚貫上船，動手搬運貨袋，裝進巨大網籃，緩緩吊掛，置入接駁小艇。儲幼寧顧不得苦力搬運貨袋，拉著金秀明速速攀爬繩網，下到接駁艇。待艇上裝滿貨袋，小艇乃朝外灘駛去。

到了外灘碼頭，儲幼寧正打算喊兩輛洋車，往豫園金家而去，卻聽見有人喊他。轉頭一看，竟是金阿根，帶了家人準備了輛馬車，等在碼頭。原來，儲幼寧在天津租界拍發電報，敘明船名、離港日期與時辰，金阿根在上海租界，自能查明船隻抵埠時辰，故而搭乘馬車，等在此處。

金阿根要二人上車，卻並不回豫園家宅，而是就近找了家茶館，要了套間，待茶房送上茶水、點心後，放下門簾，父子三人喝茶談話。先是儲幼寧，細說離滬之後種種。繼而是金秀明，補述他與倆洋人趕至臨沂之後種種。二人說完，金阿根又就不明之處，細細查詢。

這頓茶點，足足吃了小半個時辰，這才把臨沂之事說清楚。儲幼寧歸途中，一路上心神不寧，就是怕金阿根不准韓燕媛進門。此時，面對金阿根，卻是欲言又止，不知該如何啟齒。正在為難之際，卻見金阿根氣定神閒，抿了口茶，咂咂嘴，定眼瞧著儲幼寧道：「幼寧，臨沂之行，你說得很清楚，我聽得很明白。但，這裡頭有個關節，你卻沒交代清楚。」

儲幼寧聞言，心裡突地一跳，頓感口乾舌燥，低聲回道：「義父，哪個關節我沒說清楚？」

金阿根道：「你在我家這麼多年，我這當義父的，曉得你性情。你這次去臨沂，說的是去瞧瞧糧行，其實，我知道，你心裡想的是那姓韓的唱戲女子。」

金秀明在大貨輪甲板上，吹了足足一個時辰寒風，這時，身體已經微微發熱，精神不濟，神色委頓，少言寡語。聽老爸金阿根如此單刀直入，砍中要害，當即打起精神言道：「阿爹，實話實說，您不知道，幼寧與那女子絕對清清白白。不過，兩人情分已深，彼此都是朝思暮想。幼寧這兒，我很清楚，他對小雲絕無虧欠之心，定然不會棄小雲於不顧。」

金秀明這幾句話，一翻兩瞪眼，將儲幼寧心中底牌翻出，儲幼寧聞言，低首嘿然不語，就等著金阿根發落。

金阿根啞著嗓子，聲量不高，卻是一字一句，清清楚楚，千鈞壓頂般，說得儲幼寧涼水澆頭，懷裡抱冰：

「我就一句話，擺在這兒，那姓韓女子，絕不可進我金家門。沒錯，這上海洋場上，堂堂男子另娶小妾在所多有，也不是什麼了不起的事。妻妾同門而治，在所多有，我也不反對。然而，這姓韓女子卻是唱戲出身，自幼即拋頭露臉，廣跑江湖，遍經風霜。有道是，婊子無情，戲子無義，這等女子，怎能進我金家門？」

「這話，我就說一次，沒得商量，幼寧，你就死了這心，安分在上海待著。這一陣子，哈同那兒生意風生水起，著實發達，正缺人手。我與哈同早就摶成一股，兩人榮辱與共，如今生意興隆，入息頗豐。哈同有義律、阿柏斯達作為肱股副手；你與秀明，則是我兩條臂膀。咱們同心協力，在上海灘闖門戶、打天下，別想其他的了。」

金阿根這番話，轉腳敲釘，水潑不入，封死門戶，絕了韓燕媛來滬路徑。儲幼寧聞言，頓時五雷轟頂，說不出話來。

金秀明有心再爭，才剛張口，尚未吐字，就見金阿根右手一揮道：「還有你，見事不明，也不幫著釐清黑白，就在裡面瞎起鬨，讓幼寧愈陷愈深。別再說了，偌大一個家業，和和睦睦，父慈子孝，兄友弟恭，夫妻各安其分，大家好生過日子，別再想著那唱戲女人了。」

說罷，金阿根虎地一下，站起身來，拉開帘子，走了出去，在櫃檯上甩了兩角鷹洋，出了茶館。這頭，儲幼寧、金秀明垂頭喪氣，只好跟著。

此時，時辰已近黃昏，二人上了馬車卻不回豫園家宅，而是入了南京路，去了粵菜名館陶芳酒家。金阿根知悉船期後，當即在陶芳酒家訂下大套間，這頓夜飯，舉家團員，老少三代，熙熙攘攘，慶賀儲幼寧、金秀明歷險歸來。

到了陶芳酒家，才進大門，就見金家一群孩子奔跑嬉鬧，幾名家丁跟著攔阻，卻擋不住孩子們四處流竄。這當口，金秀蓮女兒翠靈，正巧往金阿根這兒衝，冷不防，就撞上金阿根。孩子一抬頭，見是金阿根，趕忙喊歡聲道：「外公來了，外公來了，兩個舅舅也來了！」

翠靈身後，跟著小命根。這孩子已經五歲多，一陣子沒見過爹，如今乍然見到儲幼寧，但覺有點生澀，止住腳步，怯生生喊了句：「爺爺，爹，舅舅。」

金阿根責備家丁，說是飯館子人來人往，滾湯熱茶都能燙著孩子，不該放任群兒在此奔跑嬉鬧。群兒見金阿根不悅，俱都識相，不再吵嚷。

儲幼寧歷劫歸來，見了小命根，畢竟是自己親身骨肉，當下彎腰伸手，抱起這孩子，隨金阿根往包廂套間走去。邊走，儲幼寧邊親孩子道：「小命根，許久沒見爹了，想不想爹啊？」

進了套間，就見四位女眷坐那兒磕牙，聊得正歡。金阿根沒顧得說別的，就數落妻子莫氏，說是不該放任孩子們在外頭奔跑嬉鬧。

莫氏見倆兒子平安歸來，笑顏逐開，咧著嘴道：「哎啊，死老頭子，咱們倆兒子回來了，一家大團圓，你顯什麼威風？擺什麼嘴臉？這不是有家人跟著嗎？你想，上次那批拐子都讓你治光了，這兒又沒拐子，不怕孩子走失。」

這當兒，就見劉小雲直勾勾瞧著儲幼寧，臉上笑顏如花，嘴裡叨念著：「小命根，下來，別爬你阿爹身上。都五歲了，身子多重啊，爹累了，快下來。」

見這光景，儲幼寧心裡一軟，微微嘆了口氣，放下孩子，坐在劉小雲身邊。這頓飯，一家十餘口人，吃得歡騰喜樂。儲幼寧原本心中壓著臨沂包袱，這時也解憂忘愁，融入其間，邊逗著小命根，邊與劉小雲話起家常，詢問別後期間家裡諸事，話題總圍著小命根打轉。

原本，儲幼寧對劉小雲並無深切情愫，只是因緣際會，結為夫妻。但這頓夜飯，因小命根緣故，儲幼寧滋生養兒之樂，對劉小雲，話也變多。話一多，臉上顏色就趨緩，漸漸顯出歡愉之色。儲幼寧接二連三，詢問劉小雲這段時日裡，小命根種種細節。劉小雲則是細吹細打，講述小命根諸般瑣事。愈講，兩人話愈多，所談之事全圍繞著小命根打轉。此情此景，金阿根瞧在眼裡，不禁暗暗放心，心想，小倆口這樣東拉西扯，夫妻情誼自然愈發厚實，如此這般，就不怕臨沂那唱戲女子縈繞儲幼寧心頭。

另一邊，金秀明則是瞧著納悶，心想，離開臨沂時，儲幼寧還鐵口直斷，說是無論如何，都會將韓燕媛接到上海，倘若不能，就會捨了上海，奔回臨沂。怎麼，這會兒卻是這般模樣兒？

家宴之後，金秀明發了風寒，將息數日，這才康復。此時，正值光緒中葉，上海商業蓬勃而發，哈同地產生意愈加興旺。哈同來華多年，精通中土語言，暢曉中華百事，但此人畢竟是洋人，手下義律、阿柏斯達等心腹亦是洋人，故而，仍須仰賴金阿根等本地人，協助打理大小事務。

每日裡，金阿根皆至外灘哈同大樓，襄助哈同。凡洋場洋務之事，自有哈同打理；如涉本地官府，則由金阿根處置；碰上棘手難纏對頭，則有痲皮老五率蘇北幫效力。三方力道，齊心協力，哈同事業愈發燦然放光。而儲幼寧並金秀明則是金阿根兩條臂膀，也跟著在哈同大樓任事。

每日裡，儲幼寧並金秀明，上午隨金阿根至哈同大樓跑腿幫忙。一日將盡，三人這才回歸豫園金宅。日復一日，平順而過，儲幼寧心中仍時時想著韓燕媛，但每天一回家，小命根身前身後圍著轉，劉小雲伺候周到，儲幼寧乃未再向金阿根爭取納妾之事。

這般時日，過了兩旬左右，這一天，義律並阿柏斯達回到上海，現身哈同大樓，向哈同及金家父子稟報北方時局。總之，大刀會之亂已全然平定，因為義律、阿柏斯達倆洋人，頂著上海字林西報訪員頭銜，淮軍指揮總兵姜祖烈有所忌諱，格外彈壓軍紀，淮軍兵丁不敢燒殺擄掠。

稟報告一段落，義律朝儲幼寧略使眼色，兩人一前一後，轉出議事廳，到外頭說話。

義律低聲問道：「你這兒事情，弄得如何？我和阿柏斯達離開臨沂前，回糧行瞧過，一切安好。韓姑娘指揮若定，對我與阿柏斯達頗客氣，但顏色平淡，看不出焦急之色。但我想，她那兒一定急著等你訊息。怎麼樣，你義父答應你迎娶韓姑娘了嗎？」

這當口，金秀明也閃了出來，將金阿根不准韓燕媛進門之事，約略說了。義律聞言，又問儲幼寧道：「那麼，你是怎麼個打算？」

儲幼寧聞言，心事又起，兩隻手掌搓揉不定，皺著眉頭道：「此事難辦，我先給她寫封信，告訴她再等一陣子，我必有切實訊息。」

在那之後，儲幼寧避著旁人，給韓燕媛寫了封信。儲幼寧讀書不多，寫起信來，詞藻有限，但依舊情意深濃，纏綿悱惻，傾訴思念，說是好事一時之間難諧，但終究不會虧負摯愛。寄過這信，儲幼寧每天依舊作息不變，日日如常，但心裡總是天人交戰，難下抉擇。當中關鍵，就在於小命根。親身骨肉，畢竟血脈相連，難以割捨。

如此這般，又過了若干時日。這一天上午，儲幼寧跟著金家父子赴哈同大樓。才走到大樓外，就見有十餘名清軍水師官兵，身穿雪白制服，荷槍直立，在大樓門口擺隊站班。待進了大樓，尚未走進治事大廳，就聽見大廳內喧笑之聲，數人同說英吉利語，彼此寒暄。

三人走進治事廳，就見哈同、義律、阿柏斯達，正與另倆洋人聊得歡騰。那倆洋人，其中一人金家父子俱皆見過，是為英吉利國駐上海總領事許士。另一洋人，身形削瘦挺拔，禿頂，後腦勺並兩邊太陽穴則是棕色短髮，上下兩唇並兩頰則布滿深色大鬍子，身著雪白海軍官服，腰配鑲金邊長洋刀。

哈同見金家父子三人，趕忙拉著三人過來，與這一身雪白洋軍官相見。原來，這人名叫瑯威理，為英吉利國海軍上校，此時統帥四艘英吉利國產製炮艦，遠渡重洋，自英吉利國駛往山東劉公島，途中，暫泊上海，稍事歇息。

照洋規矩，金家父子三人與瑯威理握手為禮。金家父子在上海洋場闖蕩數年，幾句簡單英吉利語洋文還是能說，乃以洋文略略與瑯威理寒暄問好。

哈同指著金家父子，以英吉利語對瑯威理道：「閣下，此三人為我肱股臂膀，助我在上海大展鴻圖。若無彼等三人，我無法打下今日江山。接著，我將以華語，向彼等三人，略述閣下此番到上海原委。」

瑯威理則道：「今日一早，我離艦來此時，已然交代船上副管帶，今日將邀貴賓上船參訪，並饗以午宴。請閣下代為表達，同邀三位貴友，一併上艦參訪。」

繼而，哈同以華語，向金家父子三人，細說瑯威理這人來龍去脈。

原來，大清國同治皇帝繼位之後，鑑於國家積弱不振，對外屢戰屢敗，乃發動「自強運動」，以歐洲列強為師，變法西化。在此同時，東鄰日本出了個皇帝，叫明治天皇，於同治六年即位，亦西化變法，是為「明治維新」。清、日兩國競相西化變法，其中犖犖大者，即為籌組西式海軍。

十餘年前，朝廷向英吉利國訂製四艘炮艇。當其實，朝廷海關派駐英吉利國倫敦辦事處主任金登幹，拍發電報，向北京朝廷推薦英吉利國海軍軍官瑯威理，擔任管帶，統帥四艘炮艇駛回中國。該四艘炮艇後來入北洋海軍，名為「鎮北」、「鎮南」、「鎮東」、「鎮西」四艦。

瑯威理率艦來華，言行令北洋大臣李鴻章刮目相看。嗣後，李鴻章為北洋海軍尋覓顧問，大清國駐英吉利國總領事曾紀澤、朝廷海關英吉利總稅務司赫德，俱都力薦瑯威理。因而，李鴻章起用瑯威理，襄助統帥北洋海軍。

光緒八年，瑯威理再度來華，任北洋水師副提督，形同大清國海軍副總指揮，奉李鴻章全權委託，嚴厲操練北洋海軍。當其實，北洋海軍提督為丁汝昌，此人為陸軍出身，對海軍外行，事事仰賴瑯威理。故而，瑯威理名為副提督，實為總統領。

瑯威理在北洋水師艦隊治軍嚴明，辦事勤勉，以英國海軍軍令、風紀，軍風，灌注北洋水師。北洋水師統領丁汝昌嘗言，北洋水師最得力助手，厥為瑯威理。北洋水師官兵則人人口耳相傳，皆曰：「不怕丁軍門，就怕瑯副將。」

光緒十一年，瑯威理率北洋水師出訪日本。八月間，艦隊泊靠日本長崎港，水師士兵與日本警民肇生事端，是為「長崎事件」。是役，北洋水師官兵亡五人，傷四十四人，另五人下落不明。當其時，瑯威理拍發電報，直達北洋大臣李鴻章，謂北洋水師實力遠勝日本海軍，應即刻就地開戰，他願親身上陣，統帥北洋艦隊，全殲日本水師。然而，李鴻章未採瑯威理建言，改走折衝路途，解決此事。

後來，瑯威理又受李鴻章指派，赴英吉利、德意志兩國，接收「致遠」、「經遠」、「靖遠」、「來遠」等四艦，間關萬里，趕回大清國。如今，四艦抵達上海，稍事喘息，補給糧食、飲水。之後，則先到天津，由北洋大臣李鴻章親自校閱。末了，再馳往北洋艦隊根據地，山東威海衛劉公島。

哈同一口氣敘畢瑯威理功業，對金家父子三人道：「這人，可是人中之龍啊！英吉利國海軍，雄霸七海，這人是英吉利海軍骨幹，現在帶著四艘兵艦，遠渡重洋，去劉公島，壯實大清朝北洋艦隊陣容。剛才你們父子尚未到時，這人就說過，說是大清國終究會與東鄰日本一戰。屆時，他願率北洋艦隊，身先士卒，與日本水師對陣。」

說到這兒，儲幼寧就聽瑯威理嘰哩咕嚕，講了幾句洋文。隨即，哈同對眾人道：「時辰近午，瑯威理催促大家，趕緊走吧，上旗艦靖遠號逛逛，開開洋葷去。我在上海洋場闖蕩多年，說真的，還從未上過兵艦，還真想瞧瞧兵艦是怎麼回事。」

說罷，眾人魚貫而出，安步當車，往外灘行去。哈同大樓外，北洋水師禮兵追隨在後，一行人浩浩蕩蕩，往黃浦江邊外灘行去。兩地距離頗近，雖是步行，須臾即到。水師艦隊早就擺了兩艘小艇，候於外灘，眾人上艇，往江心瑯威理座艦靖遠號而去。

到了靖遠號，瑯威理一馬當先，踩著舷梯而上。就聽見船上有人吹起口笛，笛聲尖銳高拔，繼而另有人高聲吼道：「管帶回艦，恭迎管帶。」

一整套水師儀注，令後頭哈同、義律、阿柏斯達、金家父子等華洋諸人大開眼界。義律與阿柏斯達早年亦曾役於英吉利、美利堅兩國行伍，但二人均是陸軍，從未見過這般海軍陣仗。

眾人上船後，過來一清廷水師軍官，立於瑯威理身旁。此人亦是頂戴輝煌，戎裝畢挺，對眾人以中土語言道：「末將姓劉名步蟾，在此艦隊任副管帶，襄助管帶瑯威理。現下，官艙已備妥宴席，請諸位入官艙就座。」

這官艙，不算寬敞，但擺下兩桌席面，仍有餘裕。兩桌所擺飯食，中西並陳。那一頭，瑯威理、許士、哈同、義律、阿柏斯達等五洋人，吃西式大菜；這一頭，劉步蟾為首，以粵菜款待金家父子，又找來幾名水師軍官，落座作陪。

宴飲之際，哈同問瑯威理，統帥清廷水師有何訣竅？是何感想？對此，瑯威理舉著水杯，嘆了口氣道：「華洋不同，差別甚大。現在清廷建北洋海軍，向咱們英吉利國並德意志國買鐵甲兵艦，船是洋船，兵卻是華兵。這裡頭，我費多少心血，才有今日局面。」

瑯威理說起清廷北洋艦隊來龍去脈，說是建軍之初，先自同文館中尋覓翻譯良材，繼而在武學堂中挑擇身強體健、理路清晰成員，送到英吉利國去，入英吉利海軍學堂，歷時數載，這才造就骨幹人才。此後，又在朝廷各軍隊伍裡擇取兵員。

饒是如此，瑯威理仍懷憂慮，為北洋艦隊操心。瑯威理道：「我帶清廷水師已有數載，熟知水師官兵習性。概括言之，北洋水師官兵忠勇有餘，見識不足、欠缺群性、各行其是，難以協同操演。相較而言，眼下日本東洋水師，艦隻數量、噸位、火炮口徑俱居劣勢，遜於北洋水師。然，東洋水師官兵上下一體，遵信條、守誡律、群性佳，遇事則緊密成團，應變迅捷，強於北洋水師。」

金家父子這桌，副管帶劉步蟾卻另有牢騷，低聲暗語，對金阿根等人抖落。

劉步蟾道：「各位，咱們大清朝國大勢大，北洋水師卻請洋人當管帶。要說歐西列強船堅炮利，咱們請高人當管帶，那也行。然而，咱們這位管帶對底下官兵，卻是過於苛刻，不近情理。」

金阿根聞言，頗感詫異，乃要劉步蟾細說分明。

劉步蟾道：「咱們這般兄弟，都是朝廷自各軍精挑細選，百中擇一選出來的好手，個個盡忠職守，都願以死報答朝廷。帶人之道，講究帶心，把弟兄們心帶住了，臨戰自能奮勇殺敵。但咱們這位洋管帶，卻不懂得帶心。」

「比方說，這次艦隊自英吉利國朝東駛回，途經麻六甲海峽之際，遇上狂風暴雨，搖晃兇險，我派兄弟們衝至艙面甲板，以麻繩捆緊諸般事物。等事情辦得了，眾兄弟已是全身溼透。那換下來溼衣裳，只能掛在艙房內，慢慢陰乾。」

「各位要知道，陰乾衣物沒經太陽曬過，總是怪味撲鼻，一股子霉臭味。穿這身衣裳，渾身臭烘烘，自己聞得都難受。故而，待風暴遠去，陽光重現之際，兄弟們趕忙將衣物拿出，在艙面上牽起細麻繩晾曬衣物。詎料，此事引得這英吉利洋管帶震怒，痛罵眾弟兄，說是在艙面上曬衣物，丟北洋水師顏面，亂了軍紀，因而重罰曬衣兄弟。」

「又比方說，洋管帶立了規矩，一日三頓飯，按時開飯。三頓飯之外，除非他特准，否則，廚房不准再生火舉炊。有些弟兄暈船嘔吐，開飯時節胃口不好，吃不下飯食。到了夜裡，稍許轉好，有了胃口，覺得腹飢，我要廚房準備點粥飯，給弟兄們果腹，為這洋管帶所查知，也是下了軍令，重重責罰。」

「諸位想想，這樣帶兵，怎能帶出榮辱與共、生死同命隊伍？衣服溼了不讓曬乾，肚子餓了不讓填飽，皇帝都知道，不能差餓兵，獨獨這洋管帶卻是鐵了心，虐待手下弟兄。」

這頓飯，吃得各方尋奇之心大起。在哈同，久歷上海洋場，卻從未見識鐵甲艦隊海上雄風；在金阿根、金秀明，則是首度體察自家朝廷船堅炮利西化成就；在儲幼寧，聽聞北洋艦隊根據地為山東威海衛劉公島，不禁又想到山東臨沂韓燕媛。

飯飽之餘，璵威理率眾人繞行靖遠號艦身。邊走，璵威理邊以英吉利語對哈同道：「這趟接艦，途中接獲北洋大臣李鴻章電文，要我抵達廈門後，設法聯繫華洋報館，替這次所接北洋四艦揚名聲，顯威望。上海這兒，您人頭熟，敢問，可否代約報館訪員，供以訊息，載諸報端？」

哈同聞言，眉毛一挑，拿手先指指阿柏斯達，又指指儲幼寧，對璵威理道：「報館訪員？阿柏斯達就當過報館訪員。之前不久，山東那兒鬧匪亂，我手下有個幹練華人夥計，名叫儲幼寧，哪，就是他，在山東那兒有家糧行，深怕遭匪患波及，就回鄉探望。那時，我不太放心，就派義律與阿柏斯達前往護駕。」

「正好，上海英文報紙字林西報想派人親赴戰地，報導這場內亂。於是，我們找上字林西報，他們給了訪員名義，由我們自籌旅費走了一趟。既然您需要報館訪員替您報導此行，何不乾脆再把阿柏斯達帶上？他不單報導您這艦隊在上海行止，還可隨艦隊北上，一路上逐項記載艦隊大事，到了華北之後，再向上海拍發新聞電報。」

璵威理一聽，顏面帶笑道：「就這樣說定了，明天我們這四艘艦艇就要開拔。那麼，阿柏斯達明天一早，過來登船。」

阿柏斯達卻忙搖手道：「兩位，可以了，上回當了字林西報訪員，跑一趟山東，餐風宿露，那也夠了。這一回，也該義律去了。」

哈同笑罵道：「就知道躲懶，天天夜裡往俄羅斯人酒館鑽，捨不得上海這花花世界。好啦，義律，你辛苦一趟，跟著璵管帶，明天上艦，一路往北而去。」

義律心思頗細，稍微想了想道：「哈老闆，要我上船當報館訪員，可以。不過，船上日子空虛無聊，我總不能時時跟在瑯管帶身邊。而船上除了瑯管帶之外，其他都是清廷水師，和我也講不到一處。這樣好了，把我倆老搭檔也調上船，要儲幼寧與金秀明隨我一起到北方去。這樣，我在船上免於無聊，而儲、金兩位，也跟著長長見識。」

哈同道：「中國人說，行萬里路勝讀萬卷書，我們久在上海拚搏，南方世界看得通透。不過，北方到底是啥模樣卻還陌生。這樣也好，你們三人結作一路，跟著艦隊向北，到天津、威海衛去開開眼界。」

說罷，哈同轉頭，向身後金家父子招招手，將三人喚到跟前，當著瑯威理面，三言兩語，以華語將事情交代。哈同告知金阿根，讓金家兄弟跟著義律，隨艦隊往天津而去，增知識、長見聞，有助於日後事業開展。之後，又以英吉利語告知瑯威理，共有三人，明日登船，三人協同，都是訪員。

金阿根心裡其實不願倆兒子遠行，但老闆哈同心意已決，他亦無法更改，只好勉為其難答應。這天傍晚，金家父子回到豫園金宅，金阿根將事由告知莫氏與倆媳婦。金阿根因心裡不爽快，話也就沒說清楚，只說是金家兩兄弟要上北洋艦隊船隻，一路向北，去了天津，然後到威海衛劉公島即可了事，返回上海。

莫氏並劉小雲都是女流，東西南北心裡沒底，這「天津」、「威海衛」、「劉公島」是啥事物？位在何方？皆不知曉，只知道很遠，很遠。莫氏心裡不踏實，滴滴答答道：「我說老頭子，你也不向哈同爭爭，別讓你倆兒了跑遠了。這一去，要去幾天？天津那兒，是冷是熱？要準備哪些行頭？」

金阿根心裡正煩，聽莫氏沒頭沒腦亂問，不禁發作道：「妳擔心些什麼？人家那是上船，大軍艦上啥子都有，既不怕冷熱，也不怕饑渴。準備什麼？打個小包袱，裝點隨身衣物就夠了，要緊的是，多帶銀票與碎銀子。有道是窮家富路，外出走道，帶夠了銀子最重要。」

金阿根始終沒提到，那威海衛就在山東。故而，莫氏、劉小雲心裡都沒山東影子，不知金家兩兄弟要去山東。這一夜，劉小雲心思較平靜，也就是給儲幼寧準備隨身包袱行當。

次日一大早，金阿根帶著家人，送兩兄弟到外灘碼頭，女眷沒跟來，在家門口就道別分手。到了碼頭，就見義律背了個大包袱，已經等在那兒。遠處，艦隊管帶瑯威理所派小汽艇，朝岸邊慢慢駛近。

稍後，小艇靠岸，義律一馬當先，跨了進去。金家兄弟上小艇前，金阿根低聲言道：「你們倆別亂跑，要跟著艦隊，一路跟著，跟到威海衛劉公島。事情完了，馬上找船回上海。尤其幼寧，你家在上海，家裡還有媳婦、兒子等著你，別往山東裡面去。你和那唱戲女子，不會有結果。無論你喜不喜歡小雲都一樣，因為，你有個兒子在上海。你為了個唱戲女人，捨得甩了小命根？」

上了小艇，儲幼寧心裡頗亂。他沒想到，金阿根老而彌辣，一張口就點破他那點心思。昨天晚上，他一夜輾轉反側，不能安眠，心裡就是想著趁這次機會，了事之後，從劉公島往裡頭走，去一趟臨沂。至於到了臨沂之後，又該如何，此時仍是心中雜亂，拿不定主意。

一旁，金秀明早看透儲幼寧心思，拿手肘輕輕推推儲幼寧道：「兄弟，先別想了。長路漫漫，這一路上你時間多得是，慢慢想。無論你做何決定，哥哥我都在背後撐著你。若你真決定留在臨沂不回家了，上海那裡，我幫你照應著。」

汽艇迎著黃浦江上朝陽，由外灘碼頭朝江心艦隻駛去。上了旗艦靖遠號，與瑯威理打過招呼，三人進了艙房。透過艙房琉璃窗戶，儲幼寧兩眼盯著江面細碎波紋。朝陽漸熾，爍爍的波光越顯刺眼，竟彷彿韓燕媛和小命根的面孔在眼前交替閃現。隨著外灘碼頭漸漸變小，儲幼寧拿手摩挲著鬍渣子，長長地嘆了一口氣……

《江湖無招　卷三：大刀之禍》完

《江湖無招》後記

這部小說，以武俠形式，講述清朝末年同治、光緒年間社會百態，就其本質，應該是一部社會寫實小說。儲幼寧是個串場角色，依照時間順序，所有劇情環繞這串場角色逐漸延展。這當中，包括太平天國戰役、北京街頭民俗藝人、教案、上海租界百態、大型騙局、術士斂財、幫派殺伐、洋務運動等等豐富元素。

筆者大學讀財稅，研究所讀新聞，之後當記者寫新聞、任主筆寫社論，皆以財經金為工作領域，寫過不少書，但從未觸碰小說。會寫這本小說，純屬偶然，恰好碰上兩個機緣，順勢而為，才寫就了這部六十三萬字著作。

機緣之一，民國九十九年十月間，偶爾在一家報紙副刊上，看到武俠小說大展首獎作品，覺得用字遣辭、敘事筆法、口氣文句，具強烈現代感，寫的是十七世紀古事，用的是二十一世紀話語。當時覺得，自己有能耐避開現代語法、用詞，寫一篇武俠小說。於是，就簡略構思，敲打鍵盤，寫出六千餘字。這六千餘字作品，即是本書第一章。當時，寫完就算，未嘗構思後續劇情，更不曾打算就此延伸發展，成為一部完整小說作品。

機緣之二，事隔七年，至民國一〇六年十一月，「鏡文學」知道筆者有這六千字作品，索討而去，細細檢視後，當即邀筆者次日簽約。簽約時，「鏡文學」就書名、結構、全書劇情大綱、總字數，尋諸筆者，所獲答案皆為「不知道」。因事起突然，筆者事前毫無準備，亦無丁點頭緒，故而對「鏡文學」所有諮詢，全無法回答。

故事梗概可容後慢慢構思，書名、作者名，卻須當場敲定。倉促間，就以《亂世俠影》為書名，「殘陽孤叟」為筆名。簽約後，事已成定局，筆者這才遵循「鏡文學」專業編輯指點，認真尋思全書結構，勾勒故事大綱，繼而循線撰寫。無奈，從前沒寫過小說，未受過專業訓練，苦思多日，仍無法編織出整套故事大綱。

苦思之餘，驀然想到，清代幾本知名章回小說，如《儒林外史》、《官場現形記》、《二十年目睹之怪現狀》，均無完整大綱與脈絡，劇情亦不連貫，而是且戰且走，串連不同劇情橋段。這些章回小說，讀起來依舊引人入勝，不因欠缺完整故事脈絡，而有絲毫減色。

筆者雖是財經記者出身，但自幼即酷愛閱讀民俗、掌故、地方誌、清宮傳奇，手邊也有大量藏書及相聲段子。因而，就地取材，構思故事，仿照《官場現形記》形式，順著七年前所寫六千餘字，接著往下寫第二章。其後，即跑出固定撰寫模式：先是搜尋腦海記憶，繼而翻閱書本，再查網路資料，堆砌足夠素材，形成一段「哏」，之後，才敲打鍵盤，撰寫新內容。

寫個萬把字，「哏」用完了，遂陷入山窮水盡之境。然而，繞室三匝，苦思冥想之後，總是能跑出新點子，繼而再翻書籍，再查網路，最終，總能在山窮水盡疑無路之際，又找出新素材，想出新梗，就此柳暗花明又一村，賡續再寫萬把字。如此週而復始，自一〇六年十一月起始，至一〇七年八月，前後九個多月，寫出六十三萬餘字。這段期間，其實也是三天打魚，兩天曬網，有時連續兩週，日寫五千字，有時連續一個月罷手不寫。

概括而言，想「哏」難，寫作易。思索枯腸，構想內容，最是傷神費事，一旦想出故事梗概，敲打鍵盤將故事梗概轉換為小說文字，就如行雲流水，一氣呵成。一起始，想的是武俠小說，寫的也是武俠小說，但稍一深入，小說內容即轉為社會寫實小說，講述清末同治、光緒年間社會百態。

小說裡，地理位置涵蓋山東、揚州，但還是以北京、上海為主。小說中人物眾多，其中，比利時教士饗屁爺塑造得最為活靈活現，個性與內涵遠比儲幼寧生動。

小說中人物，絕大多數為虛構，但其間亦有少數人物，確有其人。譬如上海房地產大亨哈同，就確有此人，這位猶太富商對上海發展影響甚大，生前還在上海鳩工興建「愛儷園」，俗稱「哈同花園」。中共後來在這花園原址上，闢建「中蘇友好大廈」，之後經過歷次擴建與改名，成為目前「上海展覽中心」。

書中諸多場景，取材之際，都各有所本。譬如，第八章末尾，儲幼寧連擲三枚石塊，墜落雖有先後，但嚴絲合縫，毫無間隙，一枚緊跟一枚，接連而至，擊殺帳房崔六。這段場景，取材於現代英國陸軍一款迫擊砲，這種火炮經過繁複計算，連發三炮，砲彈彈道高低不同，可瞬間同時擊中目標。又譬如第五十三章，計誘公共租界英吉利包探彼得，入四馬路倚春樓，並拍攝裸照一段，靈感則來於電影《教父》第二集。

全書寫至十餘萬字時，二〇六年十二月二十四日，在「鏡文學」網路上開始連載，至二〇七年十二月四日載畢，前後將近一年。網路連載內容，寫至第六十章結束。全書在網路連載兩個月之後，一〇七年二月間，「鏡文學」接獲南一書局徵詢函，希望能將《亂世俠影》第一章當中近九百字內容，納入該書局所出版高中國文科補充教材《古今閱讀博課來》。「鏡文學」玉成此事，約五個月後，南一書局《古今閱讀博課來》問世，《亂世俠影》部份內容首度以實體書形式出版。

此外，全書也在一〇七年夏季，在中國大陸愛奇藝網站，上架收費閱覽。一〇七年三月間，「鏡文學」另與筆者簽約，將《亂世俠影》付梓成書，一舉出版三大冊。唯，為因應出版實體書所需，筆者應「鏡文學」之請，另外加寫一章，是為本書最後一章。此外，書名也改為《江湖無招》。

筆者曾在不同時間，於不同場合，將本書第十六章劊子手執法、第三十三章紫禁城護軍與太監爭鬥等內容，以口述方式，說故事一般，說給不同朋友聽，聞者均大感興趣，都說內容精彩，聽得過癮。希望本書讀者閱畢全書後，也會心中吶喊：「內容精彩，看得過癮！」

江湖無招

卷三：大刀之禍

作　　者：王駿
責任編輯：王君宇
協力編輯：林宛萱
校　　對：楊修
責任企劃：劉凱瑛
副總編輯：林毓瑜
總 編 輯：董成瑜
發 行 人：裴偉

裝幀設計：朱疋
內頁排版：宸遠彩藝

出　　版：鏡文學股份有限公司
11070 台北市信義區東興路 45 號 4 樓
電　　話：02-6633-3500
傳　　真：02-6633-3544
讀者服務信箱：MF.Publication@mirrorfiction.com

總 經 銷：大和書報圖書股份有限公司
242 新北市新莊區五工五路 2 號
電　　話：02-8990-2588
傳　　真：02-2299-7900

印　　刷：漾格科技股份有限公司
出版日期：2019 年 11 月 初版一刷
I S B N：978-986-97820-7-4
定　　價：420 元

國家圖書館出版品預行編目 (CIP) 資料

江湖無招　卷三：大刀之禍 / 王駿著. --
初版. -- 台北市：鏡文學, 2019.11
面；14.8×21 公分 . -- (鏡小說；24)
ISBN 978-986-97820-7-4(平裝)

863.57　　108015167